PILAR CABERO nació en San Sebastián y vive con su marido y sus dos hijos en un pueblecito costero cercano a esa ciudad. Es autora de seis novelas: *A través del tiempo*, *Tiempo de hechizos*, *Asedio al corazón*, la presente *Entre lo dulce y lo amargo* (ganadora del premio Rosas RomanTica's 2012), *El destino también juega* y *Algo inesperado*, las cuatro últimas publicadas en los distintos sellos de Ediciones B. También ha contribuido con sus cuentos a las antologías *La mirada del amor*, *Be my Valentine* y *Sueños de verano*.

www.pilarcabero.com

1.ª edición: junio, 2016

Printed in Spain
ISBN: 978-84-9070-262-8
DL B 8790-2016

Impreso por NOVOPRINT
              Energía, 53
              08740 Sant Andreu de la Barca - Barcelona

MAR - 2017

Entre lo dulce y amargo

PILAR CABERO

Para Ángel, Imanol y Mikel,
con todo mi amor

Pasajes, Guipúzcoa, 15 de octubre de 1730

Tiró de las riendas del caballo y desmontó en cuanto se detuvo. Los latidos de su corazón retumbaban con fuerza en los oídos por haber galopado sin parar desde San Sebastián. Temía no llegar a tiempo.

Una multitud se apiñaba en el puerto de Pasajes para despedir al *Santa Rosa*, el cuarto navío que la Real Compañía Guipuzcoana de Caracas enviaba a La Guaira. Las voces, llamando a los seres queridos que viajaban en el barco, se solapaban unas con otras en su afán por hacerse oír. Desde la cubierta, los pasajeros saludaban, agitando brazos, sombreros o pañuelos, mientras los marineros, encaramados en las vergas, bregaban con las velas para la inminente partida.

María Aguirre, escondida entre las primeras casas del pueblo, rumiaba su furia contra Samuel Boudreaux, sin decidirse entre dejarse ver y despedir a su amado en el puerto o mantenerse oculta, negándose a sí misma y a él la posibilidad de verse una vez más.

No podía creerlo. ¿Por qué no le hacía caso? ¿Por qué seguía insistiendo en marcharse?

María apretó las riendas como si fuera a exprimirlas. Apoyó la frente contra el sudoroso cuello del caballo y se dejó llevar por los recuerdos de la tarde anterior.

Habían salido a pasear por la orilla del río. Por ser el último día, maese Sebastián les había dado fiesta en la confitería y ella quería aprovecharlo para tratar, una vez más, de convencer a Samuel de que no se fuera.

—¿No lo entiendes? ¡Es una oportunidad! —le había dicho él, con los ojos brillantes de expectación. Toda su alegría era un tormento para ella—. Te he dicho en muchas ocasiones que debería haber ido en julio, cuando partieron los primeros barcos. Imagina, allí podré aprender muchas cosas más sobre el cacao, sobre la confitería...

—Y yo te he repetido hasta la saciedad que sabes lo suficiente, Samuel. Hasta maese Sebastián dice que tienes un don para el oficio —le recordó, abatida, mirando un grupo de patos que nadaban contracorriente. Lo habían discutido casi cada día, desde que él decidió embarcarse para el Nuevo Mundo, con idéntico resultado: él se marchaba y no había nada que lo disuadiera de su deseo.

—¿Y de qué me sirve si no tengo confitería? —protestó, enfurruñado, las manos en la cadera—. ¿Por qué seguimos con esto? ¿Acaso no lo hemos hablado hasta el hartazgo? Es la última tarde que estaremos juntos. —Se sentó en el suelo, junto a ella—. Por favor, no discutamos más.

—Maese Dionisio es muy mayor —comentó, como si no le hubiera oído. Era su postrera oportunidad de hacerle cambiar de idea—. Ninguno de sus hijos ha querido seguir sus pasos y tienen negocios propios. Cuando él fallezca o no pueda seguir, el Gremio de Confiteros y Cereros seguro que te dará a ti su tienda.

Samuel bufó y se pasó la mano por la cara.

—Para eso pueden pasar años, María. Yo no quiero esperar. Quizá pueda montar mi propio negocio allá, en aquellas tierras. ¿Te imaginas? —Otra vez esa mirada soñadora—. Tú podrías ir allí y nos casaríamos... ¡Sería estupendo!

—¿Y dejar nuestra tierra? —musitó, pasando las manos por las hojas doradas que cubrían el suelo. No lo había pensado.

—¿Por qué no? Dicen que allá el tiempo es muy cálido... Estaremos juntos, como siempre hemos querido —añadió, tomándole de las manos con cariño. Él las tenía calientes, mientras que las de ella eran como dos témpanos de hielo—. Solo tienes que esperar a que te avise. No creo que sea mucho tiempo. —Se las frotó con suavidad para calentárselas.

Quería creerle. Deseaba tener la paciencia suficiente para esperar, pero la idea la llenaba de desasosiego. No quería llorar, aunque las lágrimas le escocían en los ojos, amenazando con desbordarse de un momento a otro. Cada vez que debatían ese tema, siempre terminaba llorando; estaba harta.

—Pasarán meses hasta que podamos ponernos en contacto. —Se soltó de sus manos y se levantó antes de abrazarse a sí misma, dándole la espalda—. Este es el último navío que parte para el Nuevo Mundo. Hasta la primavera no habrá otros. Para cuando tú escribas, yo reciba la carta y... ¡Pasará un año o más! ¿No lo entiendes? ¡Es mucho tiempo! Pueden pasar muchas cosas... ¡Un naufragio!

Le oyó levantarse, pero no se volvió. Pese a que la tarde otoñal no era muy fresca, ella estaba helada. Se arrebujó mejor en el chal, buscando un poco de calidez que alejara el frío instalado en su interior, sin lograrlo.

—Deja de pensar en eso. Ya lo hemos hablado: no voy a naufragar. No pasará nada malo. No para nosotros, amor. Nos queremos. Podemos esperar —aseguró Samuel, convencido. Luego se acercó y la hizo volverse para verle la cara—. Yo te esperaré. ¿Me prometes que tú harás lo mismo? —preguntó, sujetándole la barbilla con suavidad.

María miró aquellos ojos, tan oscuros como el chocolate, debatiéndose entre asentir o negar la promesa. No quería que se fuera. ¡Virgen Santa! No podría soportar tanto tiempo lejos de él. Desde que se conocieron, de niños, nunca habían estado más que unas semanas separados. Ahora deberían estar meses o años sin verse. ¡Era demasiado!

—¿Me lo prometes? Di que me esperarás —insistió Samuel, acariciándole la mejilla con delicadeza.

—Sí, te esperaré —musitó al fin, con los ojos cerrados, demasiado triste para mirarlo.

—Te quiero, María. No lo olvides. Yo también sufriré al no estar contigo...

—¡Pues no te vayas! Quédate aquí —suplicó, antes de apoyar la cara en la mano cálida de él—. Por favor. No te marches.

—No voy a cambiar de opinión. Lo siento. Mañana me voy. Comprende que será algo bueno para los dos —susurró Samuel, disgustado—. No nos hagas esto, por favor. No seas niña.

—¿Que no sea niña? ¿Acaso tú te crees un hombre por pensar de ese modo? ¿Por querer salir en busca de aventuras? —espetó, furiosa. Se apartó de él. No podía seguir a su lado. Si permanecía más tiempo, diría algo de lo que después se arrepentiría para siempre. Le dio la espalda y emprendió el camino a su casa.

—María, no seas así. No nos despidamos de ese modo. —La alcanzó antes de sujetarla por el codo y detenerla—. Deja que me lleve tu sonrisa. Deja que sea eso lo que recuerde cada día y cada noche, hasta que nos volvamos a ver.

—No tendrías que imaginar nada, si te quedases aquí —le reprochó, dolorida—. No puedo. De verdad, no puedo. Me duele demasiado para sonreír. ¿No lo entiendes?

—Estás siendo tan irracional como...

—¡Irracional! —le cortó, rabiosa—. ¡Por el amor de Dios, Samuel! ¡Vete! Vete, si eso es lo que tanto deseas. Vete y no vuelvas —barbotó antes de alzarse las faldas y salir corriendo de regreso a su casa.

Ahora estaba allí, escondida. Agotada por no haber dormido en toda la noche. Alternando las horas entre el llanto y la furia. Arrepentida hasta el dolor por lo que le había dicho, pero incapaz de dar la cara y despedir a su amado.

El griterío de la gente subió de intensidad. El barco partía.

¡Virgen Santa! Tenía que verlo. Ver su cara por última vez.

Con decisión, montó a caballo y lo espoleó para acercarse a la dársena antes de que fuera demasiado tarde.

1

San Sebastián, mayo de 1736

La cera caliente impregnaba la confitería con su aroma. María abrió la puerta para dejar que la brisa primaveral entrara en la tienda. El día invitaba a pasear sin prisas por la calle. Unos cálidos rayos de sol rozaban la entrada y en sus haces bailoteaban miles de brillantes motas de polvo suspendidas en el aire. Si no hubiera tenido tanto que hacer, habría levantado la cara al sol y dejado que su tibieza la calentase.

—Buen día, señora María —saludó una mujer al pasar frente a la puerta, sin parar. Llevaba un cántaro lleno de agua en equilibrio sobre la cabeza—. Hace un día precioso, ¿no creéis?

—Sí. Un buen cambio después de tanto frío —corroboró María con una sonrisa, antes de entrar.

Dejó la puerta abierta y se dirigió a la trastienda. Dentro, el olor a la cera era más intenso y empalagoso. Julio, el aprendiz de su marido, continuaba vertiendo cera derretida sobre los pabilos que colgaban de una rueda, hasta que alcanzaran el grosor deseado. Mientras, Sebastián Garmendia, su esposo, se peleaba con los libros de cuentas, fruncido el ceño. Su pelo, otrora cobrizo y ahora encanecido, estaba revuelto en la coronilla por las veces que se lo había mesado con sus rechonchos dedos. Ella se acercó para alisárselo, como en tantas ocasiones había hecho a lo largo de los seis años de matrimonio. Al oír sus pasos en el suelo empedrado, Sebastián levantó la mirada y sus lentes captaron la luz de las velas que tenía sobre la mesa. Una sonrisa de genuina satisfacción cruzó su cara regordeta.

—Buen día, querida —saludó, quitándose las gafas. Sus ojos, azules como el cielo estival, brillaron de complacencia, rodeados de arrugas.

—¿Sigues batallando con las cuentas? —preguntó ella con cariño—. Deberías volver a contratar a un contable. Hace cuatro meses que Manuel se marchó a Madrid y desde entonces no haces más que renegar con esos libros.

—Lo sé, pero no he encontrado a ninguno. Parece que todos están saturados de trabajo —aclaró Sebastián, dejando las gafas sobre la mesa antes de frotarse los ojos—. Nunca se me han dado bien estas cosas y creo que estoy embrollando los libros cada vez más. Soy confitero, no contable. —Enmudeció y la miró de soslayo. María, imaginando en quién pensaba, bajó la mirada al suelo. No quería recordarle. Mejor no hacerlo.

—Quisiera ayudarte, pero nunca se me han dado bien las cuentas.

—No te preocupes, amor mío. Ya me ayudas mucho. Eres la mejor esposa que nadie pudiera desear, la mejor madre y la mejor dependienta. —Tomó una de sus manos y le besó los nudillos.

—Calla, adulador. Harás que me lo crea —protestó entre risas—. Debes buscar un nuevo contable antes de que te vuelvas loco con tantos números.

—Lo sé. Mañana... —Calló al oír que alguien entraba en la confitería.

María casi chocó con su hermana al salir a atender. Jacinta venía con la cara sonrosada y algo crispada; como si hubiera recibido un sobresalto y no supiera si reír o llorar. Su amiga Isabel Boudreaux la seguía con una trémula sonrisa bailándole en los labios.

Las jóvenes retrocedieron hasta ponerse al otro lado del mostrador. Se las veía algo alteradas.

—¿Qué os pasa, muchachas? —Sonrió, sin imaginar qué las inquietaba tanto.

—Ha regresado —anunció Jacinta, entre susurros demasiado altos para considerarse tales.

María las miró confundida, pero antes de que pudiera preguntar, Isabel, un tanto nerviosa, se lo aclaró:

—Mi hermano acaba de llegar.

Entonces lo comprendió; inspiró con dificultad el aire, repentinamente denso. La sonrisa crispada. La tranquilidad anterior, perdida. Su corazón batía en el pecho como un tambor de galera. Clavó la mirada en un punto por detrás de las muchachas, sin atreverse a mirarlas por temor a delatar su nerviosismo.

¡Había regresado! Después de seis años. ¿La habría perdonado? ¿La odiaría? Ahora no podía pensar en eso; no si quería disimular el miedo que la atenazaba por dentro.

—Imagino que tus padres estarán locos de contentos —consiguió articular sin que le temblara mucho la voz.

—Sí. Mi madre no se lo creía. Casi se desmaya al verlo —comentó Isabel con su habitual desparpajo. Los ojos ambarinos, brillantes de dicha—. El muy tunante no nos había anunciado su visita. Ha sido una sorpresa.

—Lo hemos visto. Está muy moreno. Parecía un extranjero, con ese pelo tan negro y los ojos oscuros —aclaró Jacinta—. Nos ha dicho que allá hay mucho sol.

—Se va a casar —confesó Isabel en voz queda—. Su prometida vendrá en unas semanas. Debía preparar el ajuar.

¡Casarse! No estaba preparada para el dolor que la atravesó el pecho ante esa imagen. Samuel se casaba. No podía creerlo. Se sujetó al mostrador para no caerse. Las yemas de los dedos latían dolorosamente contra la madera. Él se iba a casar.

«¿Qué esperabas?», se preguntó.

Sabía que no tenía derecho a sentirse así. Había perdido esa prerrogativa cuando faltó a su promesa de esperarle y se casó con Sebastián. Aun así, nada podía hacer contra el suplicio que la quemaba por dentro. Su corazón no entendía de derechos ni de privilegios. ¡Se iba a casar!

Aguantó la cháchara incesante de su hermana y de Isabel, que le relataban lo que Samuel les había contado, guardando la apariencia de una mujer sin remordimientos y sin temores. Había aprendido a fingir muy bien. Demasiado bien.

Cuando las dos jovencitas se marcharon, se permitió apoyarse en la pared, cerrar los ojos y suspirar por el amor perdido, por lo que ya no podría ser. No debía llorar; no allí, donde cualquiera pudiera verla. Se abrazó con fuerza para evitar que las manos le temblaran.

Aturdida como estaba, no oyó que alguien se acercaba. Abrió los ojos al sentir una caricia en la mejilla. Sebastián volvió a tocarla; sus ojos la miraban con tristeza infinita; las había oído. Sufrió por él. Le sujetó la mano con las suyas y se la llevó a los labios para besarle los nudillos, como él había hecho antes. Le temblaban tanto que hubo de concentrar toda su atención para conseguirlo.

«¡Virgen Santa! ¿Qué voy a hacer ahora?», pensó, asustada.

—Lo... siento —susurró sin mirarle—. Ha sido... una sorpresa.

—No te aflijas. Sabía que tarde o temprano ocurriría —apuntó Sebastián, rozándole los labios con los dedos; él tampoco estaba muy sereno. El retorno de Samuel les afectaba demasiado—. He temido este momento desde el instante en que aceptaste casarte conmigo. Pero ha merecido la pena y no me arrepiento. Hicimos lo correcto.

—Lo sé. No... no te preocupes por mí. Ya se me ha pasado —mintió, para no inquietar más a su esposo—. Dice... Isabel que se va a casar.

Sebastián inspiró de manera entrecortada antes de hablar.

—Eso es una buena noticia, querida. Debo confesar que me he sentido muy mal por él. Ahora que se va a casar... Bueno, ahora tengo la esperanza de que todo se esté solucionando. Me alegrará verle. Todo saldrá bien.

María se limitó a asentir; dudaba de que fuera capaz de decir nada sin ponerse en evidencia. Tenía miedo; mucho miedo.

La casa había sufrido algunos cambios desde que llegó allí, con ocho años, pero el ambiente hogareño seguía siendo el mismo. Para Samuel, aquel había sido el primer sitio que podía llamar hogar. Hasta entonces había vivido en el lupanar donde nació. De su madre, una prostituta del puerto, tenía un vago recuerdo; había muerto siendo él muy niño. De su vida en el prostíbulo, prefería no acordarse. Era mejor no hacerlo. Algunas veces los recuerdos le asaltaban, pero procuraba dejarlos a un lado. Se había vuelto un experto en ignorarlos.

Consideraba que su verdadera vida había comenzado la noche en que doña Camila de Gamboa le llevó a su casa. Lo había adoptado antes de casarse con el capitán galo Armand Boudreaux, que le dio su apellido como si de su hijo se tratara.

—No sabes cuánto me alegra saber que te casas, hijo mío. —La voz de su madre le devolvió a la realidad. Sentada en uno de los sillones, se dedicaba a bordar con puntadas diminutas y perfectas. Dejó la labor bruscamente—. Te aseguro que estaba preocupada por ti.

—No había ningún motivo, madre —dijo Samuel, sentado frente a ella—. Estoy bien.

—¿Cómo iba a saberlo, si apenas nos has escrito en todos estos años? ¡Nos dejaste a merced de mil pensamientos catastróficos! —le reprochó, frunciendo el ceño sobre sus ojos ambarinos—. Desde que te escribí para anunciarte... —Camila calló. Samuel supo a qué carta se refería y a la terrible noticia que había dentro. Agradeció en silencio que su madre no terminara de decirlo; por mucho que quisiera evitarlo, lo sucedido seguía emponzoñándole por dentro—. Bueno, durante mucho tiempo temí que te hubiera pasado algo. Y tu silencio no contribuyó a tranquilizar mi temor.

—Ya veis que no fue así. Me encuentro perfectamente. Así que no debéis intranquilizaros.

—*Mon fils*, tu madre se preocupa por todo —dijo Armand, palmeándole la espalda. Estaba sentado a su lado—. Aunque me satisface verte en casa y te he echado mucho de menos, tu madre tiene razón: no has sido muy considerado. Esperábamos noticias tuyas cada vez que llegaba correo. Una misiva de vez en cuando habría sido suficiente para aplacar nuestros temores —terminó con su voz de capitán, la que solo utilizara para reprenderle cuando hacía alguna trastada.

—Lo siento, padre. No lo pensé —negó, apesadumbrado. Debería haberles escrito. Sonrió para aplacar a sus padres—. Pero ya estoy aquí y no pienso marcharme. —Sus palabras sonaron como una promesa, pese a que no había sido esa su intención—. Espero que mi prometida os agrade tanto como a mí.

—Seguro que sí, hijo. Estoy deseando conocerla —declaró Camila con una sonrisa renuente—. Me encanta que aún tarde unas semanas; así te tendré para mí sola unos días más.

—*Chérie*, ya no es un niño para que lo mimes.

—¿Estás celoso? —inquirió su madre con picardía.

—*Non*, ¿debería estarlo? —Su padre se levantó y fue a sentarse en uno de los brazos del sillón de su madre—. ¿Tengo que ponerme celoso?

—Sabes que no, mi querido galo —aclaró, poniéndole una mano sobre la rodilla.

Samuel se levantó y les dio la espalda para mirar a través de la ventana del salón. No quería ver el amor que se profesaban sus padres. Ya no. Era muy doloroso. Mucho tiempo atrás había soñado que él también tendría algo así, solo para despertar de la peor manera posible. Ya no aspiraba a tanto; era menos punzante y más realista.

Fuera el sol se estaba poniendo. Era su primer día en San Sebastián desde que partiera, lleno de esperanza, seis años antes, cuando solo tenía diecinueve y creía saberlo todo. ¡Bonito idiota! El tiempo lo había puesto en su lugar y le había enseñado a no confiar en las promesas.

—Señora, la cena está servida —anunció la criada.

—Gracias, Bernarda. Ahora mismo vamos —contestó su madre. Samuel oyó el frufrú de las faldas cuando Camila se levantó; después, los pasos por la tarima; finalmente sintió la mano de su madre sobre su hombro—. Hijo, a riesgo de repetirme, tengo que decirte que me alegra sobremanera que estés de vuelta.

—Lo sé, madre. A mí también me complace estar con vosotros. —Le tomó la mano; el contraste entre las dos era notorio: una, blanca como la nieve y la otra, morena y mucho más grande. Se la llevó a los labios y pudo oler el perfume floral que siempre llevaba. El aroma que le recordaba que estaba en casa; sonrió—. Muchas gracias por enviarme el jabón de romero. Debo decir que nadie lo hace como vos y cada vez que lo usaba era como estar aquí.

—¡Ay, hijo! Harás que me emocione —protestó su madre—. Anda, vamos a cenar; tu hermana nos estará esperando.

Samuel se colocó la mano de Camila en el pliegue del codo para acompañarla al comedor. Su padre les seguía con una cálida sonrisa. ¡Qué bueno era volver a casa!

Bernarda puso en la mesa la bandeja con la infusión para Camila e Isabel y la botella de coñac con las copas para Armand y Samuel. Su madre, sentada a la cabecera de la mesa, disfrutaba teniendo a toda la familia reunida. La alegría arrugaba las comisuras de sus ojos, que brillaban como monedas de oro recién acuñadas. De vez en cuando Samuel la veía suspirar de satisfacción y se alegraba aún más de estar de vuelta. Ya no debía preocuparse por no estar con ellos, puesto que había retornado para quedarse en la ciudad.

—Bueno, hijo, cuéntanos qué tal te ha ido por Caracas. ¿Es tal y cómo imaginabas? —preguntó Camila. Sirvió la infusión y le pasó una taza a Isabel, que le dio las gracias con una sonrisa.

—No sabía qué iba a encontrar, la verdad —comenzó Samuel—. Caracas es una ciudad bastante grande. Me sorprendió ver las calles tan derechas y anchas. Han construido muchos edificios magníficos y la temperatura es muy agradable.

—Suena paradisiaco —bromeó Armand, desde el otro extremo de la mesa.

—Sí, lo es. Pero echaba de menos San Sebastián —confesó, sirviendo el coñac en las copas—. Os echaba de menos.

—Ay, hijo mío. Nosotros también. Sobre todo, después de... —Su madre guardó silencio, un tanto incómoda; luego dejó la taza en la mesa—. Ha sido muy duro no saber cómo estabas. Tanto silencio me estaba matando. —Su mirada se oscureció—. Me duele reprochártelo, pero no has contestado ni a la mitad de las cartas que te enviamos. ¿Te imaginas cómo nos sentíamos? No poder ayudarte...

—Lo siento, madre. No tenía muchas ganas de escribir y el trabajo me ocupaba mucho tiempo —se disculpó con sinceridad—. No os inquietéis; ya ha pasado —mintió. No quería que su familia se preocupase por él—. Los dos creímos que... pero es evidente que solo era una fantasía de niños.

No quería pensar en ello. Aún guardaba rencor a María por

lo que había hecho. Posiblemente nunca la perdonaría, aunque iba a tratar por todos los medios de que esa animadversión no fuera de dominio público. No deseaba que alguien pudiera pensar que aún estaba interesado y confundiera los sentimientos que tenía por ella. Por otro lado, las familias se conocían desde siempre y no quería ponerles en la tesitura de tomar partido. Fingir era la mejor opción.

La única opción.

—Me alegra saberlo. —Su madre, sentada a su izquierda, le palmeó la mano—. Ahora que estás aquí me cuesta más enfadarme contigo, pero no abuses de tu suerte. —Hizo un mohín—. ¡Te vas a casar! No sabes cuánto me alegra oírlo. Háblanos de tu prometida. ¿Cómo es? ¿Cómo se llama? Debo añadir que estoy algo molesta. No nos has contado nada de ella. Ni siquiera sabíamos que estuvieras cortejando a nadie —protestó, clavando sus ojos ambarinos en él—. ¡Deberías habernos escrito más, tunante!

—Tranquila, querida. No hay de qué preocuparse; ya lo tienes en casa —terció su padre—. Anda, muchacho, cuéntanos todos los detalles.

—Ha sido todo muy rápido —reconoció con una sonrisa, contento de cambiar de tema—. Conocí a Rosa Blanca en un baile que dio el factor de la Compañía* en su hacienda. Ella había ido con su padre, don Eladio Vélez, a pasar la velada.

—¿Es hermosa? —preguntó Isabel con aire soñador. Su hermana cada vez se parecía más a su madre. A sus dieciséis años era toda una belleza, con aquellos ojos ambarinos, siempre risueños—. ¿Te enamoraste nada más verla?

—Sí, es hermosa. Tiene el pelo negro y los ojos oscuros como yo. Es muy menuda y bajita. Cuando la vi por primera vez, pensé en una muñeca de porcelana.

«Y, sobre todo, totalmente distinta de María», pensó.

—¡Ay! ¡Qué romántico! —susurró Isabel, con la mano en el pecho.

Armand soltó una risa y acarició los rizos castaños de la jovencita.

* Se refiere a la Real Compañía Guipuzcoana de Caracas.

—Ves romanticismo por todos los lados, *ma fille*. Deja que tu hermano nos lo cuente.

—Es criolla; su madre era hija de patricios y su padre es canario.

—¿Patricios? ¿Qué significa eso? —indagó Camila—. No lo había oído nunca.

—Confieso que yo tampoco, hasta que llegué allí —explicó Samuel—. Los patricios son los dueños de las haciendas, los adinerados, los que llevan más tiempo viviendo allí. Son un poco elitistas.

»Luego están los vizcaínos. Así nos llaman a los que hemos ido con la Compañía. Los manumisos son negros liberados que trabajan en lo que los blancos no quieren. Los esclavos, los zambos y los indios.

—¿Zambo?

—Zambo es hijo de negro e india —aclaró Samuel a su madre—. Andresote era un zambo. ¿Oísteis hablar de él?

—Sí. Nos llegaron noticias de que se había rebelado contra la Compañía hace cinco años —apuntó Armand—. ¿Aún no lo han encontrado?

—No. Se dice que los contrabandistas le ayudaron a huir a Curazao. ¿Quién sabe? De todos modos, los hacendados no están muy contentos con el monopolio de la Guipuzcoana. Consideran que sus condiciones no les benefician mucho. —Bebió un sorbo de coñac—. Espero que arreglen las diferencias pronto; de lo contrario, no descarto que vuelvan a rebelarse.

—¿Tan mala es la situación? Creí que era bueno para ellos. Después de todo, la Compañía casi ha acabado con el contrabando —indicó Armand, interesado.

—No niego que los ideales fueran buenos. La realidad es un tanto complicada. Pensad en las condiciones impuestas: la Guipuzcoana pone el precio de los productos que lleva a Venezuela; además, pone el precio del cacao, los cueros o el azúcar que compra a los hacendados, quienes deben vender al precio que les indican, y ese no es siempre el que más les interesa.

—Comprendo —murmuró su padre, frotándose la sien derecha—. No es muy halagüeño que te impongan esas condiciones.

—Creo que esa es la razón principal para que haya dimitido

de mi trabajo allí como contable —notificó Samuel, cabeceando con aquiescencia.

—Eso es otra de las cosas que más me sorprendieron en tu primera carta. —Su madre sirvió otra infusión para Isabel y para ella. El aroma del azahar impregnó el aire—. Nunca me imaginé que te pusieras a trabajar como contable.

—Yo tampoco, madre. Aunque debo decir que ha sido una experiencia muy satisfactoria. Seguiré por el mismo camino.

Su familia le miró confundida, pero ninguno dijo nada.

—¡Ah! No te quedes callado. Continúa contando más cosas sobre aquel lugar —solicitó Isabel un instante después—. ¿Cómo son los indios? ¿Son hostiles? ¿Y los vestidos? Dicen que en Venezuela siguen muy fielmente la moda francesa, ¿es cierto?

—Hija, terminarás por abrumar a tu hermano —amonestó Camila, pero se la veía tan interesada como su propia hija.

Le alegró la curiosidad de su hermana y de su madre, pues eso le ayudaba a fijar su mente en un punto y no en las razones por las que se había decidido a trabajar de contable, en lugar de hacer lo que le había llevado a aquellas tierras.

2

La taberna seguía igual que cuando él se fue a Venezuela. El mismo olor ácido de las manzanas y del vino; el mismo suelo de piedra y las mismas paredes encaladas. Las grandes cubas, con la madera oscurecida por el tiempo y la humedad, reposaban contra las paredes a la espera de ser vaciadas.

Aún no se había dejado caer ningún cliente; no tardarían en llegar. Las voces infantiles que se oían en el patio, le recordaron las veces que había jugado con Martín y su hermana María en aquel mismo lugar, alrededor del roble, mientras el señor Rodrigo, el padre de sus amigos, servía sidra a los parroquianos. ¡Cuántas batallas habían imaginado en aquel sitio!

Un hombre entró en la taberna desde el patio. Se iba enrollando las mangas de la camisa por encima de los antebrazos. Al principio pensó que era el señor Rodrigo, pero luego recordó que había muerto un par de años atrás. Era Martín; cada día se parecía más a su padre.

—¡Dichosos los ojos que te ven, amigo mío! —El vozarrón de Martín retumbó en la estancia vacía, mientras se acercaba a grandes pasos—. Ya pensaba que nunca volverías por aquí.

—Buen día, amigo —atinó a decir antes de verse envuelto en un abrazo de oso—. Ya veo que la vida de casado te sienta muy bien. Creo que has ganado unas cuantas libras desde que nos vimos la última vez.

—Mi esposa me cuida muy bien —aseguró, palmeándose la incipiente curva de su abdomen.

Se apartaron, manteniendo cada uno la mano en el hombro del otro, como si no fueran capaces de separarse del todo. Los ojos castaños de su amigo brillaban de alegría.

—Siento no haber podido acompañarte en tu boda —reconoció Samuel, repentinamente serio—. Aún no quería volver.

—No te preocupes por eso. Imagino que... —Bajó la mirada un instante, luego volvió a mirar a su amigo—. A todos nos sorprendió su decisión. No lo entendimos, pero...

No hizo falta que Martín especificara a quién se refería. Era más que evidente que tenía a su hermana María en los pensamientos.

—Eso ya pasó y está olvidado.

—¿Seguro? —inquirió su amigo con timidez—. Sé lo mucho que os amabais.

Samuel retiró la mano del hombro del tabernero, dio unos pasos por el recinto y se paró frente a una de las cubas, ensimismado. Cuando recordaba a su antigua prometida, una rabia burbujeante le colmaba el estómago y le hervía en las venas. No quería sentirse así. No lo deseaba, más que nada porque cualquier emoción, cualquier sentimiento, por nimio que fuera, sería demasiado. Ella no merecía nada.

—Eso pasó hace mucho tiempo y los dos hemos seguido con nuestras vidas —se obligó a contestar. Miró a su amigo—. Voy a casarme dentro de poco —anunció, tratando de sonar alegre—. Supongo que ya te habrás enterado.

—Sí. Lo vino contando mi hermanita «metomentodo» Jacinta —concretó Martín, fingiendo censura—. Tú no has sido muy prolífico en cartas. Imagino que estabas demasiado ocupado, aprendiendo todo lo relacionado con el cacao, como para escribir a los viejos amigos.

—Tenía mucho trabajo —declaró, escueto. No quería entrar en más detalles ni dar explicaciones. Aún no.

Martín cabeceó, asintiendo.

—Me alegra mucho que te cases. ¿Cuándo llegará la novia? Mi hermana nos dijo que no había venido contigo.

—No. Debía preparar el ajuar y se quedará un tiempo más en Caracas. Confieso que la decisión de casarnos fue muy repentina y ella no estaba preparada para embarcarse.

—Bueno, no creo que le lleve mucho tiempo. Nada como la perspectiva del matrimonio para que una joven organice lo que haga falta en muy poco tiempo —barbotó entre risas—. Mi esposa no perdió el tiempo.

—¿A quién le estás hablando de mí, esposo? —Una voz femenina se oyó en la taberna—. ¿Tienes alguna queja por mi rapidez?

Los dos se volvieron a la salida al patio. Enmarcada en la puerta, una joven con un niño a caballo en su cadera y una niña de la mano les miraba con media sonrisa.

—Bienvenido a San Sebastián, Samuel —saludó, mientras pasaba al interior con la niña caminando tras ella—. Me alegra volver a verte.

—Mi querida Matilde, el placer es solo mío —aseguró con sinceridad—. Felicidades por tu matrimonio.

Samuel se fijó en el niño que reposaba la cabeza en el pecho de su madre. No tendría más de un año y lo miraba con vergüenza. Había heredado el pelo rizado de Martín y sus ojos castaños. Cuando descubrió que también era observado, escondió la cara entre el mantón de su madre, repentinamente tímido.

La niña era muy diferente. Su pelo ensortijado era del color de la miel derretida y sus ojos, tan verdes como la hierba, lo miraban con una mezcla de osadía y timidez. La vio llevarse un dedo a la boca. Había algo en ella que le resultaba conocido. Un recuerdo que no lograba fijar.

—Esta señorita es mi sobrina Paula —la presentó Martín, poniendo una mano sobre la cabecita dorada—. Es la hija de María —añadió, entre dientes, como si no se atreviera a expresarse en voz alta.

«¡Su hija! —pensó Samuel—. De ahí ese aire de familiaridad que me asaltaba.»

Por un instante pensó que podría haber sido su hija si las cosas hubieran sido diferentes. Si María no le hubiera traicionado de la peor manera posible.

Rechinó los dientes sin darse cuenta y se esforzó por tranquilizarse.

«Olvídate de ella», se ordenó con fiereza.

—Suele pasar muchas mañanas aquí; cuando mi cuñada está

muy ocupada en la confitería —explicó Matilde, sin soltar la mano de la niña—. Juega con Martintxo y lo mantiene entretenido. Es un cielo.

Samuel se dio cuenta de que su amigo mantenía la mano sobre la cabeza de su sobrina, como si la estuviera protegiendo de él. Sintió un dolor sordo en el vientre y se obligó a sonreír para no asustar a la pequeña, ella no tenía la culpa de la perfidia de su madre.

—Encantado de conoceros, señorita Paula —saludó, tomándola de la mano.

La niña lo miró con aquellos ojos glaucos, pero no le devolvió la sonrisa. Tal vez notaba su reticencia al saludarla y no se fiaba de él. Los niños eran muy intuitivos. Él lo conocía de sobra, hubo de aprender, a muy temprana edad, a desconfiar de todo el mundo. Cuando estaba a punto de decirle algo que la tranquilizara, se abrió la puerta de la calle.

Aun antes de darse la vuelta, Samuel supo quién era el visitante. Antes de que nadie dijera nada. Casi antes de que cruzara el umbral de la tienda.

Lo notó en los huesos, en la piel y en el aire. Solo María había conseguido provocar esa respuesta en él. Por lo visto, seguía siendo así.

Se recriminó el ritmo creciente que estaban tomando los latidos de su corazón, pero no podía hacer nada para aminorar ese batir. Quiso pensar que era por la rabia y no por otra cosa. Lo otro era... inadmisible.

—¡Madre! —La niña se soltó y se acercó corriendo a su madre.

—¡Hola, tesoro! ¿Te has portado bien? —Su voz seguía siendo la misma. Esa voz llena de dulzura que le había jurado amor eterno y que le había prometido esperarle.

«¡Mentirosa!», pensó, rabioso. La sangre le burbujeaba.

Tomó aire para darse fuerzas; luego se dio la vuelta con lentitud hasta ponerse frente a la mujer que había amado más que a su vida y a la que ahora quería odiar con cada fibra de su ser.

Los cabellos que se le habían escapado del pañuelo brillaban como una aureola dorada a la luz que entraba por la puerta abierta. Su cara permanecía en la penumbra, aunque el brillo de sus ojos era claramente visible. Dio unos pasos y, al salir del haz de luz, quedó expuesto su semblante, algo crispado.

No había cambiado mucho en esos seis años. Tal vez estaba más pálida que entonces, pero eso bien pudiera ser por encontrarse con él. Sus ojos seguían siendo del color de las avellanas, limpios y transparentes; brillantes como la melaza. Unos ojos que le habían perseguido en sueños durante toda la travesía hasta el Nuevo Mundo y después, a lo largo de esos seis años. Unos ojos que, al parecer, eran difíciles de olvidar.

—Buen día, Samuel. He oído que debo felicitarte por tu próxima boda —pronunció en un murmullo, al llegar a su lado. ¡Sonreía! La muy ladina era capaz de hacerlo.

Sí, era cierto que no de manera plena, sino más bien un tanto trémula, pero era una sonrisa, al fin y al cabo. ¡Una maldita sonrisa! El deseo de herirla era muy fuerte. Abrasador.

—Gracias —masculló, con sequedad. Y utilizando un tratamiento más formal para mantener las distancias, continuó—: Permitidme que no os corresponda por la vuestra. Dadas las circunstancias, prefiero no hacerlo —se le escapó decir.

«¡Diablos! No debería haber dicho eso», se recriminó. Había decidido fingir cordialidad para no dar pábulo a las murmuraciones y a la primera de cambio se dejaba llevar por el odio. Era un estúpido. ¿En qué estaba pensando?

—Samuel... —A su espalda sonó la voz seca y la inspiración de su amigo; todo un reproche por su mala educación. Apretó los dientes, molesto. Ellos no sabían el dolor que le causara esa traición. No, ellos ignoraban ese sufrimiento y no entendían su rencor. De cualquier manera, debía controlarse.

—No te molestes, Martín —trató de aplacar a su hermano—. Lo comprendo —susurró, cabizbaja—. Será mejor que me lleve a Paula. No tardaremos en comer y... —Calló, mirando a los lados. Sus mejillas rojas como la grana—. Adiós.

Antes de que pudiera hacer nada, ella había salido con un revuelo de faldas, llevándose a su hija.

Samuel cerró los ojos un instante, enfadado consigo mismo. No era esa la idea que tenía del primer encuentro. Se había imaginado más frío, indiferente. Lo había hecho todo al revés. ¡Idiota!

—Creo que has sido muy duro con ella —le recriminó su amigo—. Sé que no se portó bien, pero...

—No, no lo hizo, Martín —bufó—. Pero no debería haberle hablado de ese modo. Supongo que ha sido una reacción desmesurada. Me disculparé. Es tiempo de dejar el pasado atrás —terminó más comedido, tratando de disimular el resentimiento que le corroía por dentro, que lo ahogaba.

—No sé qué la llevó a tomar una decisión así —murmuró el tabernero con tristeza—. Sé que te amaba. ¡Santo Dios! Lo ha hecho desde que te conocimos, cuando solo éramos unos mocosos. A nosotros también nos sorprendió que se casara con Sebastián, pero no nos quedó más remedio que aceptarlo y... se les ve felices juntos. —Inspiró con las manos en la cadera—. Tienes razón, amigo, y me alegro de que lo veas así. Es tiempo de olvidar y que cada uno siga con su vida.

«¡Qué más quisiera yo! —pensó Samuel con rencor—. Como si fuera tan fácil...»

Él lo había intentado y, evidentemente, aún no lo había conseguido. Tal vez, cuando se casara con Rosa Blanca...

Una vocecita interior le previno que ni siquiera entonces.

María regresaba a la confitería sin saber muy bien por dónde iba. Saludó a varias personas, aunque luego no podría recordar a quiénes. Caminaba por inercia, con la mente en otro sitio. No podía dejar de pensar en Samuel. Pese a conocer su llegada, no estaba preparada para encontrárselo de frente. Para verlo tan pronto. Debería haberlo estado. A pesar de haber pasado un día entero, no había conseguido hacerse a la idea.

Él estaba muy cambiado. Se había ido siendo un joven de diecinueve años; alto, aunque un tanto desgarbado. Ahora, por el contrario era más corpulento; un hombre hecho y derecho. Estaba muy moreno —ya se lo había dicho su hermana Jacinta— y el pelo, oscuro y liso, le llegaba hasta los hombros. El cambio más grande estaba en sus ojos casi negros, antes tan amables y risueños y ahora tan duros como el pedernal. No fue muy halagador saber que con su conducta había contribuido a ese cambio. ¿Qué otra cosa podría haber hecho?

No la había tuteado, como siempre; por el contrario, la había tratado como si fueran desconocidos, como si entre ellos no hubiera habido una amistad tan profunda ni un amor descomunal. Le había dolido. Mucho más de lo que hubiera pensado.

Aún tenía el corazón retumbando, atronador, en el pecho. Le temblaban las manos y sabía que tendría las mejillas al rojo vivo. Podía notar el calor que irradiaban. Trató de controlar el ritmo acelerado de la respiración para tranquilizarse. Debía serenarse antes de que la viera su marido. No deseaba preocuparle de ningún modo.

—Madre, ¿quién era ese hombre? —preguntó Paula, tirándole de la mano para llamar su atención—. No me gusta. Estaba enfadado. Parecía... molesto conmigo.

—Es un amigo de tu tío —«y antes lo era mío»—. Que ha regresado después de mucho tiempo fuera de aquí. Tú no habías nacido cuando él se fue.

Recordar su partida le puso un nudo en la garganta. Mejor no pensarlo; era demasiado doloroso.

«¿Por qué has tenido que volver?», pensó con egoísmo. Con él lejos de San Sebastián podía fingir que todo estaba bien; que su vida era todo lo que había deseado. Casi gimió.

Por fortuna la confitería estaba frente a ellas; empujó la puerta de la tienda con premura y entraron. Necesitaba la tranquilidad de aquel comercio para serenarse. Sentirse protegida.

—¡Ah! ¿Y por qué está tan enfadado? —preguntó su hija. No era una niña que dejara las cosas a medias. Siempre quería ir al fondo de todo—. Daba miedo.

Pero ¿qué le podía contestar? ¿Decirle que su madre estaba prometida con él, pero que se había casado con otro?

No, definitivamente, no podía contarle nada de eso. Su hija era aún muy pequeña para comprenderlo.

Se llevó la mano a la frente, tratando de encontrar una respuesta satisfactoria para ambas. Rogando para que fuera lo antes posible.

—Buen día. ¿Qué tal está hoy mi princesita? —La voz de Sebastián la salvó de contestar. Suspiró de alivio y trató de esbozar una sonrisa.

—¡Padre! —exclamó la niña, se soltó de la mano de su madre

y corrió a los brazos del confitero—. Oléis muy dulce. ¿Habéis hecho confites?

—Sí, mi niña. Cuando hayas comido, te daré unos pocos —convino el hombre, alzándola como cuando era más pequeña. Después de darle un beso, la depositó en el suelo—. Ahora ve a lavarte las manos.

—La mimas demasiado, Sebastián. No hay una niña en toda la plaza que coma más dulces que ella —le reprochó, una vez que la pequeña se hubo ido. Se alegró de ser capaz de hablar con calma; de mantener una conversación con aparente normalidad.

—¡Claro! Ella es la hija del confitero, ¿quién, si no, para comer dulces? —Rio Sebastián, gozoso—. No te enfades, querida —murmuró al ver su cara de discrepancia—, le daré muy pocos. —La miró más serio y le acarició la mejilla—. ¿De quién hablabais al llegar? ¿Quién estaba enfadado? ¿Quién le daba miedo?

María tomó aire para darse fuerza.

—Samuel; estaba en la taberna —empezó con la cabeza gacha, sintiendo los dedos de su marido en la mejilla. La tensión volvía a atenazarla. Volvió a inspirar para controlarse antes de seguir—: Paula dice que la ha mirado como si estuviera enojado con ella. —Acomodó la cara en la mano de Sebastián y cerró los ojos. Buscaba la calidez del tacto de su marido para consolarse—. Te quiero —se obligó a decir, pese a que era cierto. Como si necesitara dejar claro ese sentimiento.

—Lo sé, querida. Yo también te amo. —Los brazos de su esposo la rodearon con ternura. María se sintió protegida y se dejó mecer como una niña—. No te preocupes por lo de Samuel. Es normal que se sintiera molesto. ¿Quién no lo estaría? —Suspiró sin soltarla—. No sé lo qué le habrán contado; tal vez ni siquiera sabía que teníamos una hija. Quizá Paula le haya recordado lo que ha perdido. Habrá sido la impresión al verla; se le pasará. Deja de pensarlo y vayamos a comer.

Se separaron y ella siguió a Sebastián por las escaleras, de camino al comedor.

No se podía quitar de la cabeza la cara de Samuel al mirarla. Se estremeció. La odiaba; no le cabía ninguna duda. No la había perdonado.

¿Merecía perdón, acaso? Le había fallado al no cumplir con su promesa, ¿qué esperaba?

Se sentaron a la mesa. Paula ya ocupaba su sitio a la derecha de su padre. María, frente a su marido, se dedicó a colocarse la servilleta en las rodillas. Estaba nerviosa y notaba el estómago como si estuviera repleto de esparto.

Vio a Renata, la criada, entrar en el comedor con una olla de estofado humeante en las manos y proceder a servirlo como todos los días. Se aferró a la cotidianeidad del momento para buscar un asidero con el que sosegar su mente. Necesitaba tranquilizarse.

Cuando le llenó el plato, el olor de la verdura cocida le provocó arcadas. Se llevó la servilleta a la boca y se concentró en respirar a través del lino, hasta serenarse.

La comida se le iba a hacer eterna.

Sebastián dejó de aparentar que hacía sumas para el libro de contabilidad y miró sin tapujos a su esposa. Ella barría la trastienda, sumida en sus pensamientos. Llevaba un rato barriendo el mismo lugar, sin percatarse, al parecer, de que ya estaba más que limpio.

Al casarse con María, supo que tarde o temprano tendrían que enfrentarse a Samuel. Ahora él estaba en la plaza. Sus temores le atormentaban, pese a que disimulaba como mejor podía.

Había fingido no darse cuenta del estado en que había llegado María. Ella no le había dicho nada y él prefirió guardar silencio. No quería atosigarla con preguntas que, seguro, no estaba preparada para contestar. Y que tampoco él querría escuchar.

Había visto sus ojos agrandados por el miedo, el temblor de sus manos y prefirió callar, limitándose a abrazarla para hacerle saber lo mucho que la amaba. Que estaba allí, como siempre había estado. ¿Sería suficiente?

Ella le quería; seguro. Había aprendido a quererlo en esos seis años. Del mismo modo, estaba convencido, de que nunca lo amaría como a Samuel.

Eso nunca.

Los celos le asaltaron, mordaces. Esbozó una mueca y se controló para no destrozar la pluma entre los dedos.

Samuel y María. Los había visto desde que eran pequeños y entraban en la confitería, los domingos tras el oficio, a comprar caramelos de malvavisco. Luego, al empezar Samuel como aprendiz, les veía al final de la jornada, cuando Martín y María venían a buscarlo. El amor que sentían el uno por el otro era tan palpable, dulce y denso como el mejor almíbar. Después, al marcharse Samuel a Tolosa para completar su aprendizaje con el maestro Gorrotxategi, María empezó a trabajar en la confitería para atender las ventas. Se le daba muy bien trabajar como dependienta.

Tal vez fue en aquellos días cuando dejó de verla niña para ver en ella a la joven en que se estaba convirtiendo. Y se enamoró de ella. Con un amor puro y callado. Un amor destinado al fracaso, pero no por ello menos intenso.

Veía cada jornada los ojos avellanados de María rebosando de amor por el joven y deseaba que lo mirara a él de igual modo. Conformándose, sin embargo, con ser mero espectador de un amor que no era suyo. Resignándose a saber que nunca lo sería.

María debió de sentirse observada, porque dejó de barrer y lo miró, confundida.

—¿Me has dicho algo?

—No, querida. Prefería mirarte que seguir con este lío de cuentas —contestó sin faltar a la verdad—. Mi cabeza no está hecha para los números. —Dejó la pluma en su lugar y cerró el libro. Por ese día había acabado—. ¿Te queda mucho?

—No, ya he terminado de barrer —musitó, mirando alrededor para asegurarse.

La vio vaciar el badil en el hogar para usarlo al día siguiente de combustible y le extrañó la brusquedad de sus movimientos. Sin duda, el regreso de su antiguo prometido la había alterado. Solo esperaba que su matrimonio no se resintiera por ello.

«Empieza a rezar», se aconsejó con un deje sarcástico, completamente alejado de su forma de ser.

Guardó los libros, suspirando por su falta de habilidad. Apagó la vela que reposaba en la mesa y siguió a su esposa que, candil en mano, lo esperaba para subir a la casa.

«¡Señor! No dejes que la pierda», suplicó en silencio.

3

—Pues sed bienvenido a San Sebastián, señor Samuel —manifestó don Felipe de Urioste, el juez de Indias, mientras le entregaba una copa de jerez—. Aunque debo decir que he sido informado de la excelente labor que realizabais y me apena mucho que hayáis dejado vuestro trabajo en Caracas y en La Guaira.

El anfitrión se sentó frente a Samuel y le dio un sorbo al licor, sin apartar la vista de su invitado.

—Muchas gracias, don Felipe, pero he decidido casarme y regresar definitivamente a esta plaza —contestó Samuel, admirando el color dorado de la bebida—. Echaba en falta a mi familia.

—Sí, la nostalgia es un mal que aqueja a muchos de los que se van. ¿Puedo preguntaros quién es la afortunada muchacha con la que os caséis? ¿Alguien de San Sebastián, quizá?

—No. Es una joven criolla, hija de un hacendado del Valle de Araguata —explicó Samuel.

—Un cambio muy grande para una muchacha acostumbrada al clima templado de aquellas tierras —musitó, cabeceando.

—Sí, pero espero que se haga pronto a nuestro clima —deseó, haciendo girar el líquido de su copa. Lo había pensado mucho. Sobre todo al regresar y notar que, pese a estar en mayo, aún se hacía necesaria la capa para resguardarse del viento cortante que se levantaba sin previo aviso. Esperaba que a Rosa Blanca el frío no le importase mucho—. Es una muchacha fuerte.

—Seguro que sí. —El juez de Indias calló un instante para

beber otro sorbito de licor—. Pero habladme de la vida en las colonias. Estaba muy preocupado cuando la rebelión de ese zambo...

—Andresote —terminó por don Felipe, y se arrellanó en el sofá—. La verdad es que trajo de cabeza al gobernador. Nadie esperaba que venciera a las tropas en el río Yaracuy y el director general Olavarriaga se quedó preocupado cuando le comunicaron que Andresote había amenazado con atacar los almacenes de Puerto Cabello. Como comprenderéis, aquello podía resultar un desastre para la Compañía.

—Claro, claro —convino el juez de Indias—. Por fortuna ya ha acabado esa revuelta, por mucho que no se haya podido dar con el dichoso zambo —terminó, agitando una mano como para restarle importancia—. Nuestra Real Compañía no tiene nada que temer.

—Siempre y cuando se respeten los precios, tanto de compra como de venta; temo que, de no ser así, esta no sea la única rebelión —vaticinó Samuel, antes de dejar la copa sobre una mesita adyacente—. Es fácil caer en el abuso de poder.

—Pese a ser uno de los males de los que adolece el ser humano, espero que la Compañía esté libre de ello, querido amigo.

—Lo mismo espero yo, estimado juez —dijo con sinceridad, aunque había empezado a comprobar la diferencia, claramente favorable a la Guipuzcoana, de los precios de los productos que llevaban del Viejo Continente. Si no los inflaban demasiado podría pasar, en caso contrario... Mejor no pensar en ello.

—Permitidme el atrevimiento, señor Samuel, pero creo que vuestro caso es muy inusual —empezó el anfitrión, sirviendo más jerez—. Tengo entendido que vos no embarcasteis como contable.

—No, tenéis razón —admitió Samuel—. Mi primera intención fue viajar hasta Venezuela para seguir aprendiendo sobre el cacao. Como sin duda sabéis, soy maestro confitero y cerero. ¿Dónde mejor para informarme que en la propia cuna?

—Desde luego —asintió con la cabeza—. Por eso os preguntaba. Nunca había oído de un caso así.

—Desde chaval se me han dado muy bien los números. —Se alzó de hombros, como disculpándose—. Durante la singladura, el contable que viajaba en el barco cayó enfermo de fiebres y me ofrecí a cubrir su puesto hasta que él se hubiera recobrado. Desgraciadamente, falleció poco antes de arribar en Puerto Cabello. A falta de otro contable, continué haciendo esa labor hasta que llegara el nuevo. Después... decidí aceptar el puesto definitivamente.

La carta que le enviara su madre para contarle las últimas noticias le obligó a tomar esa decisión. Se zambulló entre los números, pues eran los únicos que no mentían; en los que se podía confiar. Ellos no defraudaban. Dejó de lado su formación como confitero. El aroma dulce le traía demasiados recuerdos que era mejor olvidar. No se veía capaz de trabajar con el cacao sin recordar la traición de quien amaba más que a nada en el mundo.

Lo irónico del caso había sido que él marcara en los libros las cargas de cacao que partían para San Sebastián. El mismo cacao que luego ella vendería en la confitería de su esposo.

«¿Por qué? —pensó por enésima vez—. ¿Por qué se casó con Sebastián?»

—No sé si estáis buscando trabajo —la voz de su anfitrión le trajo al presente—, pero siento tener que deciros que en estos momentos tenemos cubiertos todos los puestos. No obstante, si alguno quedara vacante, os avisaría sin demora. Tengo tan buenos informes que me apena no contar con vuestros servicios. Por otro lado, con esas referencias, sé que no os faltará trabajo.

—Muchas gracias, don Felipe. Os agradezco el gesto, pero no os preocupéis, algo encontraré —declaró Samuel. Bebió jerez, buscando aliviar la amargura que le había dejado el recuerdo—. De momento empezaré a buscar una vivienda para instalarme una vez casado.

—Eso es más complicado, señor. Me consta que intramuros no hay ninguna libre. Veré si me entero de algo para avisaros.

Samuel se lo agradeció con una inclinación de cabeza y, tras acabar su jerez, se levantó para despedirse.

El propio juez le acompañó hasta la salida y allí se despidieron cordialmente.

Era una complicación que no hubiera casas disponibles. Su intención era comprar una que le agradase o alquilar alguna hasta dar con la apropiada. Esperaba tenerla en condiciones para el arribo de Rosa Blanca. Deseaba ofrecerle un hogar aceptable, que le hiciera la vida más apacible en esa tierra. Era una muchacha acostumbrada a las comodidades y no quería defraudarla.

En la calle, los tibios rayos del sol de mediodía calentaban a los transeúntes que paseaban sin prisas. Se colocó mejor el tricornio y, con paso mesurado, se dirigió a su casa. Una bandada de gaviotas gritonas volaba en dirección al mar.

María terminó de guardar los caramelos de malvavisco en el tarro de cristal y, tras ponerle la tapa, lo colocó en el mostrador de la tienda. Era el mejor lugar para tentar a los clientes más jóvenes. Miró alrededor por si hubiera algo fuera de lugar. Todo estaba impecablemente colocado; ni una mota de polvo ensuciaba la superficie de madera del mostrador o las baldas de la estantería. Su ataque de limpieza había dejado la tienda como una patena. Limpia y resplandeciente.

Todo había comenzado al salir de los oficios matinales. Durante la misa había temido encontrarse con Samuel.

«Temer» no era la palabra más adecuada para lo que sentía. Sus sentimientos oscilaban entre el miedo y el deseo de verlo. Era una locura; la tarde anterior había quedado patente la ojeriza que sentía por ella, por lo que enfrentarse a él no era lo más recomendable. No obstante quería...

«¡No! No tienes derecho a querer nada de él —se reprochó en silencio—. Lo perdiste al aceptar la propuesta de Sebastián.»

Era cierto: ya no tenía derecho a nada, pero su corazón no lo entendía. Era muy doloroso saber que la detestaba, pese a que ella misma lo había provocado, o quizá precisamente por eso.

A lo largo de esos años lo había pensado en muchas ocasiones. Tal vez porque él no había vuelto en ese tiempo o porque ella misma había tratado de cerrar los ojos, nunca pensó en la magnitud del odio que Samuel pudiera profesarle. Saberlo era como abrir una herida y echarle sal. Lo peor de todo era reconocer que ella se lo había ganado; lo merecía, aunque...

«¿Estás segura de que no podrías haber hecho otra cosa?»,

se preguntó, como tantas veces había hecho a lo largo de su ausencia.

Le había herido, eso era más que evidente. Seis años antes, cuando tuvo que decidir qué hacer, supo que aquello iba a resultar muy difícil y que les dolería a ambos. Se amaban, y renunciar a ese amor fue lo más terrible y arduo que había hecho en su vida; tanto, que en varias ocasiones estuvo tentada a abandonar y aceptar las consecuencias, pero al final hizo lo más honorable y ahora debía apechugar sin queja.

Aspiró con determinación y entró en la trastienda.

Sebastián estaba terminando de mezclar con miel la molienda a base de cacao y canela. Trabajaba la mezcla en una mesa con sobre de mármol. Le dedicó una dulce sonrisa cuando la vio entrar y dejó el preparado.

Julio, el aprendiz, seguía moliendo más cacao y canela. Era un proceso largo y agotador. De rodillas tras el metate,* iba vertiendo un puñado de habas de cacao, tostadas y descascarilladas, y las molía con el rodillo de piedra. Bajo el metate ardía un pequeño brasero para calentar el cacao y que fuera formándose una pasta, que se mezclaba con la canela. El olor untuoso del chocolate impregnaba la trastienda y despertaba los sentidos.

—¿Quieres que te ayude a formar las bolas? —le preguntó María, acercándose—. Ya he terminado de guardar los caramelos y ahora no hay trabajo.

—Sí, me vendría bien, gracias —contestó su esposo, comprobando la textura de la masa—. Ya está suficientemente mezclado y es hora de hacerlas. Podrías ir pesando los trozos.

María tomó un pedazo del bloque para pesarlo en una balanza; como no era suficiente, añadió un poco más hasta completar el peso y después dejó la porción de masa sobre el mármol. Repitió el proceso unas cuantas veces. Mientras, Sebastián se dedicaba a dar forma, unas veces de bola y otras alargada, a los trozos ya pesados y los depositaba en una bandeja de madera para que se secaran. Esas eran las bolas que las amas de casa rallaban y mezclaban con agua para hacer el tan preciado chocolate a la taza.

---

* Metate: Piedra sobre la que se muelen manualmente, con un rodillo de piedra, diversos tipos de grano. En España se empleaba para moler cacao.

El olor entre dulce y amargo de la amalgama de cacao, miel y canela inundó su nariz y lo aspiró con deleite. Algunas veces, cuando no había miel utilizaban azúcar. Con esfuerzo se contuvo para no llevarse los dedos a la boca y chuparlos como si fuera una niña.

—Ni se te ocurra. Bastante tengo con reprender a Paula —la regañó el confitero medio en broma, como si hubiera adivinado sus intenciones. Sus azulados ojos brillaban con picardía—. Ninguna de las dos sois capaces de aguantar sin probarlo.

—Me he contenido, Sebastián. Ni siquiera he hecho amago de llevármelos a la boca —protestó entre risas—. No sé cómo puedes saber lo que iba a hacer.

—¡Ay! Mi amada esposa, te conozco más de lo que tú crees y sé que eso es lo que estabas deseando —anunció Sebastián con su habitual tranquilidad, sin dejar de formar esferas con la mezcla—. Recuerda que más sabe el zorro por viejo que por zorro.

—No eres tan viejo. Cuarenta y dos años...

—¿Y te parecen pocos? Querida, casi podría ser tu padre. —La acarició en la mejilla sin apenas tocarla para no ensuciarla con la masa—. Me ves con buenos ojos, pero no puedo esconder la edad que tengo. Hace tiempo que dejé de ser un jovencito.

—No me había dado cuenta de que eras tan mayor —bromeó María, pesando la última porción de la mezcla—. Ya está todo. En ese caso, venerable anciano, será mejor que vaya a buscar a Paula, antes de que envejezcas tanto que no te reconozcamos.

—Anda, ve. Ya la echo de menos —suspiró, nostálgico. Marcó cada esfera con el sello de la confitería y las dejó para que se endurecieran—. Está creciendo muy deprisa.

María asintió en silencio antes de lavarse las manos en la palangana. Era cierto, su pequeña crecía muy rápido. A veces tenía la sensación de que lo hacía a más velocidad que los otros niños.

De pronto tuvo la necesidad de abrazarla, colmarla a besos. Se quitó con premura el delantal; ya cogía el chal que colgaba al lado de la puerta de la trastienda cuando su marido la llamó.

—Toma, llévale unos bolados* a tu hermano. —Le tendió

* Bolado: azucarillo.

una cesta de mimbre tapada con un lienzo—. Ya sabemos lo mucho que le gustan.

—Gracias, querido. Se los daré de tu parte —aseguró ella, una vez tomada la cesta. Salió de la tienda.

La temperatura invitaba a pasear con tranquilidad. El sol lucía, templado, sobre las flores que adornaban algunas ventanas y balcones de la calle. La primavera mostraba todo su esplendor, pero María, con prisa por llegar a la sidrería de su hermano, no se fijó en ello. Deseaba tanto tener a su hija en los brazos, que nada más importaba en ese momento.

Caminó por la calle Mayor a buen paso, con la cesta colgando del brazo. Varias personas la saludaron al pasar y ellas les devolvió el saludo sin pararse. Al doblar la esquina con la calle de La Trinidad descubrió a tres niños que jugaban a la puerta de la taberna. En cuanto la vieron dejaron los juegos para correr a su encuentro. Esos pequeñuelos eran capaces de oler el dulce a varias leguas de distancia.

—Buen día, señora María —saludó el más alto. Un chiquillo de no más de siete años, pecoso y con el pelo como una llama. Le vio darle un codazo a su hermano, un año menor y con la misma cara de pilluelo.

—Huele muy bien, señora María... —soltó el pequeño, posiblemente aleccionado por los otros dos chicuelos—. ¿No tendréis nada para nosotros? Los confites del otro día estaban buenísimos.

—¿Qué os parece un bolado? —inquirió, apretando los labios para no reír.

—¡Cáspita! —gritaron los tres, entre empujones.

María sacó tres bolados de la cesta y los repartió entre ellos. Los niños miraron la golosina con los ojos abiertos como platos y después le dieron las gracias repetidas veces. Ella les revolvió el pelo con cariño. Al entrar en la taberna sonreía como una tonta.

Su hermano terminó de llenar una botella de sidra y se la entregó a una señora. Otro hombre esperaba turno, mientras hablaba del excelente tiempo que estaban teniendo. Los tres se volvieron hacia la puerta cuando la oyeron entrar.

—Buen día —les saludó. Ellos le devolvieron el saludo.

—Señora, ¿vuestro marido ha preparado chocolate? —preguntó la mujer, mientras le entregaba unas monedas a Martín—. Apenas me queda y dudo de que me llegue para el desayuno de mañana. Si no tengo, mi Aurelio protestará hasta que tiemblen las paredes. No sabe desayunar otra cosa.

—A todos nos gusta un chocolate calentito para empezar la jornada —contestó María—. Precisamente ahora acaba de moldearlas. Imagino que para la tarde ya habrán endurecido.

La vio cabecear con aprobación.

—Estupendo; en ese caso pasaré por la confitería antes de la misa vespertina. Con Dios —se despidió la mujer antes de salir de la taberna.

Martín se dedicó a atender al hombre, que también quería llevar sidra.

—¿Qué tal estás, hermanita? —le preguntó un rato después, cuando se quedaron solos—. Siento mucho lo que sucedió ayer. Espero que las palabras de Samuel no te molestaran en demasía.

—Lo cierto es que no por esperadas fueron menos dolorosas —confesó María, con la mirada clavada en las piedras del suelo, cubiertas de serrín—. Le di motivos para odiarme. Es normal que se comportara así.

—No voy a entrar en las razones para que hicieras lo que hiciste. —Le puso la mano sobre el hombro y se agachó para ponerse a la misma altura. La miraba con una mezcla de preocupación y pena—. Sabes que no te lo he preguntado nunca, pese a que me ha carcomido la curiosidad todo este tiempo. Confío en que tendrías una razón poderosa para actuar así y que no fueron unos sentimientos volubles los que te llevaron a tomar una decisión tan drástica.

—Os lo dije a todos; tras la marcha de Samuel, mis sentimientos por Sebastián cambiaron y comprendí que era un hombre con el que me podía casar y fundar una familia —aclaró sin faltar a la verdad, mirándole a los ojos—. Mi esposo es un buen hombre.

—Eso nunca lo he puesto en duda, María. Es solo que... me pareció tan repentino... ¡Pardiez! Nadie se lo esperaba —añadió, mostrando las palmas. Luego, dejó caer las manos hasta los costados.

—Lo sé, pero era necesario hacerlo así. Sebastián quería ir a París a conocer a un maestro confitero y deseaba llevarme con él —repitió, como tantas otras veces. Las manos le dolían por apretar el asa de la cesta. Se obligó a relajarlas un poco. Lo último que deseaba era la suspicacia de su hermano. No quería que él sospechase la mentira dentro de esa verdad a medias.

—Sí, desde luego, las circunstancias obligaban a tomar decisiones rápidas, pero reconoce que fue muy inesperado —apuntó Martín. Volvió detrás del mostrador para limpiar la barra—. Todos nos extrañamos. Siempre habíamos pensado que te casarías con Samuel. Tú misma lo dijiste cuando eras pequeña.

—Solo eran las palabras de una chiquilla soñadora, Martín —espetó María, deseosa de acabar con ese tema que tanto dolor le producía—. Solo era una niña.

4

Un grupo de niños se afanaba en recoger la multitud de ramas y restos de madera que, arrastrados por la marea, descansaban sobre la arena. Un perro correteaba alrededor de ellos con ganas de jugar; sus ladridos se sumaban al susurro de las olas que lamían la playa y a los gritos de las gaviotas que la sobrevolaban.

Samuel, sentado en la arena, les veía llenarse los brazos con las ramas blanqueadas por la sal. Él lo había hecho muchas veces, junto con Martín y María. Recogían madera para las chimeneas de casa, mientras jugaban a ser piratas o construían castillos con troncos. ¡Qué inocentes eran entonces!

Harto de torturarse con los recuerdos de épocas pasadas, se levantó con agilidad y, tras sacudirse la arena de los pantalones, se encaminó a las murallas. Un flujo incesante de gente entraba y salía por la puerta de Tierra. La cruzó sin prisas, caminando tras la ruidosa carreta del quincallero. Las cazuelas chocaban entre sí, formando una sinfonía desafinada que reverberaba entre los muros de la plaza Vieja. Algunos niños, que jugaban en el frontón, corrieron hacia la carreta; esperaban ansiosos a que el dueño levantara la tela encerada para ver la mercancía.

«¿Cuántas veces nosotros hicimos lo mismo?», se preguntó.

Samuel les siguió, absorto en sus pensamientos, y cuando se quiso dar cuenta estaba en la calle Mayor, frente a la confitería donde había comenzado de aprendiz. La puerta de madera entreabierta, como siempre; las macetas con laurel, flanqueándola. «Confitería», en el cartel pintado sobre el dintel.

Tarde o temprano tendría que hacer una visita al señor Sebastián, así que bien podría ser en ese momento, decidió.

Sin darse más tiempo para pensarlo, empujó la puerta y entró en la tienda. La campanilla sonó sobre su cabeza, anunciando la llegada de clientes.

El olor dulce de la miel, el aroma amargo del cacao o el denso de la cera, le colmaron la nariz, llevándole a otros tiempos. A momentos muy felices.

Sobre el mostrador de madera, pulida por los años y el uso, descansaban los tarros de cristal llenos de caramelos de malvavisco, palos de regaliz o confites. Los cestos con bolados reposaban, detrás, en la estantería. A un lado, las velas de distintos tamaños y grosores, rollos de cerilla...

Los recuerdos llegaron con fuerza y le dejaron aturdido.

No quería acordarse. Se volvió con la intención de salir de allí. Asió el picaporte y cerró los ojos con fuerza antes de abrirlos, enfadado consigo mismo. Tal vez había sido demasiado pronto para ir.

—Buen día nos dé Dios, Samuel.

La voz afable de Sebastián le obligó a volverse de nuevo para mirarlo. Se quitó el sombrero y lo giró entre las manos.

—Buen día, maestro —saludó, incapaz de decir nada más.

Su antiguo mentor sujetaba la cortina que dividía la tienda de la trastienda. El pelo revuelto y más canoso que cuando se fue. Más orondo, pero risueño como siempre, caminó unos pasos para acercarse a Samuel.

—Me preguntaba cuándo volvería a verte. Me alegro de que estés de vuelta. Jacinta y tu hermana vinieron para contarnos que habías regresado. —Le tendió la mano y, cuando sus manos se estrecharon, le palmeó la espalda—. Veo que estás hecho todo un hombre. —Rio—. Te he echado de menos, muchacho.

Samuel quería odiar a ese hombre, pero era incapaz de hacerlo. Su amabilidad y su bondad le desarmaban. Le hubiera gustado que no fuera tan buena persona. No se podía detestar a alguien así y él quería aborrecerlo. Le había quitado a... Se le hizo un nudo en la garganta. No, en realidad él no le había quitado nada; si ella le hubiera querido tanto como decía, no se habría casado con Sebastián.

«Deja de pensar en eso. Ya no merece la pena», se dijo en silencio.

—Pasa, vamos a tomarnos un coñac para celebrar tu vuelta —le invitó Sebastián, ajeno a su malestar. Sujetó la cortina para dejarlo pasar, con su sempiterna y cordial sonrisa—. Julio, el nuevo aprendiz, ya se ha marchado.

La trastienda estaba igual que antes de que Samuel se marchara a Venezuela. Podría haber caminado por ella a oscuras; no en vano había pasado allí dentro varios años de su vida. Miró los utensilios que colgaban de las paredes. Las cazuelas de cobre, los cedazos, los palos de revolver... Todo igual. Todo diferente.

Sebastián acercó una silla a la mesa donde guardaba los libros de cuentas y se la ofreció con un ademán. Después sacó una botella y dos vasos de peltre de un armario cercano y los dejó sobre la mesa. Tras servir un poco, le entregó uno a Samuel, que se lo agradeció con una inclinación de cabeza, sin dejar de preguntarse por el paradero de María. No quería verla, pero sí saber dónde estaba.

«Es solo para no coincidir con ella», pensó, pero hasta a él le sonaban falsos esos pensamientos. Se controló para no rechinar los dientes y dejó el sombrero sobre la mesa, por temor a estrujarlo entre las crispadas manos.

—He oído que te vas a casar —empezó Sebastián; se sentó con dificultad—. Me alegra saberlo.

—Sí. En cuanto llegue mi prometida y se lean las amonestaciones, celebraremos la boda —anunció Samuel.

—¿Tienes pensado establecerte en la plaza?

—Esa es mi intención. Me he cansado de aquellas tierras. Añoraba la lluvia y el frío de aquí.

—Imagino, muchacho, que no pensarás lo mismo cuando llegue el invierno y la nieve lo cubra todo. —Rio el confitero—. Este año ha sido particularmente frío. Tal vez por ello se ha incrementado la venta de chocolate.

Samuel esbozó una sonrisa, con la cabeza repleta de preguntas que no se atrevía a hacer. Bebió un sorbo de coñac, buscando la mejor manera de abordar aquello que le agobiaba, sin saber cómo hacerlo. No quería dar a entender algo que no era cierto.

Lo último que deseaba era que Sebastián le creyera aún interesado en María. No lo estaba. No quería estarlo. No debería...

Se pasó las manos por las rodillas, nervioso.

—¿Por qué os casasteis con ella? —Antes de pensarlo, la pregunta se le había escapado de los labios—. ¿Por qué? —repitió, una vez admitido el fallo.

Sebastián carraspeó, repentinamente serio y se pasó la regordeta mano por el pelo.

—Pese a que esa es una pregunta grosera, la contestaré por el aprecio que te tengo y porque sé que nuestra boda pudo... resultarte, cuando menos, sorpresiva. La amo —confesó el hombre sin dejar de mirarle a los ojos—. Siempre la he querido. Desde el día en que comenzó a trabajar conmigo.

—¿Ella lo sabía? —indagó entre dientes, preguntándose si lo habían engañado ya antes de marcharse a Caracas.

—¡No! ¿Cómo puedes pensarlo siquiera? ¿Acaso no veías que María únicamente tenía ojos para ti? —soltó con un bufido, como si hubiera adivinado su pesar—. Se lo confesé cuando le pedí matrimonio. Nunca antes se lo había dicho. No habría servido de nada. Para ella no había nadie más que tú.

«Entonces, ¿por qué, en nombre de Dios, se casó con vos tan solo tres meses después de que yo me fuera?», pensó con rabia. Se agarró las rodillas con fuerza, hasta que las manos se le crisparon de dolor; luego, repentinamente agotado, las dejó laxas sobre los muslos.

—Bueno, se ve que no era para tanto; no tardó en cambiar de opinión —articuló, tratando de no demostrar la amargura que le quemaba por dentro; que lo ahogaba como un lazo invisible.

—Imagino que si no te hubieras ido, se habría casado contigo. Doy gracias al Señor cada día por que te marcharas —declaró, sin apartar su mirada azul de Samuel—. Me gustaría disculparme, pero no puedo. María y Paula son lo mejor que me han pasado en mi vida y no puedo excusarme por algo que agradezco en el alma. Pese a saber lo egoísta que es por mi parte, me gustaría que lo entendieras y no me guardaras rencor —pidió Sebastián con sinceridad.

Samuel apuró lo que quedaba de coñac en la copa.

¿Cómo podía perdonarle?

¿Cómo podía guardarle rencor?

Le dolía que su antiguo mentor hubiera aprovechado su ausencia para acercarse a la joven. Pero ¿quién podría reprochárselo? ¿No habría hecho él lo mismo, de haberse encontrado en esa situación?

«¡Por supuesto que sí!», admitió, con rabia. Él hubiera hecho lo mismo.

Todo volvía a llevarle al convencimiento de que quien le había fallado había sido María. Suya era la promesa de esperarle. ¿Por qué demonios no la había cumplido?

Era cierto que nunca quiso que él se marchara a Caracas. Siempre le pareció una mala idea, pero Samuel no quiso escucharla. Deseaba tanto conocer el Nuevo Mundo y aprender todo lo que pudiera sobre el cacao, que no atendió a las razones de María.

¿Qué hubiera pasado de haber renunciado al viaje?

Ya no era tiempo de hacer conjeturas. Las cosas habían cambiado. María estaba casada con maese Sebastián y él no tardaría en hacerlo con Rosa Blanca. De nada servía volver sobre lo mismo. Era tiempo de olvidar, por mucho que le doliera la traición.

—Por supuesto que no os guardo rencor, maestro. Hicisteis lo que os pareció más oportuno —murmuró Samuel, sin faltar a la verdad—. Además, ya no tiene sentido. En unas semanas estaré casado y no hay motivos para recordar algo que pasó hace tiempo.

—No sabes cuánto te lo agradezco, Samuel —formuló con un suspiro. Samuel lo vio envejecido y cansado—. Debo confesar que tenía miedo de tu reacción. Me alegra saber que todo está olvidado. Odiaba imaginar el daño que te había podido causar.

—Al principio fue duro, pero todo se pasa con el tiempo. —«Ojalá fuera tan sencillo», pensó—. He venido a quedarme, no es bueno crearse enemistades por algo que sucedió hace años —comentó displicente, sorprendido por ser capaz de fingir tan bien.

—¿Has hablado con el gremio?

María echó otro puñado de grosellas en la cesta. Casi la había llenado. Ese año los groselleros estaban llenos de frutos que pasaban del verde al amarillo. Ella solo cogía los que aún no habían madurado del todo, pues eran los mejores para hacer mermelada. Seguramente, Sebastián también querría guardar algunas bañadas en azúcar.

Avanzó unos pasos hasta el último arbusto, sin perder de vista a Paula, que la ayudaba recogiendo los frutos que tenía al alcance de sus manitas. La pobrecilla se había arañado los dedos con las traicioneras espinas, pero insistente como era, continuaba robando los frutos a la planta sin hacer caso de los rasguños.

—Madre, ¿creéis que padre tendrá suficientes con una cesta? —preguntó la niña, mirando con ojo crítico la canasta—. ¿Vendremos mañana?

—No lo creo, tesoro. Mañana estaré muy ocupada quitando las pepitas; tu padre querrá prepararlas antes de que se estropeen. Habrá que dejarlo para otro día —explicó antes de echar las últimas—. Ya la hemos llenado. Será mejor que regresemos.

—¡Sí! Padre se pondrá contento —vaticinó la pequeña, con una sonrisa de oreja a oreja—. Hará una mermelada riquísima y todos querrán comprarla.

—Seguro que sí, cielo.

Las dos, cogidas de la mano, se encaminaron hacia las murallas. Frente a ellas, el sol empezaba su ocaso y las gaviotas regresaban para pasar la noche en tierra. El aire frío les levantaba el ruedo de las faldas y hacía ondular los flecos de los mantones de lana. Unas pocas nubes empezaban a tomar un color dorado sobre el azul del cielo. Las ramas tiernas de los árboles se balanceaban al ritmo que les imponía la brisa del mar. Por un lado, los distintos tonos de verde salpicaban el paisaje hasta donde alcanzaba la vista; por el otro, el mar azul, un tanto encrespado, lanzaba brillos como si estuviera entretejido de hilos de plata y oro. Alguna que otra barca se mecía sobre el agua ondulante.

Apenas se cruzaron con nadie hasta llegar al hornabeque de la puerta de Tierra. El soldado que la custodiaba las saludó con una inclinación de cabeza.

Paula, más que caminar, iba dando saltitos a su lado, deseosa de llegar a casa y mostrarle a su padre la cesta repleta de frutos.

Sus tirabuzones dorados rebotaban al compás. La niña desbordaba alegría por todos los lados y era tan curiosa como un gatito; María suspiró, agradecida por tal bendición. Era lo mejor que le había pasado en su vida y lo que más quería en el mundo. El miedo de que esa felicidad se empañara la atenazó por dentro.

Al entrar en la calle Mayor, vieron que alguien salía de la confitería. Un hombre con sombrero de tres picos, casaca de color tabaco y pantalones del mismo tono. Su corazón lo reconoció antes que los ojos, pues casi se paró y luego redobló sus latidos. Samuel.

Estaba de espalda a ellas, cerrando la puerta con cuidado. Por un momento pensó que se demoraba demasiado, como si dudara entre volver a entrar o marcharse; fue un instante tan fugaz que creyó haberlo imaginado.

María respiraba con dificultad, como después de hacer la colada.

—Madre, ¿por qué nos paramos?

No supo que lo había hecho hasta que oyó a su hija.

—No es nada, tesoro. Ya vamos —masculló con un hilo de voz.

Con un titubeo, obligó a sus pies a caminar, rezando para que él no se diera la vuelta y las viera, orando por lo contrario. Una de sus oraciones fue escuchada y él continuó unos pasos hasta doblar la esquina de la calle. Sin mirar atrás.

Notó un extraño vacío al perderlo de vista, pero no quiso pensar en eso. No tenía derecho a ello y, sin embargo, lo sentía. Con aire resuelto, apretó el paso para llegar a su casa. Necesitaba saber de qué habían hablado Samuel y su marido.

Sebastián apagó la vela y se sentó en la cama. Al tumbarse, el somier de cuerda gimió con el peso. María se hizo a un lado para dejarle más sitio en el lecho y se arropó con las mantas.

La luna llena entraba por la ventana, iluminando el dormitorio. Bajo la luz plateada se distinguían el arcón de roble, donde guardaba la ropa de Sebastián, y el otro de madera de castaño, donde guardaba la suya; su arcón del ajuar. El mueble con el aguamanil, un reclinatorio, que había pertenecido a su madre, y una mecedora.

Varias acuarelas, regalo de doña Camila de Gamboa, adornaban las paredes. Las cortinas de hilo con vainicas tapaban la parte baja del vidrio de la ventana; un capricho que su marido quiso para el dormitorio, pues le gustaba ver la luna cuando se acostaba.

—Hoy ha venido Samuel a la tienda.

La voz de Sebastián la sorprendió y sus palabras la pusieron alerta.

Esa tarde, al llegar con las grosellas, Paula había monopolizado toda la conversación al explicarle a su padre todo lo que habían hecho en el monte mientras las recolectaban. Después no hubo tiempo y ella no se atrevió a sacar el tema. Le daba vergüenza y tampoco quería incomodar a Sebastián con preguntas sobre su antiguo prometido. Había demostrado ser un hombre muy comprensivo y paciente, pero todo el mundo tenía un límite.

—Hemos hablado —continuó él, mirando al techo—. Está esperando a que llegue su prometida para casarse. Tiene pensado establecerse aquí.

María escuchó sin pestañear y casi sin respirar lo que su marido le contaba. Él siguió relatándole lo que habían hablado sin tomar en cuenta su silencio. Sonaba como desapasionado, pero ella intuía que era fingido.

—Le he ofrecido trabajo como contable —terminó.

—¿Qué? —preguntó, estupefacta, incorporándose en la cama—. ¿Qué has hecho? Quiero decir... él no es... él es... —Guardó silencio al ver que no era capaz de decir algo coherente y se tumbó de espaldas, incapaz de cerrar los ojos.

—En La Guaira y en Caracas ha trabajado como contable —le explicó. Añadió, también, la razón por la que terminó realizando ese oficio—. Ya sabes lo bien que se le daban los números. Tiene experiencia y a mí me quitaría ese problema.

—Sí, claro, pero es que me... me parece extraño —balbuceó ella. Las manos, inquietas sobre las mantas—. Nunca me hubiera imaginado que hiciera otra cosa que... él es maestro confitero...

—Lo sé, pero por lo visto no tiene intención de continuar ejerciendo ese oficio y desea seguir con los números.

—¿Te ha dicho la razón? —indagó, intrigada. Empezó a jugar con el extremo de su trenza.

—No. No ha dado muchas explicaciones. A veces es muy introvertido. Ya sabes... En eso no ha cambiado nada.

María se preguntó en qué otras cosas sí había cambiado, pero no se atrevió a preguntarlo. No estaría bien que se interesara. Aunque se moría por las ganas de saberlo.

—¿Ha aceptado el puesto? —preguntó, en cambio, reteniendo el aire.

—Sí —apuntó, satisfecho—. Quiere hacerse con unos cuantos clientes y le será más fácil si ya tiene alguno. Siempre ha tenido una buena visión para los negocios.

—Pero... ¿crees que es prudente...? —empezó, sin saber cómo continuar. Sin darse cuenta, soltó el lazo de la trenza y, con la mente en otro lado, volvió a hacerlo.

—Él no trabajará aquí, querida —aclaró. Aun sin verle, María supo que sonreía con benevolencia—. Se llevará los libros a su casa y solo vendrá de vez en cuando para apuntar los datos que le entregue. No le verás, si es eso lo que te preocupa.

—Yo... temo...

—No tienes nada de que temer. Por sus palabras deduzco que ya ha dejado atrás lo que sintió por ti —precisó Sebastián.

Notó que algo se le rompía por dentro ante las palabras de su marido. Siempre había tenido el amor de Samuel. Casi desde que se conocieron de niños. Era terriblemente doloroso saber que, para él, aquello ya había pasado.

«Pero ¿es que esperabas que te siguiera amando, pese a estar casada con otro? —se reprochó en silencio—. ¿Qué clase de ser egoísta eres?»

Una parte de ella estaba molesta por la situación. Para empezar, él nunca debería haberse ido a Venezuela. Si no lo hubiera hecho...

«Déjalo; no tiene sentido seguir sobre lo mismo. Ya no se puede cambiar nada —pensó, resignada—. Lo hecho, hecho está.»

—Te has quedado muy callada, querida. Si tanto te molesta que venga, hablaré con él y le diré que he cambiado de opinión.

Creo que puedo seguir llevando los libros un poco más —declaró, abatido—. No deseo causarte ningún trastorno.

—¡Oh, Sebastián! —suspiró María, con remordimientos—. Eres muy bueno, pero los dos sabemos que, si sigues con las cuentas, no habrá contable capaz de descifrar tus entradas. —Se volvió hacia él para acariciarle la cara—. Te quiero mucho.

—Lo sé, ángel mío. Yo también.

5

Por fin llegó el amanecer y Samuel se levantó de la cama. Apenas había dormido, rumiando si aceptar ese trabajo era una equivocación o, por el contrario, una oportunidad.

Lo había pensado nada más salir de la tienda. De hecho, estuvo tentado de volver a entrar para decirle a Sebastián que no quería hacerlo. En el último instante decidió dejarlo estar. Era bueno tener un cliente para atraer a otros y necesitaba el trabajo. En La Guaira había ganado una pequeña fortuna, pero ahora que se iba a casar necesitaba asegurar la manutención de su esposa y de los hijos que tuvieran.

Por el suelo se filtraban los sonidos de la cocina. Bernarda ya se había levantado y comenzaba con las tareas diarias. Fuera cantaban los gallos; los pájaros que anidaban entre las tejas les coreaban con sus trinos. Las bisagras de la ventana protestaron con un chirrido al abrirla. Un par de gatos salieron corriendo, asustados, alborotando a las palomas que aún dormitaban. Aspiró el aire fresco de la mañana. A la luz del sol naciente, los tejados brillaban por el rocío.

Tras lavarse y vestirse, salió del dormitorio. Ya en la escalera se podía apreciar el aroma del chocolate caliente y podía oír el chapoteo del líquido mientras era agitado en la chocolatera. Desde que se marchó a Caracas no había vuelto a elaborarlo él mismo. A decir verdad, no había vuelto a hacer nada que le recordase su antigua labor de confitero. El simple olor de las habas del cacao le recordaba demasiado a María, a las veces que se habían escondido en el almacén de Sebastián para robarse un beso, dos...

Golpeó la barandilla, enfadado consigo mismo por seguir pensando en ella. Desde que había regresado no pasaba un momento sin que la recordase. En Venezuela era más fácil vivir sin tenerla en la mente a todas horas. Aquí, por el contrario, eran muchas las cosas que le obligaban a hacerlo; una tortura, sin duda. Confiaba en que eso acabaría una vez casado. Seguro que sí.

—Buen día, Bernarda —saludó a la criada, al entrar en la cocina.

—Buen día, señor. En un ratito estará el chocolate. Vuestros padres no tardarán en levantarse. Si lo deseáis, podéis esperar en el comedor.

—Gracias. Así lo haré.

En el comedor el fuego de la chimenea caldeaba la estancia. Sobre un aparador encontró varios ejemplares atrasados de *La Gaceta de Madrid*; atrasados, pero no tanto como los que llegaban al Nuevo Mundo. Se dispuso a leerlos mientras esperaba para desayunar. Eso lo mantendría ocupado.

—¿Crees que es prudente? —indagó Camila, dejando el tazón de chocolate sobre la mesa—. Lo digo porque no sé cómo te sentará trabajar a diario con María.

—Madre, no voy a trabajar allí. Solamente iré a recoger los datos para anotar en los libros. Lo más probable es que ni siquiera nos veamos —aseguró Samuel, paciente. Sabía que ella no dejaría de preocuparse por la situación y por eso intentaba aparentar una serenidad que estaba lejos de sentir. No deseaba dar más argumentos a su madre.

—*Ma chérie*, no te preocupes tanto. Samuel está prometido... —empezó Armand.

—¡Como si eso tuviera algún valor! —le cortó Camila—. La cercanía...

—Dejad de angustiaros por nada. Hace tiempo que los sentimientos que tenía por ella acabaron. Como bien ha dicho mi padre: estoy comprometido. Deberíais darme algo de crédito.

—Lo siento, hijo —se disculpó su madre, aunque lo miraba con el ceño fruncido.

Su desconfianza era evidente, pero no tenía más remedio que admitir que él ya era un hombre, dueño de sus propias decisiones. Le sonrió, queriendo tranquilizarla. Su madre fue remisa a devolverle la sonrisa. Siempre había sido un poco testaruda, pensó Samuel con cariño.

—¿Crees que tardará mucho tu prometida? —preguntó Isabel, rebañando el tazón—. Estoy deseando conocerla.

—Hija, deja de hacer ruido. Por más que frotes, no saldrá más chocolate y terminarás por desgastar la loza —la reprendió Camila, con una sonrisa—. Si quieres más, solo tienes que pedirlo.

La joven, obediente, abandonó el tazón y la cucharilla en la mesa, mirando atenta a su hermano; alzó una ceja y su mirada ambarina se clavó en él: esperaba su respuesta.

—No lo sé. Imagino que un mes más. Me dijo que embarcaría en el siguiente buque que regresara a España —aclaró Samuel, satisfaciendo la curiosidad de su hermana—. Pronto la conocerás. Es tres años mayor que tú. Seguro que os haréis amigas enseguida.

Isabel asintió con la cabeza y sus tirabuzones bailotearon como con vida propia. Su querida hermanita había cambiado mucho desde que él se fue. A sus casi dieciséis años, era toda una mujercita. En muy poco tiempo tendrían que espantarle a los muchachos. Sonrió ante la perspectiva y le guiñó un ojo.

—¡Qué contenta estoy de que estés aquí! —suspiró la joven—. Te he añorado mucho.

María entró en la casa de su hermano sin pasar por la taberna y subió las escaleras hasta la primera planta. Paula, de la mano, subía tras ella, parloteando sobre lo mucho que le gustaba jugar con su primo Martintxo.

María apenas la escuchaba. Su mente se obstinaba en pensar en Samuel y en que ese día iba a recoger los libros.

No había pasado buena noche y antes del alba ya estaba despierta, mirando el entramado del techo, más nítido conforme clareaba el día. Si esa iba a ser la tónica todo el tiempo que él trabajase para su marido, sería un desastre. Ya era un desastre.

La noche anterior, Sebastián había malinterpretado su preocupación. No era Samuel quien le inquietaba, sino ella. Tenía miedo de que la presencia de Samuel hiciera revivir los sentimientos enterrados tiempo atrás. No deseaba volver a quererle. Se había sentido muy sola después de que él se marchara y había llegado a odiarlo por abandonarla de esa manera. Aquel odio le dio fuerzas para seguir adelante con su vida. Mientras le detestase no podría quererlo, y ese había sido su principal interés. Con los años el odio había dado paso a los remordimientos y ahora ya no sabía qué pensaba o qué sentía.

Una cosa tenía clara: no era buena idea que coincidieran mucho. En los cuatro días que él llevaba en la ciudad, su vida, antes tranquila y estructurada, ya no era la misma.

Deseando alejarlo de su mente, dio unos golpecitos a la puerta y la empujó.

—¡Qué mal huele! —exclamó Paula, tapándose la nariz, nada más cruzar el umbral.

—Calla, no seas maleducada —la reprendió, arrugando la nariz por el hedor a pañales sucios—. Hasta hace poco tú no olías mejor.

—No lo creo, madre —protestó la niña, con un mohín.

—Pues créelo, tesoro. Todos hemos sido niños y hemos ensuciado los pañales.

En la cocina, Matilde trataba de sujetar un pañal limpio a su inquieto hijo, que pataleaba con ganas de jugar.

—Déjala, tiene razón: apesta. Hoy Martintxo no deja de manchar los pañales y yo no doy abasto a limpiarlos. Menos mal que viene un día soleado y se secarán pronto —comentó Matilde, un tanto agobiada—. Sería estupendo tener una cantidad ilimitada de pañales.

—¡Lo bueno sería no tener que lavarlos! —exclamó María, entre risas—. ¿Estará Jacinta para ayudarte? Tal vez no sea conveniente que te quedes con los dos. Ya estás bastante ocupada con uno solo.

—Tranquila, querida. Tu hermana no tardará en venir; ha salido a hacer unos recados. Y Paula no da guerra. ¿A que no, preciosa? —sonrió a Paula.

—Yo cuido de Martintxo *el cagón* —dijo la niña muy seria.

Al ver las carcajadas que el apelativo arrancaba al pequeño, su prima lo repitió una y otra vez para hacerlo reír. Hasta que las madres terminaron riendo también.

Matilde dejó a su hijo sobre una manta en el suelo, rodeado por una pelota de cuero, varias cucharas de madera y un vaso del mismo material. Paula se arrodilló junto a su primo y al momento estaban los dos enzarzados, jugando a pasarse la pelota.

—Sebastián le ha pedido a Samuel que le lleve los libros de cuentas —espetó María en un murmullo, antes de poderse contener. Deseaba conocer la opinión de su cuñada.

—¿Tu marido le ha pedido eso? ¿Y él que ha dicho? ¿Ha aceptado? —las preguntas de Matilde se solaparon unas con otras—. ¡Santa Madre de Dios! ¿Crees que es prudente...? Me parece un poco extraño. Quiero decir que vosotros dos... siempre pensé que os casaríais y... —Enmudeció, azorada.

—Me ofendes, Matilde. ¿Qué imaginas, que nos abalanzaremos el uno sobre el otro? —inquirió, enfadada. Olvidando, de paso, que ella misma lo había preguntado a su marido la noche anterior—. Estoy casada y él pronto lo estará también. Aquello pasó hace mucho tiempo y está olvidado.

No le gustaba lo que había insinuado su cuñada. No era cierto y les dejaba en muy mal lugar. ¿Acaso pensaba que eran como animales en celo? Una cosa era que la presencia de Samuel le hiciera olvidar que la había abandonado y otra que estuviera deseando echarse en sus brazos. Sin duda, mediaba un abismo.

Para serenarse miró a los niños.

—Perdóname. No debería haber dicho eso. Es que me ha sorprendido —murmuró Matilde, contrita—. No te enfades conmigo.

María suspiró, arrepentida por haberse comportado así. Su cuñada había verbalizado algo que otras personas, al enterarse, pronto empezarían a conjeturar. En cuanto se corriera la voz de lo sucedido, se convertirían en la comidilla de la ciudad.

La perspectiva no le gustaba nada, aunque no podría evitarlo. No era habitual que un marido contratase los servicios del antiguo prometido de su esposa. No, no lo era. Estaba segura: de no haber sido por la falta de contables, Sebastián nunca lo hubiera hecho. ¿Por qué tendría que ser tan negado para las cuentas? ¿Por qué Samuel tenía que ser tan ducho con los números?

—Siento haberme puesto así. —María le frotó el brazo con afecto—. Confieso que la idea no me ha agradado, pero no hay contables disponibles y Sebastián es un desastre con las cuentas. Bueno, yo no soy mucho mejor que él —añadió con una risita.

—No pasa nada. Anda, ve a tu casa. Ahora que Martintxo está entretenido, aprovecharé para lavar los pañales. —Matilde esbozó una sonrisa afectuosa y le palmeó la mano. Su cuñada era una buena persona—. ¡Solo espero que este le dure más que el anterior! —añadió, mirando la bola de tejido que tenía en las manos.

Se oyeron pasos en las escaleras y un instante después, Jacinta asomó la cabeza por la puerta entornada.

—Buen día. Uf, qué mal huele —protestó la joven.

—Ha sido Martintxo *el cagón* —anunció Paula; su primo rompió a reír otra vez.

—Será mejor que me vaya a la confitería. Ayer recogimos grosellas y hoy tengo que limpiarlas.

—Ay, María, ve. Quiero mermelada de grosella —entonó Jacinta, relamiéndose como un gato.

—A ti te da lo mismo de qué sea la mermelada. Te gustan todas, golosa —la riñó con cariño. Luego se agachó para besar a su hija y a su sobrino, que seguían jugando con la pelota, absortos en ello. Olían a inocencia y a calidez. Aspiró aquel aroma para llevárselo consigo—. Será mejor que me vaya; de lo contrario las frutas se echarán a perder antes de que las lave.

Entrar en la confitería con la intención de trabajar, aunque fuera de contable, le hacía sentir un tanto extraño. Entornó la puerta a su espalda antes de continuar hasta la cortina. Sebastián asomó la cabeza. Los canosos cabellos alborotados le formaban una corona sobre el cráneo; las gafas, a medio camino de la punta de la nariz; varias manchas de harina y tinta en las mejillas y una sonrisa de bienvenida en la cara.

—¡Buen día, Samuel! ¡Cómo me alegro de verte! —aclamó el confitero antes de apartar la cortina y cederle el paso—. Estaba repasando los libros y, sinceramente, no sé si en estos meses lo he embrollado todo —añadió, contrito.

—Dejadme que los repase yo y veremos —aseguró Samuel—. No creo que sea para tanto.

Sin perder más tiempo, se quitó la casaca, sacó de los bolsillos unos manguitos oscuros. Tras colgar la casaca y el sombrero en una percha cercana, se sentó a la mesa para empezar con el repaso a los libros. Sebastián se retorcía las manos, a la espera de que le dijera alguna cosa.

—Creo que sería mejor si me dejarais solo, maestro. En cuanto sepa algo os lo diré. No creo que me lleve mucho tiempo.

—¡Ah!, bien. En ese caso, iré a preparar el azúcar para los caramelos.

Con paso decidido, el confitero se alejó de la mesa para dedicarse a su oficio.

Samuel se zambulló de lleno en las cuentas. Empezó a repasar desde antes de que el antiguo contable se fuera, para ver si había alguna anomalía.

El olor del malvavisco cocido impregnó la trastienda; sin darse cuenta, empezó a pensar en los pasos que iba a dar Sebastián para elaborar los caramelos. La clarificación del azúcar hasta lograr el punto...

—Basta —murmuró entre dientes, indignado consigo mismo. «Ya no te dedicas a eso.»

María aminoró el paso al acercarse a la confitería. Seguramente a esas horas ya habría llegado Samuel; saber que iba a verlo le creaba vacío en el estómago. Cerró los ojos un instante para infundirse valor y, dispuesta a enfrentarse con sus miedos y sus sentimientos, empujó la puerta.

La tienda estaba desierta. A esas horas de la mañana pocas personas se acercaban por allí. Ese rato solía dedicarlo a ayudar a Sebastián en lo que pudiera. Hoy tocaba limpiar las grosellas para la mermelada; sería mejor que se pusiera ya a ello, si quería tenerlas listas antes de que empezara a llegar la clientela.

—Buen día —saludó al entrar en la trastienda.

Los dos hombres y el aprendiz respondieron al saludo sin abandonar sus tareas. Su marido y Julio estaban muy ocupados vertiendo caramelo en el molde de mármol untado en aceite; más tarde, cuando empezara a endurecer, lo cortarían con un sable en cuadrados pequeños. El aroma del malvavisco y el azúcar resultaba casi empalagoso en el recinto caldeado por la lumbre baja, donde habían puesto el perol de cobre para clarificar.

Miró de soslayo a Samuel. El joven, con el entrecejo fruncido, repasaba con la punta de la pluma una larga fila de números, mientras movía los labios como si recitara una letanía. El pelo, casi negro, se le había aclarado con el sol venezolano y algunos mechones se veían rojizos a la luz de los candiles. La sombra de la barba le oscurecía la mandíbula pese a que se habría rasurado esa mañana. Le vio anotar una cifra en un pedazo de papel para, seguidamente, continuar con el repaso de los números escritos en el libro de cuentas.

Cuando se dio cuenta de que lo estaba observando fijamente, apartó la mirada con presteza. Disimulando su disgusto, se quitó el chal de lana para colgarlo en el perchero, donde estaba su delantal. No podía mirar a Samuel de ese modo; no era correcto. Ya no tenía derecho a hacerlo.

Dispuesta a no volver a cometer esa falta se puso el delantal y cogió la cesta con las grosellas.

—Voy a lavarlas —anunció, dirigiéndose al patio.

—Muy bien, querida —oyó que le contestaba Sebastián.

—Maestro —lo llamó Samuel. Ella retuvo el aire, deteniéndose antes de cruzar la puerta—. ¿Qué cifra es esta? No la encuentro en los recibos.

Oyó que su marido se acercaba a la mesa y...

«¿Qué crees que estás haciendo, escuchando a hurtadillas? —se reprochó, apretando el asa de la cesta—. ¿Quieres dar que hablar?»

Abochornada por esa falta de tacto, salió al patio con rapidez. En una esquina daba el sol. Se escuchaba el piar de los pájaros anidados entre la hiedra que trepaba por la fachada en sombra. Un par de ellos revoloteaban junto al platillo donde les ponía las migas de pan; otros se afanaban en buscar gusanos entre el empedrado del suelo. Los geranios estaban rebosantes de botones. Un rosal trepador subía junto a la puerta y sus hojas brillaban al sol.

María, más tranquila, dejó la cesta en el suelo, junto a una pila de piedra, y entró en la casa a buscar agua. No tardó mucho en volver a salir con un cántaro rebosante a la cadera y otra cesta colgada del brazo. Vertió agua en la pila y procedió a lavar las grosellas con mucho cuidado.

Los recuerdos se agolparon en su cabeza. Se vio a sí misma mirando cómo las lavaba Samuel mientras ella esperaba, paciente, a que terminase para empezar el proceso de confitarlas. Él estaba a punto de cumplir los catorce años y ya llevaba casi tres de aprendiz con Sebastián. Estaba creciendo tan rápido que sus brazos y sus piernas parecían demasiado largos para el cuerpo. Pese a ello, María era un poco más alta que él y le tomaba el pelo a la menor ocasión.

Aquel día habían ido los dos a recoger las grosellas y las estaban lavando en el patio de la casa de Samuel. Juana, la antigua criada de los Boudreaux, les había dejado la cocina tras amenazarles con asarles vivos si estropeaban algo en su lugar de trabajo. Pura fanfarronada, ellos sabían que ella era incapaz de matar a una mosca.

Ese día se fijó por primera vez en los dedos largos y bien formados de su amigo. Hasta aquel momento no se había dado cuenta de lo cambiadas que estaban sus manos y, mientras lo veía limpiar aquellos pequeños frutos, se preguntó si ya serían más grandes que las suyas y deseó tocarlas.

Fingiendo querer ayudarle, se agachó para meter las manos en la palangana. Durante un rato se limitó a limpiar las pequeñas esferas, pero cuando apenas quedaba una docena, se atrevió a tocarle bajo el agua. Al principio Samuel no hizo nada, pero luego apartó la mano, como si le hubieran pinchado. Miles de gotas salieron despedidas y motearon las piedras del suelo. Desconcertada y un poco avergonzada, María terminó de lavar la fruta, sin volver a rozarle, ni siquiera por accidente.

Cuando estaba a punto de sacar las manos, notó una pequeña caricia y miró al agua. Bajo la superficie transparente, los dedos fríos y rugosos de Samuel volvieron a tocar su mano; esta vez, fue ella la que casi la retira. Decir que fue como un pinchazo no era correcto; más bien había sido como tocar la llama de una vela.

No se había atrevido a mirarlo a los ojos; se conformó con

observar cómo se exploraban los dedos, con una mezcla de timidez y audacia. Definitivamente, la mano de Samuel era más grande. Sus dedos resiguieron los de su amigo, como si quisieran comprobar el tamaño o aprenderse su orografía de memoria. Con cada roce, María notaba que su corazón redoblaba el ritmo, hasta que temió que le estallara, agotado. Toda su piel hormigueaba, ansiosa, esperando... en aquel momento desconocía qué. No podía apartar las vista de aquellas manos que danzaban bajo el agua, acariciándose, entrelazadas. Parecían no pertenecerles, como si fueran ajenas a sus cuerpos; criaturas con voluntad propia.

Cuando las yemas se les encallaron por haber estado demasiado tiempo en el agua, se resignaron a terminar aquella experiencia recién descubierta y, un tanto azorados, habían recogido la fruta abandonada en la cesta para entrar en la cocina.

—Pensaba que te había sucedido algo —dijo Sebastián, sobresaltándola—; estás tardando mucho.

—Perdona —se disculpó, volviendo a la realidad. A su lado, en la cesta, reposaban las grosellas brillantes por el agua; la otra estaba vacía—. Se me ha ido el santo al cielo —confesó, turbada por haber estado recordando lo que no debía.

—No te preocupes, querida. Es que ya hemos terminado con el caramelo y quería empezar a quitarle los granitos a los frutos —explicó Sebastián, cogiendo la cesta llena—. Vamos a hacer compota.

María vio a su esposo regresar a la trastienda con las grosellas lavadas. Suspiró para dejar atrás los recuerdos. No tenía ningún sentido rememorar el pasado.

Todavía un tanto aturdida, vació en los geranios el agua de la pila y recogió el cántaro y la cesta vacía para llevarlos a la cocina.

Al entrar ella en la trastienda, Samuel la miró furtivamente. Su delantal estaba salpicado de agua y tenía las manos rojas por haberlas tenido mucho tiempo en agua fría.

«¿Cuántas veces se las froté para calentarlas? ¿Aún se acordará o ya lo ha olvidado, como se olvidó de esperarme?», pensó con los dientes apretados y siguió fingiendo que revisaba los libros.

¿Qué hacía allí? Debería haberlos cogido y marchado a su casa. Comprobar las entradas le iba a llevar mucho tiempo, más de lo que había pensado. El contable anterior conocía su oficio y todo estaba bien inscrito, pero una vez que la letra impaciente de Sebastián tomaba posesión de los libros, todo se embrollaba de una manera imposible. Por si fuera poco, estando allí, con María tan cerca, no podría desentrañar aquella maraña de números ni en cien años.

—Maese Sebastián, creo que será mejor que regrese a mi casa —anunció, apilando los libros y la caja donde el confitero guardaba los recibos—. En cuanto los tenga al día os avisaré.

—Temo, Samuel, que te va a resultar muy complicado. Sé tanto de contabilidad como de preparar una herradura —reveló el confitero, apenado por su falta de conocimientos.

—Seguro que el herrero sabe muy poco de preparar esa excelente compota que vos elaboráis tan bien.

—¡Ah, Samuel!, sabes cómo alegrar a este pobre confitero.

No le contestó. Con movimientos resueltos se quitó los manguitos antes de dirigirse al perchero. La capa de María estaba junto a su casaca. Apretó los dientes, con intención de coger sus prendas sin rozarla siquiera, pero su voluntad flaqueó y sus díscolos dedos acariciaron el entramado rugoso de la lana.

Rabioso consigo mismo, apartó la mano como si se hubiera quemado. Se puso con prisas la casaca y el sombrero. Se metió bajo el brazo, con brusquedad, la caja con los recibos y los libros. Luego, tras despedirse de manera escueta, salió de allí lo más rápido posible.

Enfurruñado consigo mismo, recorrió la distancia hasta su casa, dispuesto a no cometer otra vez semejante estupidez. ¿En qué estaba pensando? ¿A quién se le ocurría acariciar su capa como si fuera un...? ¡Parecía un loco enamorado!

Golpeó una piedra con rabia y el sonido asustó a un gato que dormitaba junto a una puerta.

Hasta que Rosa Blanca arribara en el puerto, se le iba a hacer muy larga la espera.

6

Sebastián vertió la cera derretida sobre uno de los velones que colgaban de la rueda y la giró para continuar el mismo proceso con los restantes. Generalmente ese trabajo lo hacía Julio, pero lo había mandado a su casa, pues estaba demasiado resfriado para hacer nada. Quedaban muy pocos días para la festividad del Corpus Christi y necesitaban hachones para la procesión. Aunque eran muy pocas las familias que se podían permitir pagar su propio velón; generalmente los alquilaban. Para ello lo pesaban antes de llevárselo y, después, al devolverlo. La diferencia en el peso era lo que se cobraba de alquiler. De esa manera, todos podían lucir uno en las procesiones.

—Padre, ¿os puedo ayudar? —preguntó Paula. Sentada en un barril, no perdía detalle de los movimientos del confitero. Sus ojos verdes, brillantes de expectación.

—No, hija. Eres muy pequeña para hacerlo y, además, este no es trabajo para una niña.

—¿Por qué?

Sebastián sonrió al escuchar esas palabras, las favoritas de su hija en los últimos días. No dejaba de investigar cosas. Tenía tantas ganas de saber que les volvía locos con sus preguntas. No podía estar más orgulloso de su pequeña.

—Las niñas no pueden ser aprendices de confiteros.

—¿Por qué? —le cortó, impaciente. Sus piernas se balanceaban a ritmo progresivo y en su carita se dibujaba un gesto de descontento.

—Porque no puede ser. Las mujeres no son maestras confiteras.

—Pero madre os ayuda. Yo la veo hacer cosas aquí —insistió, terca, barriendo la trastienda con la mirada.

Sebastián apretó los labios para no sonreír. ¡Cómo quería a esa chiquilla!

—Lo sé, querida. Aunque solo en determinadas cosas. Este es un trabajo muy duro para una mujer. No es fácil, hija. —Miró a la niña, que lo observaba a su vez con el ceño fruncido. Era evidente que no le gustaba lo que le estaba diciendo—. Ahora tu madre me está ayudando. Ha ido a tratar con el comerciante para comprar cacao.

—Sí —dijo, con una sonrisa pícara—. Madre dice que sois demasiado bueno para tratar con él y que ella consigue mejores precios. —Calló un momento, entrecerrando los ojos, como si lo pensara detenidamente—. Padre, ¿ella es mala?

Sebastián no pudo retener la carcajada y esta brotó como un torrente. Su hija era muy suspicaz. Durante un rato no pudo continuar con su trabajo porque su oronda figura se agitaba con las risas, que le impedían verter la cera con pulcritud. Un golpe seco le hizo mirar a la niña. Ella, con los brazos cruzados en el pecho y mirada beligerante, golpeaba con el talón las duelas del barril.

—Padre, no me habéis contestado: ¿ella es mala?

—Por supuesto que no, querida mía. Tu madre es el ser más bueno que existe, pero nadie le gana a la hora de negociar el mejor precio —explicó con ternura—. A mí no se me da bien y por eso prefiero que sea tu madre quien se encargue.

—¡Ah! En tal caso, cuando sea mayor, yo también negociaré por vos, padre —declaró, muy seria—. Os conseguiré los mejores precios.

Sebastián miró a su hija con tanto cariño que por un momento creyó que se le partiría el corazón. Esa niña era todo lo que un padre podía desear y aún más. Se sentía bendecido por el privilegio de tenerla junto a él. Sí, a veces, le apenaba que no hubiera sido un niño, pues ella nunca podría heredar la confitería y le dolía saberlo. Pero ¿quién sabía si no terminaba casada con un maestro confitero y podía continuar con el negocio?

«Para eso aún queda mucho tiempo, tonto —pensó, vertiendo otra capa de cera en los velones—. Es muy pequeña para pensar en esas cosas.»

María, satisfecha, salió del almacén. El comerciante ya la conocía; no era necesario regatear mucho. Los dos habían llegado a un acuerdo con rapidez y complacencia para las dos partes. No se trataba de engañar ni de estafar; simplemente, de encontrar el punto medio para que los dos salieran beneficiados. Esta vez lo habían conseguido. Sin duda, Sebastián se alegraría al saberlo.

Dejó que el chal de lana le resbalara por los hombros. El tiempo era tan cálido que merecía la pena sentir el sol sobre la tela de la casaca. Era notorio que se acercaban al verano; la temperatura empezaba a subir. Con paso resuelto, continuó el camino hasta su casa.

—¡María!

Se volvió. Doña Camila venía caminando tras ella. Su falda azul marino se balanceaba a cada paso y dejaba ver los picos de la enagua. Llevaba una cesta colgada del brazo y varios mechones rizados escapaban del pañuelo anudado a la cabeza. María esperó hasta que la curandera estuvo a su lado.

—Buen día, doña Camila.

—Buen día, querida —saludó la mujer; su cálida sonrisa le arrugó las comisuras de los ojos—. Iba a la confitería. Samuel me dijo la semana pasada que vuestro esposo estaba preparando compota de grosellas y quería comprar un tarro. Ya sabéis que es una de mis compotas preferidas.

Lo recordaba perfectamente. Sobre todo, las veces que le había ayudado a Samuel a prepararla. La compota de uva crespa había sido una de las primeras cosas que Samuel se atrevió a hacer en la cocina de su casa. Le había quedado tan bien que su madre la convirtió en su preferida.

—Aún queda alguno. Al ser los primeros de la temporada, se han vendido muchos. Hoy iremos a por más. Decidle a Isabel que venga con nosotras; Samuel os podría preparar una buena remesa...

—Mucho me temo, querida, que mi hijo ya no quiere saber nada de la cocina —confesó la mujer; su ambarina mirada expresaba tristeza—. Prefiere dejarse los ojos cuadrando números.

—¡Oh! Desconocía que... —María enmudeció al no saber qué decir. Le costaba creer que Samuel hubiera abandonado los quehaceres de confitero—. Ahora lleva las cuentas de la tienda, pero creía que... al menos en casa, continuaba... —Volvió a callar ante la negativa de la mujer—. En ese caso, con gusto os venderé la compota —balbuceó, confundida.

—De todos modos, le diré a Isabel que os acompañe a por grosellas. Tal vez, si las ve, se anime a hacerla él —añadió con picardía—. Aún recuerdo lo mucho que disfrutaba preparándola. Echo de menos el aroma que invadía la casa cuando él trasteaba por la cocina.

María agachó la cabeza para evitar que doña Camila viera el sonrojo. Ella también recordaba muy bien lo que sucedía cada vez que iban a buscar las grosellas. Cerró los ojos con fuerza, como si quisiera impedir, de ese modo, que su mente siguiera conjurando obstinadamente esas imágenes. Desde que Samuel había regresado, doce días atrás, no pasaba un instante sin que pensara en él. Se estaba convirtiendo en una obsesión.

«¿Qué esperabas? —se reprendió en silencio—. Desde el momento en que lo conociste, a los siete años, lo has tenido rondando en tu cabeza. Hay costumbres que no se olvidan por mucho tiempo que pase.»

Pero esta debía olvidarla. Por su bien, era mejor borrarla de la memoria. Era una mujer casada. El día de la boda había jurado fidelidad a su esposo y no iba a faltar a sus votos matrimoniales. Claro: que era más fácil pensarlo que cambiar ese hábito.

—Bien, pues parece que ya tenéis clientas esperando. —Las palabras de doña Camila la hicieron tomar conciencia de dónde estaba.

En efecto, a la puerta de la confitería, dos mujeres callaron al verlas llegar.

—Buen día, señoras —las saludó María—. ¿Lleváis mucho tiempo aguardando? —indagó, incómoda por haberlas hecho esperar.

—No. Acabamos de llegar. La señora Juana me estaba contando que su hijo se ha resfriado y que no deja de toser —anunció una de ellas—. Seguro que tomó agua fría.

—No lo sé. Ya sabéis como son estos chiquillos —murmuró la señora Juana—. Nunca hacen lo que se les manda.

—Pasad por mi casa. Os preparé unas hierbas para que le hagáis tisanas —se ofreció doña Camila.

—Sí. Tenía pensado hacerlo más tarde, pero ahora que me lo habéis recordado, iré sin falta.

Las cuatro mujeres entraron en el establecimiento. María continuó hasta la trastienda y se quitó la capa para ponerse el delantal; apenas saludó a su esposo antes de salir a atender. Su hija, por el contrario, corrió a su encuentro.

—Madre, ¿qué tal con el comerciante?

María frunció el ceño y miró a su esposo, sorprendida por la pregunta de su hija.

—Te lo contaré luego, querida —aseguró María, con una sonrisa bailando en los labios—. ¿En qué puedo serviros? —preguntó a las dos mujeres, al regresar a la tienda.

—Buen día —saludó Paula con educación.

—Buen día, niña —contestó la señora Basilia—. Veo que has crecido mucho.

—Sí, pronto podré ayudar a mi madre en la tienda —declaró Paula, con desparpajo.

—No me cabe duda, niña —dijo la señora Basilia—. Pues ya puedes empezar; se me ha acabado la cerilla y, si no llevo, esta noche no tendremos con qué alumbrarnos —le pidió.

—Pues ya que estamos, yo también necesito. Tengo la *argizaiola** vacía —anunció la señora Juana, y guiñó un ojo a la chiquilla.

Paula miró a su madre y le señaló el estante donde estaban los rollos de vela.

—Lo siento, madre. Yo no llego hasta allí —confesó la niña—. ¿Podéis alcanzarlos, por favor? —solicitó, muy seria.

---

* *Argizaiola*: en castellano «tabla de cera». Es un soporte de madera, con forma antropomórfica, donde se enrolla la cera o cerilla. Se utilizaba para alumbrar en las casas, pero sobre todo para honrar a los difuntos en las iglesias.

—Por supuesto, hija.

María cogió de uno de los estantes, a su espalda, un par de rollitos de vela muy fina y los colocó sobre el mostrador. Luego, tras pensarlo, tomó otro rollito. Había recordado que ella también necesitaba.

—¿Deseáis algo más? —preguntó Paula, muy metida en el papel de dependienta.

—Nada más, gracias —murmuró la señora Basilia—. ¿Cuánto os debo?

Paula miró a su madre y esperó a que ella le soplara el precio al oído. Después, muy digna, lo dijo a la clienta.

—¿Está bien, madre? —solicitó, cuando la señora le entregó unas monedas.

—Uy, me parece que aún no estás preparada para atender en la tienda, niña —le recriminó doña Juana, fingiendo seriedad—. Antes deberás aprender el valor de las monedas y a hacer cuentas.

Paula frunció el ceño, molesta por su falta de conocimientos y, sacando el labio inferior, contestó:

—Le pediré a mi madre que me enseñe y enseguida aprenderé.

Las dos amigas rieron por la contestación de la niña.

—No hay duda de que apuntas maneras de buena dependienta, pequeña —aseguró la señora Basilia. Luego, tras despedirse, se marchó, acompañada de su amiga.

—Voy a decirle a padre que ya os he ayudado. Con Dios, doña Camila —espetó Paula. Y sin esperar respuesta, entró corriendo en la trastienda. Un torbellino de rizos dorados y faldas al vuelo.

—No hay duda de que tenéis una hija muy especial, querida —aseguró la curandera—. Debéis sentiros muy orgullosa de ella.

—Lo es, doña Camila, y lo estoy. Ella es lo más hermoso que tengo —confirmó, con sinceridad y un poco de remordimiento. «No pienses en ello»—. Me habíais pedido compota de grosella —recordó, volviéndose a un estante para alcanzar un tarro.

—Sí, querida —murmuró la mujer a su espalda—. Sin duda, cualquier padre se sentiría orgulloso de tenerla por hija.

María inspiró, ¿era una indirecta? Fingió una sonrisa al volverse. Siempre había sospechado que doña Camila tenía un sexto sentido y que era capaz de ver más cosas que los demás; por eso procuraba tener mucho cuidado con lo que decía delante de ella.

—Para Sebastián es su ojito derecho —mencionó, un poco envarada, sin faltar a la verdad. Sin mirarla, colocó el tarro de mermelada sobre el mostrador.

—Por supuesto, María. No quería incomodaros; perdonad.

—No hay nada que perdonar, doña Camila. No me habéis incomodado —mintió.

La mujer asintió con la cabeza. María no se atrevió a mirarla, directamente, a los ojos por temor a que aquella mirada ambarina le mostrase que no la creía.

Una vez que doña Camila se fue, María subió a la casa para coger la *argizaiola* vacía, con la cerilla en la mano. Con paciencia enrolló la cera en la tabla, de modo que no montase una sobre otra y no se partiera la cerilla. Satisfecha con el trabajo, regresó a la trastienda para ayudar a su marido.

Cuanto más miraba los números, más se emborronaban. Había ido a la confitería para aclarar unas cuantas cifras que no le cuadraban, pero Sebastián tampoco era capaz de desentrañar aquella maraña.

—Lo siento, Samuel. Soy un desastre y te lo he puesto muy complicado —se disculpó el confitero por enésima vez—. Menos mal que has aceptado llevar la contabilidad, si hubiera esperado un poco más, sería imposible cuadrar nada.

—Tranquilizaos, maestro; imagino que es cuestión de seguir sumando variantes hasta dar con la cantidad exacta.

—Eres muy razonable y perseverante, muchacho —declaró Sebastián, limpiándose las manos con un lienzo—. Yo ya lo habría dejado por imposible.

—Eso no es cierto. Vos mismo habéis llevado los libros, pese a no tener mucha idea de cómo hacerlo.

—Ya, y mira lo que he logrado —musitó, avergonzado—. Será mejor que me ponga con las velas; eso se me da mejor.

Samuel observó al hombre, que regresaba a la rueda de los cirios y comenzaba a verter la cera líquida sobre los enormes velones, uno a uno. Era un trabajo tedioso que dejaba los hombros destrozados. Él lo sabía muy bien, pues le había tocado hacerlo en multitud de ocasiones, sobre todo cuando se acercaba alguna fecha señalada: la Candelaria, Semana Santa, Semana de Ánimas o el día de Corpus Christi. En esas fechas la demanda de velas, hachones y cirios era mayor y por eso había que dedicar más tiempo a su elaboración.

Volvió a repasar la larga suma y, una vez más, el resultado no coincidió con lo que debía ser. A ese paso jamás lograría hacer cuadrar las cifras. Frustrado, pero más decidido que nunca, repasó los números otra vez. En algún sitio estaba el error y no pararía hasta dar con él.

—¡Padre, padre! —llamó Paula, al entrar en la tienda. Un instante después cruzaba la cortina. Sus mofletes colorados, brillantes como manzanas maduras, rebosante de salud—. Hemos cogido muchas grosellas. Casi no podíamos con las cestas.

—Buena tarde —saludaron María e Isabel, al entrar en la trastienda.

Samuel miró a su hermana, sorprendido por verla allí. Luego se fijó en la cesta que llevaba; era evidente su pretensión de que hiciera confitura. Apretó los dientes; no le apetecía nada hacerla.

—Madre se pondrá muy contenta. Sabes que es su confitura preferida —anunció su hermana, como si adivinara sus pensamientos. Sus ojos ambarinos brillaban como gemas—. Se las llevaré para que las vaya lavando. Para cuando llegues tú, estarán listas.

No pudo evitar mirar a María de soslayo y, cuando sus miradas se cruzaron, fingió repasar la columna de números, abochornado por haber sido pillado en falta. El corazón le latía como loco. No sabía qué contestar a su hermana y tampoco deseaba dar explicaciones.

—Será mejor que me marche. Hasta otro día —se despidió Isabel—. Samuel, lo tendremos todo preparado para cuando llegues —aseguró, mirándole con picardía.

Casi habría podido jurar que su hermanita sabía las pocas ganas que tenía de hacer confitura y jugaba con él. Volvió a apretar los dientes y se limitó a asentir con la cabeza. Ya ajustaría cuentas con ese demonio, cuando estuvieran en casa.

Por fortuna, María también se marchó. Él supuso que a lavar las dichosas grosellas. No quería hacer caso a los recuerdos que eso suscitaba, pero estos, ajenos a su decisión, se negaban a desaparecer.

Aquel año los groselleros habían estado a reventar de frutos. Ellos no sabían de otro año igual. Habían ido el día anterior a buscar e, incluso, hecho una remesa de confitura. Ir a por más fue la excusa para volver a estar con María. Después de lo que había sucedido el día anterior mientras lavaban las grosellas, necesitaba estar con ella.

Quería saber si también había sentido lo mismo cuando las manos de ambos se acariciaron bajo el agua. Por la noche casi no había dormido, recordando las novedosas y extrañas sensaciones que lo habían colmado.

Por supuesto, no había sido la primera vez que se tocaban; lo hacían desde siempre; ¿por qué aquella vez fue diferente?, ¿por qué en aquella ocasión había sentido que le faltaba el aire? Fue como si se hubieran tocado algo más que las manos. Algo intangible y puro.

¡Por Dios, qué inocentes habían sido entonces!

—¿Qué hacéis? —La pregunta de Paula lo bajó de las nubes. De puntillas, sujetándose al borde de la mesa para poder ver, la niña parecía un duende de luminosos ojos verdes y pelo ensortijado—. ¿Qué es eso? —Señaló la columna de cifras.

—Son números —contestó con media sonrisa, agradecido por tener algo que le distrajera de los derroteros que estaba tomando su mente—. ¿Sabes lo que son? —La pequeña negó con la cabeza; sus tirabuzones se agitaron con el movimiento—. Cada uno de ellos representa una cantidad. Son necesarios para hacer las cuentas.

—¡Cuentas! Quiero aprender eso —anunció con los ojos abiertos de par en par—. Me han dicho que debo hacerlo para ayudar a mi madre en la tienda. ¿Me enseñáis? —preguntó con dulzura. Sin esperar respuesta se encaramó a un pequeño tonel y apoyó los codos en la mesa para afianzarse.

—Ten cuidado, te puedes caer, Confite —le advirtió—. Ese tonel no es muy estable.

—Tendré cuidado —aseguró, resuelta.

Samuel miró alrededor; Sebastián continuaba vertiendo cera sobre los cirios, con absoluta paciencia y abstracción. María no estaba. Y la chiquilla seguía mirándole, esperanzada. ¿Cómo podía negarse?

—Bien, primero habrá que aprender a contar. ¿Sabes contar?

—Tengo cinco años —apuntó muy seria, mostrando la mano abierta como una pequeña estrella. El tonel se balanceó un poco—. Martintxo solo tiene uno. —Mostró el dedo índice y volvió a sujetarse a la mesa.

—Muy bien, Pequeño Confite. Será mejor que te sientes en mi silla. Me parece que ahí terminarás por caerte al suelo.

—No, señor Samuel; no me voy a caer. Sé agarrarme bien —informó, pertinaz. Sin duda era hija de su madre. Él, mejor que nadie, sabía lo testaruda que podía llegar a ser.

«Deja de pensar en ella», se amonestó, enfadado por no ser capaz de quitársela de la cabeza.

—Está bien, pero si te caes, luego no vengas llorando —fingió reñirla—. Veamos, parece que sabes contar —afirmó Samuel antes de levantarse y tomar un puñado de habas de cacao de un saco cercano. Colocó siete sobre la mesa—. ¿Cuántas hay?

La niña miró las habas con la cabeza inclinada, como un pájaro curioso; se llevó el dedo a la boca y, tras pensarlo un poco, contestó.

—Tres.

Samuel alzó las cejas sorprendido. Por lo visto no iba a ser tan fácil. Retiró seis habas y volvió a preguntarle.

—Dos.

Definitivamente, la pequeña no sabía contar y él no se acordaba de cómo le habían enseñado. Era cuestión de improvisar.

—¿Sabes los números? —preguntó, dejando a un lado las habas.

—Uno, dos, cuatro, ocho, seis y... ¡diez! —exclamó, alborozada.

—No, no son así. Mira y cuenta conmigo de este modo. —Señaló sus dedos y empezó a contar de uno en uno hasta cinco. Luego formó un puño—. Ahora tú sola.

La niña lo miró con el ceño fruncido y fue diciendo los números, a la vez que él iba mostrando los dedos. Solo se equivocó en una ocasión; Samuel no pudo evitar sentirse tan orgulloso como un padre. Lo dejó dolorido la certeza de que, si no se hubiera ido a Venezuela, ahora lo sería. Por primera vez se dio cuenta de lo mucho que había perdido por haberse marchado.

«No importa. Dentro de unos años tendré hijos a los que enseñar a contar», pensó, convencido.

Colocó otra vez el montón de habas en el centro de la mesa.

—Esta es una haba —dijo, mirando a Paula—. ¿Ves? Es solo una. Si pongo otra, son dos habas. ¿Cuántas hay?

—Dos —contestó con presteza. Los ojos, brillantes de expectación.

—Coge una haba del montón —ordenó Samuel—. No, solo una, Confite —aclaró, viendo que ella tomaba dos—. Así, muy bien.

Durante un rato estuvieron cogiendo, ora una, ora dos. Una vez que eso pareció aprendido, añadió una tercera y volvieron a empezar.

María terminó de lavar las grosellas. No había tardado mucho, pese a que eran más que en la otra ocasión. Se había negado a recordar, manteniendo la mente ocupada en lo que estaba haciendo. Rememorar tiempos pasados no le hacía ningún bien. No podía seguir lamentándose por algo que ya no podría ser. Además, se sentía culpable por pensar en otro hombre que no fuera su marido. No era honesto para con Sebastián y ella le había jurado fidelidad el día de su boda. No debía olvidarlo.

Con la cesta llena de frutos recién lavados, entró en la trastienda. Lo primero que vio fueron las cabezas juntas de Samuel y de Paula. Los dos reían, absortos. Era la primera vez que veía reír a Samuel desde que había regresado. ¡Cuánto le gustaba su risa! Como tantas veces, María sonrió al verla; era un acto reflejo.

La carcajada de su hija la devolvió al momento. Consternada, se fijó en las sonrisas idénticas e inspiró con fuerza.

Los dos se volvieron. Cuando sus miradas se cruzaron, los ojos de Samuel dejaron de sonreír y se volvieron duros como el pedernal. Ella se estremeció. Perdidos en esa mirada, no se percataron de que el tonel donde estaba encaramada la niña se tambaleaba. El grito de Paula los puso en alerta. María corrió hacia su hija. Samuel extendió el brazo para asirla, pero no antes de que se golpeara en la frente con el borde de la mesa.

—¡Dios mío! —gritó María, arrodillada a los pies de Paula—. ¿Te duele?

Paula cruzó una mirada vidriosa con Samuel.

—N-no —tartamudeó.

María no tenía tiempo de analizar ese cruce de miradas. En la frente de la niña comenzaba a formarse un chichón de grandes proporciones.

—Lo siento, me he despistado —se disculpó Samuel a nadie en particular.

—Toma, ponle esto en la frente. —Sebastián, más práctico que ellos, se acercó con un lienzo empapado en agua fría. Ella se lo puso en la frente, para ayudar a que le bajase la inflamación—. Samuel, será mejor que avises a tu madre. Preferiría que la viese doña Camila.

—Ahora mismo voy a buscarla —aseguró Samuel; sin quitarse los manguitos ni coger su casaca, salió de la trastienda a grandes pasos.

—Tú también te has dado cuenta del parecido —dijo su marido, una vez que el joven se hubo ido. No era una pregunta, por lo que María se limitó a asentir con la cabeza—. Tarde o temprano, alguien más se dará cuenta. Tal vez sea el momento de que se lo digas tú misma.

—¡No! —casi gritó—. No podemos decírselo. ¿Quién sabe qué hará al saberlo? —barbotó, asustada.

—No podrá hacer nada, querida —indicó Sebastián, acariciando la mejilla de la pequeña y mirando a la madre con tristeza.

María, aunque quería creerle, no estaba segura de que fuera tan sencillo. Samuel era un hombre muy orgulloso, ¿cómo reaccionaría al saberlo? Era mejor no tentar a la suerte. Después de todo, ya no se podía hacer nada; a todos los efectos, Paula era hija de Sebastián.

—¿Te duele mucho, querida? —preguntó Sebastián a la niña.

—No estoy llorando, padre —murmuró la niña con voz

temblorosa; los ojos empapados de lágrimas que se negaba a derramar—. Le dije que no iba a llorar si me caía.

—Eres muy valiente, mi pequeño tesoro —aseguró él, acariciándole el pelo—, pero no pasa nada si lloras.

Paula, con la barbilla temblorosa, hizo esfuerzos para aguantar el llanto, hasta que se le escapó un sollozo y terminó sucumbiendo, amparada en los brazos de su padre.

—Ya está, pequeña. Solo es un poco de dolor. Pasará —musitó el confitero.

—No... no... le digáis... al señor Samuel... que he... llorado. Le... he dicho... que no iba... a hacerlo —barbotó, entre lágrimas e hipidos—. Quiero... quiero que me enseñe a... a contar.

—Tranquila, mi cielo. A él no le importará que hayas faltado a tu palabra —aseguró María, acongojada por los pensamientos de su hija—. A veces es necesario llorar.

La pequeña pareció quedar más tranquila y, recostada en el pecho de su padre, se fue calmando. Para cuando llegaron la señora Camila y su hijo, ya estaba más serena.

—Mañana tendrá un feo chichón, pero si le aplicáis el ungüento de árnica, se le pasará enseguida —vaticinó la curandera, tras examinarla—. Señorita Paula, durante unos días tendrás la frente un poco dolorida y es posible que se te pongan los ojos morados.

—¿Para siempre? —preguntó, asustada.

—No, pequeña. Solo unos días —aseguró doña Camila con una sonrisa—; luego volverás a estar igual de guapa.

María observó a la curandera mientras atendía a su hija, temerosa de que en cualquier momento se percatase del parecido entre Samuel y Paula. Si en esos años lo había pensado alguna vez, no había dicho nada. Claro que ahora, con Samuel tan cerca...

—Lo siento, debería haber estado más atento —volvió a disculparse Samuel, apenado—. Sabía que el tonel no tenía mucha estabilidad...

—Ha sido un accidente. No debéis incomodaros por eso... —musitó ella, casi sin mirarle.

No respiró tranquila hasta que los vio marchar, un rato después. Una tranquilidad un tanto engañosa, pues a partir de ese momento nunca podría estar segura de que no se dieran cuenta, si no ellos, cualquier otra persona.

—No le des más vueltas, querida. Si tiene que saberlo, por mucho que se lo ocultes, terminará por enterarse —manifestó Sebastián, con su habitual pragmatismo. Alzó a la niña en brazos y salió de la trastienda. María apagó las velas antes de seguirle, con un candil de la mano.

—Prefiero esperar. Tal vez...

Sebastián, delante de ella, meneó la cabeza, pero no dijo nada.

7

Durante los días siguientes, María esperó con una calma de cristal a que Samuel viniera a pedirle explicaciones, pero como no lo hizo, con el transcurrir de las jornadas, se fue tranquilizando y dejó de preocuparse tanto. Quizás el parecido no era tan grande como ella había imaginado y nadie más lo veía, aparte de Sebastián, que conocía la verdad. En cualquier caso, no quería bajar la guardia, a la vez que rezaba para que Samuel no lo descubriera.

Otro cantar era doña Camila. María presentía que ella sospechaba la verdad; ¿sería capaz de contarle sus sospechas a su hijo? Tal vez lo guardase para sí, esperando a que María y su esposo decidieran al respecto. Quizá todo eran imaginaciones suyas y doña Camila no sospechaba nada. ¡Qué lío!

No pudo evitar recordar lo ocurrido seis años atrás.

Habían pasado dos meses desde que Samuel se marchara a Venezuela. Ella se debatía entre llorar o clamar al Cielo la rabia por la ausencia de su amado. Nunca quiso que se fuera. Jamás deseó que hiciera tal cosa.

Lo discutieron mucho.

De poco le valieron las súplicas, los llantos o los ruegos; Samuel estaba tan decidido que nada le podía hacer cambiar de opinión. Nunca le había visto tan obcecado con algo, tan intransigente.

Los argumentos que esgrimió para que se quedase, no sirvieron de nada. Pese a todo, él se marchó.

Quizá fue la desazón, la tristeza o la rabia lo que contribuyó a que tardara en descubrir su embarazo. Lo cierto fue que, para cuando se quiso dar cuenta, ya estaba de dos meses y muerta de miedo.

No supo qué hacer ni a quién acudir.

Pese a que había oído hablar de una mujer que «arreglaba» esas cosas, no quiso tenerlo en cuenta. Era imposible. Jamás se desharía de un hijo.

Llegó a odiar a Samuel por su terquedad. ¿Por qué había tenido que irse? ¿Por qué había tenido que dejarla en esas circunstancias? ¿Qué podía hacer ella?

Trató de ocultar el embarazo todo lo que pudo; no dijo nada a nadie, ni siquiera a su familia. Se levantaba cada mañana temiendo el momento en que alguien lo descubriera, imaginando la vergüenza que eso podría representar para su familia y para ella misma. Si Samuel hubiera estado en la ciudad, se habrían casado y todo el mundo hubiera perdonado ese «desliz».

Definitivamente, eso estaba descartado. Samuel no estaba; no podría salvarla de la deshonra. Ella tampoco podía ir en su busca: los barcos no volverían a realizar esa singladura hasta la primavera. Para entonces, su embarazo ya sería más que evidente.

Para su familia sería mortificante, una deshonra. De repente se convertiría en una perdida a los ojos de los habitantes de aquella plaza. Una joven soltera que se quedaba embarazada...

Sebastián, siempre tan observador, se dio cuenta.

—¿Qué te sucede? —le había preguntado el confitero aquel día, cuando ella regresó de vomitar por segunda vez esa mañana. En su cara rubicunda se apreciaba la preocupación.

—Nada. No me ocurre nada, maese Sebastián —atinó a contestarle, aún mareada.

—No me engañes, muchacha —desaprobó con tristeza—. Sé que algo te pasa y me gustaría que me lo dijeras. Puedes confiar en mí.

Las palabras persuasivas y la mirada tranquilizadora del confitero la ayudaron a sincerarse; entre llantos, le narró el escándalo en el que estaba metida. No había querido contárselo. Temía que al saberlo la echara de allí. No era algo descabellado. Pero por alguna razón que aún ahora se le escapaba, había confiado en Sebastián, revelándole su secreto.

En contra de lo que hubiera sido lo más correcto para la moral de aquellas gentes, el confitero la sorprendió pidiéndole matrimonio.

—No puedo casarme con vos, maese Sebastián —había balbuceado entre llantos, sentada en la misma silla que en esos días utilizaba Samuel para repasar los libros—. Espero un hijo y...

—Lo sé y no me importa. Si te casas conmigo, a los ojos de todo el mundo ese bebé será mío. Nadie tiene por qué saber la verdad. —Los ojos de aquel hombre, tan azules como el cielo estival, eran tan sinceros que no podía dudar de él—. Yo te amo, María. Hace tiempo que siento eso por ti y me gustaría hacerte mi esposa.

—Pero yo... —Había sido incapaz de continuar.

—Lo sé, querida. Sé que amas a Samuel. Nunca lo he dudado. Si pudiera, te ayudaría a ir a Venezuela, pero sabes que no parten navíos en estas fechas. —Le había visto frotarse la frente, buscando una salida—. Y si esperas a que vuelvan a zarpar... No podrás esconder tu estado.

Por supuesto, Sebastián tenía razón y no podía esperar a los barcos. La boda con él era una salida, su única salida. ¿Qué otra cosa podía hacer?

No le valdría de nada escribir a Samuel. La carta saldría en el primer navío que zarpara para Venezuela. Demasiado tarde, desde luego. ¿Y si, después de todo, él ya no quería saber nada de ella? Se habían separado enfadados: ella porque él se iba; él porque ella no le comprendía. ¿Y si su abuela tenía razón: los hombres pierden interés cuando lo reciben todo? Sin duda, ella se había entregado a Samuel en cuerpo y alma. La vida que crecía en su interior era prueba de ello.

Pero ¿casarse con Sebastián?

Había buscado otra solución, desesperada, hasta que terminó enferma. No había nada más: o la boda o la deshonra. ¡Era tan fácil! ¡Tan endemoniadamente difícil!

Se casaron unas semanas más tarde; en cuanto se leyeron las amonestaciones. Luego partieron a París, con la disculpa de que Sebastián deseaba tratar con un confitero de aquella ciudad. Regresaron casi un año más tarde, con Paula en los brazos.

Nadie sospechó nada. Nadie preguntó nada y su desliz quedó oculto.

Hasta ese momento.

El sonido de la campanilla la salvó de seguir perdida en los recuerdos. Alguien acababa de entrar en la tienda.

Sebastián vio salir a su esposa, mientras seguía moliendo el cacao y el azúcar en el metate. Le dolían las rodillas por estar tanto tiempo en esa postura y le costaba respirar. En los últimos tiempos había engordado más y se fatigaba con frecuencia. Además, algunas veces notaba que su corazón latía más rápido que de costumbre. No le había contado nada a María, pues no deseaba añadir otra preocupación a su cabeza; ya tenía bastante con Samuel de vuelta en la plaza. Era mejor que se lo guardara para sí. Tosió con fuerza; parecía que el catarro que le llevaba rondando desde la semana anterior empezaba a agravarse. Otra complicación más.

El chirrido de rozar piedra contra piedra y el olor amargo del cacao eran tranquilizadores. Y él necesitaba ese sosiego. ¡Cómo lo necesitaba!

En algunos momentos se había arrepentido de haberle pedido a Samuel que le llevase los libros de cuentas. Quizá no había sido una buena idea. Si no hubiera necesitado un contable, si Samuel no hubiera sido el único que estaba disponible en ese momento, si...

No, no podía seguir con eso. Debía darles un voto de confianza. María era su esposa y Samuel se iba a casar en breve... Pero tenía tanto miedo a la posibilidad de un renacimiento del amor perdido que temblaba solo de pensar en que María lo abandonara y se llevara a la niña.

Les había observado, rezando para no descubrir una mirada, una palabra, un roce. Hasta ese momento no había visto nada de eso, pero ¿cuánto tardaría en manifestarse?

Estaba convencido de que un amor como el que ellos habían tenido no se podía olvidar. Era para siempre. Él había sido un necio por casarse aun sabiéndolo. No era más que un viejo enamorado de un amor imposible y se moría de celos cada vez que pensaba en ellos.

No, no debería haber contratado a Samuel y, para colmo de males, Paula se había pegado al joven como una lapa. Esperaba su llegada, ansiosa, para seguir aprendiendo. La niña había progresado mucho y resultaba evidente que tenía la misma facilidad para las cifras que el contable.

A veces le sorprendía que Samuel no se diera cuenta de la tremenda semejanza habida entre ellos. No solo era la sonrisa, los gestos los delataban.

Era un tonto; un imbécil, que había metido al enemigo en casa. ¿En qué había estado pensando?

Le había dicho a María que le contara a Samuel la verdad, pero en el fondo vivía con el temor de que lo hiciera. Paula era su hija y, puesto que María no había vuelto a quedarse embarazada, la única que podría tener. La amaba con cada pedacito de su corazón. Si Samuel...

«No lo pienses, siquiera —se reprendió en silencio, moliendo con más ímpetu el cacao—. Ni se te ocurra pensarlo.»

Volvió a toser.

Al proponerle el trabajo a Samuel, había creído que él apenas pasaría por la confitería, pero ahora era un visitante diario. ¿Debería decirle que no pasara tan a menudo? ¿Qué excusa podría darle?

«Estás poniendo en peligro tu matrimonio —se reprochó—. Si María termina abandonándote, solo tú tendrás la culpa.»

Era todo tan complicado... Más ahora, que Paula estaba tan decidida a aprender a contar. Esa niña era tan tenaz como su madre, con lo cual sería imposible negarle ese capricho. A decir verdad, él tampoco quería prohibírselo. Ansiaba que su hija tuviera una buena educación y si, como se estaba demostrando, tenía un don para los números, no sería él quien le impidiera seguir aprendiendo.

Era evidente que se hallaba en un buen lío. Un lío que él mismo había organizado. ¡Viejo tonto!

La tos cortó sus recuerdos.

El brasero que ardía bajo el metate, para sacar la manteca del cacao, lo estaba agobiando. No veía la hora de acabar la molienda. Desde que Julio no estaba, todo el trabajo lo tenía que realizar él y ya no estaba acostumbrado a las tareas más pesadas. Si el joven no regresaba pronto debería buscar otro aprendiz para que lo ayudase. El trabajo de la confitería no era para una sola persona.

Cansado, se pasó la manga de la camisola por la frente para secarse el sudor; le sorprendió notarla seca. Debería estar sudando; tenía mucho calor.

Las voces al otro lado de la cortina le distrajeron un momento. Doña Camila hablaba con María y, a juzgar por el tono, la curandera parecía un tanto preocupada.

Sebastián volvió a toser y se limpió la nariz con un pañuelo que guardaba en el puño de la camisa. Definitivamente estaba peor. Las voces callaron de repente y, al instante, las dos mujeres entraron en la trastienda. Sus miradas, entre inquisitivas y preocupadas, lo sorprendieron.

—¿Qué sucede, querida? —preguntó, soltando el rodillo del metate—. ¿Por qué me miráis así?

—Sebastián, doña Camila viene de casa de Julio; él y su madre tienen tosferina.

—¿Hace mucho que tenéis esa tos? —indagó la curandera, mirándolo con sus ojos dorados. Las gotas de lluvia brillaban como diamantes sobre su capa encerada—. ¿Tenéis calentura? ¿Os duele algo? ¿Tenéis estornudos?

Sebastián parpadeó, confundido ante tanta pregunta.

—Tengo calor. Es normal, estoy encima del brasero... —La tos no le dejó continuar.

—Habéis estado con Julio y es posible que os haya contagiado. Si no queremos que la enfermedad se extienda por toda la ciudad, convendría poner en cuarentena la confitería —aclaró doña Camila, muy seria.

—¡Santa Madre! ¡Paula! —María, pálida por la preocupación, se llevó una mano a la boca y miró al techo. La niña se había quedado en el piso superior haciendo números en su pizarrín, a la espera de que llegara Samuel.

—Será mejor que la saquéis de esta casa. Tal vez aún no se haya contagiado.

—No podré llevarla a casa de mi hermano. Si está enferma, puede pegárselo a Martintxo. Ay, no sé qué hacer. —La angustia de su esposa era patente; él se sentía igual.

—Habláis como si yo tuviera tosferina, cuando puede ser simplemente un catarro —consideró Sebastián. La idea de no ver a su hija, aunque fuera unos días, le llenaba de tristeza. ¿Y si estaba enfermo? ¿Y si su egoísmo ponía en peligro a la pequeña? Con mucho esfuerzo logró levantarse. Las rodillas protestaron lastimosamente y un nuevo acceso de tos le dobló por la cintura. Definitivamente, debía perder peso; estaba demasiado gordo.

—Puede que lo sea, maestro. En unos días saldremos de dudas, pero por si acaso... Mejor no tentar a la suerte.

—Tenéis razón, doña Camila —admitió, cansado—. Será mejor que os alejéis de mí.

—Si no tenéis inconveniente, Paula podría venir a mi casa. Si se confirma que solo es un resfriado la traeré enseguida —puntualizó la mujer.

Sebastián notó la mirada angustiada de su esposa. Imaginaba la dirección de sus pensamientos: si era conveniente que Paula viviera tan cerca de Samuel. Asintió, dándole a entender su conformidad con que la niña se fuera.

«El Señor tiene una forma muy retorcida de jugar con sus hijos —pensó, antes de que otro acceso de tos lo obligara a sentarse, agotado—. Una manera un tanto retorcida, desde luego.»

Se hubiera reído, de no ser porque otro acceso de tos se lo impidió.

Samuel metió los libros de cuentas en el morral de cuero y se lo colgó a la espalda; tras ponerse la capa encerada y el sombrero, salió a la lluviosa tarde de junio.

El viento frío del oeste barría la calle como si, en vez de encaminarse al verano, retrocedieran al invierno. Las pocas personas con las que se encontró iban embozadas en sus capas y caminaban con prisa por llegar a sus destinos. Sin duda, era un día desapacible; un día para permanecer en casa, cerca del fuego. Si escuchaba atentamente, casi se podía oír el embate de las olas contra las murallas. Incluso, la mayoría de gaviotas habían desaparecido; las pocas que quedaban volaban tierra adentro, buscando refugio.

No quería reconocerlo, pero le había cogido gusto a ir a la confitería para enseñar a la pequeña Paula. La niña había demostrado tener una habilidad inusitada para las cifras y un deseo desbordante de saber más. En algunos aspectos le recordaba a él mismo, cuando empezó a aprender de la mano de su tío Pierre. Otra vez se arrepintió de la decisión tomada seis años antes.

«Pronto tendré hijos con Rosa Blanca», se repitió una vez más, como cada vez que pensaba en ello.

En unas semanas arribaría un barco desde el Nuevo Mundo; esperaba que su prometida viniera en él. La espera se le estaba haciendo muy larga. Confiaba en que, cuando ella estuviera en San Sebastián, los recuerdos de María, que poblaban sus noches y le mantenían despierto e intranquilo, desaparecerían de una vez por todas.

Al doblar la esquina con la calle Mayor, una ráfaga de viento estuvo a punto de arrebatarle el sombrero; aceleró el paso para llegar cuanto antes a la confitería. No se veía a nadie por la calle; los niños, que solían jugar por allí, estaban resguardados en la entrada de una de las casas, absortos en una partida de naipes.

La campanilla de la puerta sonó al entrar en la confitería. María salió para atenderle; pálida como un muerto, se retorcía las manos en el delantal. Por un momento creyó ver un asomo de alivio al verlo entrar, pero debió de haberlo imaginado, pues enseguida lo miró con la seriedad de siempre.

—Buen día —le saludó con voz temblorosa—; será mejor que paséis a la trastienda.

Samuel la siguió, intrigado. Su inquietud se agravó al ver que su madre estaba allí y que el señor Sebastián, tan macilento como su esposa, parecía ahogarse entre toses.

—Buen día, ¿qué sucede? —atinó a preguntar, mirándoles, confundido.

—Sospecho que maese Sebastián tiene tosferina —aclaró su madre—. Es necesario poner la tienda en cuarentena antes de que la enfermedad se extienda aún más. He pensado en llevarme...

Los pasos, que bajaban las escaleras corriendo, cortaron el resto de la frase. Paula, como una exhalación, entró en la trastienda, blandiendo el pizarrín. Su hermosa sonrisa se apagó en cuanto vio la seriedad de los presentes.

—¿Padre? ¿Os sucede algo?

—Estoy acatarrado, pequeño tesoro. No te acerques; puedes enfermar —explicó Sebastián, la mano extendida para que la niña no se arrimase a él—. Irás a la casa de doña Camila, para que no te pongas enferma como yo.

—Pero yo me quiero quedar con vos para cuidaros —protestó la pequeña. Las manchas violáceas, alrededor de los ojos, se estaban volviendo de un tono entre amarillo y verdoso, señal de que pronto desaparecerían.

Samuel ya se había acostumbrado, pero el primer día en que la vio con los ojos morados, la sensación de haber visto esos ojos antes había sido muy intensa, aunque no logró situarlos en su mente. Como siempre, esa imagen le era esquiva.

—Es necesario que vayas, tesoro mío —suplicó María, arrodillada frente a su llorosa hija—. Solo serán unos días, hasta que tu padre esté mejor.

—Yo no quiero ir, madre. No me obliguéis, por favor.

—Querida, Isabel está tomando lecciones de baile y podrá enseñarte a ti también —anunció doña Camila—. ¿No te gustaría aprender a bailar?

La niña la miró con los ojos anegados de lágrimas y negó con la cabeza; sus rizos, del color de la miel, se balancearon como resortes. A Samuel se le encogió el corazón al verla tan desamparada.

—Te puedo enseñar a hacer cuentas, Confite —se oyó decir—. Empezaremos con las más fáciles. Cuando regreses, ya podrás ayudar a tu madre en la tienda. ¿No te gustaría?

—¿De verdad lo creéis? —preguntó, esperanzada, limpiándose las lágrimas de un manotazo—. ¿Sabré hacerlas? ¿Lo creéis así, señor? —Desbordaba interés.

—Si tú quieres, sí.

La niña le regaló una sonrisa entusiasmada. Luego miró a su padre, como si no supiera qué hacer.

—Anda, pequeño tesoro, ve con ellos —musitó maese Sebastián. La tos le sacudió por entero. Se lo veía más pálido con cada instante que pasaba—. Aprende mucho y pórtate bien.

—¿Puedo daros un beso, padre?

—No puedes, mi amada niña. No quiero que tú también te pongas enferma —murmuró el confitero en un hilo de voz—. Dentro de unos días, cuando esté curado, te daré todos los que tú quieras.

La respuesta no satisfizo a la niña, que empezó a lloriquear quedamente.

—Será mejor que nos vayamos; cuanto más tiempo permanezca aquí, más probabilidades tendrá de contagiarse.

—Tenéis razón, doña Camila. Subiré a preparar una bolsa con ropa —pronunció María, aturdida y con los ojos llorosos.

—Os ayudaré.

Samuel las vio salir. María llevaba los hombros encorvados, como si sostuviera el peso del mundo. No quería sentir lástima ni compadecerla. Consideraba que no merecía ningún sentimiento amable por su parte, pero no podía evitar sentir piedad por el mal momento que estaba pasando. El deseo de consolarla le quemaba en el pecho; una brasa ardiente junto al corazón. No podía ser.

La tosferina era un enfermedad que podía llegar a matar. No sería la primera vez que sucedía, y el fantasma de esa posibilidad planeaba en aquella habitación. Eso era innegable.

Paula lloraba en silencio, aferrada a la cortina. Su pizarrín, lleno de números, olvidado en el suelo. Estaba a punto de acercarse para abrazarla cuando la voz de Sebastián le detuvo.

—Samuel, quiero pedirte un favor.

—Lo que deseéis, maestro —contestó, sincero, volviéndose a mirarlo.

—Cuida de mi pequeña por mí.

—Por supuesto que lo haré. No tenéis que pedirlo. La cuidaré como si de mi propia hija se tratara.

El acceso de tos fue más virulento esta vez. El confitero se sacudía con los espasmos, estirando la cara, buscando aire, el rostro congestionado y los ojos llorosos. Samuel corrió a su lado y le tendió un pañuelo, sin saber qué hacer y temiendo que se ahogara con su propia flema.

Cuando terminó de toser, su respiración se había vuelto arrastrada y ruidosa. Estaba peor.

—¡Padre! —gritó la niña a los pies del enfermo—. ¡Padre!

—Paula, no debes estar aquí. Ve con tu madre —ordenó Samuel, intentando separar a la pequeña, que se aferraba a las piernas del confitero con fuerza—. Si sigues aquí, tú también enfermarás, Confite.

—¡No! Padre, ¿qué os pasa? —preguntó, angustiada, los ojos llenos de lágrimas.

—¡Paula! Ven aquí de inmediato. —La voz, teñida de miedo, obligó a la chiquilla a separarse de su padre y correr a los brazos de María, que miraba a su esposo con el rostro desencajado por el terror—. Debes irte con doña Camila, tesoro. En cuanto tu padre esté bien, iremos a buscarte.

—¿Me lo prometéis? —susurró Paula, entre sollozos, abrazada a su madre.

María se limitó a asentir con la cabeza. Sus ojos, anegados de lágrimas apenas contenidas, brillaban asustados.

Samuel sintió nuevamente el arrollador impulso de consolarla.

«¿Acaso lo has olvidado?», se reprendió en silencio, abriendo y cerrando las manos a los costados, como si no pudiera resistir la necesidad de abrazarla.

—Maestro, ya he logrado justificar todas las entradas —dijo, para centrarse en algo que no fuera María—. Las cuentas están al día.

—Me alegra saberlo, Samuel. Si alguien podía conseguirlo, eras tú —mencionó el confitero, con un amago de sonrisa—. Durante unos días la tienda estará cerrada, así que no habrá nada que apuntar. Llévate a mi hija y cuídala bien.

—Cuidaos vos, también. Si necesitáis algo más, no dudéis en pedírmelo —apostilló Samuel; luego dejó que su madre le precediera a la salida. Tomó el hatillo con la ropa de la pequeña y abrió la puerta a la lluvia persistente.

Paula lloraba desconsolada en los brazos de su madre, que intentaba ponerle una capa para resguardarla del agua.

—De-dejadme... de-dejadme que me que-quede... a-aquí, madre. Yo... yo os puedo ayudar... a cuidarlo —aseguraba la niña, entre llantos desgarradores que partían el corazón—. No quiero irme... por favor, madre... No me obli-obliguéis...

Una vecina acudió al oír los llantos y varias personas asomaron a sus puertas.

—¿Qué sucede, doña Camila?

—Nos llevamos a Paula a nuestra casa. Creo que el señor Sebastián tiene tosferina.

Como si de una coreografía se tratara, varias mujeres se santiguaron repetidas veces, antes de murmurar una despedida y entrar en sus casas con premura. Todos temían a la enfermedad. No era para menos.

—Iré a avisar al galeno. Es conveniente que lo mire lo antes posible —observó Samuel, entre los sollozos de la chiquilla.

—Muchas gracias. ¿Podríais... podríais avisar a mi hermano? No quiero que venga por aquí; solo que lo sepa —precisó María en un hilo de voz. Su rostro, blanco como la cera.

—Por supuesto.

Tras muchos ruegos, Samuel logró despegar a Paula de los brazos de su madre y la tomó en los suyos. Trató de no mirar la triste estampa que representaba María, abrazada a sí misma, mientras los veía marchar. Se odió por querer ampararla; por notar que, pese a todo, sus sentimientos hacia esa mujer se debatían entre el resentimiento y el amor. Deseaba detestarla, tanto como deseaba acogerla entre sus brazos y calmar toda esa tristeza.

«No seas idiota, ¡qué pronto olvidas las ofensas!», se reprochó, con los dientes apretados.

Más confuso e irritado que nunca, continuó la marcha que encabezaba su madre. La niña hipaba contra su cuello, empapado por las lágrimas. El calor que emanaba su cuerpecito le calentó por dentro, haciéndole olvidar, por unos instantes, todo tipo de rencores, odios o resentimientos.

8

Cerró la puerta tras el galeno. Lo último que vio de él fueron sus ojos grises, tan desalentados que partían el corazón. Don Yago Izaguirre había tratado de ser suave al decírselo, no tenía duda de ello, pero la noticia no admitía suavidades de ningún tipo: Sebastián estaba muy enfermo y su enorme peso agravaba la situación. En cualquier momento, el siguiente acceso de tos podría ser mortal.

María cerró los ojos; con la frente y las manos apoyadas en la puerta, reprimió las lágrimas con esfuerzo. No quería que su marido la viera llorar. Sabía que eso le causaría mucho sufrimiento y bien sabía Dios que ya estaba sufriendo bastante. Las tres semanas transcurridas desde que se le diagnosticara la enfermedad habían causado estragos en él. Su esposo cada vez estaba peor.

Respiró hondo varias veces para intentar calmarse, mientras se enderezaba y entretenía en colocarse bien los faldones de la casaca. Una vez se hubo sosegado, subió las escaleras hasta el dormitorio, con paso cansino, resuelta a no dejar ver a Sebastián la angustia que la embargaba. La respiración trabajosa del enfermo llenaba la habitación. La ventana abierta, tal y como le había aconsejado el médico que hiciera, dejaba pasar el sol de la mañana. Fuera, en el patio, se oían los trinos de los pájaros.

«Dichosos vosotros, sin más preocupación que la de buscar alimento para pasar el día», se lamentó ella. Luego se avergonzó por ser tan cobarde. Por no ser más fuerte y afrontar la enferme-dad con entereza.

Sebastián tenía los ojos cerrados. El láudano que le había administrado don Yago ya le estaría haciendo efecto y parecía más tranquilo. Con el pañuelo tapando la nariz y la boca —otro consejo que el galeno le diera el primer día—, se acercó a la cama para acariciar el pelo blanco y alborotado de su esposo. Había perdido el color rosado de su tez; poco a poco iba tomando su lugar un color blanco azulado. Arrodillada en el suelo, le pasó los dedos por las mejillas; la barba le había crecido tanto que ya no raspaba.

—Eres tan hermosa, querida... —susurró el confitero, la voz áspera por la tos. Sus ojos azules, enrojecidos por la enfermedad, la miraban con amor.

—Creía que estabas dormido. Deberías descansar.

—Aún no. No quiero dormir... Temo que no pueda llegar a despertarme...

—No digas eso. —María, impotente, ahogó un sollozo—. Tienes que ponerte bien. No nos puedes dejar solas.

—Me gustaría, pero... sé que no podré... Estoy muy... cansa-do... —musitó con voz pastosa.

Por fin el láudano hizo efecto y Sebastián se quedó dor-mido.

Ahora María se sentía culpable; tal vez no había sido buena idea administrarle ese hipnótico, ¿y si no despertaba? Don Yago le había dicho que le vendría bien descansar para recuperar fuer-zas. Quizá de ese modo aún pudiera luchar contra la enfermedad. También le había aconsejado que descansara ella también; en las semanas que llevaba atendiendo a su esposo, apenas si lo había hecho. No quería apartarse de la cama para ayudar a su marido en lo que hiciera falta.

Por temor a que se contagiara, había pedido a Renata, la cria-da, que también se fuera. Ahora estaban solos en la casa. La confitería permanecía cerrada, pese a que Julio ya se había re-puesto y estaba listo para seguir trabajando.

«No permitas que muera, Señor —rogó en silencio—. Es demasiado bueno para que te lo lleves.» Una lágrima se escurrió mejilla abajo.

Oyó que llamaban a la puerta; secándose la cara de un manotazo, bajó a abrir.

Frente a la puerta, una cazuela de barro envuelta en un mantel descansaba en el suelo.

Samuel terminó su desayuno y dejó el tazón en la mesa. Como cada día, durante las tres últimas semanas, planeaba visitar a María para llevarle el hatillo con comida que Camila le preparaba. Le costaba admitirlo, pero esperaba con impaciencia a que su madre terminase de acomodarlo todo para ir. No debería ser así. Ni estaba bien ni era prudente, pero era la realidad.

Por fortuna, Rosa Blanca no tardaría en llegar y se casarían. Esperaba que cuando eso sucediera, él dejaría de pensar en la mujer del confitero.

No podía seguir engañándose cavilando en que, dada la situación de ella, solo era lástima lo que sentía; no podía hacerlo, era mentira. La había amado durante más de media vida y, por mucho daño que le hubiera causado, le costaba apartar la costumbre.

«Únicamente es eso: una costumbre. Nada más —pensó, tratando de convencerse—. Se me pasará enseguida.»

—Lo que tienes que llevar está en la cocina, hijo. Espero que maese Sebastián se encuentre mejor. Ayer, cuando le visité, no había empeorado, pero... —Calló su madre, entrando en el comedor—. Dile a María que coma. Mucho me temo que esa muchacha no lo esté haciendo y termine enfermando ella también. Dios no lo quiera.

—¿Puedo ir con vos? —indagó Paula, el pulgar junto a la boca, brillante de saliva. Venía tras la dueña de la casa—. ¿Puedo ir, señor?

—Lo siento mucho, Pequeño Confite —se disculpó él, acuclillándose frente a la niña. Le pasó un dedo por la mejilla—. No es prudente que vayas. Aún puedes contagiarte.

—Pero vos vais y no estáis enfermo —protestó ella. Los ojos verdes, entrecerrados, no presagiaban nada bueno—. Quiero ver a mi padre. Y quiero ayudar a mi madre. Ya casi sé hacer cuentas. Vos lo habéis dicho.

—Sí, es cierto, Confite; has aprendido mucho. Pero hoy no podrá ser, cielo. Si mañana está mejor, te prometo que te llevaré para que los veas —aseguró, acariciando con ternura los rizos melados. Era una niña tan hermosa y se parecía tanto a la madre...

—¡Quiero verlos! ¡Quiero verlos! —gritó, apartándose de él; apretaba los puños contra los costados de la falda—. Si no me lleváis con vos, me escaparé.

Samuel se incorporó para mirarla muy serio. No iba a dejar que aquella pequeña cabezota hiciera ninguna tontería. Al parecer, su parecido con María iba más allá de la apariencia física.

—En ese caso, te encerraré en tu habitación —precisó, dirigiéndose a la cocina a grandes zancadas.

—Querida, no te preocupes —oyó que trataba de sosegarla Camila, mientras lo seguían escaleras abajo—. Samuel irá a ver a tu madre y si le dice que tu padre está mejor, volverá contigo para que los veas. Mientras tanto, deberás ser una niña buena y no amenazar con escaparte, ¿lo has entendido?

La pequeña asintió con la cabeza, mirando de soslayo a Samuel, que salía con un hatillo en los brazos.

—Os esperaré ahí. —Señaló un escalón frente a la puerta de entrada. En su mirada se leía la obstinación y su labio inferior, proyectado hacia fuera, era toda una amenaza. Sin duda, era una versión más pequeña de María; sintió un pinchazo en el corazón. No era más inmune a la niña, de lo que fue con la madre. Debería marcharse lo antes posible; si continuaba un instante más, esa renacuaja haría con él lo que quisiera.

Tras despedirse con premura de su madre y de la chiquilla, salió a la calle.

Varias personas paseaban, aprovechando los rayos de sol. Un gato dormitaba en el alféizar de una ventana y los niños corrían tras un perro, en medio de una algarabía de gritos y risas. Las flores, en todo su esplendor, adornaban las ventanas y los balcones. Un poco más adelante, una carreta cargada de quincallería traqueteaba camino del mercado de la plaza Nueva. Desde allí podía oír las voces de las vendedoras que exponían sus mercancías. Un hermoso día para las ventas.

Alejándose del bullicio, se dirigió a la confitería a grandes pasos. Estaba deseando llegar para conocer el pronóstico de la enfermedad. Ojalá a esas horas ya estuviera mejorando. Había pasado demasiado tiempo.

Al doblar la esquina vio que alguien se acercaba desde la puerta de la confitería. Era Martín, que caminaba arrastrando los pies, cabizbajo. Esperó a tenerle cerca para saludarlo.

—Buen día.

—Buen día a ti también, Samuel —le contestó, entristecido, quitándose el sombrero. Se pasó la mano por el pelo ensortija-do—. Acabo de dejarle un poco de comida a mi hermana. No me he atrevido a esperar a que saliera. Temo contagiarme, por Martintxo. Es tan pequeño que... —Se le quebró la voz; no pudo continuar.

—Lo comprendo, Martín. —Le palmeó el hombro, en un gesto de ánimo muy masculino—. Yo voy a preguntar cómo se encuentra tu cuñado. Tu sobrina está impaciente por regresar a su casa. Le he prometido traerla si su padre está mejor.

—A estas alturas es evidente que Paula no tiene la enfermedad. Sería mejor que la lleváramos a mi casa...

—No —se apresuró a contestar. Le agradaba tener a aquella niña en casa y la idea de que se fuera le entristecía más de lo que hubiera imaginado—. No hace falta. Pronto maese Sebastián estará bien y podrá regresar con ellos —declaró, para convencer a su amigo.

Martín asintió, contrito.

—Saluda a mi hermana y pídele disculpas por mi cobardía. —Bajó la cabeza, avergonzado. Giraba el tricornio en las manos con desesperación.

—No te preocupes, lo haré. Seguro que ella no te lo tiene en cuenta y comprende tu temor. —Volvió a palmearle el hombro con afecto—. Es lógico que te preocupes por tu hijo.

Se despidieron; Samuel observó a su amigo, que continuaba hacia su casa con la espalda encorvada, como un anciano. No lo culpaba; probablemente él habría hecho lo mismo, de tener un hijo tan pequeño. Volvió a acordarse de Paula y, una vez más, se arrepintió de haberse ido a Venezuela. Aquella chiquilla se le había metido en la piel.

Con un meneo de cabeza, echó a andar.

María le esperaba a la puerta, con el paquete que le había

dejado su hermano. Tenía los ojos enrojecidos, como si hubiera llorado o como si hubiera luchado por no hacerlo. Se la veía pálida y demacrada. Sus ojos avellanados, otrora chispeantes, vidriosos por el llanto. Varios mechones rizados escapaban del moño y revoloteaban sobre su rostro con la brisa. Pese a todo, continuaba cautivándolo con su belleza y lo sintió como una puñalada. ¡Maldición!, no debería ser así. Ya habría debido ser inmune a ella.

Evidentemente, no lo era.

—Buen día, ¿qué tal está? —preguntó Samuel, al llegar a su altura.

—Buen día —farfulló y lo dejó pasar; cerró la puerta tras él—. Está peor. Ahora duerme por el láudano.

—Esperaba mejores noticias —confesó, triste. La luz de un candil iluminaba las escaleras. Ninguno de los dos hizo amago de subir—. Mi madre os envía la comida de hoy. Me ha pedido que os aconseje que comáis. Ciertamente, teme que no lo estéis haciendo.

Ella esbozó una dolorida sonrisa y a él se le contrajeron las entrañas. Debería dejar de ir allí. No era bueno para su tranquilidad mental ni para su corazón.

—Doña Camila es muy amable. No olvidéis darle las gracias. ¿Qué tal está mi niña? —preguntó María, apretando, con preocupación, las manos en el nudo de la tela que envolvía el paquete. Finos surcos poblaban su frente.

Él asintió antes de contestar.

—Paula está bien. Pregunta todos los días cuándo podrá regresar a su casa. Entre todos la mantenemos ocupada, pero... Hoy le he prometido traerla en el caso de que maese Sebastián hubiera mejorado.

—Mi pequeño tesoro, ¡cuánto la echo de menos! —sollozó sin poderse contener, aferrada al tejido—. Mi niñita del alma. No puede venir. Si ella enfermara... —No acabó la frase; el llanto se lo impedía.

Samuel la vio sacudirse entre lloros. ¿Qué podía hacer? Se debatía entre abrazarla y dejar que desahogara las lágrimas en el hombro o esperar a que se tranquilizara por sí sola.

El cariño de años pudo más; dejó la carga en el suelo e hizo lo mismo con la de María. Luego abrió los brazos, sin saber qué esperar. María, desesperada, se cobijó en ellos. Como tantas otras veces, los dos encajaron como piezas de rompecabezas. Dos mitades perfectas. Entre ellos nunca hubo titubeos, ni torpeza; como si hubieran nacido para estar juntos. En ese momento, volvió a ser igual.

Notaba las lágrimas calientes, que poco a poco iban traspasando la pechera de su casaca. Parecía como si ella fuera a seguir llorando infinitamente su pena. Dejó que sollozara, limitándose a mantenerla entre los brazos. Absorbiendo su dolor y sus temblores. Alzó una mano para liberar el moño y acariciar aquella masa de cabello sedoso. Lo hizo sin darse cuenta; una reminiscencia de algo sucedido en multitud de ocasiones. Afortunadamente, pudo contenerse a tiempo y dejó que la mano, traidora, cayera a un costado, apretada en un puño. Había estado a punto de cometer una estupidez. ¿Acaso ya había olvidado todas las ofensas?

Más molesto consigo mismo que otra cosa, se separó de ella. María lo miró con los ojos anegados y brillantes. A la luz del candil eran dos pozos avellanados, como dos piedras preciosas, que tiraban de él para llevarlo a sus profundidades. La nariz colorada y los labios trémulos. Unos labios que lo habían tentado hasta que se atrevió a besarlos por primera vez y que, después, había explorado hasta conocerlos de memoria. Habían aprendido juntos a besarse, a acariciarse, a amarse... Siempre imaginó, imaginaron, que estarían juntos. Los dos; Samuel y María, María y Samuel. Para siempre.

Incapaz de resistirse a aquel deseo, acortó la distancia que los separaba. Los ojos clavados en aquellos labios entreabiertos, del color de las fresas maduras y más suculentos aún. Se movieron al unísono; un baile muchas veces ensayado. Los ojos cerrados y el corazón bombeando como loco ante el inminente beso. Sus alientos entrecortados se mezclaron.

Una tos espasmódica les devolvió a la realidad; se separaron como quemados por una brasa. Sin mirarse, con sus respectivas cargas en los brazos, subieron las escaleras con torpeza, pero con premura.

¡Era un idiota de la peor especie! ¿En qué demonios estaba

pensando? ¿Acaso había perdido el juicio? ¡Casi la había besado!

Cuando llegó a la habitación, donde Sebastián tosía medio ahogado, se sintió peor. No solo había estado a punto de besar a una mujer que no era su prometida, sino que lo había intentado en la casa de su amigo enfermo de muerte. ¿En qué clase de persona lo convertía eso?

Ciertamente, en una poco recomendable.

Evitó mirarla, aunque fue consciente de cada uno de sus movimientos: dejar la cazuela sobre un arcón del dormitorio, taparse medio rostro con un pañuelo y correr al lecho donde su esposo boqueaba, tratando de tragar un poco de aire.

—No... no paséis —ordenó cuando le vio entrar en el dormitorio. Su voz, amortiguada por el lienzo que le cubría la boca—. Quedaos donde estáis. Podéis dejar el hatillo en el suelo.

—Yo puedo quedarme con vuestro esposo mientras descansáis un rato. Se os ve agotada.

El sentimiento de culpabilidad lo ahogaba por dentro; le comprimía el pecho y no le dejaba respirar. Necesitaba hacer algo para purgar su culpa. ¡Como si fuera a borrarla de su memoria o de su conciencia!

—Gracias, pero no hace falta. Será mejor que os vayáis antes de que os contagiéis. Debéis velar por mi hija —le recordó, sin mirarle. Volcada en atender a su marido.

—Es cierto —musitó, desolado—. En ese caso, será mejor que me vaya.

Sin esperar respuesta, tras dejar el hato donde le había mandado, salió del dormitorio, intentando no hacer ruido. Se sentía como un ladrón, un mal amigo. Se avergonzaba de sí mismo.

«Casi la besas. ¿En qué estabas pensando? —se recriminó, mientras salía de la casa—. ¿Dónde tienes la cabeza?»

Caminó a grandes zancadas. Agobiado por la culpa y los remordimientos. Quería poner tierra por medio para aclarar su mente. Sin duda se había trastornado, porque en el fondo deseaba que Sebastián hubiera tardado un instante más en toser; mejor aún, que no hubiera tosido. Deseaba haberla besado, tan sencillo como eso. Tan ignominioso como eso.

¡Por todos los demonios del Averno!

Regresó a su casa y entró directamente a la cuadra para ensillar uno de los caballos de su padre. Deseaba desfogar su culpa con una buena cabalgada. Quizás eso le hiciera olvidar lo cerca que había estado de traicionarse y traicionar de paso a un amigo. Y a su prometida.

¡Su prometida!

Más rabioso aún por haberse olvidado de ella, empezó a ensillar el caballo.

9

María esperó a que su marido volviera a respirar casi con normalidad para ayudarlo a recostarse sobre la almohada. Bajo los párpados hinchados, Sebastián la miró con gratitud y una pizca de tristeza. Su cara, abotargada por la enfermedad, había perdido todo vestigio de color.

—¿Era Samuel?

—Sí. Ha... ha venido a traer algo de comida. Mi hermano también ha traído una olla —parloteó, incapaz de mirarlo a la cara. Temía que pudiera adivinar lo que había estado a punto de hacer en las escaleras, un instante antes, y sufría por ello. Había estado a punto de serle infiel. ¿Cómo había sido capaz?

—Quisiera... quisiera hablar con él. ¿Se... se ha ido ya?

—Sí, ya se ha marchado.

—Por favor..., si vuelve y estoy dormido... me despiertas... —No pudo seguir hablando, un nuevo acceso de tos, lo impidió.

María asistió, impotente, a las convulsiones y al boqueo de su esposo, buscando aire. No pudo hacer otra cosa que ayudarle a incorporarse a duras penas, para que pudiera respirar mejor; limpiar el esputo con el que terminaba cada uno de sus ataques de tos y volver a recostarle una vez que, no sin dificultad, volvió a respirar.

—Se lo diré, pero ahora descansa. No quiero que hables y te fatigues. Te pones peor. Debes guardar fuerzas.

Sebastián asintió sin energía, cerrando los ojos, enrojecidos y vidriosos. El sonido de su trabajosa respiración llenaba la estancia. Ya no daba el sol, así que cerró la ventana para que no se enfriara el lugar. Luego, con las piernas temblorosas, regresó a la silla donde había pasado las últimas semanas. Sujetó los pies en el travesaño de la silla para apoyar los codos en las rodillas y descansar la cabeza en las manos. Sin duda su marido, lejos de mejorar, empeoraba a cada momento.

Barrió con la mirada el suelo y se detuvo en los dos atados que casi bloqueaban el paso, junto a la puerta. El recuerdo de Samuel y lo que habían estado a punto de hacer, un rato antes, llenó su mente.

Nunca había sido capaz de resistírsele. Desde aquel día lejano, en que la besó por primera vez, siendo poco más que unos niños, no había podido oponer resistencia a la posibilidad de repetirlo. Aún se le crispaban hasta los dedos de los pies y sus rodillas se volvían manteca al pensarlo.

Juntos habían aprendido a besarse, practicando hasta que sus labios se hinchaban y estaban tan sensibles que hasta dolían. Cualquier sitio apartado y con cierta intimidad era bueno para dedicarse a explorar sus labios, bocas y lenguas. Se besaban sin tregua, con un ansia que les llevaba a separarse únicamente el instante que necesitaban para tomar aire y no morir asfixiados. Locos de amor; ebrios de deseo.

María se llevó la mano al corazón; latía como si fuera a salir volando del pecho y su respiración era tan superficial como la de su marido. Miró a Sebastián, abochornada por rememorar unas vivencias con otro hombre que no fuera él.

¿Qué podía hacer si su mente conjuraba esas imágenes y se negaba a entender que no debía hacerlo, que pensar en otro tiempo, en otro amor, estaba prohibido? ¿Cómo podía convencer a su corazón de que seguir amando a Samuel era pecado?

Acodada en las rodillas, llena de vergüenza por amar a un hombre que no era su esposo, se agarró la cabeza con fuerza, como si de ese modo pudiera arrancarlo de allí. Agobiada, se levantó de la silla; incapaz de estar quieta, paseó por la habitación a paso vivo.

Durante esos años había intentado olvidar ese amor y volcarse en su matrimonio con Sebastián. Creía haberlo conseguido. Había luchado con toda su voluntad por hacerlo. La llegada de

Samuel había puesto en evidencia lo equivocada que estaba. Y ahora le aterraba no ser capaz de esconderlo. De que Sebastián lo sospechara.

Había jurado serle fiel y, durante esos seis años de matrimonio, lo había conseguido.

«¿Por qué has vuelto, Samuel?, ¿por qué no te has quedado en Venezuela?», le reprochó en silencio.

Ahora debía luchar para que los sentimientos, que creía enterrados en el fondo de su corazón, no afloraran otra vez, la pusieran en evidencia y la convirtieran en una mujer desleal, al menos de pensamiento.

Por si fuera poco, también debía evitar que Samuel sospechara, siquiera, que Paula era hija suya.

Abrumada por la culpa, la pena y la incertidumbre, volvió a sentarse con los pies apoyados en el travesaño. Dejó que la cabeza descansara en las manos y cerró los ojos, buscando claridad mental y sosiego.

Si bien la larga cabalgada no sirvió para tranquilizar la mente de Samuel, al menos consiguió cansarle lo suficiente para impedirle pensar, que ya era bastante. A paso decididamente más lento, regresó a la ciudad amurallada. En el cielo comenzaban a formarse nubes en forma de rebaños de borreguitos, que iban cubriendo el azul límpido; era probable que en unos días lloviera.

La entrada de la puerta de Tierra estaba tan concurrida como siempre. No tenía prisa, por lo que se apeó del caballo y la cruzó, andando tras un grupo de lavanderas con los hatillos de ropa en equilibrio sobre su cabeza y una caterva de chiquillos corriendo entre ellas.

«¡Paula!», recordó asustado. Había olvidado a la niña.

Con presteza volvió a montar y, con una maniobra, adelantó al grupo para dirigirse a su casa lo más rápido posible. No tardó mucho en llegar; desmontó al entrar en la cuadra y dejó allí al pobre caballo, sin molestarse en desensillarlo.

La entrada de la casa estaba silenciosa. Samuel temió que la pequeña hubiese hecho efectiva su amenaza y se hubiera escapado. La creía capaz. Con el corazón atronando, caminó hasta las escaleras; al ver a la niña allí, aún sentada, respiró tranquilo.

Se había quedado dormida, con la cabeza apoyada en uno de los balaustres de la escalera. En sus mejillas se apreciaban los resecos churretes blanquecinos de las lágrimas. Las oscuras pestañas, apelmazadas por el llanto.

Samuel la miró acongojado por la pena. La chiquilla había permanecido esperando, sentada en aquella escalera, a que él regresara para llevarla con sus padres. Era tan pequeña y, sin embargo tan testaruda que no pudo reprimir una sonrisa. Le recordaba tanto a María... Cerró los ojos y se tragó un gemido. María, siempre ella.

Debió de hacer algún ruido, pues la niña abrió los ojos y, tras parpadear un par de veces, clavó en él su mirada verde. ¿Dónde había visto antes esos ojos?

—¡Habéis venido! —gritó, levantándose con prontitud. La altura de los peldaños colocaba la cabeza de Paula a la altura del pecho—. ¿Me vais a llevar a ver a mis padres?

Se le encogió el corazón de pena. No podía llevarla. Era peligroso. Aunque, por otro lado, ya había pasado tres semanas sin ver por lo menos a su madre. ¿Cómo seguir negándoselo?

—Te llevaré, pero no podrás entrar en la casa, Confite —se oyó decir. «¿Qué estás haciendo?»

Paula se lanzó a abrazarlo, mientras le farfullaba palabras ininteligibles junto al cuello. Olía deliciosamente a chocolate y a un aroma propio, que recordaba al pan recién hecho. No le podía negar ver, al menos, a su madre.

Con ella aferrada a los hombros, como un monito travieso, regresó a la cuadra. El caballo esperaba, paciente, a que le quitaran la silla, sin duda extrañado por la falta de consideración de su jinete. Samuel le palmeó el cuello y sentó a la niña en la silla.

—Agárrate fuerte a las crines —le ordenó, tirando de las riendas para conducir al caballo a la salida—. ¿Habías montado antes? —preguntó. Ella negó con la cabeza, demasiado inquieta por estar a semejante altura del suelo—. No te preocupes; seguro que te gustará.

Una vez fuera, montó tras la pequeña y cabalgaron al paso hasta la confitería.

Tal como había vaticinado, Paula disfrutó de su primer paseo a caballo y hasta soltó varias risas cuando el caballo resopló, meneando el cuello. Los rizos se sacudían con el movimiento y, a la luz del sol, parecían hechos de oro rojizo. Era una niña que, a menos que ocurriera un milagro, iba a perder a su padre.

Detuvo al animal frente a la puerta de la tienda, se apeó y, con las riendas en la mano, llamó a la puerta. Pese a que desconocía si había hecho bien en llevar a la pequeña, esperaba que María se alegrase de volver a ver a su hija.

Al abrirse la puerta Paula gritó, entusiasmada, intentando bajarse del caballo.

—¡Madre!

—¡Virgen Santísima! Hijita mía —chilló María, indecisa entre correr para abrazar a su hija o permanecer en la puerta de su casa. Al final ganaron las ganas de acunar a la niña y se lanzó a cogerla. El pelo, alborotado, escapando del moño en largos mechones del color de la miel derretida.

Durante un instante permanecieron abrazadas, como si no fueran a soltarse nunca más. Lloraban y reían a la vez, entre besos y caricias. Absortas la una en la otra, ajenas a todo lo demás.

Samuel permaneció sujetando las riendas, un tanto incómodo por ser espectador de ese encuentro. Distraído, acarició la testuz del caballo, hasta que se descubrió con los ojos fijos en la espalda de María y que, con cada pasada, se imaginaba acariciando aquella esbelta espalda. Blasfemó por lo bajo; rabioso consigo mismo, pateó una piedra con saña.

—Señor, mi esposo desea hablar con vos —anunció ella, sin soltar a la niña. Sus ojos avellanados competían en brillo con el sol; toda ella resplandecía por estar con su hija—. Me pidió que le avisara si volvíais.

—En ese caso, subiré a verle —masculló, atando las riendas en una argolla de la pared; luego, con el sombrero en las manos, entró en la casa con prontitud, pese a la sensación de vergüenza que lo asaltaba por momentos.

Sebastián yacía en el lecho; su respiración era más trabajosa que unas horas antes. Sin duda, empeoraba rápidamente. Demasiado rápido. A la agradable luz que entraba por la ventana se lo veía muy desmejorado.

—¿Samuel?

—Sí, maestro, soy yo —contestó. Colocándose un lienzo sobre la nariz y la boca, tal y como había visto hacer a María, entró en el dormitorio—. Vuestra esposa me ha dicho que queríais hablar conmigo.

—Sí. Debo pedirte... un favor... —susurró entre ahogos.

—Lo que deseéis, maestro —se apresuró a pronunciar, no quería causarle más fatiga. Se arrodilló junto al lecho.

—Quiero que... que las cuides... Promételo.

No quería prometerlo. Eso no. Pero terminó asintiendo contra su voluntad.

—¿Sabes lo... que sucederá... cuando yo muera...?

—¿Os referís respecto a la confitería? —El enfermo asintió levemente; los ojos semicerrados—. Sí. Seguramente, el Gremio de Confiteros y Cereros pondrá un maestro de taller para que lleve la confitería.

—Me gustaría... que fueras tú... —rogó Sebastián en un hilo de voz.

—¡No! —casi gritó, espantado. Ahuecó el lienzo que había apretado contra la boca, para que sus palabras sonaran más claras—. Lo siento mucho, maestro, pero no puedo cumplir lo que me pedís. Es imposible.

—Samuel... Tarde o temprano... ese maestro querrá casarse... y a María... le convendrá hacerlo con él... —musitó. La cara se iba tornando púrpura por el esfuerzo—. Por favor.

—No puedo, maestro. No. —Negó repetidas veces con la cabeza—. Ya estoy prometido.

La mirada enrojecida de Sebastián se volvió fiera. Con gran esfuerzo se incorporó de la cama y agarró a Samuel de las solapas. El rostro abotargado quedó a escasos palmos del joven, que nunca lo había visto tan enfurecido. Ni siquiera cuando, de aprendiz, le había hecho alguna trastada. Jamás lo había creído capaz de enfadarse.

—Acaso... acaso no imaginas cuánto... me cuesta pedirte esto —barbotó con los labios amoratados—. Me muero... y a pesar de ello los celos me corroen... Es una agonía... No soy un santo. Solamente un hombre enamorado... que te suplica...

—Lo siento mucho, maestro, pero no puedo cumplir con eso

—contestó, debatiéndose entre la sorpresa y el estupor. ¿Casarse con María? ¡Era una locura!

Sebastián siseó entre dientes, con las manos como garfios en las solapas de Samuel.

—¿Dejarás... que otro eduque... a tu...

—¡Padre! —el chillido de Paula a la puerta de la habitación tapó las últimas palabras de Sebastián—. ¿Padre? —susurró con los ojos abiertos por el miedo.

Los dos hombres, petrificados por un instante, miraron a la pequeña. Sebastián fue el primero en reaccionar; soltó las solapas, dejó caer los brazos y se recostó en la cama con pesadez. Al momento una tos espasmódica lo sacudió por entero, haciéndole boquear como un pez fuera del agua.

Samuel, con prontitud, lo ayudó a incorporarse para facilitarle la respiración. El lienzo con el que se tapaba la boca cayó al suelo, olvidado. No había tiempo que perder en esas cosas. La tos ininterrumpida del confitero le hizo temer que terminara ahogado. Su aspecto era cada vez más preocupante. El rostro abotargado se iba tornando cianótico a pasos agigantados. Los ojos, agrandados por el terror, lo miraban sin parpadear, vidriosos por las lágrimas.

¿Qué podía hacer para aliviar ese sufrimiento, para que pudiera respirar mejor?

Acongojado e impotente, le golpeó con suavidad la espalda, para soltar la flema que, atascada en la garganta, impedía que pasara el aire.

Oyó pasos; María acababa de entrar en la habitación; sintió su presencia a la espalda. No se molestó en mirarla, preocupado por la evolución de su antiguo maestro.

Poco a poco, la tos se fue calmando y dio paso a una inspiración ruidosa, como de un fuelle viejo.

Sebastián, con los ojos cerrados por el agotamiento, extendió la mano, pidiendo algo. Al instante, María le dio un lienzo limpio y él, tras llevárselo a la boca, esputó con dificultad. Débil, se tumbó de nuevo.

Samuel se separó del lecho. El sudor le empapaba la espalda y le perlaba la frente, como si fuera él quien hubiera estado a punto de ahogarse entre toses. Dejó que María terminase de arropar al enfermo y miró a la puerta. Paula continuaba allí, cual estatua de sal, los ojos agrandados y la boca abierta en un grito mudo. Desamparada.

—Ya ha pasado, Pequeño Confite. Ya está mejor —le dijo para tranquilizarla. Su voz no fue tan firme como de costumbre—. Ven, será mejor que dejemos que tu madre lo acomode. —Le tendió la mano.

La niña se asió, sin apartar la vista del lecho, y se dejó llevar con docilidad. Bajaron las escaleras y se sentaron en los últimos escalones a esperar a María, para que la niña se despidiera de su madre.

La luz parpadeante del candil hizo brillar la lágrima solitaria que resbalaba por la mejilla de Paula. La pequeña lloraba sin ruido, aguantando los estremecimientos, como si no quisiera llamar la atención.

Samuel sintió que algo se le quebraba dentro al contemplar el dolor que reflejaban aquellos ojos verdes. Se volvió y, sin esfuerzo la alzó para sentársela sobre el regazo. La chiquilla se dejó hacer sin protestas; se acurrucó en el pecho, sollozando abiertamente.

Si un sonido podía desgarrar el corazón de alguien, ese era el llanto de aquella niña.

María no tardó en bajar con paso derrotado, la imagen de la desdicha. Samuel se levantó, con Paula entre los brazos, antes de que llegara hasta ellos. La chiquilla, sorprendentemente, se mantuvo allí, demasiado agotada, quizá, para saltar a los de su madre; el rostro, hundido contra el cuello de él.

Parados en el mismo escalón, los dos adultos se miraron sin hablar. Los ojos de María expresaban miedo y dolor. La frente, surcada por arrugas de inquietud. Samuel esperaba que los suyos no mostrasen lo mucho que deseaba abrazarla, calmar su dolor, reconfortar su tristeza. Tal y como estaba, con la niña en medio de los dos, como una familia.

María debió adivinarlo, pues su mirada se dulcificó, perdiendo parte del miedo. Intentaba sonreír, pero sus trémulos labios se mostraban renuentes. ¿Fueron imaginaciones suyas, o ella se había acercado? ¿Había sido él?

«Sin duda, estás loco. ¿Acaso el deseo de maese Sebastián te ha trastornado?», pensó Samuel, cerrando los ojos para romper el hechizo. La sangre le retumbaba en los oídos.

—Será mejor que nos vayamos. He cometido una imprudencia al traerla y lo mejor es que no la empeore demorándome demasiado aquí —anunció, antes de bajar el último escalón para poner espacio entre ellos. Se volvió a mirarla, más sosegado.

—Gracias por... traerla —musitó ella, los ojos vidriosos por las lágrimas. Alargó la mano para acariciar amorosamente la cabeza de su hija; luego le dio un beso a Paula en la mejilla—. Cuida de mi pequeño tesoro —añadió con la voz rota.

Samuel se limitó a asentir con la cabeza de manera brusca; quería salir lo antes posible de allí.

10

El barco maniobró con precisión para entrar en la dársena del puerto. En medio de la fina lluvia que caía desde el amanecer, los gavieros se afanaban en las vergas para sujetar el trapo, mientras sus compañeros iban por la cubierta, de un lado para otro, preparando el barco para el atraque.

Desde la puerta del alcázar de popa, Rosa Blanca los veía hacer, un tanto aprensiva por la llegada. Su padre le había prohibido que saliera a cubierta y, en la práctica, lo estaba obedeciendo, pues aún no había cruzado la puerta. Pese a ello, vigilaba por si lo oía llegar. No quería volver a causar su enfado, pero estaba cansada de permanecer encerrada en el camarote.

No se sentía muy segura de querer ver la tierra de la que tanto le había hablado Samuel. El lugar donde, se suponía, debía vivir a partir de ese momento. Sintió un escalofrío de aprensión. Siempre había vivido en Caracas y ese lugar, tan alejado de su ciudad natal, posiblemente no fuera de su agrado.

A través del velo del agua podían verse algunos tejados al otro lado de la muralla; la extensión de arena clara, que formaba una media luna, rodeando una pequeña isla en medio de la bahía; los mástiles de las naves atracadas en la dársena, mecidas por la marea, apuntaban al cielo encapotado. Se oían los gritos de las gaviotas que sobrevolaban el barco; el chirrido sobre el empedrado húmedo de aquella especie de trineo que, tirado por bueyes, transportaba mercancías; las voces de las pescaderas, que ofrecían el pescado del día; de los contramaestres, impartiendo órdenes a sus hombres; todo contribuía a crear una cacofonía de sonidos que llenaba el cielo de la ciudad.

—La señorita debe regresar *p'al* camarote —ordenó la oronda esclava negra que la había cuidado desde niña, con su acento cantarín—. Si el amo nos ve acá, se enojará mucho.

—Mi padre no se enterará, Salomé —rezongó Rosa Blanca, sin apartarse de la puerta.

—Ay, *m'hija*. La señorita dijo eso mismo cuando tentó *demasiao* la suerte. Encontrarse dos veces con aquel dependiente no fue una buena idea. —Chasqueó la lengua—. Era fácil que el amo lo descubriera. ¿Cómo se le ocurrió a mi amita semejante cosa?

—Calla, Salomé. No me recuerdes eso. Quizá debería haberme escapado, como él me sugirió; así mi padre no hubiera podido encerrarme y ahora estaríamos casados.

—¡Santa María! —Se santiguó—. Esas cosas no se dicen. Mi amita es una chiquilla que no sabe de la vida. ¿Acaso prefiriere vivir una existencia llena de privaciones, una señorita a la que nunca ha faltado *ná*?

—No es cierto, Salomé, tú lo sabes —protestó la joven, encarándose a la esclava—. En el convento se vivía frugalmente. Y desde que mi padre reclamó mi presencia en su casa, hemos estado al borde de perderlo todo en muchas ocasiones. ¡Y solo he estado año y medio con vosotros! Menos mal que ha prometido no volver a jugar.

La esclava no contestó, pero comunicaba sin palabras el poco crédito que daba a esa nueva promesa de don Eladio Vélez.

—En cualquier caso, *m'hija*, será mejor que entremos. Pronto deberemos bajar a puerto.

La joven, de mala gana, siguió a la esclava por el angosto pasillo hasta el camarote que habían compartido durante toda la travesía. La quería mucho; no en vano había sido Salomé quien la criara desde que su madre murió de unas fiebres y su padre, abrumado por la pérdida de su esposa, se desentendió de aquella chiquilla de cinco años para refugiarse en los naipes. La conocía desde que nació; en realidad, la esclava había sido la doncella de su madre y ya era tan vieja que, bajo el turbante, su cabello era más blanco que negro; pero ella lo escondía cada mañana para que no se viera ni una sola de esas canosas hebras rizadas.

Aún recordaba las lágrimas de ambas cuando la dejó a la puerta del convento de la Inmaculada Concepción. Su padre quiso que fueran las monjas las que se hicieran cargo de su educación. Entró con siete años, la edad mínima para ingresar, y salió con casi dieciocho.

No quería seguir pensando en Caracas. Era demasiado doloroso. Si su padre no les hubiera descubierto, ahora estaría felizmente casada, en vez de ir a encontrarse con un prometido al que apenas conocía y del que no estaba enamorada. Mejor no pensar en ello; ya no tenía solución.

—Venga, mi niña debe ponerse una capa sobre los hombros. Este tiempo es demasiado frío —recomendó la esclava, cerrando los baúles—. Desde aquí oigo cómo castañetean esos dientes tan bonitos que tiene mi amita.

—Gracias, Salomé. Me habían dicho que estábamos en verano, pero no hace calor —dijo, extrañada, tomando la prenda que descansaba sobre la litera—. Creo que este vestido es demasiado fino para este clima.

Llamaron a la puerta, a la vez que el casco del barco impactaba contra algo.

—Ya hemos atracado. Debemos sacar los baúles para descargarlos —se oyó desde el otro lado.

—Ya están —contestó la negra, abriendo la puerta—. Os los podéis llevar.

Un par de marineros, vestidos con camisas holgadas y calzas cortas, entraron en el camarote y cargaron los bultos para llevárselos. A la salida se cruzaron con don Eladio, que llegaba en ese momento. El hombre traía una leve sonrisa, al parecer satisfecho por haber arribado sin problemas a la ciudad. Su casaca de brocado áureo relucía como un doblón recién acuñado. El calzón negro, sobre medias blancas y la chupa de brocado gris completaban su atuendo.

—No he visto que nos estén esperando —anunció al entrar. Al quitarse el sombrero quedó a la vista la peluca empolvada—. Alquilaré un coche para que nos lleve a la casa de Samuel. No tardarás en volver a ver a tu prometido.

—Sí, padre —contestó, sumisa.

El hombre no le hizo mucho caso; por el contrario, fijó sus ojos oscuros en la negra.

—No salgáis hasta que os lo diga —ordenó con sequedad.

—Sí, amo.

Complacido por la respuesta, regresó a la cubierta, encasquetándose el tricornio. Los faldones de su casaca, revoloteando a cada paso.

Sentadas en la litera, esperaron un buen rato hasta que un marinero les vino a avisar que ya podían desembarcar. Don Eladio las esperaba junto a la planchada; con gesto de impaciencia, ayudó a su hija a bajar, dejando que Salomé se las arreglara sola.

El equipaje estaba cargado en un coche de alquiler. El cochero esperaba en el pescante, mordisqueando un palo de regaliz, ajeno a la lluvia que seguía cayendo con suavidad.

—Me ha dicho que la casa de Samuel no está muy lejos, que nos llevará allí —anunció su padre, una vez acomodados en los asientos—. No me gusta este calabobos; es desagradable y te empapa la ropa sin que te enteres.

—Podíais haberos puesto una capa —sugirió Rosa Blanca.

—Este simulacro de lluvia no justifica el uso de la capa —declaró el hombre, con acritud.

La joven imaginó que, con la capa puesta, no hubiera podido lucir el espléndido traje que llevaba. Su padre era demasiado presumido.

El coche se puso en movimiento con un bandazo; el ruido de las ruedas y los cascos sobre el empedrado del puerto llenó el interior del habitáculo. Rosa Blanca se asomó a la ventanilla, impaciente por ver el paisaje. Cruzaron un arco en la muralla y se adentraron en la ciudad. Acostumbrada a la amplitud de las calles de Caracas, la estrechez de aquellas le causó aprensión; comenzó a respirar con dificultad, aferrada al borde de la ventanilla. ¿Era allí donde iba a vivir una vez casada?

Quiso gritar que deseaba regresar a su casa, a su tierra. Volver a sentir el sol calentando su piel e iluminando las calles y sus edificios. Volver a ver los colores vibrantes de las flores, del mar y del cielo. Se dejó caer en el asiento, tratando de no expresar la congoja que la asfixiaba por dentro.

Debió de hacer algún gesto, pues sintió que la callosa mano de Salomé, sentada a su lado, sujetaba la suya para darle ánimos. Trató de sonreírle, con los labios apretados para no gritar de miedo. Miró a su padre de soslayo, temerosa de que se diera cuenta de su estado, pero él estaba entretenido mirando por su ventanilla, ajeno al miedo que la embargaba o, lo que era peor, indiferente a ello.

El coche se detuvo frente a una casa de tres plantas.

—Mi pequeña no debe tener miedo —susurró Salomé, cuando don Eladio se apeó del carruaje. Sus ojos, tan negros como pozos sin fondo, la miraban con fijeza, como si quisiera inculcarle valor—. Todo saldrá bien.

«¡Ojalá fuera cierto!», pensó Rosa Blanca, aguantando las ganas de aferrarse al asiento para no salir del carruaje.

Samuel, ajeno al cura, que continuaba el oficio en latín, pensaba en maese Sebastián, frío e inmóvil en el ataúd de madera, bajo la losa de la iglesia. Había muerto el día anterior, tras una crisis particularmente fuerte, poco después de que él estuviera en la casa. La enfermedad se lo había llevado sin que se pudiera hacer nada. Ni siquiera el galeno pudo encontrar la manera de remediarlo.

Era una pena. Guardaba muy buen recuerdo de ese hombre que había sido su mentor cuando era poco más que un niño; le había enseñado los rudimentos de la confitería hasta que se fue a Tolosa, como aprendiz del maestro Ignacio Gorrotxategi. Cuando supo que se había casado con María había querido odiarle, pero eso no podía ser. Estaba seguro de que maese Sebastián no tenía ni un solo enemigo en toda la ciudadela. Nadie podía guardarle rencor, pues no le creía capaz de hacer daño a nadie.

Inspiró para aliviar el nudo que sentía en la garganta y carraspeó, mirando al suelo.

La iglesia estaba abarrotada de feligreses que, entristecidos por la pérdida, habían llegado para dar el último adiós al confitero. En el primer banco, vestida de negro de pies a cabeza y con un tupido velo cubriendo su cara, María abrazaba a su hija, que no dejaba de llorar, intentando sin éxito consolarla. A su lado, su hermano Martín, con su esposa y su hijo; Jacinta, al otro lado, daba palmaditas en la espalda de Paula, tratando de calmar la desazón de la niña.

El calor se colaba por la puerta, potenciando el aroma untuoso del incienso, que ascendía en volutas hasta las bóvedas y lo llenaba todo de humo. Varias mujeres se abanicaban en un intento de refrescarse. Los hombres hacían lo mismo con sus tricornios, gorras o boinas.

Samuel volvió a cambiar de postura para descansar su peso en el otro pie. Empezaba a impacientarse por la lentitud con que el cura procedía con el funeral. El aire opresivo de la iglesia le estaba agobiando; no veía el momento de salir de allí. No dejaba de darle vueltas a las palabras de su maestro, el día anterior. Lo que le había pedido era un imposible. ¿Cómo podría él volver a ejercer como maestro confitero y casarse con María?

Antes de que esa idea empezara a tomar forma en su mente, se obligó a recordar la traición de ella. Si ahora se quedaba sin nada era problema suyo. Él no tenía nada que ver.

El toque leve de su madre en el brazo le hizo tomar conciencia de donde estaba.

—Ya ha terminado —anunció Camila, con una mezcla de alivio y tristeza—. Voy a dar el pésame a María.

—¡Eh!, bien —murmuró—. Iré con vos.

Su hermana le tomó por el codo; siguieron a sus padres para acercarse al primer banco. Se había formado una fila de hombres y mujeres que esperaban turno para expresar sus condolencias a los familiares del difunto. Tras ellos, el resto de los asistentes a la ceremonia continuaron la columna, que se movía con una lentitud exasperante.

—Pobre María. Dice padre que le conviene casarse con un maestro confitero, por el bien del negocio —susurró su hermana, acercándose a él para que nadie más la oyera—. Es injusto para las viudas, ¿no crees?

—Supongo que sí —masculló, mirando a los arcos abovedados del templo, para no pensar.

—Me da pena. No le quedará más remedio que casarse pronto; ella no puede llevar la confitería sola.

No quería escuchar el parloteo de Isabel. No deseaba que le

importasen las circunstancias de María, por muy injustas que fueran. Ella había tomado una decisión, seis años antes, y ahora debía apechugar con las consecuencias.

El recuerdo de cómo la había abrazado el día anterior llenó su mente; casi lo saboreó. Al darse cuenta de lo que estaba haciendo emitió una especie de gruñido, nada propio de una persona educada ni del lugar.

—A ti tampoco te parece bien. Claro, es que no es justo —cuchicheó Isabel, confundiendo el motivo de su gruñido—. Son unas leyes demasiado indignas para con las viudas.

Decidió no sacarla del error; avanzaron unos pasos tras sus padres. Cuanto más se acercaban al altar, más intenso y sofocante era el olor a incienso. El cura, sudando profusamente, esperaba con estoicismo a que los parroquianos terminaran de dar el pésame a la viuda. Tenía los ojos cerrados; por un momento, Samuel creyó que estaba dormitando, hasta que levantó la vista y la clavó en él. Luego volvió a bajarla, como si nada lo hubiera importunado.

—Samuel —susurró Isabel con apremio—. Te toca.

En efecto, sus padres ya habían saludado a Martín y a su esposa y avanzaban en dirección a la salida de la iglesia; Isabel tiraba de él, mientras los siguientes de la fila arrastraban los pies con impaciencia.

Se fijó en María, pero bajo el velo era imposible apreciar sus facciones. Ella continuó con la cabeza gacha, a la espera de las condolencias. Paula, aferrada a su falda, se chupaba el dedo, hipando desconsolada. Sus ojos verdes se clavaron en él un instante, luego hundió la cara en la falda de su madre.

—Os acompaño en el sentimiento —recitó Samuel como un loro—. Lo siento mucho —dijo con más emoción. María alzó la cabeza y, pese al velo, él pudo ver el brillo de sus ojos—. Si hay algo que pueda hacer por vos... —se oyó decir. Y se maldijo por no haber mantenido la boca cerrada. ¿Y si ella le pedía que trabajase como maestro confitero?

María se limitó a negar levemente con la cabeza, antes de volver a inclinarla como instantes antes. Samuel no supo si sentirse aliviado o molesto por la respuesta. No tuvo tiempo para pensar en ello, pues su hermana tiró de él para que siguiera con las condolencias.

—Deja de distraerte. Los demás están esperando —le riñó entre dientes—. ¿Qué te pasa? Harás que murmuren.

Sofocó un bufido exasperado al verse reprendido por su hermanita. Antes de darse cuenta, ya estaba a la puerta de la iglesia. Una fina llovizna mojaba las piedras del suelo. Olía a tierra húmeda y al salitre del mar. Se oían los gritos de las gaviotas que sobrevolaban las murallas buscando alimento, sin atreverse a alejarse de la orilla. Los asistentes al funeral se dispersaban en todas las direcciones para resguardarse de la lluvia. Ciertamente era un día muy triste; como si el propio Cielo se hubiera entristecido por la muerte del confitero.

Isabel, sin soltarle el codo, le conminó a seguir a sus padres, que ya caminaban hacia la casa, saludando a los parroquianos con una inclinación de cabeza.

Cruzaron la plaza Nueva y, al entrar en su calle, vieron un coche de caballos detenido a la puerta de la casa.

—¿Quién podrá ser? —preguntó Camila, extrañada.

—Será mejor que entremos en casa para averiguarlo —contestó Armand con su habitual pragmatismo—. Seguro que Bernarda ya ha atendido a la visita.

Samuel supo quiénes eran los visitantes aun antes de que la criada corriera a contárselo, en cuanto les oyó llegar.

—Han llegado la prometida del señor Samuel y su padre —les anunció, frotándose las manos en el delantal—. Les he pasado a la biblioteca con un chocolate caliente.

—Muchas gracias, Bernarda. Ahora mismo iremos a saludarles —dijo Camila tras quitarse la capa y colgarla en el perchero de la entrada—. Samuel, hijo, creo que nos tienes que presentar a tu prometida —aclaró, mirándole directamente.

—Por supuesto, madre. Será un placer —apuntó con sinceridad.

Cuando los cuatro entraron en la biblioteca, sus dos ocupantes se pusieron en pie. Su futuro suegro, tan elegante como siempre, y su prometida, con un vestido gris de viaje que realzaba su figura menuda. No le gustó darse cuenta de que casi había olvidado sus facciones aniñadas, pero se alegró de que ya estuviera en San Sebastián; eso le ayudaría a no pensar tanto en cierta persona. Claro que ahora, la idea de volver a ejercer de confitero y casarse con María, estaba totalmente descartada. ¿Era alivio o pesar lo que percibía?

No era el momento de considerar esa duda, debía atender a sus invitados.

—Bienvenidos a nuestra casa. Sentimos no haber estado aquí para recibiros —saludó Samuel, con una sonrisa de disculpa.

—No os preocupéis; vuestra criada nos ha atendido perfectamente, Samuel —explicó don Eladio, tieso como una vara. Su tez morena contrastaba con el blanco níveo de la camisa.

—Don Eladio, permitidme que os presente a mis padres y a mi hermana: doña Camila, don Armand y la señorita Isabel.

Los caballeros inclinaron la cabeza en un saludo formal.

—Encantado. Don Eladio Vélez, para serviros. Ella es mi querida hija Rosa Blanca.

La aludida dio un par de pasos en dirección a los dueños de la casa y ejecutó una genuflexión perfecta. Se la veía algo pálida en contraste con su padre.

—Encantada, señora —musitó con la cabeza baja.

—Mi querida muchacha, deja que te abrace; pronto serás una hija para mí —aclaró Camila, acercándose a la joven que, totalmente ruborizada, se dejó abrazar—. Mi hija Isabel es solo unos años más joven que tú —añadió al separarse.

Las dos muchachas se abrazaron con una sonrisa. Después, Rosa Blanca se volvió y permitió que Samuel le tomara la mano y la besara en el dorso.

—Espero que hayáis tenido un buen viaje —dijo él, mirándola a los ojos y tratando de ignorar el leve temblor que sacudía la mano de la muchacha. Otra vez estaba pálida—. Siento mucho que el día no sea muy bonito, pero esperad a ver la ciudad cuando brille el sol. Os gustará mucho.

—Seguro que sí —murmuró la criolla, apartando la mirada.

Samuel frunció el entrecejo. ¿A qué se debía ese tono apagado en la joven? ¿Se habría llevado una fea impresión al ver el día tan triste? No le extrañaría que fuera eso. Ella estaba acostumbrada a un tipo de clima más amable y cálido. Sin duda, el cambio sería un tanto brusco para ella.

—Pediré a Bernarda que preparare unas habitaciones —comentó Camila, mientras salía de la biblioteca.

—Sentaos, don Eladio —pidió Armand. Luego abrió el armario para sacar una botella de su mejor coñac—. Habrá que brindar por el reencuentro de nuestros respectivos hijos. ¿El coñac francés es de vuestro agrado? —preguntó al recién llegado.

—Por supuesto, don Armand —añadió don Eladio, con una sonrisa.

—Excelente —cabeceó. Después se volvió a su hijo—. Samuel, ¿quieres coñac?

—Gracias, padre —murmuró, distraído, mirando por la ventana. La lluvia seguía cayendo con persistencia. En la calle, una mujer tapada con un chal caminaba a buen paso, sorteando los charcos que se habían formado.

—Muchachas, para vosotras una copita de jerez, será lo indicado. —Oyó que decía su padre.

Samuel se volvió, avergonzado por haber ignorado a sus invitados. Miró a las jóvenes que ya se habían sentado y parecían charlar amigablemente. Luego se sentó tranquilamente, a la espera de que su padre terminara de servir la bebida, en las copas de cristal tallado que guardaba para las ocasiones especiales.

En el sofá de al lado, Isabel cosía a Rosa Blanca a preguntas relacionadas con su vida en Venezuela, las costumbres o la moda de allí. Su prometida contestaba con paciencia, al parecer encantada con la curiosidad de Isabel. Le agradó que hicieran buenas migas; después de todo, iban a ser cuñadas y era deseable que se llevaran bien. Rosa Blanca parecía más relajada; sus mejillas, teñidas de un rosa muy atractivo. Volvía a parecer la joven con la que se había comprometido; eso le hizo sentirse mejor. Hasta ese momento no se había dado cuenta de lo tenso que estaba.

Camila regresó a la biblioteca y aceptó la copa de jerez que su marido le tendía.

—Ya que estamos todos reunidos, me gustaría hacer un brindis por la pareja. Samuel, hijo, espero que seas tan dichoso y feliz en tu matrimonio como lo somos tu madre y yo. —Alzó la copa—. Por vosotros, hijos. Que esta unión sea bendecida y nos deis pronto nietos a los que malcriar.

Los seis bebieron a una y sonrieron una vez terminado el trago.

—Habrá que fijar una fecha para la boda —entonó don Eladio, casi al instante.

Samuel creyó ver que su prometida respingaba levemente y se apresuró a contestar, antes de que sus padres hicieran algún comentario.

—No hay prisa. Podemos esperar unas semanas para conocernos mejor.

El alivio de Rosa Blanca fue tan patente que, por un momento, pensó si ella no habría cambiado de opinión respecto al enlace.

Habían pasado unos meses desde que se vieron por última vez y en ese tiempo podían cambiar muchas cosas. ¿Acaso querer anular la boda era una de ellas?

Unas semanas para conocerse mejor les vendrían bien a ambos. Después de todo, se habían comprometido de forma un tanto apresurada y casi no se conocían. Notó que la tensión volvía a apoderarse de sus músculos, como un manto helado. Debía relajarse, pero no sabía cómo.

—Sí. No hay prisa —corroboró su madre, con los ojos ambarinos clavados en él—. No conviene precipitarse.

—Ciertamente, pero tampoco dejar escapar el tiempo —espetó don Eladio, tras dar otro sorbo a su coñac—. De todos es sabido que los noviazgos largos no son buenos.

¿Eran cosas suyas, o su futuro suegro tenía prisa por verlos casados?, se preguntó Samuel.

—En ese caso, demos a los jóvenes unas semanas. Al fin y al cabo, Rosa Blanca acaba de llegar y tendrá que hacerse a esta tierra —observó Armand.

—Tienes razón, querido. Y las bodas en septiembre son muy bonitas —señaló Camila; luego miró a Rosa Blanca que, sentada en el sofá, escuchaba la conversación con las manos crispadas en el regazo—. Es un mes muy agradable y templado. Ya lo verás, querida. Te gustará.

—Para septiembre aún quedan dos meses, señora —protestó don Eladio. Definitivamente, tenía prisa por que se celebrara el enlace. ¿A qué se debía?

—¿Qué son dos meses en la vida de estos jóvenes? —preguntó Armand, con talante apaciguador. Él también se había dado cuenta.

Por primera vez desde su llegada a San Sebastián, a Samuel la idea de casarse lo antes posible ya no le parecía tan atractiva. Esperar un poco era lo más acertado. Aguantó las ganas de girar los hombros para aliviarlos de la tensión que lo invadía.

—No deberías quedarte sola, María —repitió Martín por enésima vez—. Veníos, Paula y tú, a nuestra casa. Con nosotros estaréis bien.

—No, Martín. Te lo agradezco. De verdad. Pero ya te he dicho que prefiero quedarme aquí —contestó, demasiado cansada para discutir—. Debo acostumbrarme a esta nueva vida y cuanto antes, mejor.

Martín, derrotado, bajó los hombros y cedió al fin.

—Está bien, hermana, pero si cambias de idea, estaremos encantados de que vengas a nuestra casa. —Se colocó mejor en los brazos al pequeño Martintxo, que dormía profundamente.

—No estás sola. Nos tienes a nosotros —declaró Matilde; luego abrazó a María y la besó en las mejillas—. No lo olvides, querida.

—Lo sé, muchas gracias —musitó, agotada.

Se despidieron; María cerró la puerta tras su hermano y su familia; apoyó la espalda en ella y cerró los ojos un momento. Habían permanecido a su lado durante todo el oficio religioso y durante las visitas que, más tarde habían pasado por la casa para acompañarla en su dolor. Se lo agradecía, pero deseaba quedarse sola, empezar esa nueva vida sin su esposo.

Subió las escaleras hasta el dormitorio, desganada. La luz del candil mostró la desolada estancia; la cama estaba deshecha, con el somier a la vista y el colchón recogido. Esa noche no iba a dormir allí; lo haría en la alcoba de su hija. Al día siguiente organizaría otra vez su dormitorio. Cerró la puerta y, arrastrando los pies, continuó hasta la habitación de Paula. La niña dormía acurrucada en su cama; de vez en cuando se estremecía, con el aliento entrecortado. Lo había pasado tan mal que le costaría recuperar su habitual alegría.

María se dejó caer sobre la cama, sin quitarse la ropa de calle, antes de abrazar a la niña, cuidando de no despertarla. Acomodada en el lecho, dejó que la pena y el dolor que había soportado durante todo el interminable día salieran a la superficie.

Lloró en silencio la muerte de su esposo, el vacío que dejaba en su corazón. Lloró por tantas vivencias que ya no podría compartir con él. Por tantos momentos que se perdería. Por tantas cosas que no podría contarle, tantos consejos que Sebastián ya no le daría. Lloró por la ausencia, por su calor, por su cariño.

Lloró más fuerte por la culpa de saber que, aun queriendo a su esposo, amaba a otro hombre. Por los remordimientos de haber estado a punto de besarlo, mientras Sebastián agonizaba en su cama. Por no haber sido capaz de amar a su marido con toda su alma, tal y como él se merecía, pues ese amor ya tenía dueño desde que era una niña.

Lloró, aun cuando sus ojos se secaron y no le quedaron más lágrimas para derramar. Y siguió llorando incluso cuando, agotada, se quedó dormida.

11

La puerta de la confitería se abrió, dejando que un rectángulo de luz iluminara el suelo recién fregado. María se incorporó, tras echar el cepillo en el cubo lleno de agua jabonosa y, aún de rodillas, se pasó el antebrazo por la frente para secarse el sudor.

Su mente se obstinaba en tratar de entender lo que estaba pasando en su vida. Su esposo yacía bajo una fría losa en la iglesia. Además, según el representante del Gremio de Confiteros y Cereros, el nuevo maestro llegaría en cualquier momento para hacerse cargo del taller.

Un extraño utilizaría los utensilios que con tanto mimo había usado Sebastián. Otro sería el que fabricara las velas, las cerillas, quien hiciera las compotas, los bolados, los confites, pues su marido no volvería. Ya nunca más vería su sonrisa ni escucharía su voz. Se había ido para siempre.

—Buen día. ¿Está la señora de la casa? —preguntó un hombre, pisando el suelo recién fregado al entrar.

Era joven, no mucho mayor que ella. El pelo castaño, recogido en una coleta a la nuca, dejaba ver un rostro atractivo y los ojos pardos que la miraban fijamente. Su traje, muy usado, era de factura elegante y le sentaba bien. Un rico venido a menos, pensó María.

—Soy yo —aclaró María; se levantó mientras se secaba las manos en el mandil—. María Aguirre... viuda de maese Sebastián de Garmendia. —Era la primera vez que decía su nueva condición social y le sonó extraño—. ¿Con quién tengo el gusto de hablar?

—Maese Germán Alonso —contestó, muy tieso, e hizo una leve inclinación de cabeza a modo de saludo—; el gremio me ha propuesto para ser el nuevo maestro de esta confitería.

Ya estaba allí. Apenas habían pasado cuatro días desde la muerte de Sebastián y ya venían a sustituirle. Como si algo así fuera tan fácil. Como si fuera tan sencillo suplantar a una persona con otra.

—Comprendo que la situación os resulte algo incómoda —comenzó, al verla parada y silenciosa. Hablaba con seguridad; como quien sabe que está en su derecho—. Pero seguramente ya os habían prevenido desde el gremio de confiteros de mi llegada y de mis nuevas atribuciones.

—Por supuesto, maese Germán. Disculpad mis malos modales —se apresuró a decir, incómoda por la situación—. Sí; me lo habían comunicado.

—Veo que habéis empezado a poner la tienda en condiciones. Os agradecería que me la enseñarais, para hacerme una idea de en qué situación se encuentra.

María rechinó los dientes, dolida por la insinuación de que el lugar estuviera abandonado o en condiciones desastrosas. El polvo acumulado durante la enfermedad de Sebastián ya había sido limpiado y las superficies brillaban como recién bruñidas.

—Como veréis, sin duda, mi esposo, que el Señor lo tenga en Su gloria, era una persona muy ordenada y organizada. —Le mostró las baldas tras el mostrador y las lámparas de aceite, antes de descorrer la cortina que separaba el taller de la tienda—. Los utensilios están limpios y muy cuidados. Hace poco se repuso el caldero de cobre para hacer confites, pues ya no admitía más remaches. Podéis ver que el taller está ordenado y no falta de nada —masculló, un tanto enojada.

—Siento mucho haberos dado la impresión de que lo ponía en duda. Si os he ofendido, ruego que me disculpéis. Ha sido una torpeza por mi parte —terminó, claramente avergonzado.

María inspiró más tranquila y continuó mostrándole los utensilios del oficio y las instalaciones. Maese Germán cabeceaba, al parecer aprobando todo lo que veía.

—Vuestro esposo tenía un aprendiz. —No era una pregunta.

—Sí: Julio, un muchacho de quince años —aclaró María—. Vendrá en cuanto sepa que habéis llegado. Es un joven muy trabajador.

—Eso espero; este es un oficio muy duro.

—Lo sé. A veces ayudaba a mi esposo. Imagino que querréis que siga llevando la tienda —indagó, mirándole a los ojos.

—Por supuesto, señora. Después de todo, este es vuestro negocio.

A María no le gustó el modo en que él lo dijo.

«Seguro que lo estás malinterpretando todo —pensó—. Estás demasiado susceptible.»

—¿Ya tenéis sitio donde alojaros?

—Sí, hemos encontrado un par de habitaciones en una de las posadas. Hasta que encuentre algo mejor, nos alojaremos allí.

—¿Alojaremos? ¿Estáis casado, maestro? —indagó María, repentinamente asustada. Si estaba casado, ¿podría presionar a los miembros del gremio para que le cedieran a él los derechos de la confitería? No lo sabía y temía enterarse de que así fuera.

—No, señora —contestó, con prontitud y una sonrisa afectada. María podría haberse desmayado de alivio—. Me refiero a mi hermana mayor. Nuestros padres murieron y, como ella también está soltera, vivimos juntos. —Germán dio un último vistazo al taller y pasó a la tienda—. Me gustaría ver el libro de cuentas; ¿es posible?

—Por supuesto —contestó María, regresando al taller para buscar los libros de la confitería—. Aquí los tenéis. Están al día; si tenéis alguna duda, tendréis que hablar con el contable, el señor Samuel Boudreaux —explicó, entregándole los volúmenes.

—Los llevaré a la posada para repasarlos con detenimiento, si no hay inconveniente, claro. —Esperó hasta que María negó con la cabeza—. Mañana comenzaré a trabajar y haré recuento de las existencias con las que contamos, de cacao, azúcar, cera, miel y demás. Supongo que con las entradas de los libros me haré una idea de lo que más se demanda aquí.

—En eso os puedo ayudar, puesto que son productos que yo he vendido en la tienda —apuntó ella, sabedora de que en adelante, por mucho que a ella le molestara, tendrían que trabajar juntos para poner la confitería al día.

—En ese caso, señora, os deseo un buen día. Hasta mañana —se despidió maese Germán, antes de marcharse por donde había llegado.

María se apoyó en el mostrador, repentinamente agotada. Ya estaba hecho. Ya había conocido al nuevo maestro. Aunque había empezado con mal pie, parecía que luego la situación había mejorado. ¿Cómo sería trabajar con él? ¿Sería un hombre exigente?

Una cosa era segura: maese Germán no era Sebastián; por lo tanto su forma de llevar el negocio no tenía por qué ser igual.

«Deja de pensar en ello. Mañana lo sabrás —pensó, arrodillándose junto al cubo para terminar de fregar el suelo—. Al menos, no está casado.»

Bueno, ya estaba, caviló Germán, mientras entraba en la posada. Había ido a la confitería para presentarse. Como el representante del gremio no le dijo qué edad tenía la viuda, él había dado por hecho que sería parecida a la de su difunto marido. Por eso al entrar la había confundido con una criada. No se imaginaba que la propia dueña limpiara el sitio, ¿acaso no daba para tener una criada? Lo sabría en cuanto repasase los libros, pero preveía que era próspero.

Volvió a pensar en la viuda. Era muy atractiva, pese a los ojos hinchados por el llanto y a estar un tanto desastrada. Tal vez...

Su hermana Sabina abrió la puerta en cuanto él llamó; le estaba esperando.

—¿Qué tal te ha ido? —preguntó a bocajarro, antes de que Germán terminara de entrar. Se frotaba las manos y lo miraba con los ojos abiertos como platos—. ¿Cómo es la confitería? ¿Y la viuda?

—Es un sueño de lugar. Tiene todo lo necesario y todo está en perfecto estado. He traído los libros de cuentas para ponerme al día. Creo que es un negocio boyante y estoy deseando empezar a trabajar allí.

—¿Y ella? ¿Qué te ha parecido? —insistió con las manos apretadas, esperando la respuesta.

—Es joven. Tendrá más o menos mi edad y es bastante bien parecida —añadió.

Su hermana entrecerró los ojos; sin duda ya estaba haciendo cábalas sobre la situación. No debería haberle dicho nada, pensó, arrepentido. Tendría que haberse callado. Sabina tenía costumbre de organizar las cosas; siempre lo había hecho.

—Una viuda joven es buena cosa. Imagina. Si te casas con ella podrías ser el dueño de la tienda.

—Acaba de perder a su marido; no creo que esté pensando en casarse de nuevo, precisamente —protestó, molesto por los planes que empezaba a tejer su hermana—. Primero me pondré a trabajar para sacar el negocio adelante; luego se verá.

—No te fíes. Ella podría casarse con otro y tú perderías esta oportunidad —vaticinó, muy seria—. Es una perita en dulce para cualquier desalmado.

—¿Como yo mismo, querida hermana? —inquirió con sorna.

—No digas tonterías —lo amonestó, ceñuda—. Tú no eres un desalmado, pero te hace falta un poco más de malicia para prosperar en este mundo. ¿Quieres seguir pasando penurias el resto de tu vida? Nosotros nos merecemos algo más.

—No pasamos hambre y tú lo sabes, Sabina —protestó Germán, un poco harto de que su hermana mayor se pasara el tiempo quejándose de su situación económica.

—Sí, eso te lo concedo, pero no nos sobra para poder comprar ropas decentes. —Se miró los gastados puños de su casaca—. No recuerdo cuándo fue la última vez que nos compramos algo. ¿Te acuerdas de cuando nuestro padre mandaba llamar a la modista a la vuelta de sus viajes? ¿Recuerdas los brocados, las sedas o los tafetanes que nos enseñaban?

—Sabina, debes olvidar cómo vivíamos de niños. Ahora no tenemos esos posibles y debemos adecuarnos a nuestra situación —la recordó, molesto—. Nuestro padre murió y ya no nos queda nada de su fortuna. Hazte a la idea y deja de vivir de fantasías.

Sin esperar ninguna contestación por parte de su hermana, se sentó a la mesa y se dispuso a repasar los libros de contabilidad. Estaba cansado de que Sabina siempre encontrara la manera de protestar por la falta de desahogo económico; de sobra sabía él que sus ahorros no daban para mucho y se esforzaba para solventar ese hecho, pero no era fácil. Su padre les había dejado en una situación muy complicada y habían tenido que acostumbrarse a vivir sin tantos lujos.

Por supuesto que le gustaría tener su propia confitería; soñaba con eso desde que empezó de aprendiz.

«Algún día lo conseguiré —se prometió, abriendo el primer libro con un suspiro de resignación—. Quizá ese día esté más cerca de lo que pensaba.»

La mesa resplandecía a la luz de los candelabros. Desde que habían llegado Rosa Blanca y don Eladio utilizaban la vajilla de porcelana en lugar de la de loza. Evidentemente, Camila quería que los invitados se sintieran bien acogidos y agasajados. Su madre, siempre preocupada por los demás.

La cena había concluido, pero seguían sentados a la mesa, hablando de todo un poco. Su padre había sacado su mejor coñac y las mujeres daban sorbitos al jerez, mientras hablaban del ajuar que su prometida se había traído de Caracas. La luz de la luna, casi llena, entraba por los cristales de la ventana y formaba un rectángulo plateado en el suelo.

—Ay, Rosa Blanca, tengo ganas de ver esos vestidos de los que hablas —suspiró Isabel, con los ojos abiertos de expectación—. A juzgar por el vestido que llevas esta noche, la moda de allí es mucho más elegante que la de aquí. ¿Me enseñarás el resto?

—Claro; estaré encantada de satisfacer tu curiosidad cuando quieras —aseguró la criolla, con una sonrisa—. Precisamente para eso están los vestidos. Para admirarlos. Pero creo que no he sabido elegir bien; el clima de aquí no es tan caluroso como el de allí y temo que necesitaré casacas y alguna capa más gruesa para pasar el invierno.

—Me encantará ayudarte a elegir. Será divertido —manifestó Isabel.

—Tendrás que tener cuidado; de lo contrario, mi querida hija te aconsejará que compres todo lo que te presenten —terció Armand, guiñando un ojo—. Nunca tiene bastante. Y si se trata de joyas...

—Eso no es cierto, padre —protestó con un mohín, señalando el colgante de oro y topacios que colgaba de su cuello—. Fuiste tú quien me lo compró. Yo solo había dicho que era hermoso.

—*Ma chérie*, tienes toda la razón. No lo pediste abiertamente, aunque tu mirada era harto elocuente —puntualizó Armand con cariño—. Eres mi niña del alma y no puedo negarte nada. Además, las piedras son del color de tus ojos.

—Es cierto. Nunca había conocido a nadie con ojos así —recalcó Rosa Blanca—. Son muy bellos. Es extraño que Samuel los tenga oscuros, teniendo vos los ojos azules y vuestra esposa ambarinos.

Samuel se envaró un tanto. Nunca había hablado con ella de sus orígenes. A decir verdad, pocas veces recordaba que sus padres no eran los verdaderos. No debería habérselo ocultado, pese a no haberlo hecho conscientemente. ¿Y si ella consideraba que la había engañado? ¿Y si se sentía ofendida por ser bastardo? Los prejuicios estaban a la orden del día.

—Me adoptaron cuando tenía ocho años —aclaró con valentía, mirando a los ojos a su prometida y a su futuro suegro—. Mi madre era una meretriz del puerto; a mi padre nunca le conocí.

—Rosa Blanca parpadeó varias veces, sorprendida. Don Eladio se limitó a beber otro sorbo de coñac, sin dar muestras de lo que estaba pensando—. Es tanto lo que considero a Armand y a Camila como mis padres, que a veces me olvido de que no es así.

—En eso te equivocas, hijo. Nosotros somos tus padres. No te querríamos más si llevaras nuestra sangre —precisó Camila, muy seria—. En mi corazón no hay ninguna diferencia entre Isabel y tú.

—Tu madre tiene razón, hijo. Llevas mi apellido. A todos los efectos eres mi primogénito, con lo que eso conlleva —remachó Armand, como si quisiera dejar clara cualquier duda sobre el particular.

—Lo sé y estoy orgulloso de serlo. —Afirmó con la cabeza antes de volver a dirigir la mirada a Rosa Blanca y a don Eladio, que permanecían callados—. Espero que esta revelación en nada cambie nuestros planes de boda, pero si no es así...

—Mi estimado Samuel, no hay nada que reprochar y todo

sigue igual. Para nosotros eres hijo de don Armand y de doña Camila, ¿verdad, hija? —señaló don Eladio, al parecer sin encontrarle ningún defecto. La joven se limitó a asentir, sin decir nada—. Un Boudreaux legítimo. —Fue un apunte un tanto extraño, pero como el hombre no añadió nada más, Samuel no le dio más importancia.

—Rosa Blanca, ¿podrías enseñarme tus vestidos? —preguntó Isabel, con excesiva alegría. Su hermana quería cambiar de tema, estaba claro, y Samuel le agradeció ese detalle con la mirada—. No sabes cuántas ganas tengo de verlos.

—Por supuesto, querida —contestó la criolla con prontitud.

—En ese caso, señores, si nos disculpáis, nosotras nos vamos —anunció Camila, levantándose. Los hombres hicieron otro tanto—. Debo reconocer que yo también tengo ganas de ver qué se lleva al otro lado del mar.

Samuel las vio salir del comedor y se sintió orgulloso de la familia que tenía. Los tres volvieron a sentarse y continuaron paladeando el coñac.

Le agradó saber que ni su prometida ni su futuro suegro ponían reparos a continuar con el enlace, pese a las circunstancias de su nacimiento. Era un detalle muy noble por su parte; no todos hubieran aceptado un prometido así.

Ahora solo hacía falta que Rosa Blanca y él pudieran conocerse un poco más.

La cama era un revoltijo de blancas enaguas, faldas de colores con grandes cantidades de tela, casacas de seda y brocados. Cintas de raso y volantes de encaje.

Salomé había ido sacando los trajes, primorosamente guardados en los baúles, para mostrárselos a doña Camila y a Isabel. Rosa Blanca las veía embelesadas por los cortes, y se sentía contenta por la admiración que su ajuar despertaba en ellas. Al menos, eso evitaba que empezara a recordar los días pasados eligiendo telas y hechuras en Caracas. No quería hacerlo; mejor dicho, no debía hacerlo. No estaba bien añorar algo que nunca podría ser, pese a que, con el paso de los días en San Sebastián, se le hacía más difícil no caer en ello.

«Has hecho una promesa y debes ser consecuente —se recordó—. Además eso te ayudará a salir de la tutela paterna de una vez por todas.»

—¿Ya has elegido el vestido para la boda? —preguntó Isabel, acariciando una falda de seda color marfil con pequeñas flores azules bordadas.

—Sí, precisamente es la falda que estás tocando —dijo, contenta de la distracción—. La casaca es esta —señaló, antes de mostrar una casaca con peto de la misma tela que la falda, con las mangas y las solapas de seda del tono azul de las flores—. Es el que más me gusta.

—¡Es bellísimo! No sabes cuánto te envidio, querida —barbotó Isabel, con su habitual sinceridad—. Esos tonos realzarán el tono tostado de tu piel. ¡Serás una novia preciosa! —añadió, suspirando—. ¿Y qué joyas llevarás?

Rosa Blanca se quedó en silencio sin saber qué hacer. Se debatía entre mentir o decir la verdad. Aún no sabía si podría confiar en ellas, pero por otro lado deseaba enseñarles las pocas joyas que aún poseía. ¿Qué mal habría en eso?

Al final ganó la vanidad.

—Salomé, trae el cofre —pidió a la negra.

—La señorita está segura... —se atrevió a protestar la criada, con el rictus severo de un maestro de escuela—. ¿Mi amita cree que es prudente?

—Haz lo que te digo —la cortó. No quería despertar, en doña Camila y en su hija, más intriga de la que ya sentían. La negra salió del dormitorio a buscar el encargo, murmurando por lo bajo—. Debéis perdonar a Salomé, doña Camila, no le gusta que las ande mostrando.

La dueña de la casa se limitó a esbozar una delicada sonrisa.

Un instante después la esclava estaba de vuelta. Sacó el cofre, disimulado entre los pliegues de su delantal, y se lo entregó con recelo. Rosa Blanca procedió a abrirlo con la llave que ocultaba en el corpiño. Bajo la tapa, una bolsa de terciopelo negro guardaba las pocas joyas del ajuar de su madre que había podido proteger. Eran las más hermosas y las más valiosas, también. Con cuidado, casi con reverencia, las fue depositando sobre la cama. La luz de los candiles resaltó el brillo espectacular de los diamantes, los zafiros, las esmeraldas y los rubíes. Las perlas atrapaban los colores de las telas y parecían tener un arco iris en su interior. Eran piezas de una factura exquisita.

—¡Madre del amor hermoso! —exclamó Isabel con los ojos abiertos de par en par—. ¿No te las pones nunca?

—Eran de mi madre y a mi padre... —Enmudeció, dejando el resto en suspenso.

—Oh, comprendo, a tu padre le despertarían recuerdos muy tristes —terminó Isabel, malinterpretando su silencio.

Rosa Blanca se limitó a sonreír sin sacarla del error. La verdad era demasiado vergonzosa y humillante para decirla en voz alta. Si querían pensar que lo hacía para no entristecer a su padre, no sería ella quien les mostrara la realidad.

Con el mismo cuidado que un rato antes, fue guardando cada pieza de joyería en la bolsa de terciopelo. Aquellas eran una triste muestra de lo que un día fuera el legado de su madre y ella las protegería a toda costa.

—Os agradecería, doña Camila, que no mencionarais que las habéis visto —pidió a la dueña de la casa—. No quiero causar ninguna inquietud a mi padre.

—Claro, querida, ni mi hija ni yo diremos nada —aseguró la señora. Rosa Blanca creyó ver un brillo de sospecha en su mirada, pero la sonrisa franca de la mujer terminó por hacerle pensar que lo había imaginado—. Tenías razón: habrá que encargar nuevos trajes para cuando llegue el invierno. Los tejidos que has elegido son demasiado finos para el frío.

—No te preocupes, será una delicia ayudarte a elegir nuevos vestidos —canturreó Isabel—. Tal vez convenza a mi padre de que yo también necesito alguno más.

—Estoy segura de que no te hará falta mucha persuasión para convencerlo, querida Isabel. Creo que don Armand te entregaría la luna si se la pidieras —murmuró Rosa Blanca, intentando que no se transparentara la envidia que sentía—. Será un placer que me ayudes a elegir.

12

María, desganada, se secó las manos en el delantal antes de coger la olla de barro llena de fruta. Había estado lavando peras para hacer compota. Agosto era un buen mes para la fruta y debían aprovecharlo. Maese Germán ya le había comunicado su intención de hacer una buena cantidad para no quedarse escaso en los días de invierno. Decía que, a juzgar por los libros de cuentas, las compotas se vendían muy bien.

«Claro que se venden bien —pensó ella, entrando sin prisas en la trastienda—. Sebastián sabía cómo sacar partido de cualquier fruta y las compotas eran su especialidad. A todos les gustaban.»

El dolor por la pérdida volvió a traspasarla. ¿Se acostumbraría alguna vez a su ausencia? A veces pensaba que no. Era difícil pasar el día a día en la tienda, sabiendo que él nunca volvería a entrar allí; que no oiría su voz o su sempiterna risa.

Y las noches. Las noches eran lo peor. Durante esas horas oscuras no dejaba de añorarle. Él había sido su salvación cuando más lo necesitaba. Se había hecho cargo de todo; la había colmado de atenciones y de cariño. Un cariño infinito y altruista, por el que nunca pidió más de lo que ella estaba dispuesta a dar. ¿Habría sido suficiente para él?

Sabía que iba a echarlo de menos, aunque nunca imaginó cuánto. Y no era la única en sentirse perdida: Paula andaba por la casa como un alma en pena. Apenas comía y se pasaba el tiempo a su lado, como una sombra. En sus verdes ojos podía leerse el miedo a que María también desapareciera. Incluso había abandonado su interés por los números. Ya no esperaba, impaciente, a Samuel. Claro que él tampoco iba tan a menudo como antes. Desde la llegada de su prometida a la ciudad, dos semanas atrás, él apenas se dejaba ver por la confitería.

Era mejor así, se dijo para convencerse. Verlo le hacía recordar lo que estuvieron a punto de hacer y eso la enfermaba de vergüenza. Aunque, de algún modo, le echaba en falta. Le habría gustado poder hablar con él. Saber cómo se sentía; si él también añoraba a Sebastián o la culpabilidad le ahogaba como a ella.

«No te engañes. Lo que de verdad quieres es saber qué siente por su prometida.»

«Sí, eso también», reconoció, avergonzada.

Aún no la había visto, pero los rumores de que era una muchacha joven y bien parecida, corrían por toda la ciudad. Les habían visto pasear por la plaza en compañía de Isabel y de doña Camila. Hecho que las chismosas no tardaron en venirle a contar, probablemente buscando saber si a ella aún le importaban las actividades de su antiguo prometido. Y aunque ella trató de fingir no más que un leve interés, intuía que no las había engañado ni lo más mínimo.

—¿Ya están limpias? —La voz de maese Germán la sacó de sus recuerdos. A su lado, Paula dio un respingo.

—Sí. ¿Deseáis que os ayude en algo más? —preguntó, tras dejar la olla sobre la mesa.

—No, no hace falta. Muchas gracias —contestó él, preparando el fuego bajo para luego cocer la fruta—. Apenas nos queda cera. ¿Sabéis cuándo volverá el colmenero?

—No... no creo que tarde. Hará un mes que vino por última vez —aclaró María, después de pensarlo. Últimamente le costaba concentrarse en esos detalles, algo que antes llevaba al día sin problemas—. Imaginará que ya no tenemos. Siempre es muy puntual.

—Bien; no me gustaría quedarme sin género. Es importante tener contentos a los clientes —murmuró, sin levantar la mirada de las llamas, que empezaban a tomar fuerza—. Supongo que vos, señora, pensáis lo mismo. He podido comprobar, en las dos semanas que llevo trabajando aquí, que os esmeráis en tenerlo todo limpio y preparado; además de tratar con mucha corrección a la clientela.

—Por supuesto, maese Germán; es lo mínimo que debo hacer. ¿Qué es un negocio sin clientes? —contestó, sin dejar entrever lo duro que le había resultado hacer esas tareas. Lo duro que le resultaba levantarse cada mañana.

—Me alegra saber que pensamos igual. Trabajar así resulta más fácil.

María no añadió nada más a las palabras del nuevo maestro confitero. Estaba de acuerdo con él. Y, pese a que le dolía admitirlo por la sensación de estar traicionando la memoria de su esposo, le consideraba un buen artesano. Varias mujeres le habían pedido que le felicitase por la mermelada que había elaborado la semana anterior y que tan deliciosa les había parecido.

Por otro lado, trabajar con él no estaba resultando tan difícil como había imaginado. Era exigente, pero en su justa medida. No era el trato de Sebastián, casi paternal, pero tampoco era déspota. Julio, el aprendiz, parecía adaptarse al cambio sin problemas.

Lástima que, últimamente, ella tuviera tan pocas ganas de hacer nada. Le habría gustado no tener que levantarse; permanecer en la cama y descansar. Descansar...

La campanilla de la puerta les avisó que había entrado alguien. Sin mediar palabra, cruzó la cortina. Su hija la seguía como una rémora, agarrada a la falda.

Al otro lado, la señorita Sabina esperaba junto al mostrador, sus ojos azules observando toda la tienda, como siempre que entraba en ella.

—Buen día, señora María; buen día, Paula —saludó la recién llegada con cortesía—. He venido para ver si podía ayudar en algo.

—Muchas gracias, señorita, pero creo que no es necesario —dijo María, apática.

—Si me permitís el atrevimiento, os veo cansada, señora —opinó Sabina, mirándola atentamente—. Si me dejarais, yo podría echaros una mano en la tienda. Considero que la muerte de vuestro esposo os habrá dejado un tanto abrumada y...

—Buen día, Sabina. No sabía que ibas a venir —cortó el confitero, asomando la cabeza por la cortina.

—Sí. Quería ver si podría ser de ayuda. Me aburro en la pensión y preferiría ser de utilidad —contestó con presteza la joven—. Creo que a la señora María le vendría bien descansar un rato —añadió.

Maese Germán frunció el ceño un instante, pero luego lo suavizó al mirar a la dueña de la tienda.

—Permitidme que os lo diga, señora, ella tiene razón: se os ve cansada. ¿Tenéis algún inconveniente en que mi hermana se quede?

—No... no —balbuceó María. Quizá la llegada de Sabina era la respuesta a su deseo de descansar—. Tengo cosas que hacer en la casa —mintió.

—En ese caso, hermana, ponte un delantal y a ver qué tal se te da atender a los clientes —espetó el confitero, regresando a la trastienda.

María, por su parte, no perdió el tiempo y, despidiéndose de la recién llegada con una inclinación de cabeza, subió a la vivienda con Paula a su lado, tan silenciosa como una sombra.

Abajo, Sabina sonreía, como una niña con un tarro lleno de caramelos.

Esa mañana Rosa Blanca se había levantado con la misma sensación de inevitabilidad que la acompañaba desde su llegada a San Sebastián; que no hacía sino acrecentarse con el paso de los días.

Había intentado hablar con su padre, pero en vano. Don Eladio tenía una idea en mente: casarla lo antes posible para quitarse esa responsabilidad y resolver la situación.

Ella deseaba alargar más el período de noviazgo para conocer mejor a su prometido. Tenía muchas dudas y muchos miedos. Demasiados.

Cuando estaba en Caracas, todo le había parecido perfecto. Samuel era un joven agradable y considerado, un buen partido y lo más importante de todo: la librería de su padre.

Ahora, en cambio, no estaba tan segura de que Samuel fuera a ser la persona ideal y temía estar equivocándose. Su corazón le gritaba que iba a cometer un error.

—¿Qué le pasa por la cabeza a *m'hijita*? —preguntó Salomé, mientras acomodaba uno de los vestidos en el arcón—. Se le quedará *pa'* siempre ese ceño en la cara y asustará a los niños, cuando la vean. ¿Qué le pasa a mi amita?

—Nada, Salomé. —Se volvió a mirar por la ventana.

El patio estaba desierto; tan solo algún que otro pájaro picoteaba en el suelo, tan desolado como ella se sentía.

—Ay, mi niña. A mí no me engaña. Conozco bien a mi ama y sé que algo le ronda por esa linda cabecita —aseguró, chasqueando la lengua.

—No es nada, de verdad —repitió, sin apartar la vista de la ventana.

—¿Mi señorita está pensando en Caracas? —La pregunta sonó a regaño.

Rosa Blanca asintió con la cabeza, incapaz de mantener la compostura por más tiempo. Quería desahogarse con alguien y Salomé era su confidente más fiel. Su única confidente, en realidad.

—Tengo miedo. Tengo tanto miedo que no sé qué hacer —confesó, volviéndose a medias para mirar a la esclava con ojos tristes—. ¿Crees que hago bien en casarme con Samuel?

—Parece un buen hombre, *m'hijita*. —Se acercó hasta ponerse a su lado para arreglarle los pliegues de la falda.

—Lo sé, pero... A veces me acuerdo de Caracas y pienso que...

—Mi niña debe olvidarse de Venezuela y de aquel joven. Ahora está aquí —recalcó, señalando la habitación con su dedo del color de la corteza del cacao—. Si la señorita quiere vivir la vida, sin depender del amo, esta es una buena opción. —Volvió a repasar la caída de la falda hasta que estuvo a su entera satisfacción—. La sacó del convento *pa'* casarla. Peor sería que el amo le concertara un matrimonio por su cuenta.

Rosa Blanca se estremeció de horror. Durante mucho tiempo llegó a pensar que una noche su padre regresaría a la casa para anunciarle que la había apostado en una partida de naipes. Sobre todo aquella temporada en que jugó como un poseso y quedaron casi en la ruina.

—Me prometió no hacerlo nunca —musitó sin convencimiento. Las promesas de su padre eran flor de un día—. Y hasta ahora, ha cumplido.

—Mi palomita debe hacerme caso: tiene que pasar más tiempo con el señor Samuel y *tos* sus miedos desaparecerán. —La atrajo para acunarla en su enorme pecho, como tantas otras veces—. No es tan mal plan. Creo que cuando la señorita y el joven señor se conozcan un poco más, descubrirá que es un buen *partío*. Podría haber sido peor. No es mal mozo, el señor Samuel. Tiene una mirada muy tierna cuando mira a su familia. Y una sonrisa preciosa; lástima que sonría tan poco. Será un buen marido y un buen padre, *m'hijita*.

Rosa Blanca guardó silencio, pensando en las palabras de la esclava. No le quedaba más remedio que intimar con él; después de todo, pronto sería su marido.

Samuel entró en la confitería con recelo; aún no se había habituado a no encontrar a maese Sebastián trajinando entre las ollas. Siempre le parecía que iba a descorrer la cortina y a mostrar su cabeza, coronada de pelo cano revuelto. Le sorprendió, sin embargo, ver atendiendo allí a la señorita Sabina. En cambio, a María no se la veía por ninguna parte.

—¡Ah! Señor Samuel, mi hermano está en la trastienda —le indicó la joven al tiempo que le devolvía unas monedas a una clienta—; pasad, señor.

Samuel las saludó con una inclinación de cabeza, antes de cruzar la cortina. Le extrañaba que la señorita estuviera sola. ¿Le habría ocurrido algo a María? ¿Estaría enferma? ¿Y si al final se había contagiado de tosferina?

Notó un nudo en el estómago.

¡No!, eso no podía ser, habían pasado dos semanas desde que su esposo murió. Un poco tarde para contagiarse, pensó, no demasiado tranquilo.

Maese Germán estaba en pleno proceso de trasvasar confitura de peras a una fila de botes de barro. Olía de maravilla. El punto exacto de dulzor, sin llegar a ser empalagoso. Indudablemente, era un buen confitero.

«Igual que lo fuiste tú», le recordó una vocecita interior.

«Eso fue en otro tiempo. Ya no me interesa.»

«¿Por eso has olisqueado el aire como cuando tú preparabas la confitura?»

—Buen día, maestro —saludó, para no seguir escuchando a su inoportuna conciencia. Se descolgó del hombro la cartera de cuero—. He traído los libros. Como podréis comprobar, están al día y a la espera de los nuevos asientos.

—Me complace oíros, señor. Estos días ha habido mucho trabajo y hay facturas pendientes de anotar —explicó, sin abandonar la labor.

Samuel no pudo menos que notar que la textura de la fruta era excelente; incluso el color era muy apetecible. Había oído comentarios sobre el nuevo maestro y muchos ya lo consideraban un buen confitero. María, después de todo, había tenido suerte.

«¿Dónde estará?», se volvió a preguntar.

—¿Le ha pasado algo a la señora? —indagó con tiento.

—No, no. Ha decidido subir a hacer cosas en la casa y mi hermana la está sustituyendo —aclaró el confitero, tranquilo—. ¿Queréis que le diga algo?

—No, solo me preguntaba dónde estaría —pronunció, sin entrar en detalles. Dejó los libros sobre la mesa, sin prisas. Se tomó el tiempo necesario para alinearlos con el borde; luego, resiguió con un dedo una de las vetas de la madera, buscando la manera de seguir investigando—. He pensado que podría estar enferma...

—No, no lo creo. Pienso que aún está conmocionada por la muerte de su esposo —puntualizó Germán, al acabar de verter toda la confitura—. Imagino que es demasiado pronto para aceptarlo.

Samuel no dijo nada. Le parecía que no era nada fácil aceptar la muerte de una persona amada. Saber que nunca volverías a compartir ningún momento más. Era duro.

Más o menos lo que le pasó al descubrir que María se había casado con otro; más o menos, pues alternaba esa sensación con la rabia y el odio por saberse traicionado.

«Ya estás pensando otra vez en eso —se reprochó. Sus dedos se cerraron hasta convertirse en un puño apretado contra la madera de la mesa—. Debes olvidarlo de una vez por todas.»

—Si me dais las últimas facturas, las anotaré en el libro —formuló, para apartar el recuerdo de su mente—. ¿Queréis comprobar las cifras?

—No; lo siento. Ahora no tengo tiempo. He visto que sois muy meticuloso —alegó Germán, con la olla de hacer la confitura aún en las manos—. Supongo que estarán bien.

—En ese caso me voy. He de visitar a otro cliente antes de que se haga más tarde. —Ahora tenía prisa por salir de allí. Esas paredes le recordaban demasiado al pasado. A María.

—Por supuesto, señor. Vos mismo podéis coger las facturas; están en el cajón. —Señaló la mesa donde descansaban los libros, antes de dejar la olla a un lado para fregarla—. También están los ingresos desde la última vez que estuvisteis.

En efecto, dentro del cajón estaba todo tal y como le había dicho. Tomó los papeles y los dejó dentro de uno de los tomos, para guardarlos seguidamente en la cartera de cuero.

—En ese caso, no me demoro más y no os entretengo. Saludad a la señora de mi parte —añadió, más por guardar las apariencias que por otra cosa. Volvía a sentirse dolorido por lo ocurrido seis años atrás; se preguntó cómo era posible que su mente y su corazón se pelearan al recordar esa traición y el amor que sintió por ella. Como si no se pusieran de acuerdo entre seguir guardando rencor o aceptar que...

«¡No te atrevas a pensarlo, siquiera! —se reprochó, malhumorado—. No pierdas el tiempo en analizar lo que sientes por ella.»

En la tienda, la señorita Sabina charlaba animadamente con una anciana. Se la veía cómoda en el lugar. Sin mediar palabra, se despidió con una inclinación de cabeza antes de salir.

Debía visitar a un comerciante que necesitaba sus servicios. La casa no estaba muy lejos.

Se alejó de la confitería caminando a buen paso. Si se daba prisa, tal vez después pudiera invitar a Rosa Blanca a dar un paseo por la playa. Eso quizá la animase un poco y les daría la oportunidad de conocerse mejor.

Aunque habían paseado varias veces, lo hicieron casi sin hablar, por lo que seguía con la sensación de que la joven no estaba tan entusiasmada con la boda como lo estuvo en Caracas.

¿Habría cambiado de opinión?, se preguntó por enésima vez.

Cuando le propuso matrimonio solo habían estado unas pocas semanas juntos; un tiempo mucho menor que los meses que duró la separación. ¿Demasiado tiempo?

Era muy posible; después de todo, él mismo tenía sus dudas. Unas dudas que no habían empezado hasta regresar a San Sebastián. Solo quedaba un mes para septiembre y su futuro suegro, impaciente, esperaba que fijaran una fecha para la boda. No podían demorarlo más.

Sí, definitivamente: lo mejor era tratar de pasar más tiempo con su prometida. En cuanto se conocieran mejor, las dudas desaparecerían de una vez por todas. Rosa Blanca era una buena elección.

Con esa idea en mente, aceleró el paso para acabar con esa visita cuanto antes.

Una hora más tarde, Samuel se encontró con una lujosa calesa aparcada a la puerta de su casa. Sus padres tenían visita.

Pensó en entrar por la puerta del patio y subir directamente a su dormitorio; no tenía ninguna gana de hablar con nadie. No había conseguido sacarse a María de la cabeza. En cuanto se descuidaba veía su imagen; el momento en que casi se habían besado; sus ojos, su boca... ¡Basta!

En ese momento se abrió la puerta de entrada y su hermana salió con una sonrisa de oreja a oreja. Inspiró, dispuesto a dedicar un rato a Isabel. Después de todo, era su hermana pequeña y apenas había pasado con ella más que unos pocos instantes.

—¡Samuel! ¡No sabes quién ha venido! —chilló al verlo—. Nunca lo adivinarás —aseguró, dando saltitos como una niña pequeña. No pudo evitar esbozar una sonrisa ante la alegría de Isabel.

—Pues en ese caso, ten la bondad de esclarecer el misterio, hermanita.

—¡La tía Henriette!

—Santo Dios —murmuró por lo bajo, entrando en la casa. Soltó una risa, imaginando el futuro inmediato—. No nos faltará diversión. —Su mal humor se esfumó de súbito.

La tía Henriette era la excéntrica de la familia. Con un corazón enorme y bondadoso. Llena de vitalidad y ganas de divertirse. Recordaba sus visitas con cariño, los buenos ratos que les había hecho pasar, las rocambolescas historias que había vivido y que les contaba con todo lujo de detalles.

En la sala, sentadas en el sofá grande, su madre y su tía charlaban mientras tomaban chocolate a la taza. Rosa Blanca permanecía en silencio, sentada en otro sillón, sin perder hilo; Isabel corrió a sentarse a su lado, pendiente de los gestos de la visitante.

La tía Henriette llevaba el pelo empolvado en un recogido tan alto que daba la impresión de que podía utilizarlo para guardar cosas dentro; un vestido color yema de huevo, ribeteado con pasamanería negra y adornado con piedras de azabache, que formaban ramos de flores en el ruedo. Varios lazos del subido tono del vestido le adornaban el pelo. Sus vivarachos ojos azules lo miraron a través de unos impertinentes con montura de oro.

—Veo que estás hecho un buen mozo, querido —articuló la mujer, con un cabeceo aprobador. Su voz, algo ronca por la edad, tenía una mezcla de acentos que evidenciaban los muchos países visitados a lo largo de su vida—. Tu querida madre me ha puesto al día de las últimas novedades. ¡Te vas a casar, bribón!

—Buen día —saludó al entrar, y se acercó para dar un beso en el dorso de la mano de la recién llegada—. Sí, *tante*. Creo que ya va siendo hora.

—Debo decir que has elegido bien. La joven criolla es exquisita —aclaró la tía, sin importarle que la interesada estuviera sentada a unos pasos de ella, con los ojos abiertos como un búho.

—Gracias, tía Henriette. Opino lo mismo —dijo con una reverencia.

—Ay, eso ya lo sé, tunante —protestó, agitando la mano—. Ya imagino que piensas así.

El sonido de la puerta de entrada les hizo callar, a la espera de saber quién llegaba. No tardaron en reconocer las voces de Armand y don Eladio, que venían juntos.

Isabel, incapaz de quedarse quieta, salió al pasillo para anunciar a la insigne visita.

—¡Querido sobrino, cuánto me alegro de verte! —exclamó la tía Henriette, antes de que terminaran de entrar.

Armand se acercó a su tía para besarla en las mejillas. En realidad, parecía más su hermana mayor que su tía, pues la diferencia de edad no era mucha. Samuel calculaba que mediaría la cincuentena. Sin duda, de joven habría sido toda una belleza, pues seguía manteniendo el atractivo.

—*Ma bonne tante*, veo que has venido sola; colijo que sigues viuda —apuntó Armand, con una sonrisa pícara.

—No seas impertinente, sobrino. Claro que sigo viuda... pese a los avances de un conde francés, que no me ha dejado ni a sol ni a sombra —murmuró la dama, frunciendo los labios en un mohín—. Hummm... ponía demasiado empeño en hacerme su condesa, así que he decidido poner tierra por medio y haceros una visita.

—Permitidme que os presente al padre de Rosa Blanca y mi futuro suegro, don Eladio Vélez de Caracas —se apresuró Samuel a presentarle.

Don Eladio hizo una reverencia y rozó el dorso de la mano de la francesa con un beso.

—Es un placer conoceros, *madame*.

Tía Henriette se limitó a asentir con la cabeza, observándole de soslayo.

—Entonces, ¿no pensáis volver a casaros, tía? —indagó Camila, antes de dar otro sorbo a su taza.

—No lo sé, querida. Aún añoro a mi último esposo... el conde Fabrizzio.

—¿El último? —preguntó Rosa Blanca, saliendo de su mutismo. Miraba, asombrada, a la francesa.

—*Oui*, el último. Me he casado cuatro veces, jovencita. Mis maridos, ¡qué desgracia!, se obstinan en convertirme en viuda.

—No veo que eso os afecte mucho, *madame* —murmuró don Eladio, fijándose en el colorido vestido de la francesa.

Por lo visto a su futuro suegro no le agradaban los gustos de tía Henriette a la hora de vestir.

—¿Lo decís porque no visto de negro como una cucaracha? —inquirió, sin darle importancia, como si estuviera acostumbrada a los comentarios de ese tipo—. ¿Acaso sois de la opinión de que una viuda debe inmolarse junto a su marido muerto?

—¿Inmolarse? ¿Qué queréis decir, tía Henriette? —inquirió Isabel, interesada.

La francesa esbozó una de aquellas sonrisas suyas que derretían el corazón por su dulzura.

—Hummm... Me lo contó en París el embajador de la India, querida niña. Dijo que allí es costumbre quemar a los muertos en una pira ante la muchedumbre. Opino que no es nada agradable —masculló, inconforme—. Una costumbre sucia y demasiado olorosa, creo yo. —Agitó la mano, como si quisiera espantar el mal olor—. Bien, pues la esposa debe tirarse al fuego para morir junto a su marido.

—¡Virgen Santísima! ¡Qué horror! —barbotó Isabel, con los ojos desorbitados de miedo.

—Lo es, querida mía —aseguró, mirando a la muchacha—. Pero si se niegan a inmolarse, son rechazadas por todos. Debo añadir que la mayoría son muy jóvenes, pues las casan siendo casi niñas con hombres que podrían ser sus abuelos. —Clavó la vista en don Eladio, antes de continuar—. ¿La consideráis una práctica que deberíamos seguir aquí? —Bajo el suave murmullo podía notarse la sequedad de la pregunta.

—No, por supuesto. Pero opino que una mujer no debería casarse tantas veces...

—Mi primer marido murió en el frente durante la guerra de Sucesión al trono española —empezó con voz enérgica—. Yo tenía veinte años. Una edad desafortunadamente precoz para quedarse viuda. ¿No creéis? —preguntó, pero no esperaba respuesta, pues continuó—: Mi segundo marido era un viudo entrado en años que necesitaba herederos para su fortuna. Por desgracia los hijos no vinieron... antes de que, repentinamente, falleciera de un ataque. Después llegó el marqués de Orange y por último mi querido Fabrizzio... ¿Hubiera sido mejor que me quedase sola el resto de mi vida?

»Me gustan los colores alegres y visto según mis gustos. Hace tiempo que dejó de importarme lo que opinen los demás sobre mi vestuario. Fabrizzio no hubiera querido que me cubriera de negro. Él decía que los colores alegres me sentaban muy bien. En cierto modo, estoy cumpliendo con su voluntad.

—No era mi intención ofenderos, *madame*. Es que me ha pillado de sorpresa vuestra... —Calló al no encontrar una palabra que la describiera.

—¿Excentricidad? —preguntó ella, con una ceja alzada—. Podéis decirlo, caballero. Ya os he dicho que no me molesta lo que otros opinen sobre mí.

Isabel y Rosa Blanca la miraban con los ojos abiertos como platos y la mandíbula colgando. Samuel no las censuraba: la tía Henriette era única para desconcertar a la gente.

—Deberéis quedaros para la boda, tía —se apresuró a decir Camila, antes de que sus invitados dijeran algo más—. Podréis dormir en la habitación de Isabel. Ella dormirá...

—Conmigo, por supuesto —la cortó la francesa, mirando a Isabel con una sonrisa—. Me vendrá bien tener cerca a una jovencita. ¿Qué dices, muchacha?

—Estaré encantada, tía Henriette —aseguró la joven, sincera.

—Hummm... En ese caso, iré a cambiarme para la cena —anunció, antes de levantarse apoyada en su bastón de ébano, con empuñadura de marfil y plata.

—¿Os habéis lastimado, tía? —indagó Samuel, sorprendido por el bastón.

—¡Oh! Es la vieja herida. Ya sabes, la que me hice hace unos años cuando caí del caballo. Ahora empieza a molestarme —aclaró moviendo la mano, restándole importancia—. Me he acostumbrado a usar este artilugio. A veces viene bien para alejar avances indeseados. Debo decir que con el conde francés he tenido que usarlo en varias ocasiones. ¡Viejo verde!

Samuel no pudo evitar una carcajada. Imaginaba perfectamente a su tía poniendo freno al conde. La vio salir de la estancia con paso majestuoso, pese al bastón, y se alegró de que hubiera venido de visita.

13

Prometía ser un día precioso. A la puerta de la iglesia empezaban a formarse grupos que charlaban al sol, mientras los niños, por fin fuera del templo, daban rienda suelta a las ganas de correr y saltar que les habían estado prohibidas dentro. Varios perros se unieron al alboroto creado, aumentando la algarabía.

Samuel se puso el sombrero, atento a la conversación de su madre con Rosa Blanca. Al parecer, hablaban de unas telas que habían llegado de Francia y que podrían ser apropiadas para adecuar el vestuario de la joven al clima guipuzcoano.

—¿Cuándo podremos ir, madre? Qué ganas de verlas —barbotó Isabel, con los ojos brillantes como gemas—. He oído que son unos brocados preciosos. Será mejor que vayamos pronto, antes de que alguien se las quede.

—Tranquila, hermanita. No creo que se vayan a evaporar como el rocío —aclaró Samuel, con un guiño—. Me gustaría dar un paseo con Rosa Blanca. Tal vez más tarde podríais visitar la pañería. ¿Qué os parece la idea? —preguntó, dirigiéndose a su prometida.

—Será un placer acompañaros. Hace un día tan hermoso que da pena desperdiciarlo —alegó la joven sonriendo. Era una buena señal; quizá la estancia en San Sebastián empezaba a resultarle más agradable.

—Humm... excelente idea —dijo la tía Henriette al acercarse—. Isabel, puedes acompañarnos; seguro que tu amiga Jacinta también querrá dar ese paseo —organizó la francesa, poniéndose los guantes—. ¿No te parece una buena idea, querida Camila?

—Sí, estupenda, tía. Pero si no os importa, iré a casa a preparar algunas cosas.

Isabel no esperó más y salió en busca de su amiga, para hacer de carabinas de la pareja. Un rato más tarde, la comitiva compuesta por los prometidos, la tía Henriette, su doncella, las dos muchachas y Salomé se dirigía a la plaza Nueva para pasear entre los soportales. Para entonces, la mayoría de los parroquianos se habían marchado a sus quehaceres, mientras otros aprovechaban el buen tiempo para alargar su momento de esparcimiento.

La plaza Nueva hervía de actividad. Las caseras ofrecían sus productos, colocados con maestría en mesas improvisadas, o directamente en el suelo sobre un mantel. Había peras de piel brillante y aspecto jugoso, algunas manzanas, ciruelas oscuras, amarillas o verdes como los prados adyacentes; fragantes melocotones aterciopelados; pimientos rojos y verdes que resplandecían al sol; tomates colorados, de tamaños imposibles. Acelgas en ramos, como si de flores se tratara. Berenjenas lustrosas, junto a los verdes calabacines. Cebollas y ajos, en ristras pulcramente trenzadas.

El ruido característico de las romanas, con las que pesaban los productos, se mezclaba con el regateo de los compradores y las protestas de las caseras que buscaban sacar el mayor provecho a su mercadería, bien por unas monedas o por otros productos. El trueque formaba parte del día a día en el mercado.

Un par de vendedoras discutían a viva voz: que si me has robado la clienta; que si eso te pasa por querer ganar demasiado con esa birria de verduras; que si birrias serán las tuyas; que si...

—Esto —Rosa Blanca señaló a las beligerantes mujeres y a la gente congregada frente a los puestos—, es igual en todos los sitios. Hay cosas que no cambian.

—Sí. Parece que los mercados son similares donde quiera que vayas — corroboró Samuel, contento de que hubiera salido un tema de conversación—. Solo los productos parecen variar de un lugar a otro.

—Cierto —contestó; luego guardó silencio.

Dos criadas, que iban de un puesto a otro cargadas con sus

cestas de mimbre, buscando lo mejor para sus amos, pasaron a su lado sin parar de cotorrear en voz alta.

—¿Añoráis Caracas? —preguntó Samuel un rato más tarde, queriendo satisfacer esa curiosidad. Alzó un poco la voz para hacerse oír por encima del bullicio—. Yo estoy acostumbrado a este clima voluble, pero vos lo encontraréis un tanto desconcertante, imagino.

—Mentiría si dijera que no —declaró Rosa Blanca, con una sonrisa triste—. Como bien decís, estoy habituada a un clima más benigno y este es un tanto variable.

Había estado en lo cierto, pensó Samuel: ella no estaba a gusto en ese lugar.

—Con el tiempo os habituaréis y sabréis encontrar su lado positivo. Es grato ver llover tras muchos días de calor. La nieve en invierno...

—Imagino que al final será así —formuló con un tono preñado de dudas.

Samuel frunció el entrecejo, buscando algo de lo que hablar. ¿Por qué era tan difícil? ¿Lo había sido durante el tiempo que estuvo en Caracas? No recordaba eso. Claro que tampoco recordaba que hubieran pasado mucho tiempo solos. Lo habitual era que los prometidos no estuvieran sin compañía en ningún momento. Se consideraba que ya tendrían tiempo de hablar y de conocerse una vez casados. ¿No sería eso un error? Con las manos enlazadas en la espalda, continuó paseando, buscando algo que decir.

Isabel y Jacinta correteaban de un puesto a otro, hablando sin parar. Si al menos hubieran compartido con ellos tanta palabrería, el paseo habría sido más ameno de lo que estaba resultando. Ni siquiera tía Henriette se mostraba comunicativa; prefería seguir mirando lo expuesto a través de sus impertinentes, con ojo crítico. Lo peor de todo es que estaban repitiendo el mismo comportamiento que en días anteriores: pasear casi en silencio, mientras cada uno se dedicaba a pensar en sus cosas. ¿Qué pensaría Rosa Blanca?

No podía seguir así. Si se iban a casar y, lo más probable, en menos de un mes, eso tendría que cambiar. Eran unos completos desconocidos y, para terminar de empeorarlo, parecían tener poco en común.

Salieron de la plaza con paso mesurado; tras cruzar la calle San Jerónimo llegaron a casa.

—¿Montáis a caballo? Os podría enseñar los alrededores —preguntó, antes de que Rosa Blanca llegará a la puerta. ¿Cómo no se le había ocurrido antes? Un paseo a caballo era una buena idea.

—No, lo siento. En el convento no teníamos caballerizas y mi padre tampoco —aclaró, casi sin mirarle.

—Os podría enseñar...

—Temo que debo rehusar. Debo confesaros que los caballos me asustan —declaró, avergonzada—. Demasiado grandes.

—Sí, son unos animales de gran tamaño, pero muy nobles. No hay que tenerles miedo —apuntó, desanimado por las circunstancias. Se adelantó unos pasos y, caballerosamente, les abrió la puerta.

Realmente, no tenían nada en común. ¿Cómo había llegado a pensar que podrían formar un buen matrimonio?

—Uy, nosotras nos vamos —dijo Isabel.

—Sí, quiero visitar a mi hermana —aclaró Jacinta. Sin esperar más, se despidieron y siguieron calle adelante, camino de la confitería, cuchicheando con las cabezas juntas.

Rosa Blanca entró en la casa, custodiada por la oronda Salomé, que llevaba una mueca de fastidio arrugando su oscuro rostro.

—Esto no marcha bien, no señor —murmuró la esclava, al pasar a su lado.

—¿Decías?

—Nada, señor Samuel. Esta negra no dice *ná* —concluyó, entrando en la casa con un frufrú de enaguas—. *Ná* de *ná*.

—Hummm... muchacho, veo que tendrás que esforzarte un poco más —murmuró su tía, críptica.

«¡Maldita sea —pensó Samuel—. Hasta mi tía se da cuenta. Debo hacer algo para cambiar esta situación.»

María despertó, parpadeando desorientada. No sabía qué hora era, ni siquiera estaba segura del día. Se estaba mejor así. Sin saber. No quería preocuparse por nada. Vivir en el Limbo; flotando en la Nada.

A veces soñaba con Sebastián y la conciencia la aguijoneaba por lo que podía haber ocurrido con Samuel. Se sentía sucia, pese a que no llegaron a besarse. ¿Acaso era menos infiel por no haber llegado a hacerlo o, por el contrario, el mero hecho de haberlo deseado era tan execrable como si lo hubiera cumplido?

Sí, lo era. Al menos para ella.

Cerró los ojos con fuerza, como si de ese modo pudiera borrar la imagen. Como si pudiera alejar los sentimientos de culpa. Sería estupendo volver a atrás y borrar aquel momento. Que nunca hubiera existido; que nunca se hubiera visto enfrentada a la tentación.

Gimió, bañada en sudor por la vergüenza. Sería estupendo desaparecer. No tener que enfrentarse a la realidad. Porque esa realidad dolía; esa realidad era una daga en su pecho. Había descubierto que no era la buena mujer que ella creía. Una esposa leal no se habría visto en la situación de besar a su antiguo novio, con su esposo muriéndose en el piso de arriba, ni de desear besar a su antiguo novio.

«Maldito Samuel, ¿por qué has regresado?», pensó, avergonzada.

Ni siquiera al saber que se iba a casar con otra lograba apartarlo de su mente. Era su castigo por lo ocurrido.

En su cabeza, la pena por la muerte de su marido se batía con la culpa, en una lucha encarnizada y sin solución.

Era mejor no pensar en ello. Dormir, dormir y desaparecer.

Se tocó las sienes, en un intento de que parase el dolor, sin lograrlo.

Un golpecito en el brazo la obligó a abrir los ojos. A juzgar por la luz que entraba por un resquicio de la contraventana, era media mañana. Un día soleado. Pero ¿a quién le importaba eso? Volvió la cabeza para no tener que ver la ventana. Para no ver que, fuera de esos muros, la vida continuaba como si nada hubiera pasado. Ajena al dolor, a la culpa, a la pena...

Paula la miraba con tristeza, sentada en la cama que ambas compartían, en la habitación de la niña. Al final no había tenido valor para trasladarse al dormitorio principal.

—Madre, tengo hambre —susurró la pequeña—. Quisiera comer algo.

—Pues ve con Renata —masculló, sin levantarse; hacerlo era demasiado esfuerzo.

—Madre, ¿por qué no venís, también? —sugirió con el dedo en la boca.

—No quiero comer, gracias. Ve tú —contestó. Y cerró los ojos.

Un instante más tarde, sintió que la niña arrimaba su cuerpecito al de ella, buscando abrigo. La abrazó y continuó con los ojos cerrados, esperando. No sabía a qué y, lo mejor de todo, es que tampoco la importaba.

Tocaron a la puerta con suavidad.

—¿Señora? —La voz de Renata sonó al otro lado—. Señora, he preparado algo de comida.

—Vete —farfulló sin moverse.

—Señora, por favor, debéis comer —suplicó la criada—. Os dejo los platos a la puerta. El estofado está calentito; os gustará y os sentará bien.

No se molestó en contestar. Solo quería que se fuera y la dejase tranquila.

—Madre, estoy preocupada —anunció Isabel, saliendo al patio como un torbellino—. Buen día, tía Henriette.

Camila dejó de limpiar el pincel en el agua del tarro para observar a su hija, que llegaba con los labios fruncidos. La francesa se limitó a levantar la vista del libro y sonreír a la joven, antes de continuar con la lectura.

—¿Qué te sucede, hija? —preguntó Camila—. ¿Qué te preocupa?

—Es por María —aclaró Isabel, asiendo el respaldo de la silla de su madre—. Me inquieta. —Como Camila no dijo nada, prosiguió—: Hemos ido a verlas a la confitería. Jacinta se ha quedado muy sorprendida al ver que la señorita Sabina, la hermana del nuevo confitero, estaba otra vez atendiendo en la tienda. Nos ha dicho esta mañana que María no había bajado. —Guardó silencio, a la vez que empezaba a pasearse por el patio, ensimismada. Sus oscuros rizos bailoteaban con cada paso.

—¿Y? ¿Qué ha pasado? —inquirió, abandonando la acuarela.

—¡Seguía en la cama! —barbotó Isabel, parándose de repente para mirarla con estupor—. Jacinta se ha preocupado mucho. —Reanudó los paseos—. Más, al ver que Paula estaba con ella. La hemos preguntado si le ocurría algo y nos ha dicho que solo estaba cansada. No sé, madre, a mí me parece muy extraño.

—Piensa que hace solo un mes que murió su esposo... Y lo estuvo atendiendo hasta el final.

—Ya, madre, pero aun así, me parece raro. Pensad que nunca ha dejado de atender la tienda y ahora... ¡Ya son nueve días! No puede estar tan cansada, madre. Nadie se pasa tantos días en la cama a menos que esté muy enfermo. Y ella no lo parecía.

—Estará triste. Cada uno lleva de distinta forma la muerte de una persona querida —trató de hacerle entender. Su hija la miró con los brazos cruzados y los labios cada vez más fruncidos: no estaba de acuerdo con sus palabras—. Ya sé que tú no lo ves así, pero es algo que puede pasar.

—Madre, está descuidando su negocio y a su hija. Eso no es normal.

—Iré a verla y veré qué puedo hacer —apuntó Camila; se levantó para abrazar a su hija—. Es muy loable que te preocupes tanto por ella, querida. Seguro que pronto estará bien —vaticinó, acariciándole el pelo.

—Eso espero, madre. No me gusta que la señorita Sabina siga atendiendo en la tienda como si fuera suya —aclaró antes de separarse de ella—. No me gusta. Y a Jacinta, tampoco.

—No pienses tan mal; ha sido muy amable al ofrecerse a llevar el negocio. No tiene por qué tener segundas intenciones. Ten confianza en tus semejantes, hija. Aún existen la bondad y el altruismo.

Isabel negó con la cabeza, obstinada. Sus ojos ambarinos brillaban de enfado.

—Sinceramente, madre, espero que tengáis razón.

Camila la vio marcharse y suspiró. Tendría que ir a visitar a María, necesitaba cerciorarse de que lo que le había contado su hija era cierto. Había prometido a su amiga moribunda que cuidaría de sus hijos y debía cumplir con la promesa.

—No me habías dicho que María hubiera enviudado...

—Es cierto, tía. Perdonadme, se me ha olvidado —se disculpó Camila, sin dejar de pensar en la hija de su difunta amiga. Esa tarde iría a verla sin falta.

—Siempre imaginé que terminarían casados —continuó tía Henriette—. Ya sabes... Samuel y ella. La última vez que estuve por aquí Samuel se había ido a Venezuela; ella acababa de casarse y estaba de viaje por París.

—Sí. Vinieron un año más tarde. Tiene... una niña preciosa.

—Hummm... es curioso; si Samuel no estuviera prometido, podría casarse con ella. Sé lo mucho que se querían. Me extrañó tanto que ella se casara con el confitero...

—Es complicado, querida tía. Imagino que dejaron de quererse.

—Estimada sobrina, me extraña que pienses así. No creo que un amor como ese se pueda olvidar así como así.

Camila se limitó a esbozar una sonrisa, sin decir nada. Ella tampoco lo creía.

En la biblioteca, Samuel dejó a un lado los libros de contabilidad de su nuevo cliente, incapaz de cuadrar las cuentas. No es que estuvieran embrolladas, como lo habían estado las de maese Sebastián. No. El problema era él; no podía concentrarse en los números, como si estos no fueran ya ese bálsamo que lo había ayudado a sobrellevar la traición de María. Como si ya no encontrara satisfacción en ellos.

¿Por qué no podía quitársela de la cabeza? ¿Por qué seguía rondando como un fantasma errante por su mente?

Se recostó en la silla, los dedos tamborileando en los apoyabrazos. Empezaba a arrepentirse de haber regresado a San Sebastián antes de casarse. Si lo hubiera hecho en Caracas, Rosa Blanca y él no se estarían comportando como unos completos extraños y disfrutarían de su mutua compañía sin problemas. Seguro que tendrían muchas cosas de las que hablar, intereses comunes...

En cambio, ahora no encontraba ningún tema de conversación para entablar con su prometida; los paseos que se había impuesto para conocerse mejor eran casi una tortura. ¿Para ella sería igual? ¿Qué pensaba realmente Rosa Blanca? Era exasperante no saberlo.

Se pasó la mano por la cara, antes de levantarse y comenzar a pasear por la habitación, con las manos a la espalda. El día era muy caluroso. Se había quitado la casaca y la chupa para estar más fresco, pero aun y todo, el calor lo estaba agobiando.

¿Se habría precipitado en Caracas al solicitar su mano? Allí no le había parecido mala idea. Rosa Blanca era una muchacha educada y amable. Sí, era cierto que no se habían tratado mucho, pero los pocos momentos que estuvieron juntos, parecían llevarse bien. ¿Qué había cambiado?

—¡Buen día! —saludó don Eladio, al entrar en la biblioteca—. No sabía que estabais aquí.

Vestía con mucha elegancia, como siempre. Con unos años menos habría podido tomársele por un lechuguino. Con su casaca dorada y sus calzones de brocado negro, era digno de presentarse en la corte. No parecía afectarle el calor.

—Intentaba cuadrar unas cuentas, aunque lo acabo de dejar —contestó, deteniendo su paseo.

—Creía que estabais con mi hija, paseando.

A Samuel le sonó a reproche. Su futuro suegro deseaba que fijaran una fecha lo antes posible. Pero ¿cómo fijar una fecha si no estaba seguro de que fuera una buena idea?

—Hemos vuelto hace un rato.

—Un paseo muy corto, sin duda —dijo con sequedad—. Este noviazgo se está prolongando demasiado, joven. Bien pareciera que ya no deseáis casaros.

—No es eso, señor. Apenas nos conocemos y quería darle tiempo para que se acostumbrase a esta ciudad —explicó, sin faltar a la verdad—. Es un cambio muy grande para ella.

—Ya tendrá tiempo de hacerlo una vez casada, muchacho. No se debe titubear tanto. Las mujeres son inconstantes por naturaleza y no hay que darles tiempo a que cambien de opinión.

—Discrepo, por supuesto. No todas las mujeres son así y lo mismo se podría aplicar a algunos hombres —declaró, un tanto molesto. La mayoría de las veces no le gustaban las aseveraciones de su futuro suegro. Parecía demasiado intransigente—. Nunca es bueno generalizar, ¿no estáis de acuerdo?

—Bien... puede que estéis en lo cierto, muchacho —dijo don

Eladio, sin comprometerse—. Pero para evitar posibles tentaciones... convendría fijar la fecha en breve. Vuestra madre habló de septiembre como un buen mes para los enlaces. Opino igual.

—Hablaré con vuestra hija —claudicó, sintiéndose atrapado.

—En ese caso, no hay más que decir. Iré a dar un paseo —apostillo, mientras colocaba los volantes de su camisa bajo los puños de la casaca dorada—. Que tengáis buen día. —Se marchó con aire marcial.

Agotado, Samuel regresó a la silla y se dejó caer en ella. Tendría que hablar con Rosa Blanca. En el fondo, don Eladio tenía razón: era mejor no demorar más la fecha. Se frotó los labios. ¿Por qué la idea le resultaba tan poco atractiva?

«Lo sabes, solamente que no quieres admitirlo —se reprochó, dejando caer la cabeza hacia atrás—. ¡Demonios, cómo te odio, María!»; cerró los ojos con fuerza; las manos, aferradas a los apoyabrazos.

La despertaron los golpes insistentes en la puerta. Hubiera gruñido, pero estaba demasiado cansada para hacer otra cosa que permanecer echada e inmóvil.

—¿Señora María? —Era doña Camila quien preguntaba desde el otro lado de la puerta—. María. Sé que estáis ahí; por favor, contestadme. Estoy preocupada por vos.

—Marchaos, doña Camila. Estoy bien —masculló, intentando poner un tono contundente, pero sin lograrlo.

Paula, como un gatito, se acurrucó aún más contra su costado. María oía ruidos de succión; probablemente se estaba chupando el dedo. Puso una mano en su cabecita, con intención de acariciarle el pelo; el agotamiento la obligó a dejarla allí, inerte.

—No creo que eso sea verdad. Renata me ha dicho que en los últimos días no habéis comido —puntualizó la señora—. Difícilmente podéis estar bien si no coméis. ¿Queréis enfermar y acabar con vuestra vida?

—Dejadme tranquila. No tengo apetito.

—¿Y Paula? ¿Tampoco ella tiene apetito? Es una niña; necesita comer. Si vos queréis acabar con vuestra vida, adelante, pero no os llevéis a un ser inocente con vos.

Un escalofrío la recorrió entera. Aunque no quería que Paula sufriera, era incapaz de hacer nada. No tenía fuerzas. Solo quería dormir y que la dejaran tranquila. ¿Por qué no podía ser así?

—Si vuestro esposo levantara la cabeza, se llevaría un disgusto. —Silencio—. Debo decir que no me esperaba esto de vos. Me decepcionáis. ¿Dónde está la niña que no se amilanaba ante nada?, ¿la niña que aprendió a lanzar piedras mejor que un chico? —preguntó con voz severa—. Ella no se hubiera abandonado así. Y, desde luego, no pondría a su hijita en peligro.

María se tapó las orejas para no escuchar. ¿Por qué no se iba? ¿Por qué no la dejaba en paz? ¿Era tan complicado que se olvidaran de ella?

—Está bien; por el momento, vos ganáis —oyó que decía al otro lado—. Para ser una muchacha tan terca, bien parece que os habéis rendido con prontitud y sin luchar —censuró doña Camila. El taconeo de sus zapatos se fue perdiendo a medida que se alejaba.

María volvió a cerrar los ojos, satisfecha por haber conseguido que se fuera. Ahora podría volver a dormir.

«Bien parece que os habéis rendido con prontitud y sin luchar»: las palabras de doña Camila reverberaron en su cabeza, una y otra vez. ¿Qué había querido decir con eso? Frunció el entrecejo, tratando de buscar un significado. El dolor de cabeza se hizo más agudo, así que dejó de pensar en ello.

Germán recogió los utensilios recién fregados y los colgó de sus respectivos ganchos en la pared. Había terminado otra jornada productiva y se sentía satisfecho. La confitería era tal y como el representante del gremio le había dicho: próspera y bien situada. Un sueño de tienda. Había tenido mucha suerte.

En las semanas que llevaba trabajando allí, entre Julio y él habían fabricado varias remesas de velas, cerillas y velones para la iglesia. Se acercaba el día de la Virgen de Agosto y muchos querrían ofrendar a Nuestra Señora una vela o un exvoto por los beneficios recibidos, así que, para satisfacción del confitero, trabajo no faltaba.

Las confituras también se estaban vendiendo muy bien. Habían acabado la fruta que la señora María trajera la semana anterior y se hacía necesario ir a por más.

—Bueno, pues ya he terminado —anunció Sabina, quitándose el mandil—. Hoy hemos vendido mucho. Apenas quedan bolados, ni bolas de chocolate. Hay que hacer más.

La vio colgar el delantal en el perchero, al lado de la cortina, y sacudirse la falda por si hubiera quedado polvo del chocolate o azúcar de los bolados. La satisfacción de trabajar en la tienda daba un brillo muy bonito a la cara de su hermana, como si hubiera encontrado una actividad que la satisficiera plenamente. Germán temía que se estuviera haciendo falsas esperanzas. Conociendo a Sabina, era una posibilidad bastante factible.

—Lo sé. También se está acabando la confitura. La de pera ha tenido mucho éxito.

—Sí —asintió ella con excesiva alegría—. Sabía que este era un negocio muy bueno. El del gremio te lo dijo, pero no imaginaba que tanto. Me gusta atender tras el mostrador. Es un trabajo muy agradable. Nunca lo hubiera imaginado: ¡yo, de tendera! —exclamó, sonriendo—. Hay que hacer algo —comentó más seria.

—¿Hacer qué y para qué? —preguntó con desgana. Ella tenía una mirada calculadora que no le gustaba nada. Sus ojos azules brillaban, ambiciosos.

—¿Para qué va a ser? Para quedarnos con la tienda, por supuesto —precisó, poniendo los ojos en blanco—. Es nuestra oportunidad. Yo te ayudaría...

—Deja de imaginarte cosas —la amonestó, sintiendo que no se había equivocado mucho respecto a los intereses de su hermana—. No somos los dueños de esto. Es de la señora María.

—Pero ella lo está desatendiendo. ¿No podríamos...?

—No, Sabina. Debes respetar su luto —disintió Germán, molesto con la poca sensibilidad que demostraba su hermana—. En unos días volverá por aquí, así que no te acomodes demasiado.

—Así no llegarás muy lejos —protestó, mohína—. Si estuviera en tu lugar, no me quedaría de brazos cruzados, tan tranquilo. Lucharía por mi futuro, por no tener que preocuparme nunca más de si nos llegará el dinero. Si supieras lo mucho que me gusta estar aquí... El trato con las clientas... ¡Todo! —Sonrió; las mejillas, sonrosadas—. Antes creía que el trabajo de comerciante era poco atractivo, pero me he dado cuenta de lo equivocada que estaba. Germán, ¡me encanta! Aquí soy feliz.

Germán suspiró con pesar, mientras terminaba de ordenar el taller para el día siguiente. En unos días, la señora María estaría de vuelta y Sabina tendría que abandonar la tienda. Tal vez no había sido buena idea permitir que su hermana se quedara. La había llevado a crearse falsas esperanzas y el sufrimiento sería mayor.

14

Cuando Samuel salió a cabalgar, el amanecer estaba brumoso. Fue una de las primeras personas en cruzar la puerta de Tierra. Por el camino de Hernani y cruzando el puente de Santa Catalina venían las caseras, con sus cestos repletos de verduras y frutas para vender en el mercado, las lavanderas cargadas con atados de ropas para entregar y algún que otro vendedor ambulante.

En vez de ir a la derecha, a la playa, decidió bordear el río; hacía tiempo que no paseaba por allí.

El sol doraba la bruma, que flotaba suspendida por encima del mar calmo y se extendía por los montes adyacentes como un sudario dorado. Las gaviotas gritaban, volando mar adentro; sus pechos níveos refulgían con los rayos solares.

Samuel espoleó al caballo por las marismas, entre los árboles diseminados, hasta que el bosque le impidió seguir con la carrera y la redujo a un mero trote. Cuando las ramas bajas comenzaron a ser molestas para seguir sobre el caballo, desmontó y, con las riendas de la mano, caminó un rato. Las botas se hundían en el suelo blando de la orilla y dejaban huellas que, al momento, se llenaban de agua. Olía a humedad y al légamo pegajoso que flanqueaba la margen del río. Algunos pájaros, pendientes de la presencia de Samuel, bebían sin dejar de lanzar miradas hacia él, desconfiados.

El monte se reflejaba en el agua como en un espejo enorme y los rayos de sol creaban brillos danzarines sobre la superficie en continuo movimiento. Era una pena no tener dotes artísticas, pues, sin duda, ese era un paisaje para atesorar.

Los pájaros, de pronto importunados, levantaron el vuelo piando enloquecidos. Samuel se volvió para ver qué los había espantado y se encontró con los ojos oscuros de un perro que, a duras penas, intentaba alcanzar la orilla.

Miró alrededor, buscando una rama lo suficientemente larga y gruesa para que el perro la alcanzase con la boca. La encontró enseguida y corrió para echársela. El animal, asustado, intentó volver al centro del río.

—Ven, bonito —susurró para calmarlo; si se negaba, terminaría ahogado—. Muerde la rama. Vamos bonito, ven. No tengas miedo.

Ya fuera por agotamiento o por el tono suave de la voz, el perro al fin obedeció y dejó que lo arrastrara hasta la orilla sin soltar la rama.

Era un galgo muy pequeño, escuálido. Estaba herido en el hombro izquierdo y sangraba con profusión, manchando el blanco pelaje. Temblaba lastimeramente, con el rabo entre las piernas y la mirada asustada; sin fuerzas para sacudirse.

Samuel descubrió que era una hembra. La secó como pudo con la casaca. Debía llevarla a casa; de lo contrario, en esas condiciones, no viviría mucho tiempo más.

Abrigada con la casaca, la encaramó al caballo y él subió inmeditamente detrás. Salió del bosquecillo para tomar el camino y cabalgar sin pausa hasta las murallas. Camila sabría qué hacer con ella.

Entró por la cuadra y de ahí a la consulta de su madre, que ya apenas se utilizaba, pero ella mantenía por razones sentimentales. Samuel habría pensado que Camila se refería a su difunto padre, un médico muy reputado en la plaza, si no hubiera visto las miradas que se cruzaban entre ella y Armand, lo bastante explícitas para imaginar la verdadera naturaleza de sus «razones sentimentales».

—¡Madre! —llamó, inquieto. La perra respiraba de manera superficial y tiritaba de frío—. ¡Madre!

—¿Qué sucede? —preguntó Camila, al entrar en la consulta—. ¿Te ha pasado algo?

—Es esta perrita. La he rescatado del río. Creo que le han disparado.

—Pobrecita. Déjame ver.

Su madre se colocó junto a la mesa donde yacía el animal y le posó las manos cerca de la herida. Si no hubiera estado atento, probablemente habría pasado desapercibido, pero lo vio. Notó que su madre se crispaba y arrugaba la frente ante el dolor.

Pasó un rato, en el que solo se oía el resuello de la perrita, que comenzaba a acompasarse conforme transcurría el tiempo. Les miraba con aquellos ojos oscuros, como si quisiera darles las gracias por sus cuidados.

—*Bruma* —susurró Samuel.

—¿Qu-qué has dicho? —preguntó su madre, apartando las manos de la perrita.

—Le acabo de encontrar un nombre. *Bruma*. Tiene el mismo color que la bruma de esta mañana.

—Bonito nombre —musitó Camila, cansada. Siempre le ocurría lo mismo cuando utilizaba el don, que había heredado de sus antepasados. Aliviar el dolor de otros la dejaba agotada—. Ahora vamos a ver si le sacamos la bala y cerramos la herida. Está muy débil.

—Lo imagino. Tuve que ayudarla a alcanzar la orilla. Venía flotando desde quién sabe dónde. ¿Cómo han podido hacerle algo así?

—Puede que fuera un accidente, hijo. Es muy joven y se ha podido interponer entre la pieza y el cazador.

Quiso pensar que su madre tenía razón, para no hacerse mala sangre imaginando algo peor.

Entre los dos limpiaron la herida; luego Camila procedió a sacar la bala. No tuvo que hurgar mucho, pues se había alojado en la escápula. Por fortuna, sin males mayores.

Bruma aguantó sin una queja toda la intervención; sin duda, el don de Camila alivió el dolor de la pobre perrita. Al terminar, levantó su estilizada cabeza para lamer la mano de la mujer.

—¡Es preciosa! —exclamó Isabel al entrar en la consulta—. ¿De dónde la has sacado?

Samuel volvió a relatar lo sucedido, al tiempo que su madre terminaba de vendar la herida para evitar que le entrase porquería.

—Samuel, ayer fui a visitar a María...

—No me interesa, madre —contestó con demasiada prontitud.

—... estoy preocupada por ellas —continuó como si no le hubiera cortado—. Dice Renata que no han comido apenas nada desde hace diez días.

Los ruidos al otro lado de la puerta la sacaron de su pesadilla. Aterrorizada, miró a su madre; temía que el sueño se hiciera realidad y la viera convertida en un esqueleto, como el del perrito que habían visto unas semanas atrás, cuando fueron a buscar fruta. Casi no tenía piel y los bichos corrían entre los huesos al aire. Le había dado mucho miedo y asco; además olía muy mal.

Su madre dormía, murmurando sin cesar. La habría despertado, pero seguro que empezaba a llorar y ella misma terminaría llorando. No le gustaba que su madre sufriera; quería verla reír otra vez; ya no lo hacía.

Cesaron los ruidos de fuera. Era Renata; se llevaba el desayuno, que no habían tocado, y los orinales para vaciar. A Paula le dolía la barriga. Se había acostumbrado a los gruñidos que salían de su tripa, como si dentro hubiera un animal furioso y hambriento. Con tanta hambre como la de ella.

—Señora, deberíais comer. Esto no puede seguir así. Es peligroso, sobre todo para Paula. Una niña tan pequeña debe comer. ¿Señora? Os moriréis de un momento a otro —vaticinó la criada; su voz sonaba preocupada en el pasillo.

Paula empezaba a asustarse. ¿Se podía morir, su madre? ¿Se iba a quedar sola? ¿El sueño se haría realidad? ¡No!, quiso gritar, pero mantuvo la boca firmemente cerrada.

Despacio, con cuidado de no despertar a su madre, se levantó de la cama. Si lo hacía rápido todo se volvía negro; le daba miedo esa sensación tan extraña. Cuando comprendió que esa vez no le iba a ocurrir, abrió la puerta. El aroma del chocolate aún flotaba en el aire e hizo que sus tripas sonaran con fuerza. ¡Qué hambre!

Debía hacer algo. Doña Camila también había dicho que su madre podía morir si no comía. ¿Y si tenían razón? Su madre siempre había dicho que doña Camila era muy lista. El frío de la madera penetró en sus pies descalzos y la hizo estremecer. Entró en la habitación. Su madre seguía dormida. A la luz que entraba por la puerta abierta vio que tenía muy mala cara; ¿se estaría muriendo como su padre?

Más asustada que nunca, se puso las medias e intentó calzarse las albarcas. Como aún no sabía atarse los cordones, les dio muchas vueltas alrededor de sus tobillos y los metió por el borde de las medias. Se tapó con el chal de su madre y, cuidando de no hacer ruido, salió del dormitorio. Cerró la puerta otra vez antes de bajar por la escalera con paso silencioso. Iría a buscar a doña Camila; ella sabría qué hacer.

El sol de la mañana le hizo daño en los ojos y por un momento le pareció que quedaría ciega. La habitación siempre había estado en penumbra y ella ya no estaba habituada a tanta luz. Parpadeando para acostumbrarse a la claridad diurna, se encaminó lentamente a la derecha y giró en el primer cruce a la derecha también. La calle se le antojó más larga de lo habitual, como si se estirara conforme la miraba. Se apoyó en una pared, respirando con trabajo. Estaba muy cansada; quería sentarse, pero no podía hacerlo. Se apartó varios mechones enredados que le tapaban la cara; luego se arrebujó en el enorme chal y continuó caminando, despacio; los flecos barriendo el suelo.

Aunque se cruzó con varias personas, nadie pareció reparar en ella. Todos iban demasiado atareados en sus cosas para fijarse en una niña desgreñada y sucia.

Ya podía ver la casa de doña Camila. Cruzó la calle con dificultad, mientras creía ver miles de motitas brillantes bailoteando frente a los ojos y todo empezaba a ponerse oscuro. Tenía miedo. Quizás ella también se estaba muriendo, tal y como había vaticinado Renata.

Dio los últimos pasos y se dejó caer frente a la entrada. No tenía más fuerzas. Estaba tan cansada y asustada que empezó a llorar en silencio. Llamó a la puerta débilmente, pero ni siquiera ella pudo oír el sonido. Tomó una piedra y llamó otra vez. No supo si había sonado o no, porque tras el esfuerzo todo se volvió negro y dejó de ver, de oír, de pensar...

Se despertó asustada. Alguien la tenía en brazos; la estaba

tumbando en un catre. Era el señor Samuel, que la miraba muy serio y preocupado. Luego se apartó para dejar sitio a doña Camila, que empezó a quitarle la ropa con agilidad. Había una perrita tumbada en el suelo y la miraba con la cabeza ladeada. Pensó que estaba soñando, pues doña Camila no tenía perros.

—Pobrecita mía —murmuró la señora, tirando el vestido a un lado—. Está en los huesos. ¿Ves, hijo, lo que trataba de explicarte? —No esperaba respuesta, porque siguió hablando, esta vez con más suavidad—: Habrá que bañarte, preciosa mía. Hay que quitarte toda esa mugre que has acumulado. Luego te tomarás un chocolate calentito. Debes comer; te sentirás mejor.

Las tripas de Paula eligieron ese momento para volver a protestar y la niña enrojeció de vergüenza.

—Iré a preparar un barreño para bañarla —dijo Isabel, antes de salir de la habitación.

—Uy, uy, uy. ¿Qué te has tragado, Confite? ¿Un lobo rabioso? —preguntó el señor Samuel entre risas; le pasó los dedos por la mejilla, antes de añadir—: No te avergüences, pequeña. Dentro de un rato llenarás esa barriga y te sentirás mejor.

Paula ya se sentía mejor. Sus caricias la consolaron hasta que recordó a su madre.

—¿Mi ma-madre se va a mo-morir? —se atrevió a preguntar, los ojos anegados de lágrimas.

—Por supuesto que no, Confite —aseguró el señor Samuel con mirada fiera—. Aunque tenga que darle la comida yo mismo. No se va a morir.

Tal vez debería haberse sentido asustada por el tono empleado, pero por alguna extraña razón, que escapaba a su agotada mente, se sintió reconfortada y dejó de tener tanto miedo.

—Uf, tiene el pelo tan enredado que habrá que cortárselo para poder peinarlo —murmuró la dueña de la casa.

Paula se llevó la mano al pelo, espantada; no quería que se lo cortasen. A su padre le gustaba mucho. Si al mirarla desde el Cielo veía que no tenía sus rizos, se pondría muy triste. Le escocieron los ojos y se dio cuenta de que estaba llorando otra vez.

—No hará falta, madre. Cuando regrese, yo mismo se lo peinaré —aseveró el hombre, como si hubiera adivinado sus temores—. Tranquila, Pequeño Confite. Nadie va a cortarte el pelo. Confía en mí.

Otra vez la calmaron las palabras del señor Samuel; todo volvería a estar bien. Esbozó una tímida sonrisa.

—Pórtate bien, cielo —ordenó, antes de besarla en la coronilla—. Luego te peinaré.

Samuel, malhumorado, entró en la casa sin pasar por la confitería. Si bien su madre se lo había estado explicando un rato antes, la llegada de Paula a su casa lo había puesto en pie de guerra. ¿En qué demonios estaba pensando María para dejar que su hija terminara en ese estado? ¿Acaso había perdido la razón? La pobre niña estaba tan delgada como *Bruma*. ¡Pardiez, ni siquiera él había estado tan desatendido en el burdel!

Había consentido que María tuviera su tiempo de duelo, tiempo que ella había alargado hasta lo imposible.

«¡Se acabó! Ya es hora de que deje de lamentarse y vuelva a la realidad —pensó Samuel, subiendo las escaleras—. Se está jugando muchas cosas. Debe hacer frente a sus deberes, como madre y como dueña de un negocio.»

La puerta del dormitorio estaba cerrada, pero eso no impidió que la abriera de golpe. Lo primero que le asaltó fue el olor a cerrado, a cuarto sin airear en mucho tiempo. Luego, la oscuridad que reinaba. Apretando los dientes, cruzó el umbral y se dirigió a la ventana, para abrir los postigos y dejar que la luz acabara con aquellas obscenas tinieblas.

Los pájaros, anidados en la hiedra que cubría la pared, aletearon asustados, piando sin descanso.

—¿Qu-qué demonios... estás haciendo? —La voz somnolienta de María sonó a su espalda—. ¿Te has vuelto loco?

—Airear esta cochiquera —contestó con sequedad, demasiado rabioso para añadir nada más.

—Haz el favor... de cerrar esa ventana. No... no tienes derecho a entrar en mi dormitorio... de esa manera —barbotó más despierta, protegiéndose los ojos con el antebrazo—. ¡Harás... harás que toda la plaza hable de mí!

—No hace falta. Ya lo están haciendo. Incluso me atrevería

a decir que hacen apuestas sobre cuánto tiempo tardarás en quedarte en la calle, sin negocio ni casa —masculló, apretando los dientes. ¿Qué diablos le pasaba para abandonarse así?, pensó, mirando, sin ver, por la ventana.

—Eso... es una tontería. Soy la dueña de la confitería.

—¿Y de qué te sirve? ¿Cuánto hace que no bajas a la tienda? ¿Cuándo fue la última vez que controlaste los pedidos? —Guardó silencio un momento para darle lugar a contestar—. No lo recuerdas, ¿verdad? —Sacudió la cabeza al tiempo que suspiraba pesaroso—. Mientras estás escondida en tu cueva como una osa herida, la señorita Sabina se está haciendo cargo del negocio, del trato con los proveedores, de atender a la clientela y de hacer lo que tú deberías estar haciendo. Si mañana deciden abrir otra confitería en la casa de enfrente, te robaran la clientela y te quedarás sin nada.

Se volvió y clavó la vista en ella. Miles de motas de polvo bailaban en el cuadrado de luz que penetraba por la ventana abierta.

—La señorita Sabina... ha sido muy amable al ofrecerse —murmuró María, sentada en la cama. A la claridad que entraba a raudales se la veía desgreñada, pálida y con ojeras. Tenía churretes de lágrimas secas en las mejillas y las pestañas apelmazadas. El vestido, arrugado hasta lo imposible, con manchas de sudor. Ella se dejó caer en el colchón como si no tuviera fuerza para nada más.

—¡Dios mío! ¿Cuánto tiempo hace que no te lavas? —preguntó; las manos en la cadera. Estaba hecha un desastre. Ya debería haberlo imaginado al ver a Paula, pero se sorprendió de igual modo—. ¿Cuándo fue la última vez que te miraste en un espejo?

—¿Cómo te atreves a insultarme de ese modo? —farfulló María con voz ahogada, tratando de incorporarse otra vez. Al parecer, el cansancio pudo más que ella y abandonó el intento. Volvió a tumbarse, más pálida si cabe.

—¿Insultarte? Mírate a un espejo. Estás espantosa. ¡Por Dios! Si el señor Sebastián levantara la cabeza...

—No metas a mi esposo en esto —musitó con lágrimas en los ojos—. No te atrevas.

—¿Tanto le amabas? ¿Tanto le querías que no eres capaz de seguir con tu vida? ¿Que no eres capaz de cuidar de ti misma ni de tu hija? —Articuló las palabras con el corazón dolorido, enfrentado a los celos que le atenazaban el alma. Dejó caer las manos a los costados, roto.

Nunca había imaginado que llegaría a tener celos de un muerto. Ni siquiera, que volvería a estar celoso de cualquiera a quien ella amara. ¿Cuándo se la iba a quitar de la cabeza? ¿Por qué no podía olvidarla sin más? Cerró los ojos un instante, buscando valor para soportar ese tormento.

—No lo entiendes —murmuró María, llorando—. No sabes nada.

—Puede ser, pero te aconsejo que dejes a un lado los sentimientos y el recuerdo para pensar en lo que ocurrirá si persistes en esta actitud. ¿Has pensado en que maese Germán podría solicitar la confitería, alegando que es él quien está regentando el negocio? Si quieres seguir conservándolo para tu hija, tendrás que tomar una decisión.

—¿Qué quieres que haga? —preguntó, compungida, sin mirarlo—. ¿Que me case con él?

—Esa puede ser una solución —dijo, tratando de no cavilar en lo que eso implicaba. Era mejor no pensar en ello.

«No es algo que me incumba e importe.»

«¿Estás seguro?»

«Claro», se dijo con cierto titubeo.

—No —contestó ella.

—Maldita sea, María, ¿quieres quedarte sin nada? ¿De qué vais a vivir, tu hija y tú? Tarde o temprano deberás casarte. Los del gremio pondrán pegas a que te quedes con la tienda. Es conveniente que el dueño sea un maestro confitero; no puede serlo una mujer.

—¡He dicho que no! No volveré a casarme de ese modo.

—¿De ese modo? —indagó, desconcertado; se acercó a la cama—. ¿De qué estás hablando?

—De nada, de nada; olvídalo y déjame en paz —farfulló, tan pálida como una muerta. Luego se volvió en el lecho para darle la espalda.

—No voy a dejarlo. Quiero que me expliques qué has querido decir con eso —ordenó, al tiempo que, rodilla en cama, la sujetaba por los brazos para encararla a él—. ¿Qué has insinuado? ¿Qué has querido decir? ¡Habla!

—He dicho que te vayas y me dejes tranquila. —Los ojos, del color de las avellanas, dilatados. Samuel no supo discernir si de miedo o de angustia—. Deja de atosigarme. Estoy... estoy muy cansada para discutir contigo.

Deseaba zarandearla para que le explicara qué había querido decir. Hacerle ver la realidad, tomar conciencia del lío en que estaba metida. Sacudirla hasta que se hiciera cargo de la situación. Pero, sobre todo, para que le explicara de una vez por todas por qué no le había esperado. Por qué corrió a casarse tan pronto como él se marchó. Por qué...

—¿Qué sucede aquí? —La voz de Renata, que se acercaba por el pasillo, le hizo recapacitar. La soltó y se separó del lecho. No quería dar un espectáculo.

—Está bien. Me marcho, pero no lo voy a olvidar —espetó como una amenaza—. Paula está con mi madre. La traeré a la hora de la cena. Espero que para entonces estéis más presentable; de lo contrario, yo mismo os meteré en la bañera y os frotaré hasta quitar toda esa mugre que lleváis pegada como una segunda piel.

—¡Cerdo! No te atreverás —gritó, enfurecida, intentando incorporarse otra vez.

—Ponedme a prueba y veréis —sentenció, antes de volverse a la criada—. Renata, prepara la bañera. La señora se lavará en cuanto esté lista.

—Sí, señor —asintió la criada con ojos brillantes—. Ahora mismo caliento el agua.

Samuel bajó las escaleras, tan furioso que casi no veía donde pisaba. A pesar de que maese Sebastián le pidió que las cuidara, él había dejado que llegara a esa situación sin hacer nada. Debía convencerla, primero para que regresará a regentar su negocio. Luego, para que se casara con maese Germán. Estaba seguro de que el maestro confitero no pondría ninguna pega a ese enlace. En los primeros días, cuando María aún bajaba a la tienda, le había visto mirarla. No era repulsión lo que aquella mirada daba a entender, sino todo lo contrario.

Por más que, en el fondo de su alma, a Samuel la idea le desagradase, era lo mejor. Ella tendría su tienda y él... Él se casaría con su prometida. Pero ¿por qué eso no le entusiasmaba lo más mínimo?

Rosa Blanca cerró el libro con un suspiro antes de levantarse de la silla donde había pasado un buen rato intentando leer. Todos en la casa parecían ocupados entre atender a la perrita y a Paula. El propio Samuel tras regresar de mal humor, se había encerrado en la biblioteca; más tarde le oyó hablar con la niña. Ella había optado por salir al patio y leer a la sombra de la parra.

Al subir a su dormitorio, le extrañó al oír voces dentro. Eran su padre y Salomé. Discutían.

—¿Qué sucede aquí? —preguntó al entrar.

Su padre había arrinconado a Salomé, que intentaba mantenerse en su sitio con los ojos llameantes y se protegía una mejilla con la mano; le había vuelto a pegar. Rosa Blanca apretó los labios para guardar la rabia que le bullía dentro. Odiaba que su padre pegase a Salomé, pero cada vez que intercedía por ella, él amenazaba con venderla o molerla a golpes, hasta que Rosa Blanca no tenía más remedio que callar. Salomé era muy mayor para recibir un trato tan desalmado y temía que la siguiente paliza la dejara tullida.

—Esta negra impertinente, que asegura que ya no tienes dinero —clamó él. La cara congestionada por la furia.

A Rosa Blanca le dio un vuelco el estómago. Temía ese momento desde que habían llegado a San Sebastián.

—Es cierto, padre. Os di las últimas monedas hace una semana —mencionó, repentinamente desanimada.

—Algo tiene que quedar —insistió, acercándose con los puños apretados. Sabía que no se atrevería a pegarle bajo el techo de su prometido, pero no pudo evitar dar un paso atrás—. ¿Y las joyas? —Ella negó con la cabeza—. No me puedes hacer creer que no queda ninguna.

—Os las di hace tiempo, padre. Ya no hay nada —mintió, tratando de sonar convincente. No quería perder ninguna más.

Eran el legado de su madre, lo poco que la fiel Salomé había escondido, y lo protegería de su codicia y su vicio.

—¡Por los clavos de Cristo! —juró don Eladio, rabioso. Empezó a pasearse por la habitación con las manos a la espalda. Salomé se mantuvo en el rincón; sus carnosos labios apretados, como una línea fina, en silencio—. No me queda nada. ¿Cómo diablos voy a salir de esta? —Se paró frente a su hija y la miró con frialdad—. Quiero que hoy mismo fijes la fecha de la boda. No admito más demoras. Ya me he cansado de esperar.

—Pero... padre. No estoy segura de...

—No quiero más tonterías. Te lo dije en Caracas: te casarás con ese joven y no hay más que hablar; pertenece a la familia Boudreaux. Son tan influyentes que hasta en Venezuela se hablaba de ellos —la cortó sin miramientos.

—No sabemos si estos Boudreaux son de la misma rama. No han mencionado que tengan parientes en Louisiana y...

—No importa, no hay más que ver esta casa y el modo en que viven. No les falta de nada. Seguro que al señor Armand le quedó una buena renta de sus años de militar. Y esa excéntrica tía tiene dinero a espuertas. ¿Has visto qué joyas luce?

—Pero padre, yo no creo que él...

—¡Basta! No quiero seguir con esta tonta discusión —cortó su padre con sequedad—. Harás lo que yo te diga, muchacha. ¿Acaso no te enseñaron las monjas a obedecer? Hace un mes que llegamos; ya deberías estar casada. La gente empieza a impacientarse.

—¿Impacientarse? —preguntó, extrañada.

—Por supuesto, tontita. Muchos me han fiado porque voy a emparentar con esta familia. Son muy respetados en la ciudad.

—¿Os han fiado, padre? ¿Cuánto dinero debéis? —indagó, dejándose caer al borde de la cama—. Me prometisteis que no volveríais a jugar. Lo jurasteis...

—¿De qué otra manera quieres que saque dinero? —espetó, volviendo a los paseos—. ¿Crees acaso que las monedas caen de los árboles? —Miró al techo, como si buscara entre imaginarias ramas; su peluca, perfectamente colocada.

—Claro que no, padre, pero con el dinero que renta la hacienda...

—¿Qué hacienda? —se burló el hombre.

—*Las orquídeas*, la de la familia de mi madre —susurró, aterrada por lo que pudiera contarle—. La que será mi herencia.

Lo vio pararse con la mandíbula tan tensa como una cuerda de violín. La miró de soslayo y, con una mano en la espalda y otra en la frente, reanudó sus paseos.

—Padre, ¿qué pasa? —preguntó, temiendo la respuesta.

—Olvídate de ella. Ya no está —aclaró, sin dejar de caminar.

—¿Qué estáis diciendo? ¿Cómo que no está? —La voz le salió como un graznido.

—La perdí un día antes de zarpar —declaró entre dientes—. Era la primera vez que me ocurría. *Las orquídeas* era mi talismán. Cuando me quedaba sin dinero, la apostaba y nunca perdía. Hasta esa noche. —Se golpeó la palma de la mano con el puño—. No sirvieron de nada los trucos que usé.

—¡Santa Madre! Estamos arruinados... —musitó, completamente vencida.

Había tenido la esperanza de que, si al final lograba librarse del compromiso con Samuel, podría regresar a Caracas y a la hacienda que había pertenecido a la familia de su madre desde varias generaciones atrás.

—¿Cómo habéis podido jugaros mi herencia? ¿Cómo habéis podido hacerme eso?

—Estabas prometida. Y yo no sabía que la iba a perder. Fue una mala mano de cartas. Estoy seguro de que hizo trampas —contestó, quitándose responsabilidad.

—¿Qué voy a hacer ahora? —preguntó, abatida.

—Te casarás en cuanto se lean las amonestaciones. Tú no tienes nada de qué preocuparte. Una vez casada, le diré a tu esposo que he sufrido un revés y que debo un dinero. No creo que se niegue a cubrir las deudas —comentó, como si no tuviera ninguna importancia.

—¿Y mientras tanto? ¿Seguiréis repartiendo pagarés? —protestó, en un intento de plantar cara a su padre—. ¿Seguiréis viviendo por encima de vuestras posibilidades?

Él no contestó; se detuvo ante la ventana y se limitó a mirar al exterior, dándoles la espalda.

—¿Por qué no os dedicasteis a atender la hacienda, como los

demás hacendados? Era una buena finca. Habríamos vivido bien, sin temor a la ruina. ¿Por qué persistís en jugároslo todo?

—Tu deber como hija es respetar las decisiones de tu padre —siseó don Eladio, sin volverse. Frío como un témpano. Después se encaminó a la puerta—. Limítate a fijar la fecha lo antes posible. No admito más demoras —concluyó antes de salir del dormitorio.

Rosa Blanca se tumbó en la cama y dejó que lágrimas amargas brotaran sin restricciones. Estaba en un buen lío. No le quedaba más remedio que casarse y rezar para que su padre se aburriera de vivir allí. Esa era una ciudad muy pequeña y pronto necesitaría otros lugares donde jugar. Ya no podía seguir demorando el momento.

—¿Por qué no le importo a mi padre, Salomé? ¿Por qué es tan frío conmigo? —preguntó. Con un suspiro de fracaso, miró a la esclava—. No dejes que encuentre las joyas, Salomé. Son lo único que nos queda —murmuró, sin dejar de llorar.

—El amo tiene el «comecome» del juego. No puede evitarlo y *ná* lo parará —sentenció la negra—. Seguirá jugando hasta que le exijan pagar las deudas y termine *apaleao* en una zanja.

15

—Madre, ¿hoy os levantaréis también? —preguntó Paula, con el pulgar en la boca. Sentada a los pies de la cama, la miraba con aquellos ojos verdes, tan luminosos como el lucero del alba.

Deseaba decirle que no; que no tenía ninguna gana de hacerlo, pero se la veía tan preocupada... ¿Cómo podía decepcionarla otra vez? Era imposible.

¡Demonio de Samuel!, pensó, rabiosa. Por su culpa estaba en esa situación. Si no hubiera ido a Venezuela; si hubiera hecho caso de sus súplicas. Si no hubiera regresado... Él estaba en el centro de sus tribulaciones. Su regreso la había trastornado hasta el punto de olvidar que estaba casada y... ¡casi besarlo! Como si esos seis años no hubieran sucedido.

¡Virgen Santa! La vergüenza, por lo que estuvieron a un tris de hacer, la perseguiría toda la vida y ya no tenía la posibilidad de pedirle perdón a su esposo. Su muerte lo imposibilitaba, lo cual era aun peor. ¿En qué clase de mujer se había convertido?

—¿Madre?

—Sí, cielo. Hoy me levantaré —contestó María, con un poso de culpabilidad en la boca del estómago—. Y bajaré a la tienda —añadió, retirando las mantas antes de incorporarse—. Deja de mirarme como si no me creyeras. Ya me estoy levantando.

—Me alegro mucho, madre. Tenía mucho miedo.

—¿Por qué tenías miedo? ¿Qué te asustaba? —interrogó, preocupada.

—Es por lo que el señor Samuel os dijo anoche —Paula se sacó el pulgar de la boca para hablar más rápido—. Que si hoy no os levantabais, él mismo vendría a sacaros de la cama y... que os calentaría el trasero —concluyó la niña, con los ojos enormes como dos ciruelas claudias. Luego, volvió a chuparse el dedo.

—No te preocupes, tesoro. No se atrevería —farfulló, sin tenerlas todas consigo. Samuel era muy capaz de personarse y...—. Pero será mejor que nos preparemos por si viene. Aunque no tiene derecho a hacer nada de eso, no le demos razones —explicó; los dientes apretados. No, definitivamente, no tenía ningún derecho y la noche anterior, cuando fue a llevar a Paula, se había comportado como un tirano.

—Renata, ¿ha comido la señora? —le había preguntado Samuel a la criada, como si él fuera el amo y señor de aquella casa.

Lo peor había sido escuchar a Renata asegurarle que hasta se había bañado, antes de marcharse, muy ufana, a la cocina y dejarles en el salón a los tres.

Hubo de morderse los labios para no recordar, a la olvidadiza criada quién era la dueña de esa casa.

—Eso resulta más que evidente —había mascullado Samuel. El muy caradura hasta se había atrevido a olisquear el aire.

—Eres un ser repugnante —siseó ella.

—Mucho menos que vos esta mañana. Hedíais tanto que resultaba desagradable respirar cerca de vuestra persona.

—Nadie te había mandado que vinieras.

—Tu hija, a la que parecías haber olvidado —censuró, con los ojos ardientes de cólera—. Fue a casa de mi madre buscando ayuda. Temía que fuerais a moriros como su padre. ¿Os satisface haber asustado tanto a vuestra hija?

Si no hubiera sido porque Paula los miraba, un tanto espantada por las elevadas voces, le habría tirado algo a la cabeza. A poder ser, dañino y contundente.

¡Arrogante! ¿Acaso pensaba que era su amo?

No quería analizar el miedo que había hecho pasar a Paula. Después de que Samuel se fuera, le había pedido perdón y abrazado, mientras le repetía, una y mil veces, lo mucho que la quería, asegurándole, de paso, que no se iba a morir.

¿Cómo había sido capaz de descuidarla tanto? Era evidente

que la llegada de Samuel la había trastocado hasta el punto de hacer y pensar cosas que nunca hubiera imaginado.

—¿Sabes, madre? —La pregunta de su hija puso fin al mal recuerdo—. Ayer rescató a una perrita del río. Le habían disparado. Doña Camila la curó —empezó a relatar la niña, saltando de la cama, dispuesta a lavarse lo antes posible—. Dice que puedo ir a visitarla siempre que quiera. Se llama *Bruma*. ¿No es un nombre precioso? Es una galga y...

Paula siguió hablando, tan animada como no lo había estado desde la muerte de su padre. La cara de satisfacción de su hija era un añadido a su sentimiento de culpa. María sintió que se le encogía el alma por la tristeza y agradeció que la niña volviera a sonreír, aunque fuera por una simple perrita.

Con qué facilidad se recuperaban los niños. Ojalá fuera tan sencillo para ella.

Antes de sucumbir a la tristeza, se levantó y abrió las contraventanas. Amanecía en un cielo sin nubes. Bandadas de gaviotas volaban hacia el mar, gritando, animadas. Los pájaros de la enredadera también habían despertado y piaban sin descanso. Todo era perfecto para ser un bonito día; lástima que ella no se sintiera acorde con la situación.

«Deja de lamentarte o regresarás a la cama», se reprochó, llenando la palangana con agua. «Debes seguir adelante por el bien de Paula.»

—... me ha dicho que puedo ir a verla cuando quiera. ¿Podré ir, madre?

La voz, animada, de la niña se coló en su mente.

—Ir, ¿adónde? —preguntó María, desorientada.

—A casa de doña Camila, para ver a *Bruma* —respondió Paula, repentinamente entristecida—. Si no queréis, no iré...

—Por supuesto que puedes ir, tesoro. —Se agachó para acariciar la cara de su hija y le pasó la mano por el ensortijado cabello.

—¿Sabes, madre? Ayer el señor Samuel me desenredó el pelo. Doña Camila dijo que habría que cortarlo, pero el señor Samuel aseguró que él mismo lo desenredaría. Fue muy bueno conmigo y no me hizo daño al peinarlo. Luego hicimos cuentas.

Por un momento se lo imaginó peinando a su hija. No le

costó mucho vislumbrarlo, pues a ella la había peinado en muchas ocasiones. A él le gustaba mucho su cabello y le pasaba los dedos a la menor oportunidad. La conmovió esa amabilidad para con su hija, pero se obligó a apartarlo de su mente.

Llamaron a la puerta.

—¿Quién es? —preguntó María.

—Señora, ¿vais a desayunar en el comedor o preferís que os traiga aquí el desayuno? —preguntó la criada, desde el otro lado.

—Iremos al comedor, Renata. Enseguida vamos —contestó; luego besó a la niña en la punta de la nariz.

«Allá voy —pensó, sin mucha convicción, para darse ánimos—. A por un nuevo día.»

Los gemidos de la perra se oían por debajo de la letanía del cura, haciendo que algunos feligreses se volviesen para mirar a la puerta cerrada.

Samuel sintió la mirada de reproche que su madre le dirigió como las espinas de una rosa. Sí, ella tenía razón: no debería haber sacado a *Bruma* de casa, pero es que la pobrecita había aullado con tanta pena, que no había sido capaz de dejarla encerrada. Desde luego, no se había imaginado que, al quedarse fuera de la iglesia, hiciera lo mismo.

Don Evaristo, el cura, también era consciente de aquellos gimoteos, pues su espalda se iba crispando más y más, conforme avanzaba la homilía. Cuando elevó la voz para cantar, los aullidos también aumentaron el volumen y se oyeron varias risitas sofocadas.

«¡Calla de una vez! —gimió Samuel, en silencio—. Por todos los santos, calla ya.»

Estaba tan avergonzado como un chiquillo pillado en falta. Seguro que sus padres tendrían algo que decir. Si se salvaba de que don Evaristo le endilgara alguna penitencia, sería un milagro.

Por fortuna el oficio llegó a su fin y él aprovechó para dirigirse el primero a la puerta. Casi corrió por el pasillo lateral de la nave, en su prisa por llegar al pórtico. Si alguien se le adelantaba, no habría fuerza humana que evitara la entrada de *Bruma* en el templo y entonces... No, mejor no pensar en esa posibilidad. Le daba escalofríos imaginar las represalias.

La perrita debió oler su presencia al otro lado de la puerta, pues comenzó a ladrar y a rascar la madera como una posesa.

«¡Por las llagas de Cristo! ¡Calla de una vez!», pensó, sin atreverse a mirar hacia el púlpito, no fuera a encontrarse con la mirada encolerizada del cura.

En cuanto abrió, el animal se le echó encima, buscando lamerle la cara, las manos... Los ladridos de felicidad amenazaban con tirar las piedras de la deteriorada iglesia de Santa María.

Samuel intentó ponerse en su sitio y reprender a la perrita, pero era tal la efusividad de ella que no tuvo valor para reñirla.

—Será mejor que desaparezcas de aquí para cuando salga don Evaristo —le dijo su padre, aguantando la risa, al salir a la calle—. Y cuidado con tu ma...

—¿Con quién? —le cortó Camila; los ojos ambarinos, echando chispas—. Debería daros vergüenza. Vaya espectáculo.

—*Chérie*, yo no he hecho nada... —Armand mostró las palmas de las manos para enfatizar sus palabras. Habría sido creíble, de no ser por cómo se mordía los labios para no reír.

—No digas más, Armand. —La mirada de Camila quería ser tan fría como el hielo, pero no logró que pasará de un simple frescor. Derrotada miró a su hijo—. Samuel, no deberías haberla traído. ¿Cómo se te ha podido ocurrir semejante despropósito? —le amonestó Camila—. Todos han estado más pendientes de los aullidos de este animal que de las palabras del cura. Ha sido bochornoso.

—Lo sé, madre. No tuve valor de dejarla... —musitó, arrepentido.

Como si la perrita supiera que estaba enojada con ella, se alzó sobre las patas traseras para llegar a la cara de Camila y lamerla con alegría.

—¡Basta, zalamera! —la riñó su madre, con voz cariñosa, mientras la acariciaba la cabeza—. Bueno, hijo, ya no hay remedio —añadió, antes de encaminarse a saludar a unos conocidos, seguida por Isabel, Rosa Blanca y Armand.

—¡*Bruma*! —La voz de Paula resonó a la puerta de la iglesia.

La niña venía corriendo; la perrita, feliz, saltó a su encuentro pródiga en atenciones.

—Has sido mala. Muy mala... —la reñía Paula, entre risas por los lametones—. No hay que armar... tanto alboroto en la iglesia.

Un poco más apartada, María esperaba el regreso de su hija. Samuel no pudo menos que observar cómo el vestido negro caía informe sobre su cuerpo, demasiado delgado. Ni las ojeras que destacaban sobre su rostro, tan pálido como la cera. Por un instante sintió la tentación de acercarse y abrazarla. De consolar su tristeza. No podía ser, eso estaba fuera de toda posibilidad y, aunque no hubiera sido así, la mirada de desdén que ella le dirigió, era lo bastante elocuente para no intentarlo siquiera.

Sí, la noche anterior, cuando le llevó a Paula, ya se lo había dejado claro: lo odiaba por haberla obligado a volver a la realidad. Por no permitirle seguir escondiéndose. ¡Bien! Pues que siguiese odiándole; él no iba a consentir que perdiera la confitería por ser demasiado cobarde. Haría lo que estuviera en su mano para cumplir con los deseos de maese Sebastián.

«Menos casarme con ella —se dijo—. Eso es impensable. No después de cómo se comportó. No después de que se casase apenas me alejé de la ciudad.»

Con un gesto de sarcasmo pintado en la cara, inclinó la cabeza a modo de saludo. Tuvo la satisfacción de ver que ella se tensaba y lo miraba, echando fuego por los ojos. Se miraron un instante, incapaces de apartar la vista. Samuel no pudo resistirse a dar unos pasos para acercarse a ella. Como si una cuerda tirase de él.

—Buen día, señora. Parece que continuáis limpia —susurró, con burla.

—Y yo veo que seguís siendo la antítesis de un caballero —siseó, rabiosa.

—Alguien debía obligaros a cumplir con vuestras responsabilidades. Algo que, por otro lado, parecíais haber olvidado.

—Reconozco que había descuidado a mi hija —confesó entre dientes, las mejillas sonrojadas—. Pero eso no os daba derecho a entrar en mi casa y en mi dormitorio como si os perteneciera.

—Recordad que mi madre había ido a hablar con vos y ni siquiera le habíais dejado cruzar la puerta. —Empezaba a enfadarse. Notaba que se le iba caldeando la sangre.

—A pesar de todo, ¡ha sido una falta total de respeto y decoro!

—¿Os atrevéis a hablar de respeto y decoro? Después de ver el estado en que se encontraba la niña... ¡Agradeced que no os sacudiera como a un trapo! —apostilló furioso, los puños apretados.

—No tenéis ningún derecho —recordó María, valiente, alzando el mentón.

—Señora, no me tentéis. Aún no se me han pasado las ganas de hacerlo —informó él, tratando de sosegarse y no montar un escándalo a la puerta de la iglesia. Miró alrededor. Aunque nadie parecía reparar en ellos, estaba seguro de que no perdían detalle.

—¿Pasaréis hoy por la tienda? —oyó que le preguntaba la niña. Se había acercado hasta ellos y les miraba con el pulgar en la boca. Samuel compuso una sonrisa para borrar el ceño.

¡Cristo crucificado! Le recordaba tanto a María cuando la conoció...

—Sí. Iré más tarde. ¿Quieres seguir aprendiendo las cuentas? —Se agachó para ponerse a su altura. *Bruma* aprovechó la postura para lamerle la mejilla, encantada.

—Bueno... sí. Debo aprender para ayudar a mi madre —aseguró, mirándole con aquellos ojos verdes que tan conocidos le resultaban—. ¿Llevaréis a *Bruma*?

Samuel se levantó antes de soltar una carcajada. Aquel pequeño diablillo había cambiado sus intereses con facilidad.

—Sí. Vendrá conmigo —aseguró, sonriendo—. Parece que no puedo separarme mucho tiempo de ella.

—Paula —dijo María con altivez—. Despídete. Debemos marcharnos.

—Luego nos vemos, señor Samuel —musitó la niña; después plantó un beso en el hocico de la perra, que movía el rabo de un lado a otro, contenta por los mimos recibidos.

Las vio marcharse agarradas de la mano. No quería seguir pensando en María y en su frialdad. Aunque era mejor eso que recordar cómo la había abrazado unas semanas antes, en el portal de su casa. Rememorarlo le despertaba sentimientos que creía olvidados y que, aún más, deseaba olvidar.

—Querido sobrino, será mejor que dejes de mirar a la confitera de ese modo, si no quieres levantar murmuraciones.

La voz de tía Henriette, que acababa de salir de la iglesia, lo devolvió a la realidad.

—No sé de qué me habláis, tía —masculló, molesto.

—Humm... es posible que no lo sepas, pero te aseguro que tu mirada era harto elocuente, querido. —Cabeceó, al parecer contenta con su apreciación.

—Será mejor que regresemos con los demás —opinó Samuel, con fastidio. No le gustaba nada el brillo que tenían los ojos de su tía. ¿Qué estaría pensando? Se volvió para encontrarse con su familia.

Sabina se paseaba por el taller de la confitería, con los puños apretados a la cadera. Llevaba así desde que había visto a la señora María dirigirse a los oficios de la mañana. ¿Por qué había tenido que levantarse? Precisamente ese día tenía pensado visitar al presidente del gremio de confiteros, para hacerle saber lo «preocupada» que estaba por la viuda. Quería ponerle en antecedentes, para que supiera que no estaba cumpliendo con su deber. Habría sido estupendo que le quitaran la confitería y se la dieran a su hermano.

Miró a Germán, que preparaba el fuego bajo el perol suspendido de hacer confites. Le dolía que fuera tan conformista, que no intentara medrar.

¿Cómo podían ser tan diferentes? Si ella estuviera en su lugar, ya hubiera dado los pasos necesarios para conseguir ese negocio. Era una oportunidad maravillosa.

—Sabina, haz el favor de parar. Empiezas a molestarme con tanto paseo —protestó él, antes de incorporarse; parecía satisfecho con las suaves llamas.

—No entiendo como puedes estar ahí, sin hacer nada —le increpó ella, con las manos en la cadera—. ¿Es que no tienes sangre en las venas?

—Por supuesto que sí, pero no veo el motivo de tu enfado.

—¿No lo ves? ¡Por los Ángeles custodios! —exclamó ella, alzando los ojos al cielo; cruzó los brazos—. Se ha levantado y seguro que vendrá para hacerse cargo de todo esto.

—Es lo normal, ¿no crees? Esta es su tienda —aclaró, sarcástico.

Sabina bufó de indignación por la flema de su hermano. Así, jamás llegaría a nada. Siempre sería un empleado y no el dueño. ¿Cómo podía dejar escapar una oportunidad así?

—Si fueras listo ya estarías cortejándola para casarte con ella antes de que otro se te adelante. Si fuera tú, no perdería el tiempo —le aconsejó; los brazos firmemente cruzados bajo el pecho.

—Deja de organizarme la vida, hermana —ordenó, enfadado. Luego vertió azúcar y agua en el perol de cobre y lo puso a hervir—. Yo sé lo que debo hacer, no necesito que estés supervisando cada uno de mis pasos.

—Pues más te vale que empieces a hacerlo de una vez —espetó, echando fuego por los ojos.

—Pues si a eso vamos... Ya es hora de que tú te cases. Te recuerdo que eres mayor que yo. A este paso serás una vieja solterona.

Sabina acusó el golpe, dio la espalda a su hermano y guardó silencio. No quería que viera lo mucho que le dolían sus palabras. Si las cosas hubieran sido como debían, ella ya habría estado casada con alguien de su categoría, pero como no había sido así, no podía aspirar a nada más alto que un simple tendero; y eso, si tenía suerte.

¿Por qué los hombres eran tan necios? ¿Por qué su padre había invertido todos los ahorros en un barco y sin haberlo asegurado? ¿Acaso nunca se le ocurrió que un temporal podía llevarlo a pique?

Por lo visto, no, ya que lo perdió todo; incluso la vida.

Esos días en la tienda había descubierto lo mucho que le gustaba atender a la clientela. Le embriagaba esa sensación de ser útil, algo que hasta ese momento no había tenido oportunidad de experimentar. Le encantaba escuchar los chismes y bromear con las mujeres. Ahora todo iba a cambiar; otra vez, quedaría relegada a esperar a su hermano en la posada y a rezar para que siguiera trabajando.

María entró en la confitería, con la rabia bullendo en su interior como agua en una olla. Odiaba la sonrisa burlona de Samuel a la puerta de la iglesia. Con gusto le habría dicho un improperio, pero su hija estaba con él y demasiados oídos alrededor. No, había tenido que morderse la lengua.

No tenía ninguna gana de estar en la tienda. No quería sonreír a la clientela, fingiendo que todo estaba bien. No quería hacer nada. Preferiría seguir en la cama.

El entrometido Samuel se lo había impedido y ahora debía tomar las riendas de su vida y del negocio, cuando menos le apetecía.

—Buen día, señora —la saludó maese Germán, cuando ella cruzó la cortina—. Me alegra volver a veros.

El aire olía a azúcar caliente. Paula husmeó como un perrito, escondida detrás de ella. Tenía un sexto sentido para averiguar cuándo se estaban elaborando los anises confitados.

—Muchas gracias, señor. Creo que ya es hora de que me haga cargo...

—Tranquila por eso, señora María —la cortó la señorita Sabina. Llevaba puesto el delantal, dispuesta a empezar la jornada en la tienda—; puedo seguir haciéndome cargo. Vos necesitáis recuperaros de tan dura pérdida.

Aunque las palabras eran las adecuadas, a María le pareció que no eran sinceras y se preguntó por primera vez, si Samuel no había tenido razón cuando intentó prevenirla sobre ella.

—Mi querida señorita Sabina —empezó María, tomándola de las manos—; me siento muy agradecida por todo lo que habéis hecho por mí, durante mi... convalecencia —añadió, con una sonrisa triste. Notaba a su hija pegada a la falda—. Veo que la tienda ha seguido funcionando con normalidad, pese a mi ausencia. Habéis sido un ángel. Ahora volveré a hacerme cargo de todo, como es mi deber.

La joven intentaba sonreír, pero sus ojos, azules, estaban fríos como los témpanos de hielo. Sin duda, no le gustaba nada verse relegada. Se desasió de las manos de la dueña y empezó a quitarse el delantal con dedos torpes. María creyó vislumbrar un atisbo de tristeza en aquella mirada.

Si hubiera podido, le habría dado trabajo, pero la tienda no daba tanto como para mantener a otra dependienta.

—Ha sido un placer, señora. Era lo menos que podía hacer para ayudar a mi hermano —masculló, la cara crispada por el esfuerzo que hacía para no llorar. María lo sintió por ella.

—Naturalmente, os pagaré por vuestro esfuerzo —añadió la dueña. Detestaba estar en deuda con ella. Por otro lado, la señorita Sabina se lo había ganado.

—¡No, por Dios! No es necesario... —protestó la señorita, sin mirarla.

—Por supuesto que sí. Os lo merecéis. Podéis emplearlo en daros un capricho —sugirió María.

—Como queráis, señora —claudicó, con frialdad—. Bien, en ese caso y ya que no soy necesaria, será mejor que me vaya.

María sacó una bolsita de cuero de la faltriquera, contó unas monedas y se las entregó a la joven, que las cogió, apretando la mandíbula. La certeza de que Samuel tenía razón respecto a las ambiciones de esa joven le hizo fruncir el entrecejo.

—Que tengáis un buen día —se despidió la joven, antes de salir a grandes pasos.

—Parece que a vuestra hermana le ha desilusionado mi vuelta —empezó María, cuando la puerta de la entrada se cerró—. Ha sido muy amable al llevar la tienda durante estos días.

—Sí. Opino que le ha gustado trabajar aquí —confirmó maese Germán, moviendo de vez en cuando el perol, suspendido sobre el fuego bajo—. Nunca había realizado ninguna tarea fuera de casa; siempre he sido yo el que trabajaba. Tampoco la había visto tan contenta, pero tendrá que aceptar que ya no se la necesita.

—Dicho así, suena muy duro...

—Siento que lo entendáis así, aunque esa es la verdad —añadió, escueto.

Parecía molesto, así que decidió no añadir nada más. Se puso el delantal que la señorita Sabina acababa de abandonar y se dispuso a empezar con sus tareas. Si quería conservar ese negocio, más le valía comenzar de una vez.

—¿Y Julio? —preguntó, al ver que el aprendiz no estaba allí.

—Le he enviado a por ciruelas. Quiero hacer confitura —explicó el maestro confitero. Luego vertió los anises en el caldero, removiendo la mezcla para que se bañaran bien por todos los lados.

Como ya había supuesto, estaba haciendo anís confitado. El siguiente paso era pasar las bolitas resultantes por un cedazo. Sin esperar a que se lo pidiera, lo colocó cerca de él para que lo tuviera a mano, cuando lo necesitara.

—Muchas gracias, señora. —Le dedicó una sonrisa sincera, sin perder de vista lo que estaba haciendo—. Veo que estáis en todo.

16

Rosa Blanca inspiró antes de llamar, con los nudillos, a la puerta de la biblioteca. Con el corazón atronando, esperó a que Samuel le diera permiso. No podía demorar más esa situación, su padre se lo había dejado muy claro.

Su prometido se levantó en cuanto la vio entrar. Bajo la chupa de paño negro, llevaba las mangas de la blanca camisa enrolladas hasta los codos y abierta en el cuello, para paliar el calor estival. El pelo, algo alborotado, como si se hubiera pasado los dedos repetidas veces, le caía hasta los hombros. Pese a todo se le veía atractivo. ¿Por qué no podía sentirse atraída por él? Hubiera sido tan fácil, entonces...

—Buen día. Siento molestaros... —empezó, un tanto nerviosa. Las manos apretadas en la cintura.

—No me molestáis, Rosa Blanca. Agradezco vuestra compañía —se apresuró a contestar él, con suavidad. Ella lo dudó, apenas le hablaba cuando estaban juntos; definitivamente, no era una compañía agradable. Samuel trataba de ser bondadoso.

—Me preguntaba si querríais enseñarme a montar a caballo. Sé que os gusta mucho esa actividad y querría poder acompañaros...

Por un instante la sorpresa agrandó los ojos del joven. Parpadeó varias veces antes de contestar.

—Estaré encantado de enseñaros. —Guardó silencio, mientras pensaba—. Disculpadme, pero el otro día creí entender que os asustaban los caballos —murmuró, perplejo, sin dejar de mirarla.

—Y estáis en lo cierto, me asustan; no obstante... —No sabía qué añadir sin ponerse en evidencia—. Yo... sé que vuestra madre y vuestra hermana montan y... creo que yo debería aprender.

—No quiero que hagáis nada que os resulte desagradable, Rosa Blanca —formuló con una sonrisa tierna; después rodeó la mesa para acercarse a ella—. Creo que podríamos pasear en la calesa de dos ruedas que le regaló mi padre a mi madre. Seguro que será más agradable y más cómodo para vos que subiros a un rocín.

Rosa Blanca suspiró más tranquila al saber que no era necesario que aprendiera a montar y se atrevió a sonreírle, aliviada. Era un joven tan encantador y amable que le dolió aún más no ser capaz de amarle.

—En ese caso, cuando lo estiméis conveniente, estaría encantada de dar un paseo en vuestra compañía —apuntó, dispuesta a marcharse.

—Si dentro de una hora no es mucha molestia para vos, podríamos recorrer los alrededores. —Esperó a que ella asintiera, luego continuó—: Le pediré a mi tía que nos acompañe e iré a enganchar el caballo a la calesa. Os gustará el paseo.

—Estaré preparada —aseguró, antes de despedirse y salir de la biblioteca. Cerró la puerta con suavidad, reprimiendo un suspiro.

Bueno, ya estaba hecho. Había dado el paso, ahora debería convencerle de que deseaba casarse lo antes posible.

—¿Qué tal le ha ido a *m'hijita*? —preguntó Salomé, sacudiéndose el delantal. La había esperado en el pasillo—. ¿La enseñará a *montá*?

—No —contestó; al ver la cara de espanto de la negra, se apresuró a añadir—. No, Salomé; no lo hará porque recuerda que le dije lo mucho que me asustaban los caballos.

—Todo un caballero, sin duda. —Cabeceó la esclava con aprobación—. ¿Y ahora, qué hará mi amita? —susurró, conspiradora.

—Tranquila, me ha propuesto ir a pasear con la calesa de doña Camila. Será dentro de un rato; su tía Henriette nos acompañará —anunció en voz baja, sin entusiasmo.

—Mi palomita debe poner más ilusión —le aconsejó Salomé, manteniendo el tono quedo por si alguien las oía; luego le ahuecó los volantes de las mangas—. Él es un buen hombre, puede verse lo mucho que se preocupa por mi amita. No muchos lo hacen, *m'hijita*.

—Lo sé, pero... —suspiró abatida, encaminándose a su habitación.

—Hay que dejar de pensar en el *pasao* y prepararse *pa'* el futuro. Esta negra le arrancaría una fecha antes de que el amo lo eche todo a perder. Sí, señor, se la sacaría *pa'* casarme lo antes posible. —Movió la cabeza, asintiendo.

«¡Mi padre, ese tahúr desalmado!», pensó Rosa Blanca con rabia. Las manos formando puños contra su vientre.

—¿Cómo ha podido hacerme eso? ¡Era mi herencia! —siseó, casi al borde del llanto—. El legado de mi madre. Me ha condenado.

—Venga, venga. No hay que pensar en ese matrimonio como una condena, pequeña mía. Miles de muchachas estarían más que satisfechas con un marido como ese joven. Desde luego que sí.

Sí, estaba segura de que así sería. Ella misma había estado dispuesta a casarse con él; lo había deseado, incluso. Aunque las cosas habían cambiado desde que él partiera de Caracas. Sus sentimientos ya no eran los mismos y dudaba de que alguna vez volvieran a serlo.

La perfidia de su padre había hecho del todo imposible otra solución. Casarse era la única salida para ese embrollo. Casarse, para abandonar su tutela de una vez por todas.

Salomé tenía razón, Samuel era un buen hombre y la trataría bien. Con esa convicción, entró en su dormitorio seguida de la esclava. Debía prepararse para el paseo.

Samuel comprobó que la calesa estuviera bien enganchada y palmeó el lomo del caballo con aprecio. El animal relinchó, golpeando los cascos contra el empedrado, dispuesto a salir.

—Tranquilo, muchacho. Ahora daremos ese paseo —le dijo, mientras le acariciaba la testuz—. Espera que ensille a tu compañero.

Bruma lo miraba hacer, tumbada sobre la paja del suelo, atenta para salir tras él en cuanto se pusiera en marcha.

Con rapidez preparó su montura y ató las riendas al ligero vehículo de dos plazas, antes de salir de la cuadra para esperar a Rosa Blanca y a tía Henriette en la calle. Estaba sorprendido por el pedido de su prometida. Tan solo unos días atrás le había asegurado que temía a los caballos. Era tan paradójico que no le encontraba sentido. ¿Cómo podía haber cambiado de opinión así?

—¿Te estás quejando? —se preguntó, deteniendo la calesa y bajando para esperar a las mujeres—. No, claro que no.

Le agradaba que ella empezase a poner interés por estar con él. Solo eso justificaba el cambio. Lo cierto era que, desde su llegada a San Sebastián, la había notado distante, como si ya no quisiera casarse; como si en esos meses de separación, ella se hubiera pensado mejor lo de la boda y cambiado de opinión.

Quizá ya se había habituado al clima de allí y eso le hiciera ver las cosas de otra manera, de un modo más amable. Aquello era bueno, sin duda. Todo lo que fomentase la relación entre los dos era bienvenido.

Se abrió la puerta de la entrada; salieron su prometida, con un vestido de tafetán rosa pálido, y la tía Henriette, seguidas de Isabel, que al parecer se había apuntado a la excursión.

—Isabel, vais a ir muy apretadas en el asiento —le recordó a su hermana—. Será incómodo.

—Yo abulto muy poco y tengo muchas ganas de salir —aclaró con un mohín—. A ellas no les importa. Ya se lo he preguntado.

—Tranquilo, querido; no hay razón para dejar que la chiquilla no se divierta —anunció la viuda, subiendo a la calesa con ayuda de su sobrino. Una vez arriba, colocó las brillantes faldas de su vestido turquesa para que no se arrugaran más de lo necesario—. Nos arreglaremos las tres.

Samuel ayudó a subir a su prometida y a su hermana y, como supuso que Rosa Blanca no sabía conducir, entregó las riendas a su tía, que las tomó encantada. Él montó su caballo para esperar a que la mujer emprendiera la marcha. *Bruma* corría de un lado para el otro, al parecer encantada con el paseo. Su herida estaba muy curada y no parecía haberle afectado los movimientos de esa pata.

Se dirigieron a la puerta de Tierra, dispuestos a disfrutar del paseo. Una vez fuera de las murallas, continuaron hacia el este, cruzando el río por el puente de Santa Catalina.

El sol, ligeramente detrás de su hombro derecho, aún calentaba con fuerza. Samuel se fijó en que Rosa Blanca llevaba una sombrilla para protegerse de sus rayos. Se la veía muy hermosa con aquel vestido rosado.

La imagen de María se cruzó en su mente, pero la desechó sin pérdida de tiempo. No deseaba pensar en ella. De ningún modo. No iba a dejar que su recuerdo le arruinara la excursión.

Dejaron atrás los arenales y se adentraron en el camino con un ligero trote. La brisa salobre les refrescaba, acariciando sus caras y alborotándoles el pelo que se escapaba de sus pañuelos o del sombrero de Samuel. Era agradable sentir el aire en medio del calor de la tarde. La perrita perseguía mariposas, ajena a la temperatura; corría un buen trecho delante de la calesa, para volver un instante después, incansable.

—Ay, qué bien sienta un paseo, ¿no lo crees así, Rosa Blanca? —La pregunta de su hermana rompió el silencio—. A mí me encanta.

—Sí. Me alegro de que me lo hayáis propuesto —aseguró la joven, dirigiéndose a Samuel.

—Gracias, pero ya iba siendo hora de que os enseñara los alrededores de la plaza. Podréis comprobar que hay parajes muy bonitos.

—Humm... Es cierto. Podemos llegar hasta el puerto de Pasajes y verás a las bateleras. —La voz de la francesa destilaba entusiasmo—. Aún recuerdo la primera vez que las vi.

—¿Bateleras? —se interesó Rosa Blanca.

—Sí, jovencita; son mujeres que se dedican a transportar a los marineros o las mercaderías en sus bateles. Van y vuelven de los barcos a tierra, con mucha destreza —explicó la viuda.

—Nunca había oído que lo hicieran mujeres —se extrañó la criolla—. Siempre he pensado que eso era trabajo de hombres.

—Sí, es cierto, pero este es un pueblo marinero y los hombres pasan muchas temporadas en la mar. A las mujeres no les queda más remedio que hacerlo ellas mismas —aclaró Samuel—. Debo añadir que se les da muy bien. Un hombre no lo haría mejor.

—Me gustaría verlas —declaró, pensativa.

—En ese caso, iremos —anunció Samuel, satisfecho con el interés de su prometida.

Continuaron en silencio, admirando el verdor del paisaje. Los helechos rozaban la panza de los caballos y se mecían con la brisa. Su olor característico se mezclaba con el salobre del mar. Las sombras que proyectaban las hojas de los robles moteaban el camino. Las lagartijas tomaban el sol y se escondían al paso de la calesa, para volver a aparecer en cuanto se alejaban un poco. Se oía el canturreo de los gorriones entre los ladridos de *Bruma*, que los perseguía contenta.

Un buen rato más tarde, las primeras casas de Pasajes de San Pedro les dieron la bienvenida. Al fondo, los mástiles de los barcos apuntaban al cielo y se mecían con la marea. Las gaviotas se peleaban por los despojos abandonados a la puerta de la lonja del pescado. Los chiquillos jugaban a espantarlas. La perra se les unió, encantada ante la perspectiva de jugar. Al momento el griterío era ensordecedor.

Llegaron a tiempo de ver desembarcar a unos viajeros de un barco con enseña francesa. Las pelucas empolvadas y los trajes de brocado de seda refulgían al sol. Varias personas se acercaron a mirar las vestimentas de los recién llegados, tan coloridas, admirando los brillos de las hebillas enjoyadas en los zapatos de ellos y en las pelucas de ellas.

Pese al calor, llevaban el rostro cubierto de polvos de arroz, sin importarles que se viera pegajoso por el sudor.

—¡Qué color más bonito! —exclamó Isabel, extasiada con el rojo cereza del vestido de una dama—. ¿No es precioso?

—Desde luego que sí, querida —confirmó la tía Henriette—. Es un tono muy alegre. Creo que tengo un vestido con ese matiz. —Pensativa, se daba golpecitos con un dedo en la barbilla.

Samuel disimuló una sonrisa. Estaba seguro de que su tía poseía una variedad increíble de vestidos capaces de rivalizar en colores con el arco iris.

—No me gustan las pelucas. Mi padre me regaló una hace unos meses y cada vez que me la pongo, me pica la cabeza —se quejó su hermana, llevándose la mano al pelo, como si temiera que empezara a picarle de un momento a otro—. Me parece que son un nido de piojos.

—En Caracas se han puesto de moda y todo el mundo las

lleva. Confieso que en las reuniones importantes yo también las llevaba —dijo Rosa Blanca con media sonrisa.

—Uf, pues con el calor que debe hacer allí, se tienen que achicharrar los sesos —declaró Isabel, poniendo cara de sufrimiento.

Samuel lanzó una carcajada. Él siempre había pensado lo mismo; por eso se había negado a llevarlas.

—¿Querríais un refrigerio? —les preguntó, desmontando del caballo—. Allí hay una posada. —Señaló la puerta de una de las casas—. Un poco de sidra fresca nos vendría bien.

—Sí, por favor, Samuel —suplicó Isabel.

Tía Henriette condujo la calesa hasta ese lugar; Samuel la siguió andando, con el caballo sujeto por la brida y la perra pegada a los talones. Una vez detenido el coche, las ayudó a bajar y ató a los caballos en una argolla de la pared.

Habían puesto una mesa y unas sillas desvencijadas a la puerta de la posada, pero las ignoraron para caminar un poco hasta la orilla del dique. Las mujeres querían ver a las bateleras. No tardaron en ver a una de ellas, que de pie sobre su batel, se impulsaba con un remo con una habilidad pasmosa. Un sombrero de paja protegía su cabeza; las faldas arremangadas, de vivos colores, dejaban ver las enaguas y los pies descalzos. Sorteó un par de bergantines para abarloar su pequeña embarcación junto a un buque, donde la esperaban unos marineros para que los llevara a tierra.

—Es impresionante —susurró Rosa Blanca, casi con reverencia—. Nunca lo habría imaginado.

—Sí, ¿verdad? —opinó Isabel—. Ya te había dicho que eran dignas de verse.

—En una ocasión le hablé a mi querido Fabrizzio de las bateleras y, para demostrarle cómo eran, me subí a una barquita del estanque de su palacete y... —Calló un instante tía Henriette, con las mejillas arreboladas, abanicándose con la mano—. Digamos que no es tan fácil mantenerse de pie... Aún recuerdo las cosquillas de los peces cuando me caí al estanque —soltó entre carcajadas—. Nunca más volví a intentarlo.

Los tres la imitaron ante la extrañeza de la perra, que daba saltos alrededor, buscando caricias.

Siguieron un momento más, observando los movimientos de

otras bateleras, que iban y volvían desde los barcos hasta las orillas, bien fueran del lado de Pasajes de San Juan o del de San Pedro.

La sed condujo a los excursionistas otra vez a la posada. Samuel entró a pedir una jarra de sidra, mientras ellas lo esperaban sentadas en la mesa de fuera. Ya no hacía tanto calor y se estaba muy bien allí. *Bruma*, al fin cansada, se tumbó a los pies de las jóvenes. De vez en cuando levantaba la cabeza, pero sin decidirse a incorporarse. Samuel le acarició un instante detrás de las orejas y fue a desatar los caballos, para conducirlos a un abrevadero cercano. Después del paseo estarían sedientos.

El posadero no tardó en llevarles la sidra y cuatro vasos de peltre. Rosa Blanca escanció la bebida y, en cuanto Samuel regresó de abrevar los animales, le tendió un vaso.

—Muchas gracias. Estoy tan sediento como los caballos —manifestó el joven con una sonrisa—. ¿Qué os parece el lugar?

—Es muy pintoresco. Aún sigo sorprendida por esas mujeres. ¡Qué habilidad! —exclamó su prometida. Parecía contenta y relajada, como no la había visto en todos los días que llevaba en la ciudad. Era algo bueno, sin duda.

—Me alegro de que estéis disfrutando —comentó, satisfecho—. Una vez casados, podríamos hacer excursiones un poco más lejos y recorrer la zona.

La sonrisa de la joven se mantuvo en los labios, pero pareció desaparecer de su mirada. La vio dejar el vaso en la mesa con manos temblorosas. ¿Eran imaginaciones suyas o seguía reacia a la boda?

Estaba pensando en la manera de hablar con ella para preguntarle, cuando su tía se levantó.

—Querida Isabel, ¿podrías acompañarme para llevar a *Bruma* al abrevadero? —solicitó.

—¿Por qué...? —La mirada elocuente de la mujer cortó la pregunta de Isabel de cuajo—. ¡Ah!, vale. Vamos, *Bruma*.

La perra se levantó al oír su nombre, se desperezó y siguió a la muchacha, mansamente.

—Tía Henriette, si queríais que les dejara solos, podríais haberlo dicho sin rodeos —oyó que le decía, mientras se alejaban de la mesa.

Siempre olvidaba que su hermana ya no era una niña. Pronto los pretendientes harían cola a la puerta de casa. ¡Que el Señor les pillase confesados!

—Rosa Blanca, tengo que haceros una pregunta... —empezó, inseguro de cómo seguir. La joven le miró, parpadeando nerviosa—. ¿Habéis cambiado de opinión respecto a casarnos? —Su prometida lo miró espantada y bajó la vista. Había empalidecido, mientras su pecho subía y bajaba a un ritmo creciente—. Tengo la sensación de que la perspectiva de casarnos ya no es de vuestro agrado y deseo que sepáis que no es...

—Os equivocáis, señor —se apresuró a contestar. Los ojos abiertos desmesuradamente—. No he cambiado de opinión. A decir verdad estoy deseando... deseando fijar la fecha —concluyó. ¿Era desesperación lo que Samuel detectaba en su voz?

—Bien, en ese caso podríamos fijarla ¿para el mes que viene? Creo que vuestro padre está deseando que lo hagamos.

—Sí. Estoy segura de que se sentirá muy complacido —murmuró, mirando a la lejanía con... ¿tristeza?

Samuel supuso que la idea de dejar a su padre podría entristecerla; no en vano era su única familia. Decidió ser paciente con ella y darle tiempo para que se acostumbrara a él.

—Pensaremos en una fecha adecuada. Ahora será mejor que nos preparemos para regresar, si queremos llegar antes de que anochezca —anunció, levantándose—. No quiero que se preocupen por nosotros. Si lo deseáis, la próxima vez podríamos cruzar el puerto para ir a Pasajes de San Juan, el pueblecito que veis enfrente. Es muy pintoresco; solo tiene una calle.

—Sí; sería estupendo —musitó, forzando una sonrisa.

La vela siseó antes de apagarse. El olor acre de la cera impregnó el aire. Sabina dejó la camisa de su hermano, que estaba zurciendo, para poner otra vela en la palmatoria. Aún no había oscurecido del todo y se podía mover por la habitación sin problemas. Con la palmatoria de la mano, salió al pasillo para prender el pabilo con uno de los candiles del corredor. Se oían pasos en las escaleras, así que, una vez encendida, no perdió el tiempo y entró en el dormitorio rápidamente. No quería encontrarse con nadie. Odiaba vivir en la pensión, sin intimidad, sin espacio. Compartía dos habitaciones con su hermano, pero eran tan pequeñas que apenas tenía lugar para moverse. Estaban limpias y al menos no había pulgas en los colchones de paja. Pero por mucho que ella se molestase en llevar flores frescas para adornar los austeros dormitorios, aquello no era un hogar.

Germán le había asegurado que no había casas disponibles para alquilar y que deberían tener paciencia hasta que alguna se desocupara.

«Paciencia. ¡Estoy cansada de esperar!», pensó, cerrando la puerta.

Las paredes de la estancia parecían apresarla. Desde que la señora María había vuelto a la confitería, el día anterior, ella estaba enclaustrada. No sabía qué hacer ni adónde ir. Había zurcido una camisa y tres medias de Germán, el ruedo de una falda y los puños de una casaca. Le dolían las yemas de los dedos de tanto pincharse con la aguja. Quería salir de allí. Quería tener su propia casa y, ya puestos, criados que le hicieran las cosas. Deseaba vivir como lo había hecho de niña: con todas las comodidades.

Bien pensado, se conformaba con vivir en su propia casa, aunque ella tuviera que realizar todas las tareas del hogar.

Le dolía la falta de ambición de su hermano. Había tenido la oportunidad de quedarse con la confitería y la había dejado escapar por ese estúpido sentido del honor. A ese paso, jamás tendría su propio negocio; debería trabajar siempre para un amo, como un criado más. De ser ella hombre, nada le habría impedido hacerse con la tienda.

¡Había sido tan feliz, esos días! Atender a las clientas era algo muy placentero y ella valía para eso. ¡Señor, cómo deseaba tener su propia tienda!

Furiosa por las circunstancias, guardó los útiles de costura en un cesto y dejó encima la camisa que había estado remendando. Ya no cosería más por ese día.

17

Germán se enderezó para relajar los músculos de la espalda. Llevaban toda la mañana haciendo velas y tenía los brazos molidos de tanto subir y bajar la rueda. Julio, que no había hecho ningún gesto indicador de lo cansado que estaba, suspiró de alivio al verlo parar. La señora María había tenido razón con ese joven: era un buen aprendiz.

La voz de la dueña se colaba por la cortina; hablaba con una clienta. Eso le hizo recordar a su hermana y la conversación que habían tenido la noche anterior, cuando él regresó del trabajo.

Sabina estaba indignada, como de costumbre. Salvo por esos días en que había ayudado en la confitería, en los que se la veía casi feliz, su rictus habitual era de irritación permanente.

¿Por qué no era más conformista y aceptaba, de una vez por todas, la realidad? El tiempo de holgura económica ya no existía. Si bien no les sobraba gran cosa, al menos no les faltaba qué llevarse a la boca.

—No tienes ni una pizca de ambición. Jamás lograrás tener tu propio negocio — le había escupido con rabia, la noche anterior—. Me das lástima.

Él no se molestó en rebatirlo; no merecía la pena. Su hermana había estado demasiado enfadada para escuchar nada. A veces sentía la tentación de abandonarla; de dejar que se buscara la vida ella sola, pero eso no era posible, su conciencia jamás se lo perdonaría. Él era el hombre, y su obligación, cuidar de ella; por mucho que, para Sabina, sus cuidados no fueran suficientes.

Le habría gustado que se casara y formase su propia familia. Seguro que de ese modo se sentiría mejor. Claro que Sabina no se conformaría con cualquier hombre, buscaba uno con fortuna y eso, en la situación que se encontraban, era imposible; ninguno se fijaría en una solterona sin dinero y con demasiado carácter.

Con las manos en la cadera, miró alrededor. Le gustaba aquel lugar. Le satisfacía elaborar dulces. Y estaría encantado de ser el dueño, no lo podía negar, pero no a costa de dejar a una viuda y a su hija en la calle, como había pretendido su hermana que hiciera. Eso era imposible.

Con un suspiro, regresó a la rueda para continuar con las velas. Julio lo siguió, silencioso.

—Me alegra verte atendiendo, María —aseguró la señora Teresa, vecina de la casa de sus padres—. Ha sido una desgracia muy grande que maese Sebastián haya fallecido, que el Señor lo tenga en Su gloria... —Se persignó, antes de continuar—. Aún recuerdo el día de vuestra boda. Irradiaba tanta felicidad que él solo podría haber competido con el sol. Nunca he visto a un hombre adorar tanto a su esposa —terminó la mujer, con un suspiro.

—Es muy duro, señora Teresa. Vos sabéis lo que es quedarse sin marido... — dijo María, tratando de olvidar las últimas palabras de su antigua vecina.

—Sí, por supuesto —asintió la mujer; luego volvió a suspirar—. Bien, querida, será mejor que me vaya. Buen día.

María la vio marcharse; las manos, apretadas en el borde del mostrador. La culpa volvía a atosigarla con saña. La culpa y los recuerdos. Los perversos recuerdos.

La semana antes de la boda la había pasado suplicando que Samuel regresara; que volviera y la librara de casarse de ese modo: con un hombre al que no amaba. Había llorado cada noche en silencio para no despertar a su hermana Jacinta, que dormía con ella.

Cada mañana esperaba una carta, algo que le hiciera pensar que él la quería. Lo peor era saber que, de haber recibido noticias de él, nada hubiera cambiado; lo mirase por donde lo mirase, no había barcos que hicieran la singladura en aquel momento. Y en primavera, sería demasiado tarde. Estaba condenada.

No hubo noticias. ¿Qué más necesitaba para saber que él la había olvidado? ¿Que su amor por ella no era tan grande como había creído?

En la mañana de su boda tomó la decisión de olvidarlo. De no volver a pensar en él. De aceptar, por fin, que no la quería.

Pronunció los votos matrimoniales dispuesta a cumplirlos, pero al final había faltado a ellos. Cuando su marido estaba en el lecho de muerte, y aun antes, ella le falló. Había deseado a otro hombre. ¡Hasta el punto de casi besarlo! Eso no se hacía; ni siquiera se podía pensar de ese modo en otro hombre, ¡era pecado!

Se llevó el puño a la boca y se mordió los nudillos, rabiosa por su debilidad; dolorida por la culpa. Quería gritar...

La mano de su hijita le acarició los dedos con los que se aferraba al borde del mostrador. María bajó la mirada. La niña apretaba los labios, mientras sus enormes ojos verdes la observaban con aprensión.

Cuánto había temido que se pareciera a él. Cuánto miedo de que hubiera heredado sus ojos, su pelo; saberla su vivo retrato. Verle cada vez que mirase a su hijita. Por una vez, sus súplicas habían sido escuchadas y, salvo por los ojos, que no sabía de quién los había recibido, Paula se parecía a ella.

Aflojó los dedos que apresaban la madera para sujetar con ternura la mano de la niña. Dejó caer el puño y se obligó a sonreír.

—Madre, ¿estáis bien? —preguntó la niña, con un hilo de voz.

—Sí, tesoro mío. —Se agachó para acariciarle la cara—. Estoy bien.

Paula pareció quedarse más tranquila.

María se reprochaba asustar a la pequeña. Debería tener más cuidado para no causarle más sufrimiento; solo era una niña y no tendría que padecer ninguna pena.

La campanilla de la puerta tintineó, anunciando un cliente. Al levantar la vista se encontró con los ojos oscuros de Samuel.

Su estómago dio un vuelco, al tiempo que ella se incorporaba lentamente. ¡Señor! No quería verlo. Su mera presencia hacía que la traición a su marido la atravesara por dentro.

El corazón comenzó a latirle, primero, desacompasado y después, con fuerza, como si quisiera salirse de entre las costillas. El muy ladino no entendía de pecados ni de remordimientos, solo del amor que guardaba dentro. Un amor que ya debería haber olvidado, pero que se obstinaba en permanecer inalterable.

Apretó las manos hasta formar puños, que escondió a los costados, entre los pliegues de la falda.

—Buen día —saludó él, ajeno al malestar que le causaba, y se volvió para cerrar la puerta; pero antes de que lo consiguiera, la perrita se coló dentro y comenzó a husmear el aire.

—¡*Bruma!* —Paula corrió al encuentro del animal, que sacudía la cola, dispuesta a recibir caricias y mimos de la niña.

—Traigo los libros de cuentas, por si queréis repasarlos y, también, a por las facturas que pudierais tener —explicó él, acercándose al mostrador. Llevaba el pelo despeinado por el aire y las mejillas sonrojadas por el sol. Ella no quiso pensar en lo atractivo que le parecía. No estaba bien, por más verdad que fuera.

A María le hubiera gustado poder despedirlo. Ordenarle que dejara los malditos libros de cuentas y que se fuera para no volver. Era una lástima que en la ciudad faltaran contables con los que sustituirle. Para colmo de males, maese Germán le había contado su falta de habilidad con las cuentas y que le satisfacía no tener que llevar la contabilidad.

Era como si todo se pusiera en contra de ella. Como si todo se confabulase para que tuviera que coincidir con él más tiempo del que quería. Era peligroso. Su presencia la obligaba a revivir el pasado, constantemente. Alborotaba sus pensamientos, sus sentimientos, su serenidad. Frunció el ceño sin decir nada.

—Parece que seguimos enfadados... —comentó él, endureciendo el rictus—. ¿Tenéis facturas nuevas? —preguntó con sequedad, mientras se descruzaba el morral de cuero donde llevaba los tomos.

A María le dolió el tono empleado, pero era mejor así. Menos arriesgado.

—Sí, hay alguna en el cajón. Pasad y cogedlas vos mismo —ordenó, casi sin mirarle. No quería hacerlo; temía caer en la tentación de quedarse embobada.

Con un gesto de aquiescencia, Samuel cruzó la cortina, no sin antes dejar la bolsa con los libros sobre el mostrador. María esperó a perderle de vista y cerró los ojos un instante, dividida entre el odio que ansiaba tenerle y los sentimientos que despertaba en ella. Sentimientos prohibidos, imposibles de olvidar y toda una afrenta al recuerdo de su esposo.

Batallando con ella misma, extendió la mano, para acariciar, casi con reverencia, la banda de cuero del morral, allí donde había descansado en su hombro. Aún conservaba el calor de Samuel y, estaba segura, guardaría su olor. Ya se la llevaba a la nariz, cuando tomó conciencia de lo que estaba haciendo.

«¿Qué haces, boba? —se reprochó en silencio, apartando la mano como si quemara—. ¡Estás loca! —Miró a los lados, temerosa de que alguien se hubiera dado cuenta—. Tonta, solo está Paula.»

Las risas de su hija, abrazada a la perra, calentaron su corazón. Qué dulce era oír su risa. Cuánto la había echado de menos. Esperaba, a partir de ese momento, poder oírla muchas veces más.

Tratando de no escuchar la conversación que tenía lugar al otro lado de la cortina, se dispuso a barrer el suelo de la tienda, aunque no hacía ninguna falta, pero incapaz de abandonar el lugar.

Samuel caminaba hasta su casa, sin prisa. *Bruma* le seguía, pegada a la pierna como una sombra, hasta que veía un ratoncillo y salía corriendo en pos de él. Luego volvía a su lado y lo miraba con aquellos ojos oscuros, del color de la tierra mojada, esperando una orden.

La acarició tras las orejas y continuó el paseo, un tanto distraído.

Era evidente que María seguía enfadada con él. El aire entre los dos, se podría haber cortado. Estaba seguro de que a ella no le hacía ninguna gracia verle. Ella no le había hablado hasta que se vio obligada y, cuando lo hizo, fue con más frialdad que la brisa de invierno. Bueno, tampoco a él le gustaba verla.

«¡Mentiroso!», pensó, molesto.

Era verdad: por mucho que lo intentara, no conseguía quitársela de la cabeza y eso le hacía sentirse mal. Estaba prometido.

Sí, era cierto que su relación con Rosa Blanca no era tan placentera como había creído en Caracas, cuando le pidió matrimonio. Desde su regreso a San Sebastián, los recuerdos le asaltaban; recuerdos que deseaba olvidar, pues no eran adecuados.

Claro que era más fácil pensarlo, que llevarlo a cabo. Su mente se empeñaba en tener otras inquietudes. Le hubiera gustado borrar el ceño que ella había puesto al verle con una caricia o, mejor aún, con un beso.

«¡Estás loco!», se recriminó, furibundo por ese tipo de sentimientos tan peligrosos.

Debía seguir fomentando los encuentros con su prometida. El paseo del día anterior había estado bien. Y, sobre todo, debía fijar la fecha definitiva para la boda. No tenía sentido seguir demorándolo, menos aún ahora que Rosa Blanca parecía más receptiva a la idea del matrimonio.

La invitaría a pasear extramuros; eso les daría otro momento para conocerse mejor. Un remache más para cerrar la mente a cualquier pensamiento sobre María.

Con esa idea en la cabeza, llegó hasta su casa. La perrita ya estaba en la puerta, esperándole.

El río Urumea transcurría plácido hasta desembocar en el mar, junto a la muralla Este. Varias familias de patos buscaban comida bajo su superficie, ignorando los ladridos de *Bruma* que, inquieta, paseaba arriba y abajo en la orilla.

Un grupo de gaviotas que sobrevolaban la lengua de agua se zambulleron para pescar, con espectacular destreza.

Samuel cabalgaba al lado de la calesa, mientras su hermana explicaba las características del molino de mareas a su prometida y a tía Henriette, que la escuchaban embelesadas.

En cuanto él había propuesto un paseo, Isabel sugirió que

podían ir hasta el Anoeta-errota, el molino de mareas, situado en el margen izquierdo del río Urumea.

—Hay un depósito de agua que se llena cuando hay marea alta; luego, en marea baja, la deja salir. La fuerza del desnivel hace que se muevan los rodetes —explicaba la joven, con seriedad.

—Pareces toda una entendida —le tomó el pelo Samuel.

—No seas antipático, tú también lo sabes. Nos lo contaba nuestro padre cada vez que llegaba la época de la molienda. No le hagas caso, Rosa Blanca; a veces es un poco quisquilloso.

Su prometida no dijo nada; se limitó a sonreír. Parecía satisfecha con la salida. Se había puesto otro vestido rosa, que daba a su piel un aspecto cremoso muy favorecedor. Por un momento se sintió tan atraído por ella como durante aquellas semanas en Caracas, antes de regresar. Sonrió, contento por esa emoción que creía perdida. Las cosas estaban mejorando.

—Rosa Blanca, ¿conoces algún molino que funcione con mareas? —preguntó Isabel, conduciendo con pericia la calesa.

—No recuerdo haber visto ninguno así. Conozco los que se mueven por el viento o los que se mueven por el agua de los ríos, pero por las mareas... no, no lo recuerdo —dijo la aludida.

—Pues te gustará. Ya lo verás —aseguró Isabel, satisfecha.

Samuel nunca hubiera elegido ese lugar. No: el sitio le traía demasiados recuerdos que prefería olvidar. Pero no podía negarse; habría sido un poco extraño y no quería que su hermana empezase a preguntar la razón de su negativa. Como tampoco que su tía comenzara a elucubrar. Ambas eran demasiado incisivas.

Pese a su decisión de no mirar, sus ojos, como con vida propia, se dirigieron a la cabaña, casi oculta entre la maleza, que había varios pasos a la derecha del camino.

Estaba tal como la recordaba: el techo un poco hundido en el centro, las paredes de piedra cubiertas por el verdín de la humedad y el hueco de la ventana protegido por la tela raída que María y él habían colgado para que les procurase un poco de intimidad.

La descubrieron de niños y, rápidamente, la fueron convirtiendo en su casa. En las semanas sucesivas, limpiaron del suelo de tierra apisonada los excrementos de roedores y conejos; volvieron a colocar las piedras, formando un círculo, en uno de los rincones donde estaba la chimenea; amontonaron paja en un lado para formar un lecho. Consiguieron unos platos desconchados y varios vasos de peltre abollados, que colocaron en una balda sujeta precariamente entre las piedras de la pared.

Decían que, cuando fueran mayores y se casaran, arreglarían toda la cabaña para poder vivir allí.

«Estúpidos sueños de niños», pensó con rabia.

Con los años, siguieron visitando la cabaña y añadiendo piezas desechadas a su «futuro» hogar.

Dentro de aquellas cuatro paredes habían aprendido a conocer sus cuerpos. Allí, sentados sobre la aromática paja, se dieron el primer beso, una tarde de verano tan calurosa y húmeda que la tierra del suelo parecía brillar.

No recordaba de qué habían estado hablando hasta aquel momento; solo veía los ojos avellanados de María, que lo miraban casi sin parpadear, como si él fuera lo más hermoso que hubiera visto nunca. Probablemente, como él la miraba a ella.

Sus labios rojos, un tanto trémulos, fueron como un imán para los suyos; antes de que pudiera pensarlo, la había besado. Le dio tiempo a notar su sabor dulce, a las ciruelas que habían comido, y el tacto suave como el plumón, antes de sentir como si hubiera tocado un hierro candente y separarse de un salto.

Durante un rato no se habían atrevido a mirarse; en la cabaña solo se oía la respiración acelerada de los dos. En medio de aquel largo silencio, una paloma entró por la ventana para posarse en una de las vigas, por encima de sus cabezas. Les observó un instante y defecó, con total tranquilidad, en medio de los dos.

—¡Será marrana! —había gritado María, levantándose de un brinco—. Casi nos lo hace encima —terminó; luego se echó a reír al ver la mancha blanca que adornaba la rodilla de las calzas de Samuel.

De aquella manera tan cómica la timidez del primer beso se esfumó y todo volvió a ser igual que antes.

Había sido un beso con la boca cerrada, pero tan tierno que aún se estremecía al recordarlo. Soltó una mano de las riendas para llevarse los dedos a los labios, como si el beso acabara de suceder.

—¡Mirad, allí está el molino!

El anuncio de Isabel le salvó de hacer semejante tontería. Apretó los dientes, molesto por haberse dejado llevar por la ensoñación de otros tiempos. ¿Cuándo iba a dejar de hacerlo?

—Se oyen las ruedas. Están moliendo —señaló su hermana—. ¿Lo oís?

El sonido de piedra contra piedra empezaba a ser audible, en medio del piar de los pájaros, del chapoteo del agua, de las ruedas de la calesa sobre las piedras del camino y de los ladridos de *Bruma*.

—Sí —asintió Rosa Blanca, visiblemente interesada, mirando al otro lado del río, donde se levantaba un caserío casi a la orilla del agua—. Parece una vivienda.

—El molino está en la estructura de la derecha —explicó Samuel, dispuesto a participar en la conversación y a no dejarse llevar por los recuerdos—. Desde este lado no se ve nada que nos haga saber a qué se dedican, pero por la parte de atrás, en la planicie, se forma el depósito que se llena de agua durante la marea alta.

—Suena como los dientes del conde francés, la vez que le di con el bastón —musitó la tía Henriette, entre risitas de regocijo—. Temí que se le partieran de tanto apretarlos.

—¿De verdad le atizasteis con el bastón? —inquirió Isabel, interesada.

—Por supuesto que sí, querida. Se había puesto terriblemente pesado —aseguró, agitando la mano como si espantara moscas.

—¿No fuisteis un tanto drástica, *tante*? —sugirió Samuel, imaginando la escena.

—No, querido. Sin duda, se merecía que le pusiera en su sitio. No sabes lo fastidioso que podía llegar a ser.

—Estimada tía, con vos nadie se aburre —manifestó Samuel, con un guiño.

—Querido, el día en que aburra, por favor, me tiráis al río.

—Vos nunca nos aburriréis, tía Henriette —sentenció Isabel, abrazando a la mujer—. Me gustaría vivir una vida como la vuestra.

—¡Oh, non! Nada de eso, querida. Busca a alguien que te ame y ámalo también. No envidies mi vida. No es tan placentera.

Rosa Blanca se envaró en el asiento de la calesa, pero no dijo nada. Todos guardaron silencio durante un rato. Sumidos en sus pensamientos.

Samuel imaginaba que perder a cuatro maridos no era algo agradable y que, probablemente, la extravagancia de su tía era un mecanismo de defensa para no sucumbir a la tristeza.

—¿Y la rueda? —preguntó su prometida, tiempo después. Por el modo en que lo hizo, Samuel imaginó que buscaba terminar con el opresivo silencio.

—Sin duda os referís a la rueda que utilizan los molinos de río —sugirió él—. Aquí no existe. Bajo el molino hay una turbina de piedra.

—¿Qué es eso?

—Es una rueda de piedra así de grande. —Extendió los brazos y señaló la medida con las manos—. Con trece álabes esculpidos en ella, que reciben el impulso del agua y hacen que gire...

—Me cuesta imaginarlo, pero gracias por vuestras explicaciones —agradeció Rosa Blanca con una sonrisa, sin dejar que terminara la exposición.

«María habría seguido pidiéndome más datos. Haciéndome mil preguntas —pensó, un tanto molesto—. ¡Por los clavos de Cristo! ¡Basta!»

Tenía que hacer algo para quitársela de la cabeza. No podía seguir de ese modo, se volvería loco. Aun así, se preguntó si ella pensaba tanto en él. Si pensaba en él, siquiera.

«¡Eres un necio!»

—Este es un buen lugar para pasear, ¿no os parece? —preguntó Isabel, deteniendo la calesa en un entrante del camino.

Samuel desmontó y, sujetando las riendas con la mano izquierda, se acercó para ayudar a las mujeres a descender del vehículo. La perrita balanceaba la cola de un lado al otro con rapidez, mientras se metía entre los cuatro, reclamando caricias.

Tras atar los caballos a la rama baja de un roble cercano, comenzaron el paseo por la orilla, frente al molino.

Isabel se adelantó un poco, siguiendo a una mariposa particularmente bella. Su tía, por el contrario, se demoró al lado de la calesa. Ese era el momento. Samuel se volvió a su prometida, con decisión.

—He pensado en la fecha de la boda. Deberíamos fijar un día. Me temo que lo hemos aplazado bastante tiempo —soltó, antes de echarse atrás.

—Sí... sí, creo que deberíamos hacerlo —asintió la joven, mirando al frente—. Vuestra madre habló del mes de septiembre... y vos mismo lo sugeristeis ayer...

—Es un buen mes. Podríamos casarnos el día dieciséis; es domingo. ¿Qué os parece?

—Bien... —susurró Rosa Blanca.

—En ese caso, lo anunciaremos en cuanto regresemos a casa. Seremos muy felices —aseguró. No quiso pararse a analizar si lo decía para tranquilizar a su prometida o para su propia tranquilidad.

Tampoco pensó que hubiera sido un detalle besar a su futura esposa, ni en la frialdad con la que habían fijado el día, o en que ni siquiera se habían tomado de las manos.

18

Rosa Blanca apoyó la frente en el marco de la ventana y cerró los ojos. Quedaba un mes para la boda. La fecha se había fijado, por fin, pero estaba lejos de sentir el alivio que había imaginado. Por un lado deseaba que el tiempo pasara lo más rápido posible y, por el otro, que se detuviera y no siguiera avanzando.

En unas semanas ella sería una mujer casada y ya no habría vuelta atrás.

Con un suspiro de derrota, se separó de la ventana para ir a sentarse en la silla, junto al pequeño escritorio.

El día anterior había ido a la modista con doña Camila e Isabel; necesitaba adecuar la ropa a las temperaturas otoñales de esa ciudad. Se había sentido mal, pues no tenía dinero y le avergonzaba sobremanera que su futura suegra lo supiera. Por fortuna, no se tocó el tema. Tenía la esperanza de que, cuando llegase el momento de pagar, su situación económica hubiera cambiado. Algo del todo improbable, puesto que, a menos que empeñara una de las joyas de su madre, no tenía forma de obtener dinero.

Apretó los dientes al recordar de nuevo la inconsciencia de su padre al apostar la finca. Su desvergüenza les había condenado a depender de otros para vivir. La había forzado a casarse por conveniencia.

¿Qué pensaría Samuel cuando descubriera su falta de patrimonio? ¿Cuando supiera que su padre se había jugado y perdido todo?

No quería pensar en ello, pero tampoco apartarlo de la mente. Sentía que le debía una explicación, contarle los cambios habidos desde que él abandonó Caracas. A fin de cuentas, él la creía una rica heredera y podría sentirse estafado.

Inquieta, volvió a levantarse y se acercó a la ventana. El día no era tan radiante como dos días atrás, cuando fueron a ver el molino de mareas. El cielo estaba cubierto por nubes grises que llegaban del mar, presagiando lluvia. Incluso la temperatura había descendido y se hacía necesario usar un chal sobre el vestido.

Añoraba su país. Añoraba el sol. Echaba de menos las calles anchas y hasta los mosquitos.

«Sin duda, si echas de menos a los mosquitos es que has perdido la cabeza», se recriminó, abrazada a sí misma.

Pero sobre todo, añoraba a Álvaro.

«No pienses en él. Ya no puedes hacer nada», se recordó, desanimada.

María metió el brazo izquierdo por el asa de la cesta y se encaramó a la rama más baja de la higuera. El olor dulzón que desprendía el árbol asaltó su nariz. Subió a otra rama y observó alrededor con satisfacción.

—Madre, ¿veis muchos? —preguntó Paula, desde el suelo—. ¿Podré llenar mi cesta?

—Sí, tesoro. Ya están empezando a madurar. Dentro de unos días habrá muchísimos —explicó, empezando a recoger los higos más maduros, con dedos expertos—. Hoy llenaremos las dos.

Con ellos podrían hacer dulce de higos para disfrutarlos en invierno. A la gente le gustaba mucho; seguro que tendrían buena acogida. Ya era hora de que empezase a preocuparse por el negocio. Sebastián no hubiera querido que se perdiera tras su muerte.

Sebastián...

Al recordarlo sus sentimientos eran una mezcla de tristeza y culpa, que no podía evitar. Se preguntó si viviría siempre con esa falta en su conciencia o si con el tiempo lograría atenuarla.

Aún le costaba mucho levantarse, bajar a la tienda para atender sus quehaceres allí, aunque debía hacerlo. Por mucho que le irritase darle la razón, Samuel estaba en lo cierto: se arriesgaba a que le quitasen la confitería por desatenderla. ¿De qué vivirían, entonces? No podía exponerse a quedarse en la calle; si no por ella, por Paula.

Con esa idea en la mente, continuó tanteando la fruta para elegir solo las que estaban en su punto.

—Paula, cielo. Toma. —Le tiró un higo; la niña lo alcanzó al vuelo—. Seguro que está tan dulce como la miel.

La pequeña procedió a pelarlo con sumo cuidado antes de llevárselo a la boca.

—Está buenísimo, madre. Gracias.

María se peló uno y lo saboreó con gusto; estaba exquisito. A juzgar por la cantidad que tenía la higuera, además de hacer dulce, podrían secar muchos; de ese modo dispondrían de higos secos todo el año. Otro manjar para disfrutar.

Subió un par de ramas y, al tratar de alcanzar los más altos, se le resbaló el pie.

María quedó colgando, pues tuvo el tiempo justo de agarrarse a una rama con la mano. El corazón le latía como un tambor de galera y respiraba como un fuelle viejo. Alzó el pie hasta volver a apoyarlo en la rama, junto al otro. El cuero blando de las albarcas no se agarraba a la corteza de la higuera, tan lisa. Debería andarse con cuidado, no fuera a partirse la crisma.

—¡Madre! —gritó la niña, asustada—. ¡Tened cuidado!

—Tranquila, tesoro. No ha sido nada.

Tratando de aquietar los latidos, espió entre las grandes hojas del árbol. Desde allí se apreciaba un hermoso paisaje. A su izquierda el mar brillaba tenuemente, pues las nubes tapaban los rayos de sol; las olas venían a lamer con fuerza la arena de la orilla y chocaban contra las rocas que protegían las murallas del embate del agua; una hilera de personas cruzaban el hornabeque para llegar a la puerta de Tierra, mientras otras salían de la ciudad y se dirigían a sus casas extramuros o a otros pueblos cercanos.

El día estaba gris; no llovía, pero no tardaría en hacerlo; tal vez ese día no, pero seguro que al día siguiente sí. No hacía calor, por lo que era una jornada ideal para recoger fruta sin temor a que te picasen las abejas.

Miró al suelo y sonrió al ver a su hija, de cuclillas, jugar con un hormiguero. Les acercaba los trocitos de piel de higo y esperaba con paciencia a que las hormigas la metieran dentro. ¿Cuántas veces había hecho ella lo mismo? Incontables. Primero junto a sus hermanos y más tarde con Samuel. ¡Qué tiempos aquellos!

Fastidiada por perderse en ensoñaciones que era mejor olvidar, se apresuró a colocar unas hojas de higuera sobre los higos de la cesta y a seguir recogiendo fruta.

El caballo ascendió por la ladera sin esfuerzo, mientras *Bruma* corría como el viento delante de ellos.

Samuel había salido a cabalgar para despejarse. Le dolía la cabeza de tanto cuadrar cuentas y, desde que se había fijado la fecha de la boda, no dejaba de tener una sensación extraña. Tal vez debería hablarlo con su padre; seguro que después se sentiría mucho mejor. Seguro que solo eran los nervios previos a la boda. No quería analizar qué otra cosa podría ser.

«Deja de pensar en ella», se reprochó, instando al caballo a trotar tras la perra.

En lo alto de la loma, *Bruma* se quedó quieta un instante, olisqueando; luego se lanzó a la carrera. Su forma de correr era una belleza; casi sin tocar el suelo, como si flotase en el aire. Grácil y elegante.

Samuel pensó que habría visto un conejo y la dejó correr. Quizá les obsequiase con una pieza.

La perra se dirigía como una flecha hasta un grupo de higueras que había más allá del camino. La vio detenerse y dar saltos alrededor de... No podía verlo bien. Se levantó, apoyado en los estribos. Con la mano como visera, pese a que no hacía sol, oteó el horizonte. No tardó en reconocer la figura menuda que se incorporaba del suelo: Paula.

Encaminó al caballo hasta allí, sabiendo de antemano que la niña no estaría sola. Trató de ignorar los latidos atronadores de su corazón. Tampoco hizo caso de la sensación de vacío instalada de pronto en su estómago. Era mejor no hacerlo, así no tendría que pensar en la razón de esos cambios.

—¡Buen día, señor Samuel! —le saludó la niña cuando llegó hasta ella.

—Buen día, Pequeño Confite. Tienes totalmente cautivada a *Bruma*, en cuanto te ha olido, ha venido hacia ti como un rayo.

—Es que sabe que me gusta mucho —aclaró, sin dejar de acariciar a la perra, que se retorcía de gusto.

—Creo que tú también le gustas a ella.

—¿De verdad? —preguntó la niña con ansiedad. Esperó hasta que él asintió con la cabeza; luego se dirigió al animal con dulzura—. ¿Tú también me quieres, *Bruma*?

«Es una niña tan cariñosa...», pensó él, disfrutando con aquella contagiosa alegría que destilaba la pequeña.

Samuel miró hacia los lados, buscando a la madre de la niña; no la veía por ningún lado. El revuelo de algo blanco entre las hojas de la higuera le hizo prestar más atención. Instó al caballo a dar dos pasos más y se agachó para mirar bajo la copa del árbol.

Encaramada a una rama, con los tobillos al aire bajo las blancas enaguas, estaba María, la persona que poblaba sus pensamientos como una plaga. Pero no pensó en eso mientras miraba las pantorrillas bien torneadas, cubiertas con las medias de hilo. Tenía unas piernas preciosas; él lo sabía muy bien. Las había tenido alrededor de la cintura...

—No es caballeroso quedarse mirando de ese modo a una mujer. —La voz de María se coló en su cabeza. Parpadeó, avergonzado por los derroteros que había tomado su díscola mente—. ¿Acaso habéis perdido las buenas maneras en el Nuevo Mundo?

—Perdón, señora —se disculpó, inclinando la cabeza; se sentía mortificado, por recordar eso y, sobre todo, porque ella le hubiera pillado.

«¡Recuerda que te traicionó! —se dijo, furibundo—. Así no pensarás en otras cosas.»

—Acepto sus disculpas, señor —aclaró ella, intentando, precariamente, sujetar la falda negra entre las piernas para no dejar nada a la vista. En ese momento la albarca se resbaló y María gritó del susto.

Había quedado con un pie colgando, asida a una rama.

—¡Madre! —exclamó la niña al oír el lamento de su madre—. ¡Otra vez!

Samuel soltó las riendas para cogerla, seguro de que ella caería del árbol como una fruta madura. Los buenos reflejos de la joven evitaron, no solo su caída, sino la de la cesta.

—¿Necesitáis ayuda? —preguntó, antes de pensarlo siquiera. Luego desmontó y ató las riendas a una rama baja. Al parecer no era la primera vez que le sucedía y si ella caía del maldito árbol, él jamás se lo perdonaría. No podía marcharse y dejarla allí para que se partiera el cuello. Por muy pérfida que hubiera sido su conducta en el pasado, no se merecía eso.

—Pues ya que lo sugerís, podríais alcanzar los higos más altos —contestó ella, tras meditarlo. Tenía la mano sobre el pecho, que subía y bajaba al compás de su acelerada respiración—. Yo no llego, y sería una pena dejar que se perdieran.

Samuel no esperó más indicaciones; se quitó la casaca y la colocó doblada sobre la silla del caballo, después se remangó para no ensuciarse los puños de la camisa blanca y comenzó a ascender rama a rama, tratando de no mirar la extensión de pierna que volvía a asomar bajo las enaguas de María.

«Ella tiene razón; hay muchos higos que se echarán a perder si no se recogen hoy», se dijo, para justificar la celeridad con la que se había puesto a su disposición.

Durante un rato no hablaron y se limitaron a llenar la cesta de higos fragantes. Samuel, para su vergüenza, secretamente encantado de que ella siguiera allí arriba, con él, cuando podría haber descendido al suelo.

Colocaron las frutas en la cesta sin amontonarlos, poniendo entre ellas una capa de hojas de higuera para protegerlas; eran muy delicadas y se aplastaban con facilidad.

—Recuerdo cuando vinimos con Martín y se te metió una abeja por el escote del corpiño. —Al terminar de pensarlo, Samuel se dio cuenta de que lo había expresado en voz alta y se fustigó mentalmente por ello.

—¿Es cierto eso, madre? —indagó la niña, desde abajo—. ¿Y te picó?

—S-sí, te-tesoro —tartamudeó María, mirándolo sorprendida—. Lo pasé muy mal y al final terminó clavándome el aguijón. ¿Por qué has recordado eso? —demandó; las mejillas sonrosadas por la vergüenza.

—No lo sé —confesó, sin apenas mirarla. Era cierto, no sabía la razón y, menos, qué le había ocurrido para decirlo en voz alta—. Supongo que el olor de las higueras me lo ha recordado. Disfrutamos mucho aquel día.

—Disfrutasteis vosotros, yo no —aclaró ella, con sequedad—. Yo estaba...

—Rara —terminó por ella—. No nos dejabas ayudarte. Solo queríamos sacarte el aguijón para que no te hiciera más daño.

—Por si no lo recuerdas, yo tenía doce años y vosotros queríais... vosotros queríais ¡soltarme el corpiño! —barbotó, tan roja como una amapola.

Samuel enrojeció también al comprender lo que trataba de contarle María. Aunque ellos tenían un año más, mentalmente eran unos niños y no pensaron en los cambios físicos que habían transformado el cuerpo de su amiga.

—Bien... yo... lo siento —se disculpó con torpeza—. No pensamos...

—No importa. Eso sucedió hace mucho tiempo —susurró ella, y continuó con las frutas—. ¿Recuerdas la vez que terminamos en el río para escapar de las abejas? —preguntó un rato más tarde, aguantando las ganas de reír.

—¡Demonios! Sí. Queríamos tomar un poco de miel de las colmenas...

Se miraron y rompieron en carcajadas, como no lo habían hecho desde que él se marchara. De pronto fue como si todo volviera a ser igual. Recordaron anécdotas de cuando eran unos chiquillos y correteaban por todos los lados. Paula les escuchaba embelesada, sin perder un solo detalle, mientras ellos continuaban recolectando higos, sin dejar de hablar y de reír.

—¿Has visto las moras que hay junto al camino de Ulía? —preguntó Samuel, al entregarle las últimas frutas—. Ya hay muchas maduras. Supongo que te interesará hacer mermelada...

—No, no lo había visto —contestó; sus ojos brillaron interesados.

—Aún hay tiempo. —Samuel miró la posición del sol—. Si quieres os acompaño y... —«¿En qué demonios estás pensando?», se reprendió. Y sintió ganas de darse cabezazos contra una rama particularmente gruesa. «¿Qué pretendes?»

—Yo... sería estupendo. Eres más alto y las alcanzarás mejor...

—Eso, madre, que venga con nosotras. ¡Será más divertido! —gritó Paula, desde abajo—. Llenaremos mi cesta con las moras.

Pensó en buscar una disculpa para no ir, pero la carita de la niña le hizo imposible negarse a acompañarlas.

¡Estaba perdido!

Estaba jugando con fuego.

Era un idiota olvidadizo, pero ¡lo estaba pasando tan bien!

—Creo que vuestra hija está encaprichada con *Bruma* y consentiría cualquier cosa con tal de estar con ella —declaró, volviendo al voseo para poner un poco de distancia entre ellos. ¿Era tristeza lo que leyó en los ojos de María al escucharlo?

Al bajar del árbol, dejó la cesta en el suelo; después, alzó los brazos para ayudar a bajar a María. Ella se dejó sostener por la cintura el último trecho, cuando era evidente que no necesitaba ninguna ayuda. ¿Tendría eso algún significado?

De cualquier forma, no tenía importancia; él se iba a casar en poco menos de un mes. No debía dejarlo a un lado, aunque esa tarde parecía que aquel detalle se había esfumado de su mente. Sin duda era un tonto, pero, sorprendentemente, estaba muy a gusto con ellas. De hecho, deseaba alargar esa tarde para seguir disfrutando del momento.

Con la cesta repleta de higos, de la mano, desató las riendas, antes de seguir a María y a su hija hasta el camino de Ulía, con el caballo tras él.

—¿Habéis encontrado más clientes para llevarles las cuentas? —preguntó ella, más tarde.

—Sí. A un comerciante de géneros variados —contestó, sin entrar en detalles.

—Espero que fuera más cuidadoso con los libros que... —Enmudeció, al parecer incapaz de mencionar el nombre de su difunto esposo.

Samuel apretó los dientes.

No debería sentirlo. No tenía derecho, pero ¡estaba celoso de un muerto!

Estrujó el asa de la cesta, molesto por sentirse así. Tener celos implicaba unos sentimientos que no debería tener. ¡Se iba a casar con otra! ¿Cuándo se le metería en la cabeza?

«¡No tengo celos! —se recordó con fiereza—. ¡No los tengo!», se repitió. ¿Por qué sonaba como un niño con una rabieta?

—Nunca imaginé que terminaríais por ser contable —pronunció ella, ajena a su malestar. Caminaba despacio, observando el paisaje; de vez en cuando se volvía a mirarle, pero enseguida volvía la vista al frente. El aire le había coloreado las mejillas. Estaba tan adorable como su hija—. Creía que seguiríais siendo confitero. Sé lo mucho que os gustaba.

—Bueno, son cosas que pasan. La gente cambia de gustos, de aficiones...

María guardó silencio. ¿Se estaría preguntando si se refería a ella? No podía verle la cara; iba un par de pasos por delante de él. Pensó en ponerse a su altura para verla bien, para saber si sus palabras la afectaban. Pero se mantuvo a la misma distancia, observando cómo se balanceaba su dorada trenza por la espalda, bajo el pañuelo negro que le cubría la cabeza, o el suave vaivén de su cadera al andar. Había olvidado lo mucho que disfrutaba admirando su figura. Al tomar conciencia de lo que estaba haciendo, cerró los ojos con fuerza y, al abrirlos, miró hacia otro lado.

—¿Cómo es aquel lugar? —preguntó María, un instante después—. ¿Es verdad que el cacao nace en los troncos de los árboles? ¿Cómo es eso posible?

Samuel esbozó una sonrisa. María siempre había sido muy curiosa y, al parecer, seguía siéndolo.

—Es cierto. Las maracas nacen directamente en el tronco o en las ramas más viejas. Dentro están las habas del cacao. —Sin darse cuenta, procedió a explicarle cómo eran los cacaoteros, el tamaño de las maracas, su peso, el color de las flores... Ellas le escuchaban entusiasmadas. Hasta *Bruma* dejó de corretear para caminar junto a la niña.

—Tuvo que ser fascinante —susurró María, cuando él dejó de hablar—. No me extraña que pusierais tanto empeño en partir. —Su voz sonó sin rencor.

«No creo que mereciera la pena —se confesó él, en silencio—. Perdí mucho en el camino. Demasiado.»

—Aprendí muchas cosas —dijo en cambio, sin mirarla.

—Yo una vez probé una haba. Puaj, estaba asquerosa —declaró Paula, con repulsión.

—Lo dice alguien que se comió una lombriz... —canturreó María.

Él aguantó las ganas de reír para no ofender a la pequeña.

—Madre, eso es *repunante* —protestó, avergonzada, mirando a Samuel de soslayo.

—Se dice repugnante, tesoro, y sí, ciertamente lo es.

—Podéis reíros, señor. —La niña lo miraba abiertamente, con los brazos en jarras y los ojos echando chispas—. Os estáis poniendo morado y no quiero que os ahoguéis por mi culpa.

Con aquellas palabras, todas sus buenas intenciones se fueron al garete y rompió a reír, primero de manera discreta, pero luego abiertamente. ¡Señor, cómo le gustaba aquella niña!

—No... no te enfades, Confite. Seguro... que yo también me comí alguno cuando... era niño —confesó, entre risas. ¡Hacía tiempo que no se reía tanto!

—Y cuando no erais tan niño —empezó María, sonriendo con picardía—, aún recuerdo la tarde que fuimos a coger manzanas y con el primer mordisco, os encontrasteis... medio gusano dentro. El otro medio os lo habíais comido —terminó, entre carcajadas.

—¡Lo había olvidado! —exclamó, estremeciéndose por el recuerdo—. Desde aquel momento las reviso bien antes de comerlas.

Las risas de los tres les acompañaron hasta llegar al camino de Ulía; las zarzas cargadas de moras flanqueaban los lados. Tal y como le había dicho, había muchas negras, entre una gran cantidad de rojas y otras tantas verdes. En los próximos días madurarían todas.

La niña y su madre corrieron a cogerlas, mientras Samuel las observaba. Por un instante, lo que dura un parpadeo, se permitió la locura de imaginar que eran una familia; la felicidad que lo embargó fue demasiado intensa y le asustó; luego, suspirando, lo borró de su mente. No se podía vivir de sueños.

—¡Están buenísimas! —exclamó Paula, masticando una mora con deleite.

—No hables con la boca llena, tesoro —le amonestó su madre; arrancó una de entre las zarzas—. Están en su punto —añadió, después de probarla.

Samuel la vio arrancar otra; antes de que se diera cuenta la tenía a su lado, ofreciéndosela a la boca. No pudo evitar abrirla y tomar el fruto que ella le tendía, rozándole los dedos con la lengua.

Si le hubieran puesto un hierro candente en los labios no habría sentido tal fogonazo. Sentir su sabor, una mezcla de la piel de los higos y del suyo propio, fue impactante. No se lo esperaba. No después de tantos años y de tantas cosas como habían cambiado.

Ella parecía tan aturdida como él. Sus ojos avellanados, fijos en sus dedos, que aún seguían pegados a los labios, como si fuera incapaz de retirarlos. Luego ella alzó la mirada hasta sus ojos. En aquellos iris, del color de la miel sobre un vidrio verde claro, se podía leer la confusión, el deseo, la pena...

Al fin María retiró sus temblorosos dedos, despacio, con renuencia, y los escondió en un puño a un costado.

Samuel avanzó un paso, sin saber muy bien con qué intención. Atrapado en su mirada, se acercó. Aún creía sentir el latido de los dedos en sus labios y deseaba más. Ella parecía prendida en sus ojos y se mantuvo tan quieta como un cervatillo deslumbrado. Su boca entreabierta, trémulos los labios. ¡Cómo deseaba besarlos! Comerlos a besos; desgastarlos con los suyos.

—¿Os gusta, señor? —La pregunta de Paula les hizo saltar hacia atrás, como picados por una avispa—. No habéis dicho nada.

Samuel se obligó a masticar la mora, atolondrado.

—Sí, es muy dulce —murmuró al final; se volvió para atar las riendas en un arbusto cercano.

Agradeció al cielo que la niña se conformara con esa escueta respuesta y no siguiera preguntando. No se veía capaz de hilvanar una conversación.

¿Qué estaba pasando? Aquello no estaba bien. Era una locura. Una vergüenza. Debería irse y mantenerse alejado de ella... por el resto de su vida. Apoyó la frente en el cuello del rocín, buscando consuelo. No debería estar allí. No era sensato.

—Señor Samuel, venid, por favor. —Se dio la vuelta para mirar a Paula, que lo requería—. Allí arriba hay muchas moras —aseguró la niña, señalando a lo alto de la zarza.

—Parecen muy hermosas —musitó, mientras se acercaba.

No quería mirar a la madre, pero sus ojos la buscaron. Ella estaba de espaldas, con la cesta vacía entre las manos, sin hacer nada. Por el movimiento rápido de los hombros, imaginó que a ella le costaba respirar con tranquilidad. Le alegró saberlo. Eso evidenciaba que estaba tan afectada como él mismo.

Triste consuelo, dadas las circunstancias.

—¿Por qué son más gordas las que están más arriba? —preguntó Paula, interesada.

—Porque les da más el sol y eso las hace engordar, Confite —explicó, encantado por la curiosidad de aquella pequeña—. También son las más dulces. Toma, pruébala.

La niña se la metió en la boca y la saboreó ruidosamente.

—¡Es verdad! Son más ricas.

Samuel sintió una opresión en el pecho al pensar que Paula era una de esas cosas que había perdido. Sin duda, ese viaje le había robado mucho.

—Señor, las moras... —le recordó la chiquilla, tirándole de la manga de la camisa—. Os habéis olvidado.

—No, Confite, ahora vamos a llenar la cesta —aseguró, tratando de sonar alegre.

Pilló a María observándolo con una mezcla de tristeza y anhelo, pero ella enseguida apartó la mirada y comenzó a recoger los frutos, como si esa apreciación no hubiera tenido lugar.

19

Isabel, impaciente, volteó el joyero sobre su cama y esparció el contenido.

—¿Dónde está? —preguntó a la habitación vacía—. ¿Dónde?

Empezaba a ponerse nerviosa. Llevaba un buen rato buscando el colgante de oro y topacios que su padre le había regalado. Siempre lo guardaba en el joyero, al menos la mayoría de las veces, y no estaba. ¿Dónde podría estar?

Su hermano la había invitado a acompañarles, a él y a Rosa Blanca, a dar un paseo por la playa y no deseaba demorar más la partida, pero no quería marcharse sin haber dado con el colgante.

Lo peor de todo era no saber desde cuándo le faltaba, pues no se lo había puesto en varios días. Su padre se iba a llevar una desilusión cuando se enterase de que lo había perdido.

—Tiene que estar por alguna parte. No ha podido desaparecer así como así —masculló, guardando el resto de sus joyas en el cofrecito.

Llamaron a la puerta y Rosa Blanca asomó la cabeza.

—Venía a ver qué te retrasaba... —comentó al entrar, con una sonrisa.

—No encuentro el colgante de topacios que me regaló mi padre —anunció Isabel, frunciendo el entrecejo. Su futura cuñada perdió el color—. No te preocupes, querida, seguro que al final aparece. No es la primera vez que extravío alguna cosa. —Se alzó de hombros—. Será mejor que bajemos antes de que mi hermano cambie de opinión y decida salir de paseo él solo. Me apetece mucho ir a la playa.

De camino a la puerta de entrada, se encontraron con la criada, que subía a las habitaciones cargada con ropa recién planchada.

—Bernarda, ¿has visto mi colgante de topacios por algún lado? —preguntó Isabel.

—No, señorita, no lo he visto. ¿Acaso no está en vuestro joyero? —inquirió, deteniéndose en mitad de la escalera; la cara, colorada por el esfuerzo—. Luego buscaré por ahí. Seguro que lo habréis dejado olvidado en algún sitio.

—No lo sé, Bernarda. No se lo digas a nadie. No quiero que mi padre se disguste —solicitó la joven, antes de terminar de bajar las escaleras.

—Ay, señorita, deberíais tener más cuidado con vuestras cosas —la amonestó la criada, agitando la cabeza con desaprobación—. A vuestro padre le entristecerá saber que habéis perdido su último regalo.

—Por eso, Bernarda, tú no le dirás nada, ¿verdad? —suplicó Isabel, componiendo un gesto de pena, digno de una actriz de teatro.

Pese a que la criada continuó su camino murmurando por lo bajo, ella sabía que no diría nada.

—Rosa Blanca, a ti te pido lo mismo. No quiero que se sepa que lo he perdido. Por favor, no digas nada a nadie.

La prometida de su hermano se limitó a negar con la cabeza, un tanto pálida.

Sabina entró en la pañería dispuesta a comprar tela para hacerse un vestido. Estaba cansada de remendar los que tenía. El dinero que le había dado la señora María le vendría muy bien para hacerse con un buen retal. Se lo había ganado.

Esperó a que el dueño atendiera a un par de mujeres, que miraban un excelente paño verde para una capa. Con gusto se habría hecho una, pero las monedas que tenía no eran suficientes y ella prefería tener un vestido nuevo. Tal vez, para cuando empezara el frío y le hiciera falta la capa, habría ahorrado lo suficiente para comprarse una.

Las dos mujeres seguían toqueteando el género, sin decidirse entre comprarlo o no. El pañero se mordía los labios, incapaz de encontrar un argumento que las convenciera.

Sabina empezaba a impacientarse; no quería pasar la mañana viendo a dos indecisas y a un pésimo vendedor. Reprimió las ganas de dar con el pie golpecitos en el suelo.

—Les ruego me perdonen, pero ¿me permiten el atrevimiento de preguntar para qué desean este paño? —indagó, acercándose a las señoras, que la miraron con curiosidad. Sabina supo el momento exacto en la que la reconocieron como la hermana del maestro confitero, pues sonrieron con simpatía. Debían ser una madre y su hija, el parecido era innegable.

—¡Ah! Sois vos... Queremos hacer una capa, pero no estamos muy seguras de que este tono sea apropiado —dijo la madre—. Es un tono de verde que quizá cueste combinar con otros colores.

—¿De veras lo creéis? Precisamente estaba pensando en llevarme unas varas para hacerme una capa —anunció, distorsionando un poco la verdad.

—Madre, ¿veis lo que os estaba diciendo? Es un color precioso y no tengo ninguna capa así —insistió la joven con un puchero.

—¡Oh! Está bien, hija. Tu padre nos echará de casa por tanto gasto —protestó la señora, sin convicción—. ¿Con dos varas y media tendré suficiente?

—Bien... yo... —titubeó el pañero.

—Mejor, lleve tres varas —se apresuró a contestar Sabina, antes de que el hombre las disuadiese de comprar con su timidez—. Es mejor que sobre y así tendrá para una capucha holgada. He oído que en París los peinados son muy altos.

—¡Ah!, pues entonces que sean tres varas —ordenó la señora, convencida.

El pañero, agradecido por la decisión, procedió a medir la tela sin pérdida de tiempo. Tras doblarla, hizo la cuenta y les cobró, con tantos nervios que Sabina pensó que terminaría dejando caer las monedas al suelo. Era un hombre de unos cuarenta años, algo entrado en carnes y con una calvicie incipiente en su dorada cabeza. Sus ojos, de un verde desvaído, parecían los de un perrito faldero. ¿Qué hacía detrás de un mostrador cuando era evidente que no tenía madera de tendero?

Aguantando las ganas de suspirar, esperó a que las mujeres salieran.

—¡Muchas gracias, señorita! No sabéis cuánto agradezco vuestra oportuna intervención —proclamó él, asintiendo con la cabeza—. No sabía qué más decirles. Estaba perdido.

—No hay de qué, señor. Lo he hecho encantada. Me gusta el trato con la gente —dejó caer Sabina, por si estaba interesado en contratarla. Era más que evidente que ese establecimiento necesitaba a alguien con soltura; de lo contrario no duraría nada. ¡Lo que sería capaz de hacer con un negocio así!

—Desde que murió mi señora madre, me he visto obligado a llevar la tienda, pero no se me da nada bien —aclaró él, avergonzado por su falta de habilidades mercantiles.

«Así que es eso —pensó ella—. Ya me extrañaba a mí que este hombre hubiera llevado durante mucho tiempo el negocio.»

—Siento vuestra pérdida —entonó Sabina, pensando en qué tipo de tela le sentaría bien—. Quería comprar tela para un vestido. Aún no sé qué color...

—No os preocupéis; tengo un tafetán azul que es del mismo tono que vuestros ojos. Uy, perdón... no era mi intención... —se disculpó, tan rojo que parecía puesto a hervir.

Ella lo miró con interés, pensando que no era tan inepto como había pensado en un principio. Si apartaba a un lado su timidez y se dejaba llevar...

—No me habéis molestado. Es más, creo que eso es un buen comienzo para convencer a una clienta. Lo habéis hecho muy bien —le alabó; pudo constatar que su rubor alcanzaba cotas insospechadas. ¡Qué fácil era halagar a un hombre!

Lo vio alcanzar un rollo azul y extender un poco por el mostrador. Era un tafetán realmente precioso y se encaprichó nada más verlo.

—Espero que no sea muy caro... —dejó caer con astucia.

—Nada de eso; para vos, lo dejaré a mitad de precio. Habéis sido muy amable al ayudarme con las anteriores clientas y me siento en deuda.

Sabina ocultó la sonrisa de triunfo. La capa nueva estaba más cerca de lo que creía. Tal vez si... ¡No!, era mejor no abusar. Volvería otro día...

—No sé si eso está bien... —protestó sin mucho empeño. Si se lo dejaba más barato, tal vez podría comprarse también el paño para la capa.

—Sí, sí, sí. Insisto; no faltaría más.

María rellenó el frasco de caramelos de malvavisco y, tras cerrarlo, lo dejó sobre el mostrador. Pasó un trapo por toda la superficie para quitar el polvo que hubiera; luego entró en la trastienda para coger las velas y colocarlas en los estantes correspondientes, según el tamaño.

El día anterior, mientras Paula y ella iban a por frutas, maese Germán y Julio se habían dedicado a fabricar cerilla. Se notaba que los días no eran tan largos y pronto aumentaría el consumo de velas. Era conveniente tener una buena provisión para no quedarse sin nada. El nuevo maestro conocía bien su oficio y llevaba un buen control de esas cosas. Un rato antes le había dicho que la despensa de cacao había bajado y que deberían comprar más; pronto dejarían de llegar los barcos y tenían que hacer acopio hasta la primavera.

Ese día la tienda olía a dulce de higos, pues desde primera hora de la mañana se habían dedicado a cocerlos en almíbar. Ahora estaban preparando las moras para hacer confitura. Al cabo de un rato, el olor agridulce de la fruta flotaría por todo el local.

Si cerraba los ojos aún podía sentir los labios de Samuel en sus dedos, cuando le había dado la mora; su mirada, asombrada y perturbadoramente fiera. Aún notaba el calor que le había subido por el brazo hasta el pecho. Aún oía el retumbar de su corazón, acelerado y poderoso.

Se llevó la mano a los trémulos labios, los acarició, imaginando que era él quien lo hacía. Luego la bajó al pecho para aminorar los latidos; sin resultado. Sentía el ardor inundándole todo el cuerpo, como bañado por miel caliente. Un hormigueo le recorría la piel, provocando estremecimientos placenteros en su columna. Notó los pechos llenos y un latido, largo tiempo olvidado, en el bajo vientre, que se extendía hasta la unión de sus muslos. Abrió los labios, buscando aire.

Se sentía viva, apasionada. Y eso, a un mes de la muerte de su marido, era un sacrilegio; una deshonra para el recuerdo de su esposo y cualquiera que lo supiera, pensaría lo mismo.

Dejó caer los brazos y bajó la cabeza, abochornada por esas sensaciones que la desbordaban. ¿Se había vuelto loca? ¿No tenía vergüenza?

El sonido de la campanilla puso fin a sus recriminaciones. El presidente del Gremio de Confiteros y Cereros entraba con decisión. María se pasó el dorso de las manos por las mejillas para bajar el sofoco.

—Buen día, señora María —saludó al llegar al mostrador.

—Buen día, maese Félix. ¿En qué pudo serviros?

—Quería comprobar que os encontráis aquí. Había oído que la hermana del maestro confitero atendía el negocio —formuló el hombre con intención.

—Sí, es cierto. Durante unos días la señorita Sabina fue tan amable de sustituirme. Yo estaba en cama... —explicó, fingiendo seguridad. El calor anterior había desaparecido y en su lugar el frío recorría su espalda, con dedos helados.

—Entiendo que vuestra pérdida ha sido enorme y que os sintáis aturdida, pero os recomiendo que formalicéis vuestra situación lo antes posible —sugirió él, mirándola con conmiseración.

—Lo sé, maestro —asintió, cada vez más inquieta.

—En ese caso, no hará falta que os recuerde la conveniencia de casaros con un maestro confitero si queréis que prospere este negocio. Maese Germán es un hombre soltero y... Por otro lado, no es necesario que os caséis enseguida —se apresuró a aclarar, al ver que ella fruncía el entrecejo—, pero deberéis hacerlo a la mayor brevedad. Es... es la costumbre. Ya lo sabéis...

—Lo sé —musitó, con la cabeza gacha.

Lo sabía, pero eso no significaba que le tentara la idea. Maese Germán era un buen hombre, joven y trabajador. No podía reprocharle nada. Estaba segura de que también sería un buen marido... y un buen padre. No sería un mal negocio casarse con él. Tendría el futuro asegurado para su hija y para ella.

—Por otro lado —carraspeó maese Félix, incómodo—, si maese Germán se casa, podría abrir otra confitería y vos os quedaríais otra vez sin maestro. No parece que él esté cortejando a nadie, por lo tanto, no creo que debáis temer por ese particular.

—No, eso parece —musitó ella, mirando la madera del mostrador.

Era necesario un maestro al frente de la tienda, pero a pocos hombres les gustaba trabajar a las órdenes de una mujer; y, tarde o temprano, buscaban abrir la suya propia. ¿Qué sucedería con un negocio que pasaba por tantas manos? Nada bueno. Al final, terminaba cerrado. En ese caso a ella no le quedaría sino mendigar la ayuda de su hermano Martín, para que la mantuviera hasta que encontrase otro marido. Un esposo que seguramente no sería tan joven y que tendría un montón de hijos para cuidar. Ese era el destino que esperaba a muchas viudas. Sobre todo, si no tenían una dote con la que adornar su persona. Era casarse o permanecer viuda y dependiente de la caridad de los familiares.

El presidente tenía razón: no tenía nada que temer. Pero maese Germán era un hombre bien parecido y muchas jóvenes estarían dispuestas a casarse con él.

No podía seguir durmiéndose. Debía hacer algo antes de que fuera demasiado tarde. Aunque la idea de volver a casarse en esas circunstancias no le tentaba en absoluto, ¿qué otra cosa podía hacer?

—No deseo entreteneros más, señora. Que tengáis un buen día —se despidió el hombre, saliendo de la confitería.

María se apoyó en el borde del mostrador y cerró los ojos. Tenía muy pocas salidas y debía tomar una decisión lo antes posible. Una decisión tan difícil como la que hubo de tomar seis años antes. ¿Qué podía hacer, salvo casarse con maese Germán?

Rosa Blanca miró al frente, sin ver nada del hermoso paisaje que tenía delante, y continuó caminando. La cabeza le bullía con pensamientos nada filiales hacia su padre. Estaba convencida de que él había robado el colgante de Isabel. ¿Quién otro podría haber sido?

La había hecho creer que, una vez fijada la fecha de la boda, sus acreedores lo habían dejado tranquilo. Algo que la asustaba a más no poder. Si no le exigían el pago y seguían fiándole, al final las deudas serían impresionantes. ¿Qué diría Samuel al enterarse?

Maldijo a su padre por su imprudencia. Con su vicio iba a condenarlos. Lo peor de todo era saber que la boda únicamente serviría para darle carta blanca en sus desmanes. Quizá debería hablar con Samuel y exponerle el problema.

«¿Acaso quieres que anule el compromiso? —se preguntó, asustada—. ¿Crees que estará dispuesto a casarse con la hija de un tahúr?»

No, definitivamente, no podía decirle nada. Por mucho que eso la hiciera sentirse desleal; solo le quedaba rezar para que Samuel no se enterase antes de la boda y decidiera anularla. Necesitaba escapar de los lazos de su padre. Una vez casada ya no tendría que preocuparse por las deudas ni por su vicio del juego. Él tendría que valerse por sí mismo.

Apretó las manos a la altura de la cintura, buscando fuerza para soportar la vergüenza de tener un padre así. El día era magnífico para disfrutar de un paseo a la orilla del mar, pero ella no podía relajarse lo suficiente para admirar el paisaje. A decir verdad, su estómago era tal maraña de nervios, que dudaba si podría volver a comer alguna vez.

Si su padre había robado el colgante, seguro que ya lo había empeñado. Cuando regresaran, haría una visita a las casas de empeños hasta dar con él. Podría cambiarlo por una de las joyas de su madre y fingir que lo había encontrado en algún rincón de la casa...

«¡Eso es imposible! —decidió, abatida—. En cuanto mi padre vea el colgante en manos de Isabel, sabrá que yo se lo he conseguido.»

No podía hacerlo; no después de haberle jurado que ya no le quedaban más joyas. Podría vender alguna para conseguir el colgante de Isabel; era una cuestión de honor. Pero no podía consentir que su padre le quitase lo poco que le quedaba. Eso no.

Si sor Josefina supiera lo mucho que estaba mintiendo desde

que abandonó el convento, sin duda se sentiría muy decepcionada.

«Es por una buena causa», se defendió en silencio.

—Estáis muy silenciosa y pálida, Rosa Blanca —indicó Samuel, deteniendo el paseo; se leía preocupación en sus ojos oscuros—. ¿Os encontráis enferma?

—No... no... —se apresuró a contestar, esbozando una sonrisa para tranquilizar a su prometido, y reanudó el paso—. Disfruto del paisaje, es hermoso.

Lo vio fruncir el entrecejo, como si no la creyera del todo. Le dolía engañarle así. Era un buen hombre y, aunque distaba de estar enamorada de él, le tenía aprecio. En el fondo, era una suerte tenerlo como prometido; esperaba llegar a quererlo con el tiempo. Al menos lo intentaría; era lo mínimo que podía hacer, si deseaba un matrimonio agradable.

—Es un lugar precioso. Mi padre dice que es uno de los más bellos que ha visitado —aclaró Isabel—. A mí me gustaría ir a otros lugares. Si fuera hombre me enrolaría en un barco y viajaría por todo el mundo —aseguró, soñadora, mirando la entrada de la bahía—. ¿No te gustaría hacer lo mismo?

—No. Nunca he tenido mucho interés por hacerlo. Prefiero vivir tranquila en un mismo lugar —contestó Rosa Blanca, sin faltar a la verdad.

Deseaba vivir sin sobresaltos. Sin temor a que su padre perdiera todo en una partida de cartas.

«¡Tonta! Ya lo ha perdido todo», se recordó, desesperada. *Las orquídeas* ya no era suya. Otras personas vivirían en ella. Unos desconocidos pasearían por sus estancias, ajenos al dolor que ello le provocaba.

Isabel la miró, desilusionada por su falta de interés en viajar, y golpeó con el pie un palo semienterrado en la arena.

—No todo el mundo tiene tu naturaleza inquieta, hermanita —comentó Samuel, acariciando la nariz de Isabel—. A veces no es necesario salir a recorrer mundo para ser feliz. A veces la felicidad está más cerca de lo que uno sospecha.

¿Era tristeza lo que se detectaba en su voz?, se preguntó Rosa Blanca, por un instante, pero luego, el problema de su padre volvió a ocupar su mente y olvidó esa sensación.

—Lo comprendo; supongo que cada uno tiene gustos distintos —murmuró Isabel, antes de agacharse y coger el palo para lanzarlo al agua. *Bruma* se tiró a por él, saltando por las olas como un delfín—. Me alegro de que estés aquí. Te he añorado mucho en estos años.

—Yo también me he acordado de ti, hermanita —aseguró Samuel. Y volvió a acariciarle la nariz.

Rosa Blanca les dio la espalda, un poco turbada por esas muestras de cariño. Ella no estaba acostumbrada a esas cosas. Su padre nunca le había dedicado una caricia y ya no recordaba las que su madre le diera de niña. En el convento nadie se tocaba; ni siquiera sor Josefina la acarició nunca.

La perra regresó con el palo entre los dientes, lo depositó a los pies de Isabel y después se sacudió el agua, salpicando miles de gotas en todas las direcciones.

Los tres, escudándose con los brazos para evitar las salpicaduras, se echaron a reír al ver las motas oscuras que adornaban sus ropas.

Por un momento, Rosa Blanca olvidó sus tribulaciones y disfrutó de la tarde soleada con los dos hermanos.

20

Ya fuera del taller de carpintería de su padre, en el aire flotaba el olor a serrín, a virutas y a madera recién cortada. El siseo de la garlopa, arrancando rizos a la madera, lo recibió desde la puerta.

Armand pasaba la herramienta una y otra vez por una pieza, parándose cada tanto a observar el proceso. Desde que había abandonado el ejército, se dedicaba a la creación de muebles y estaba satisfecho con su trabajo.

De niño, Samuel visitaba a diario el taller; su padre había procurado, en cada una de esas ocasiones, enseñarle el oficio. Aunque jamás le reprochó su decisión de ser confitero y cerero en lugar de carpintero, sabía que le había dado pena. A veces, antes de partir a Venezuela, había ido a ayudarle, pues no se le daba mal trabajar la madera.

—¿Necesitáis ayudante? —preguntó Samuel, al entrar.

La perrita le siguió, husmeando por todos los lados y mirando alrededor con curiosidad. Luego se acercó a Armand para frotarse contra su pierna, mirándole esperanzada.

—¡Buen día, hijo! —saludó su padre, dejando la herramienta a los pies, sobre un montón de virutas. Acarició la cabeza de *Bruma*, que ladraba contenta—. ¿No tienes números que cuadrar?

—No. Ya lo he acabado todo y... he pensado en venir a echaros una mano.

—¡Estupendo! —exclamó, mientras estiraba los músculos de

la espalda—. Debo terminar unas sillas para un cliente y voy un poco retrasado. Los del aserradero se demoraron en traerme el material —aclaró con una mueca.

—Bien, pues decidme qué puedo hacer —solicitó, antes de quitarse la casaca.

—Empieza por cambiarte esa ropa. Si se te estropea, tu madre me reñirá por consentirlo. Ahí tienes algo para ponerte. —Armand señaló el cuarto donde guardaba los bocetos de los muebles y donde él mismo se cambiaba de ropa.

Samuel entró allí y no tardó mucho en quitarse lo que llevaba, para sustituirlo por las prendas de trabajo de su padre. Le quedaban un poco anchas, pues Armand era más corpulento que él, pero el largo era perfecto: los dos eran muy altos. Se calzó unas abarcas, para no rayar las botas con las herramientas, y salió al taller con la perra pegada a los talones.

—Un poco de duro trabajo te pondrá en forma otra vez. El trabajo de contable te ha dejado un tanto flojo, hijo —bromeó Armand, al verlo salir—. Puedes empezar lijando todas aquellas piezas.

Samuel cogió la piel de tiburón que su padre usaba para pulir la madera antes de darle barniz y empezó a pasarla por la superficie de una pata, hasta dejarla tan suave como la seda.

Trabajaron en silencio durante un buen rato. A través de la puerta abierta se oían las risas de los niños que jugaban en la calle. *Bruma*, haciendo guardia bajo el dintel, les observaba con atención, dudando entre salir y correr entre ellos o quedarse con los hombres. Terminó por tumbarse sobre el serrín, tras un enorme bostezo; luego se quedó dormida, enroscada sobre sí misma.

Samuel pasó la mano por la madera para comprobar la suavidad. Ya estaba suficientemente pulida, así que la dejó a un lado y tomó otra para continuar el mismo proceso.

Recordó lo ocurrido cuatro días atrás, cuando había estado recogiendo moras con María y su hija. No podía dejar de pensar en ello. Imaginaba lo que podría haber ocurrido si Paula no hubiera hablado o no hubiera estado allí; seguramente habría terminado besando a María, tal y como deseó en aquel instante. ¿Cómo podía ansiarlo, después de lo que ella le había hecho?

«¡Por la sangre de Cristo! —bramó por dentro—. ¿Por qué no puedo olvidarme de ella y dejar de desearla?»

No tenía sentido. Sacudió la cabeza, como si de ese modo pudiera arrancar aquellos pensamientos y apetitos deshonestos. Incluso en ese momento, lo que más deseaba era ir a la confitería con cualquier excusa para verla; para oír su voz, su risa. La otra tarde se había divertido como hacía mucho tiempo que no le ocurría. A decir verdad, no recordaba desde cuándo no se reía tanto.

¿Por qué tenía que ser con ella y no con su prometida?

—Si continúas pasando la piel de lija, acabarás por desmenuzar la pata —le avisó su padre, con una sonrisa de medio lado—. ¿Qué pasa? ¿No puedes dejar de pensar en ella?

—No estoy pensando en María —protestó, antes de meditar la pregunta. Luego, al darse cuenta de lo que había dicho, corrió a rectificar, abochornado—. Quiero decir en Rosa Blanca.

Los azules ojos de Armand lo miraron fijamente con preocupación. Dejó la garlopa a un lado y cruzó el taller. Las virutas del suelo susurraron con cada paso. *Bruma* alzó la cabeza, pero al ver que no pasaba nada interesante, emitió un suspiro y siguió durmiendo.

—Hijo, perdona que me inmiscuya en tu vida —empezó Armand, acercándose hasta ponerle las manos sobre los hombros—. Espero que hayas pensado bien lo que vas a hacer. —La mirada grave—. El matrimonio es algo muy serio y, si no se toma la decisión adecuada, puede ser un infierno.

Samuel tragó saliva al recordar que su padre había estado casado antes y que su matrimonio había sido desdichado. Cuando su esposa murió en un accidente estaba embarazada de otro.

Dejó caer la pata de la silla a sus pies; apenas hizo ruido sobre el montón de serrín. Mantuvo la vista por el suelo, incapaz de enfrentarse a la mirada de su padre.

—¿Estás enamorado de Rosa Blanca? —espetó el galo. Al ver que no le contestaba, lo sacudió un poco—. Responde, *mon fils*.

—No, no lo estoy. Le tengo aprecio. Imagino que con el tiempo llegaré a amarla —confesó, la cabeza gacha.

—Sí, eso es lo que pasaría, seguramente —apuntó Armand, buscando los ojos de su hijo con su mirada azul—. ¿Y de María? ¿Sigues enamorado de ella?

Samuel se desasió de las manos de su padre con brusquedad; le dio la espalda. El corazón sonaba como un tambor de galera. No podía contestar a eso. Era demasiado doloroso pensarlo, siquiera.

—Aún estás a tiempo de anular la boda —sugirió el francés, a su espalda—. Hijo mío, no cometas el error, si amas a otra persona, de casarte con alguien a quien no quieres. Serás desdichado y harás infeliz a tu esposa. Además, le serás infiel, al menos de pensamiento.

—Yo no he dicho que ame a María —rechazó, hosco, volviéndose a medias para mirar a su padre.

—No hace falta; por tu reacción es evidente que aún la amas. Se me hacía extraño que hubieras dejado de hacerlo. Te recuerdo que ya de niño querías casarte con ella.

—Vos lo habéis dicho: de niño —aclaró Samuel, antes de volverse del todo para encararse a su padre—. Ya no soy un niño. Mis pensamientos y mis... sentimientos han cambiado.

—¿Estás seguro?

—¿Acaso creéis que puedo seguir amándola cuando no esperó a que regresara? ¿Cuando no perdió el tiempo en casarse? ¿Cuánto esperó, dos, tres meses? —terminó, con rabia y el alma deshecha.

—El corazón no atiende a la razón, hijo —recitó Armand, entristecido—. No podemos elegir a quién amar, ni dejar de hacerlo.

—Yo sí —espetó, molesto por las palabras de su padre.

—Por tu bien y por el de Rosa Blanca, espero que sea así. Piensa muy bien lo que vas a hacer, antes de que sea demasiado tarde. Ahora María es viuda...

—¡Pues que se case con maese Germán! —gritó, enfadado, sin parar a pensarlo.

—No hay duda de que lo hará. Es lo mejor para su negocio.

—¡Con mis bendiciones! —masculló, agobiado por la situación.

Quería salir de allí; dejar de escuchar. Pero escapar no era su estilo. Le habían enseñado a encarar los problemas y, por mucho que le dolieran las palabras de su padre, no iba a escabullirse como un cobarde.

—Será mejor que continuemos con esto, si no queréis que os reprendan por no tener acabado el trabajo —sugirió Samuel, regresando a su puesto. Tomó la piel de lija y otra pata—. Olvidad lo que hemos hablado, padre.

—Si eso es lo que quieres..., pero considero que deberías meditar...

—Por favor —le cortó, ceñudo—. No quiero seguir hablando de esto.

Su padre respetó su deseo; no así su mente, que continuó conjurando recuerdos de María, como si se hubiera propuesto enloquecerle. Cuando terminó de lijar las piezas, se despidió de su padre y regresó a casa, con la perrita a la zaga.

Se dirigió a la cocina, buscando algo para comer. El trabajo en la carpintería le había abierto el apetito. Las voces de su madre y de Bernarda se colaban por la puerta abierta.

—No queda nada, doña Camila. Apenas para un par de tazas —comentaba Bernarda.

—Habrá que ir a la confitería a por ello. No podemos estar sin... Buen día, Samuel —le saludó al verlo entrar—. ¿Has estado con tu padre?

—Sí, ¿cómo lo sabéis? —preguntó, intrigado.

—Aún tienes serrín en el pelo, querido —aseguró, antes de pasarle los dedos por el cabello para eliminarlo—. Siempre te olvidas de sacudirlo, hijo.

—¿Queréis que vaya a la confitería a por chocolate, doña Camila? —preguntó Bernarda.

—Pues...

—Iré yo mismo —soltó Samuel antes de pensarlo. Su madre le miró extrañada, pero guardó silencio—. Yo no tengo nada que hacer y seguro que Bernarda está muy ocupada —justificó su decisión, saliendo de la cocina y dirigiéndose a la calle sin esperar un instante. Lo hizo tan rápido que a *Bruma* no le dio tiempo a seguirlo.

Caminó con brío. Varias personas le saludaron y él les devolvió el saludo, pero no se paró a hablar con ninguna de ellas. Tenía ganas de llegar a la tienda.

«¿Qué crees que estás haciendo?

»Únicamente voy a comprar chocolate.

»No te lo crees ni tú.

»No queda chocolate en casa.

»Podría haber ido Bernarda y lo sabes.

»Ella estaba ocupada.

»Reconoce que quieres verla. Que necesitas verla.

»Déjame en paz.»

Abrió la puerta de la confitería con más energía de la necesaria y casi la golpeó contra la pared.

—Buen día —saludó María desde el mostrador, sorprendida.

Estaba sola. El vestido negro le daba un aspecto triste. A ella le sentaban mejor los colores alegres y vistosos. Tonos que daban luz a su piel, que la hacían brillar como una llama. Pese a todo, tuvo que admitir que estaba hermosa. Siempre lo estaba.

—Buen día —contestó, repentinamente nervioso. Se pasó la mano por el pelo y lo sacudió un poco para retirar el serrín que hubiera. ¡Vaya aspecto más desastrado debía tener!

No tendría que haber ido. ¡Ir a por chocolate! ¡Qué excusa más tonta!

—¿Deseabais algo? —la oyó preguntar—. Veo que no habéis traído los libros...

—No... no, mi madre necesitaba una bola de chocolate. —Se acercó hasta el mostrador. La vio inclinar la cara para ocultar el sonrojo, que se extendía por sus mejillas. ¿Se estaría acordando de lo sucedido cuatro días atrás, cuando habían ido a coger moras?

Él no lo había olvidado y se sentía completamente confundido. ¿Qué estaba sucediendo? Fuera lo que fuese, no le gustaba nada.

—¿Solo una bola? Vuestra madre suele pedir dos o incluso tres —musitó ella, sin levantar la vista.

—Pues poned tres, ¿qué más os da? —masculló, enfadado por sus caóticos pensamientos. No saber qué le estaba pasando le enfurecía.

María levantó la mirada y clavó sus ojos avellanados en él. Luego, con frialdad y eficiencia, sacó tres bolas de un cajón y las puso sobre el mostrador.

—¿No habéis traído cesta?

—Pues... no... —balbuceó como un tonto. Con las prisas ni se había acordado.

La oyó suspirar, exasperada, antes de sacar un pañuelo pulcramente doblado del bolsillo de su delantal y envolver con él las bolas.

—Os lo presto, pero espero que me lo devolváis —le recordó, tan seria que hubiera podido cortar la leche.

—No hace falta ser tan arisca —soltó Samuel, perdiendo la paciencia.

—¿Yo soy arisca? —preguntó; los ojos entrecerrados—. Os recuerdo, señor, que vos habéis sido el primero en mostraros grosero.

Se dio cuenta de que la estaba mirando fijamente a los labios y parpadeó para apartar la vista de aquella tentación. ¿Estaba perdiendo la cabeza?

—¡Anotadlo en la cuenta de mi madre! —bramó, rabioso consigo mismo y con ella por... por ser tan deseable.

Se dio la vuelta y, sin esperar nada más, salió a la calle. Sin duda estaba volviéndose loco. ¿Cómo, si no, se entendería que pudiera desearla después de lo que le había hecho?

Una hora después María cruzó la cortina.

Le había costado un buen rato tranquilizarse tras la visita inesperada y exasperante de Samuel. No entendía qué le pasaba. Unos días antes había sido amable y agradable con ellas; hoy, en cambio, parecía que le hubiera picado un bicho.

De cualquier forma, la había alterado verlo otra vez. Su mera presencia hacía que le latiera el corazón más rápido, como si aún estuviera enamorada.

«¿Y acaso no lo estás?», se recordó, sarcástica.

—¿Necesitáis ayuda? —preguntó a maese Germán, decidida a olvidarse de sus sentimientos y de la visita de Samuel—. Sé que no es habitual que una mujer trabaje en la trastienda, pero como Julio no ha podido venir... tal vez necesitéis que os eche una mano.

—Os lo agradecería mucho, señora —contestó el hombre, con un suspiro.

En la trastienda el olor a cera era muy intenso. Bajo la marmita que contenía la cera ardía un fuego suave, para mantenerla líquida.

—Podríais cortar los pabilos para que yo los ate en la rueda. Quiero hacer más cirios.

María tomó el rollo de mecha de un cajón y procedió a cortarlos a la medida necesaria. Ese trabajo lo había hecho para Sebastián en otras ocasiones. A él no le importaba que ella anduviera por la trastienda; por lo visto, a maese Germán, tampoco.

Se fijó en el nuevo confitero. En los últimos tres días, desde la visita del presidente del gremio, lo había estado observando. No había dejado de pensar en la conveniencia de esa boda. Era evidente que de ese modo se solucionarían todos sus problemas.

El señor Germán fue atando en la rueda los pabilos que ella cortaba. Trabajaba sin prisa, pero sin parar. Sus dedos se movían diestros al anudar las mechas. Era un hombre atractivo. Hasta ese momento no se había fijado en la buena planta que tenía. No era tan alto como Samuel, pero...

¡Samuel! Siempre, Samuel.

Inspiró con fuerza y cortó otro pabilo, dispuesta a sacarse a su antiguo prometido de la mente. Segura de que con esos tendría suficiente, se los acercó al confitero.

—Muchas gracias, señora —dijo el hombre, tras colgárselos en un hombro—. Ya puedo empezar.

—¿Deseáis algo más? Hoy no parece que haya mucho movimiento en la tienda y puedo seguir ayudándoos un poco más —dijo, deseando quedarse para entretenerse y mantener su mente ocupada.

—Ahora no se me ocurre nada, pero si os queréis quedar aquí, no me molesta —declaró maese Germán.

María se sentó en la silla que su marido utilizara cuando trabajaba en los libros de cuentas. Si tenía que tomar una decisión tan trascendental en su vida, debería estar lo más informada posible.

—¿Habéis trabajado en alguna otra confitería? —preguntó para romper el silencio, mientras colocaba la negra falda para que no se arrugase demasiado.

—No. Esta es la primera. Hace pocos meses que obtuve el título de maestro confitero y no había tenido oportunidad.

—¡Oh! Pensaba que erais maestro desde tiempo atrás. ¿Empezasteis tarde de aprendiz? —Le picó la curiosidad.

—Sí. Ya tenía casi dieciocho años. Hasta ese momento no pensaba dedicarme a la confitería —confesó él, empezando a verter cera en las mechas con un cazo de cobre—. Quería ser marino como mi padre.

—¿Y qué os lo impidió?

—Mi padre naufragó en el primer viaje que hacía con su barco. No se encontraron restos. Como había invertido todo su dinero en esa nave, no le quedó nada para asegurarla y... lo perdimos todo. El oficio de confitero-cerero no me pareció una mala idea; necesitaba encontrar algo para mantener a mi hermana sin dejarla sola.

—Lo siento mucho —musitó, sincera—. Debió de ser muy duro para los dos perder a vuestro padre.

—Lo fue.

—¿Y vuestra madre?

—Mi madre había fallecido años antes —contestó, mientras giraba la rueda para verter la cera en otro grupo de mechas.

—Imagino que es difícil, cuando se ha tenido holgura económica, prescindir de ella.

—Para mí no es tan complicado. Me adapto a las circunstancias. —Sopló para apartarse un mechón de los ojos—. Mi hermana no se acostumbra a vivir con lo justo. Le cuesta entender que ya no somos una familia pudiente.

—Creedme: la comprendo perfectamente.

Ella pronto estaría en la misma situación. A menos que se casara con ese hombre, o con otro maestro, mantener la tienda sería algo terriblemente complicado.

—Vos tenéis la posibilidad de casaros con un maestro confitero... De ese modo, os aseguraríais la continuidad del negocio —aclaró él; las mejillas sonrojadas.

—Lo sé. Hace tres días me lo recordó el presidente del gremio —reveló, nerviosa—. No es algo que ignorase. A todas las viudas les ocurre lo mismo.

—¿Y habéis considerado casaros? —indagó Germán, mirándola de refilón.

—Lo estoy pensando —declaró, con la cabeza baja.

Guardaron silencio un buen rato. Solamente se oía el chapoteo de la cera, el crujir de los leños bajo el caldero y el zumbido de varias moscas que sobrevolaban el taller.

María se alegró de que Paula hubiera ido a casa de su hermano para jugar con su primo Martintxo. No se habría sentido cómoda hablando de eso delante de su hija. Era muy pequeña para entender esas prisas por casarse. ¿Cómo explicárselo?

—Sé que esto es muy repentino y que me conocéis desde hace apenas un mes —empezó el confitero, a su lado. No lo había oído acercarse—. No puedo negar que casarnos resultaría beneficioso para ambos. Vos seguiríais aquí y yo... tendría un negocio propio.

María quedó clavada en la silla, incapaz de moverse o de articular palabra. No porque no hubiera imaginado que el nuevo maestro le pediría matrimonio; precisamente había estado pensando en esa posibilidad, pero no tan rápido; no tan repentino. De pronto le asustaba la posibilidad de casarse con un casi desconocido.

—¿Os he importunado con mi proposición? Creedme, no es mi deseo —se disculpó él, con los ojos clavados en ella—. Únicamente quería haceros saber que, si buscáis un esposo, yo estoy dispuesto. No os voy a engañar jurándoos que os amo, pero os puedo prometer que trataré de ser lo más justo, amable y cariñoso que pueda. —La tomó de la mano; la de él cálida; la de ella, fría como un témpano—. No hace falta que me deis contestación ahora. Solo os pido que lo consideréis.

María se limitó a asentir con la cabeza, sin valor para decir nada. ¿Por qué no le decía que sí y acababa con todo?

Él tenía razón: la unión les reportaría ventajas a ambos. Pero no le podía dar una respuesta, aún no.

Agobiada por no saber qué responder, decidió ir a buscar a su hija. Metió en la cesta un tarro de dulce de higos, unos bolados y un puñado de confites.

—Saldré a buscar a Paula —anunció, quitándose el delantal con dedos torpes.

—Bien. Cerraré cuando me vaya —indicó el confitero, volviendo a su tarea—. Con Dios, señora.

María murmuró una despedida y, tomando la cesta, salió.

La calle Mayor bullía de gente, pero ella no tenía ganas de hablar con nadie. Se limitó a saludar con inclinaciones de cabeza y continuó andando a buen paso hasta la taberna de su hermano.

Unos niños que jugaban a la puerta salieron a su encuentro en cuando la tuvieron a la vista. Se obligó a sonreír y a prestarles atención.

—Buen día, señora —saludaron, llenos de entusiasmo, sin dejar de mirar la cesta.

—Buen día. Imagino, picaruelos, que querréis algo —entonó, antes de meter la mano en la cesta y sacar los confites para repartirlos entre los chiquillos. Sus miradas ilusionadas y sus sonrisas fueron un excelente pago—. No os los comáis todos, guardad unos pocos para más tarde.

—Sí, señora —contestaron, saboreando los dulces.

María entró en la taberna, aún sonriendo; aquellos pícaros le habían alegrado el semblante. Varios parroquianos bebían sidra, comentando las novedades del día. Su hermano les escuchaba acodado en la barra. Cada día se parecía más a su padre. El mismo pelo rizado y los mismos ojos castaños.

—Buen día —saludó.

Los hombres se giraron y le devolvieron el saludo antes de seguir con la conversación. Martín salió de la barra para acercarse.

—¿Qué tal estás? —preguntó, al llegar a su altura—. Dice Paula que has vuelto a trabajar...

—Bien —contestó, escueta—. No puedo permitirme seguir compadeciéndome de mi suerte. Debo continuar con mi vida.

—Me alegro, hermana. —Martín carraspeó antes de continuar—: Ha venido maese Félix y me ha dicho que ha hablado contigo... —Calló un momento para mirarla detenidamente—. Siento que te veas en esta situación.

—Lo sé. No es una situación diferente a la de muchas viudas de maestros de oficio —confirmó—. Es lo que nos queda tras la muerte de nuestros esposos —musitó, resignada.

—Quiero que sepas que, si no deseas volver a casarte, nosotros estaremos encantados de tenerte en nuestra casa. No queremos que te sientas obligada —comunicó su hermano, muy serio.

—Muchas gracias, Martín. Sabía que podía contar contigo, pero no me queda más remedio que casarme. Si no lo hago ahora, tendré que hacerlo más adelante. No puedo conformarme con vivir a expensas de vosotros. No estaría bien —precisó María, mirándole agradecida.

—Sí. Es lo mejor; no obstante, quería que lo supieras —murmuró con cariño—. Matilde está arriba con los niños. Creo que Jacinta también está.

—Subiré a saludarlas —añadió, antes de despedirse de los clientes de la taberna y salir.

Por las escaleras bajaba el sonido argentino de las risas de su hija. Era esperanzador escucharla y sintió que se le expandía el pecho de felicidad.

«Nada como la risa de tu propio hijo para emocionarte», pensó, terminando de subir.

«La otra tarde, también se rio mucho con Samuel.

»¿Y qué?

»Parece que se llevan bien. Deberían estar juntos.»

—Buen día —saludó al entrar en la sala de estar. No quería seguir discutiendo con su propia conciencia.

Su cuñada y su hermana Jacinta levantaron la vista de las prendas que zurcían y la saludaron con sendas sonrisas.

—¡Madre! —Paula se incorporó del suelo, donde jugaba a crear construcciones con las piezas de madera que el señor Armand le había regalado, y corrió a su encuentro para abrazarla—. ¿Sabéis, madre? Martintxo no sabe jugar y tira las casitas que hago.

—Tesoro, es muy pequeño aún. Más adelante querrá hacerlas él mismo.

—No me importa, nos reímos mucho cuando las tira —aclaró la niña, regresando al suelo—. Mirad, ya lo veréis vos misma.

Paula volvió a apilar varias piezas, mientras el bebé agitaba los brazos y las piernas, entusiasmado con la idea de volver a derribarlas.

—Mira, Martintxo, ya están —dijo Paula.

Su primo las barrió con las manos, entre risas y grititos de satisfacción.

—Llevan así toda la tarde y aún no se han aburrido —comentó Jacinta, dejando su labor a un lado—. ¿Qué tal en la tienda? He oído que Julio no ha ido a trabajar...

—No, no ha ido. Creo que su madre está muy enferma y se ha quedado para atenderla. Como no ha habido mucho trabajo, he podido ayudar un poco a maese Germán.

—Es muy guapo, el nuevo maestro —murmuró Matilde, y dio unas palmaditas en el asiento de al lado para que María se sentara—. Dicen que no corteja a nadie...

—Hoymehapedidomatrimonio —soltó María de corrido, antes de arrepentirse. Se sentó y dejó la cesta en el suelo.

—¡¿Qué?! —gritaron su cuñada y su hermana a la vez.

—Lo que habéis oído.

—¿Qué le has contestado? —indagó Matilde, la mirada clavada en ella, como si no quisiera perderse ningún detalle—. ¿Qué le has dicho?

—Que lo pensaré.

—¿Que lo pensarás? —repitió Jacinta, enfurruñada—. ¿Estás loca? No tienes que pensarlo. Si tú no aceptas, buscará a otra y montará su propia tienda.

—No hace falta que me lo digas, hermanita. Ya lo sé. ¿Acaso crees que no lo he pensado todos estos días? No soy tan tonta. Sé que debo hacerlo, pero...

—Pero aún sigues pensando en tu esposo —acabó Matilde por ella.

María guardó silencio. ¿Qué podía decir? Ella imaginaba que dudaba por el cariño a Sebastián, mas no era solo por eso. No deseaba volver a casarse por obligación. Tenía el tonto deseo de hacerlo por amor. Siempre había imaginado que se casaría por ese motivo.

«Siempre habías imaginado que te casarías con Samuel», se recordó, ¡como si hiciera falta!

—Es una pena que no te hayas enamorado de maese Germán, eso simplificaría el asunto —manifestó Jacinta.

—Bueno, eso puede llegar una vez casados. Él parece un buen hombre y no creo que te cueste mucho llegar a quererlo —precisó Matilde, volviendo a su labor—. No he coincidido con él, pero en la taberna he oído muy buenas palabras sobre el nuevo maestro confitero.

—Entonces, ¿le dirás que sí? —preguntó Jacinta a bocajarro.

—Imagino que... sí. ¿Qué podría hacer, si no?

—No es viejo y es atractivo. No es un mal partido, después de todo —musitó Matilde, pragmática—. Podría haber sido peor.

—Sí, imagina a uno viejo y desdentado. Que se tire pedos y que mastique con la boca abierta.

—¡Jacinta! No seas vulgar. Una jovencita no dice esas cosas —la reprendió Matilde, tratando de mantenerse seria.

—Pero son ciertas. María, en el fondo debes pensar que has tenido suerte.

Las tres se quedaron en silencio, mirando cómo jugaban los niños, ajenos a las tribulaciones de los adultos.

Sí, su cuñada tenía razón: maese Germán era un buen partido. No tenía ningún sentido que siguiera demorando la respuesta mucho tiempo más. Por muchas vueltas que le diera, no había otra salida; no si quería seguir conservando el negocio para su hija.

¿Por qué era todo tan complicado?, protestó en silencio. Se colocó mejor la falda y al hacerlo tocó el asa de la cesta. Había olvidado que la llevaba.

—Os he traído esto —anunció, mostrando el tarro de dulce de higo, los bolados y los pocos confites que no había repartido a los niños antes de entrar.

—¡Ay, dulce de higo! —exclamó Jacinta, relamiéndose como un gato—. Mi preferido.

—¿Tu preferido? ¡Si a ti te gustan todos! —la riñó entre risas su cuñada—. Eres muy golosa.

21

Rosa Blanca se dejó caer en la cama, provocando los chirridos de las cuerdas que conformaban el somier. Faltaba muy poco para la boda. Su mente seguía dividiéndose entre las prisas por que ese acontecimiento tuviera lugar lo antes posible y las ganas de retrasarlo indefinidamente.

—Mi palomita debería estar contenta —murmuró Salomé, colocando el chal en el arcón—. En menos de un mes estará casada con un buen hombre.

—Sí, tengo todos los motivos para estar satisfecha con mi suerte, pero... —Guardó silencio, con los ojos cerrados.

—Ay, *m'hijita* debiera dejar de pensar tanto. Su cerebro se licuará como pulpa de mango.

—No puedo, Salomé. No me quito de la cabeza la duda de si estaré haciendo bien.

—¡Claro que mi niña hace bien! Solo tiene que recordar que, de ese modo, se librará del amo *pa'* siempre.

Rosa Blanca se incorporó de la cama como impulsada por un resorte. Liberarse de su padre era la razón más poderosa de cuantas hubiera. Estaba cansada de sufrir por los despilfarros desmesurados de su progenitor. Necesitaba vivir con la tranquilidad de que no le llevarían en cualquier momento a la cárcel de deudores. Aunque por otro lado, le estaría bien empleado, por jugarse lo que no tenía.

Luego estaba el colgante de Isabel. No habían vuelto a mencionarlo, pero ella sabía que la joya no había aparecido y que su padre muy bien podría haberlo robado. ¿Qué otra cosa podría haber pasado?

Unió las manos a la altura de la cintura y se retorció los dedos, desesperada por encontrar una solución antes de que cualquiera sospechara de él.

Sí, definitivamente, el tiempo pasaba demasiado lento. No veía la hora de estar casada.

María cerró los ojos con fuerza un instante y entró en la confitería. Aún estaba conmocionada. Nunca lo hubiera imaginado, pero así era. Paula la siguió; después, sin esperar ni un momento, salió corriendo al patio para jugar con el hormiguero recién descubierto.

En la trastienda, maese Germán y Julio trabajaban en silencio, moliendo cacao. María se limitó a saludarles con un movimiento de cabeza y tomó el delantal antes de regresar a la tienda. No quería hablar con nadie.

Acababa de escuchar en la iglesia las primeras amonestaciones por Samuel y su prometida. Pese a conocer la razón de su regreso y a saber que su novia llevaba más de un mes en la ciudad, no se había hecho a la idea de que esa boda estuviera tan próxima.

Había intentado olvidarle con todas sus fuerzas; odiarle y, por momentos, casi lo había conseguido; lástima que solo hubiera sido por brevísimos lapsos. No lo suficientemente largos como para tenerlos en cuenta.

Y ahora esa sensación de angustia le atenazaba el cuerpo como una garra. Samuel se iba a casar. En menos de un mes se celebraría la boda y otra mujer tendría el privilegio de compartir su vida. Esa vida que, durante muchos años, imaginaron juntos.

No había pensado que eso pudiera hacerle tanto daño, que pudiera herirla de esa manera. Ya no debería ser así. Ella misma había estado casada con otro hombre. Había compartido sus días y sus noches con él. ¿Acaso Samuel al imaginarlo, se habría sentido celoso? ¿Habría sentido en el pecho esa opresión que robaba el aliento?

De ser así... ¡Qué dolor! Estrujó el mandil entre los dedos.

«Claro que eso hubiera implicado que me quería, que aún me amaba cuando se marchó y... »

La campanilla la devolvió a la tienda. Era tiempo de atender a la clientela, no de soñar despierta. Sacudió el delantal antes de ponérselo; lo había dejado tan arrugado como una pasa. Se lo tendría que poner, igualmente. No tenía tiempo de subir a su casa y cambiarlo por otro.

—Buen día, María —saludó la tía Henriette, con su leve acento francés, al entrar ayudada por su bastón. Llevaba un vestido verde menta con rayas blancas y el pelo recogido en lo alto de la cabeza, en una profusión de ondas y rizos grises.

—Lo mismo digo, tía... —Calló al darse cuenta de que ya no tenía derecho a llamarla así—. *Madame*.

—Ay, no, querida, puedes seguir llamándome tía. No te imagino llamándome de otro modo.

María se limitó a sonreír, un tanto intrigada por la visita de la francesa. La conocía desde su primera visita, tras la boda de su sobrino con doña Camila, cuando ella era niña. Ya entonces era una mujer decidida y sin pelos en la lengua. Dudaba de que la edad hubiera atemperado esas características de su persona. Samuel y ella siempre estaban escuchando las historias que la mujer les contaba. Les fascinaban sus aventuras.

Desde el otro lado de la cortina llegaba el rítmico raspar del rodillo contra el metate y el aroma inconfundible del cacao, la canela y la miel.

—Te he visto salir de la iglesia y he decidido hacerte una visita. No nos hemos visto desde que llegué y de eso hace varias semanas... —Sus ojos azules, inquisitivos, se clavaron en María—. Es curioso; nunca imaginé que Samuel y tú no terminarais casados. Recuerdo que, ya de niños, erais inseparables. Después, cuando volví años más tarde, la situación no había cambiado... No, me cuesta aceptar que no sea contigo con quien va a casarse.

—Los tiempos cambian y los sentimientos... también —musitó, tratando de no visualizar los recuerdos que conjuraba. ¿Qué pretendía la buena mujer?

—Hummm... Eso es lo más extraño de todo. —Cabeceó, los ojos entrecerrados.

—¿Lo más extraño? —preguntó María, intrigada.

—*Oui*. Un amor como el que vosotros os teníais no se olvida, querida. Es... sencillamente imposible.

—Yo... creo que sí se puede... olvidar. —«Eso es lo que tú quisieras.»

—¿Lo crees de veras o solo deseas creerlo? —La miró con la cabeza ladeada, como buscando una señal. Debió de encontrarla, pues sonrió; sus ojos brillaron de regocijo—. ¿Te has dado cuenta de que los dos estáis libres?

«Claro que me he dado cuenta», gimió por dentro. ¡Cómo evitarlo!

—No, no lo estamos. Él... él está a punto de casarse y yo... debo hacerlo pronto, como sin duda sabréis.

—Por supuesto, mi querida niña. Pero aún no lo estáis, ¿no es cierto? —Esperó a que María negase, antes de proseguir—. Estáis a tiempo de ver cumplidos vuestros sueños.

No pudo evitar que su corazón diera un salto mortal. Imaginar que... ¡No! Era mejor no soñar con imposibles. Negó con la cabeza, sin decir nada. Debía aceptar la situación y no pensar en utopías.

—Muchacha, muchacha. ¿Vas a quedarte parada, sin intentar alcanzar lo que deseas?

—¿Quién os ha dicho que eso es lo que deseo? —se atrevió a preguntar, la barbilla elevada.

—Tú misma. Me lo ha dicho el modo en que has salido huyendo de la iglesia. El modo en que te retuerces las manos. —Las señaló y María se dio cuenta de que lo estaba haciendo y las dejó caer, mortificada—. Querida mía, no puedes engañarme. Sé lo que es amar del modo en que vosotros lo hacíais.

—Pero eso...

Tía Henriette levantó una mano para hacerla callar antes de volverla a apoyar sobre la otra, en la empuñadura del bastón.

—Estoy segura de que mi sobrino aún siente algo por ti. No le creo tan voluble de sentimientos.

—Lo dudo, *madame*. Han pasado muchas cosas desde que él se marchó...

—*Oui*. Lo que me lleva a preguntarte, ¿por qué te casaste con el confitero? —soltó muy seria.

—¡Madre! Mirad que he encontrado.

«¡Virgen Santa! —gritó María en silencio, asustada—. Paula, vete. Sal de aquí.»

Notó los ojos de la francesa clavados en ella y trató de sosegarse.

Paula, ignorando el temor de su madre, entró corriendo en la tienda con algo entre las manos. Cuando la niña llegó a su lado, pudo comprobar que era un pajarito.

—¿Dónde... dónde están tus modales? —amonestó María, rezando para que la señora no descubriera su parecido con Samuel. No se atrevió a mirarla por miedo a que lo leyera en sus ojos.

—¡Oh! Lo siento. Buen día, señora —saludó la niña de corrido, sin dejar de mirar al animalito—. No sabe *vuelar*. Voy a cuidarlo hasta que se haga mayor. —Levantó la mirada y sonrió de oreja a oreja.

—No deberías tocarlo; ahora su madre no le querrá —afirmó tía Henriette con aplomo—. Déjalo donde lo has encontrado para que él solo busque su nido, de lo contrario se morirá, querida.

—¡No! Yo lo cuidaré —protestó Paula, mostrando el labio inferior con terquedad.

—Es un gorrión y no se adaptan a vivir en cautiverio —le recordó la mujer, sin ceder—. Aún eres muy pequeña para saberlo.

—No soy tan pequeña. Tengo cinco años —aseguró la niña con un mohín. Iba a enseñarle los dedos de una mano, pero cambió de parecer al ver que el pájaro podría escaparse—. Sé los números. El señor Samuel me está enseñando —aclaró, digna—. Dice que pronto sabré hacer cuentas y podré ayudar a mi madre en la tienda.

—Hummm... ¡Extraordinario! —exclamó la francesa con los ojos brillantes—. Así que se te dan bien los números...

—Paula, será... será mejor que dejes a ese pájaro donde lo has encontrado —ordenó María. Quería que su hija se marchara de allí antes de que la mujer siguiera preguntando más. Antes de que adivinara la verdad.

—Madre, yo puedo cuidarle. Dejad que me quede con él. Seguro que su madre ya no le quiere...

—Paula, obedece de una vez —masculló, con los nervios a flor de piel—. No me hagas enfadar.

La niña bajó la cabeza, los ojos anegados de lágrimas, y regresó al patio.

La francesa siguió todos sus movimientos hasta que la perdió de vista.

—Hummm... Cinco años —dijo tía Henriette como si saboreasе la palabra—. ¡Extraordinario! ¿Y no has tenido más hijos? —Al ver que María negaba, continuó—: Es curioso lo rápido que te quedaste embarazada, nada más casarte, y que no hayas tenido más.

María reprimió un escalofrío y trató de tranquilizar su corazón, que parecía querer salirle por la boca. Deseaba que aquella mujer tan entrometida se marchase de allí y la dejase en paz. Notaba las manos sudadas y la espalda tan fría como las piedras en invierno.

—Dios... Dios no quiso bendecirnos con más hijos —se atrevió a decir.

—¡Extraordinario! —repitió la francesa—. Una mente malpensada podría creer que la niña ya estaba en camino antes de la boda. —Clavó los ojos en ella, con una pregunta muda.

María sintió que se ponía roja y que luego, con la misma rapidez, empalidecía. Aguantó la mirada todo el tiempo que pudo, que no fue mucho. Aquella mujer era demasiado inquisitiva; antes de lo que hubiera querido, María apartó los ojos. Se sujetó en el mostrador, demasiado alterada para que las piernas la sostuvieran.

—Hummm... ¿Y bien? ¿Él lo sabe?

—No... no sé a qué os referís, *madame* —fingió ignorancia.

—Muchacha, no tengo tiempo para tonterías. Reconozco que se parece mucho a ti, pero esa sonrisa, el modo en que da muestras de terquedad, los números..., me recuerdan demasiado a Samuel como para pasarlas por alto. Por otro lado, eso aclararía el porqué de aquella boda tan apresurada. ¿Sabía que ella era la razón de que te casaras tan pronto? —indagó, tan seria como un sargento—. ¿Tu esposo conocía esas circunstancias?

—¡Sebastián siempre lo supo! —exclamó, indignada. Sin molestarse en seguir fingiendo. Los ojos, llameantes. Luego bajó el tono por temor a que la oyeran en la trastienda—. No lo engañé, si eso es lo que queréis insinuar.

—¿Y Samuel? —preguntó, como si el estallido de María no hubiera tenido lugar—. ¿Él lo sabe? No, no lo creo. Si lo supiera no se casaría con otra. Debes decírselo. Tiene derecho a conocer la verdad.

María negó con la cabeza, repentinamente agotada. No podía hacerlo. Se iba a casar en menos de un mes. ¿Cómo iba a decirle tal cosa?

—¿Has pensado que si te casas con Samuel se solucionarían todos tus problemas? Él es maestro confitero...

—No quiere ejercer.

—Mi estimada niña, si le das motivos suficientes, hará lo que sea —aclaró la francesa, alzando la barbilla—. Saber que tiene una hija... Bien, creo que ese es un motivo lo suficientemente poderoso para hacerle cambiar de opinión respecto a muchas cosas.

—Por favor —rogó, asustada—. No se lo digáis.

—De momento no lo haré. Esperaré a que lo hagas tú misma —apuntó la mujer, decidida—. Pero espero que lo hagas antes de que vuelvan a leer las siguientes amonestaciones —especificó con rotundidad—. No me mires así, muchacha —la reprendió, al ver el miedo reflejado en los ojos avellanados de María—; lo hago por vosotros. No pierdas el tiempo y habla con mi sobrino antes de que sea demasiado tarde.

—¿Estáis diciéndome que le pida matrimonio? —analizó, escandalizada.

—Por supuesto, querida —soltó, sorprendida—. ¿Qué problema ves en ello?

—Una mujer... una mujer no...

—Bobadas, niña —pronunció, moviendo la mano como espantando moscas—. Puedes y... —lo meditó un instante—, debes hacerlo. Que tengas un buen día, querida.

Tras esas palabras salió de la tienda a golpe de bastón, dejando a María aturdida, apoyada en el mostrador para no caer al suelo.

¡Casarse con Samuel! ¡Era una locura!

«Una fantástica locura», le dijo una vocecita un tanto molesta.

Samuel cerró los libros de cuentas de la confitería y los guardó en el morral de cuero. Tenía las cifras al día y ya era hora de que pasara a recoger más facturas para apuntarlas.

Bruma lo miraba, tumbada a sus pies. Continuó sentado, sin decidirse a levantarse. Una parte quería ir a la confitería para volver a ver a María; la otra, sin embargo, prefería no verla. No ahora, cuando empezaba a temer que sus sentimientos por ella volvieran a ser tan intensos como antes de partir hacia Caracas.

Apoyó los codos sobre la mesa y se sujetó la cabeza con las manos. Se sentía tan confundido que no sabía qué hacer. Unas semanas atrás aún sabía que...

«¡No sabías nada!», pensó, incorporándose de golpe y golpeando la madera con los puños.

La perra saltó con la cola entre las piernas, mirándolo asustada.

—¡Hola, hermanito! —saludó Isabel al entrar en la biblioteca—. ¡Vaya cara de enfado que tienes! Has asustado a la pobre *Bruma*. —Se agachó para ponerse a la altura del animal—. Ven, chiquitina; no hagas caso de este gruñón —murmuró, acariciándole el blanco pelaje.

Samuel la vio hacer, molesto por haber incomodado a la perrita y por su propia situación, tan complicada. Tal vez no tendría que haber regresado a San Sebastián. Antes de llegar lo veía todo con claridad; ahora, por el contrario, no lo tenía tan claro. A decir verdad: nada claro.

—He venido para invitarte a buscar higos. Tía Henriette quiere dulce y he pensado que podríamos ir a por ellos. ¿Qué te parece? —indagó, sin dejar de acariciar a *Bruma*.

—No me apetece hacer dulce —protestó sin demasiada convicción; frunció el entrecejo al percatarse de ese detalle. Por primera vez en seis años, la perspectiva de hacer labores de confitero no le parecía tan desagradable—. Seguro que en la tienda...

—¡Oh, Samuel!, no seas tan pesado. Seguro que nos divertimos. Siempre he tenido ganas de ir contigo, pero preferías que fuese María —recordó con tristeza—. Decías que era demasiado pequeña para ir, pese a que vosotros ibais siendo aún más pequeños de lo que yo era.

Samuel recordó perfectamente la razón por la que no dejaba

que les acompañara. Esas salidas les proporcionaban la intimidad que andaban buscando por todos los rincones. Eran el momento perfecto para besarse y acariciarse al abrigo de miradas indiscretas. La presencia de Isabel lo habría hecho imposible y por eso nunca la llevaron.

—Lo siento, hermanita —se disculpó, sincero. Ahora que veía la tristeza que la había causado con su decisión, le apenaba haberla dejado a un lado—. Iremos a buscar esos higos antes de que se maduren demasiado.

—¡Estupendo! Cogeré una cesta. ¿Quieres que le pregunte a Rosa Blanca si quiere venir con nosotros? —propuso, pero por la manera en que se mordía el labio inferior, Samuel intuyó que prefería ir solo con él.

—No; no le digas nada. Me gustaría que fuéramos tú y yo solos.

A juzgar por la enorme sonrisa que le regaló Isabel, había dado en el clavo y sonrió a su vez.

Mientras su hermana iba a por una cesta y se cambiaba el calzado por unas sencillas albarcas con las que trepar a la higuera, él se puso un pantalón de sarga, una camisa vieja y las albarcas sobre unas medias de lana.

Isabel apareció en la cuadra cuando terminaba de ensillar a los caballos.

—No he tardado mucho, ¿verdad? —inquirió, dando saltitos, feliz—. Tía Henriette y madre se han puesto muy contentas al saber adónde íbamos. Seguro que se están relamiendo de anticipación.

—¿Igual que tú, golosa?

—Ay, no seas malo, sabes que me encanta el dulce —protestó entre risas—. No tengo la culpa de que mi hermano mayor quisiera ser confitero y le gustase practicar en casa.

—¿Me estás echando la culpa? —sonsacó, fingiendo enfado.

—Calla y salgamos ya —ordenó ella, sin comprometerse.

No tardaron en llegar al grupo de higueras donde había estado con María y Paula. El olor de los árboles les envolvió por completo. *Bruma* rodeó los troncos olisqueando el suelo, como si buscara algo. Luego alzó la cabeza para emitir un gemido.

—¿Qué le pasa?

—Creo que busca a Paula. La semana pasada estuvimos aquí y coincidimos con ella y su madre —explicó, desmontando. Acarició a la perrita para tranquilizarla. Luego se acercó para ayudar a Isabel.

Ató los caballos a una rama baja y empezó a trepar por la higuera, buscando los higos maduros. El primero se lo lanzó a su hermana para que lo probara, el siguiente se lo comió él. Estaba dulce y jugoso. Perfectos para hacerlos confitados.

—¡Qué bien se está aquí! —exclamó Isabel, sentada en una rama a su lado.

—No tendrías que haber subido...

—Ay, no seas tan protector conmigo. Me tratas como a una niña pequeña y no lo soy —rezongó, colocando con cuidado un par de frutos en el cesto—. Aquí arriba es más divertido.

—Pues ten cuidado. No me gustaría que te rompieras el cuello.

—¡Pesado! —masculló entre risas. Luego se quedó seria—. ¿Sabes lo que Jacinta me contó la otra tarde?

—Ni idea.

—Maese Germán le ha pedido matrimonio a María. ¿Sabías algo?

Samuel estuvo a punto de resbalar por la impresión, pero logró sujetarse a tiempo. Pese a reconocer que, tarde o temprano, el nuevo maestro confitero le propondría casamiento, le parecía un poco precipitado. ¿No era demasiado pronto? ¡Sí! Sin duda, lo era.

—¿Sabías algo? —repitió Isabel, los ojos clavados en él.

—No. Es la primera noticia que tengo al respecto. Por otro lado... era inevitable que terminase casándose con él. —Casi se atragantó al decirlo, como si la idea le desagradase.

«¡Por supuesto que me desagrada!», se confesó, sorprendido de ser capaz de aceptar ese sentimiento.

—No he dicho que se vayan a casar, Samuel. Jacinta me ha dicho que su hermana aun no le ha dado la respuesta.

Él suspiró, aliviado, mientras Isabel parloteaba sobre el tema.

No debía alegrase de que ella aún no hubiera aceptado ese matrimonio. No tenía derecho a hacerlo. Después de todo, él se iba a casar en menos de un mes.

Recordarlo hizo que volvieran todas sus dudas. ¿Era lo correcto? ¿Sería feliz con Rosa Blanca? ¿Lo sería ella con él?

No tenía respuesta y eso le quemaba por dentro. ¿Y si estaba tomando una decisión equivocada? En los últimos días se había dado cuenta de que su prometida y él apenas tenían nada en común. Veía a sus padres conversando de cualquier tema, exponiendo sus puntos de vista, pero él no se imaginaba haciendo lo mismo con Rosa Blanca. En realidad casi no habían hablado, ni cuando estuvieron en Caracas ni ahora en San Sebastián. ¿En qué había estado pensando cuando le propuso matrimonio?

—Samuel, ¿qué te ocurre? ¿Te sientes mal? —indagó su hermana, mirándole con preocupación—. ¿Te duele algo?

—No. Siento haberte asustado. Recordaba a maese Sebastián... —mintió, avergonzado por la mentira.

—Pobre hombre. Y pobre María que ahora debe casarse para no perder la confitería —musitó Isabel, condoliéndose—. Menos mal que maese Germán es un hombre bien parecido y que... —enmudeció, sonrojada.

—¿Y que qué?

—Pues eso, que es bien parecido —respondió, abochornada—. No es lo mismo que si fuera muy viejo... Jacinta cree que a su hermana no le costará tomarle cariño y... puede hasta que ¡se enamore de él! —concluyó, con la emoción propia de una jovencita de dieciséis años.

Si le hubiera dado una patada en pleno estómago no se habría sentido tan mal. Samuel trató de inspirar con suavidad para recomponerse. Imaginar a María enamorada de otro era demasiado punzante.

«¡No! —negó en silencio, volviendo a recoger los frutos con fiereza—. No tengo ningún derecho sobre ella ni sobre sus sentimientos. Es libre de amar a quien ella quiera.»

Saberlo no lo hacía más llevadero ni menos doloroso.

Sabina se alisó el vestido nuevo, mirándose en el pequeño espejo que había sobre el tocador y asintió, satisfecha por el resultado. Le había quedado precioso. Tras una semana cosiendo hasta que los dedos le dolían, por fin estaba acabado. El azul resaltaba el color de sus ojos y el corte se ajustaba a su figura con precisión. Tenía que mostrarlo, salir a la calle y disfrutar de un paseo con su vestido nuevo.

Sin dedicar más tiempo a pensarlo, se atusó el cabello y salió de la habitación, dispuesta a lucir su maravilloso trabajo.

Era media tarde, el mejor momento para ver y ser vista. Se sentía exultante. Era la primera prenda que estrenaba en mucho tiempo. Tal vez debería haber esperado al día siguiente, que era domingo, pero no podía aguantar. Se lo había ganado.

Varias personas la saludaron con una sonrisa y ella les devolvió el saludo del mismo modo. No le costaba nada sonreír; era más: la sonrisa ya estaba en sus labios.

—Buen... buen día, señorita.

Se volvió para saber quién la estaba saludando con ese leve titubeo. El pañero estaba a la puerta de su tienda y la miraba con las mejillas sonrosadas. Una señora conversaba con él.

—¡Ah! Buen día. ¿Qué os parece mi vestido nuevo? —preguntó Sabina, en un impulso.

—Os sienta de maravilla, señorita. Si me lo permitís, el color es justo lo que necesitabais —articuló el hombre, nervioso.

—¿Tiene más de ese tafetán? —indagó la señora, mirando con envidia el vestido de Sabina.

—Sí, sí, sí. Aún queda algo —se apresuró a contestar el pañero. Su frente despejada brillaba al sol.

—En ese caso... me llevaré unas varas para hacerme un vestido.

—Por favor, señorita, ¿podríais... podríais pasar un momento? —solicitó el hombre, al ver que Sabina hacía amago de seguir su camino.

—Por supuesto.

Los tres entraron en el establecimiento. El dueño corrió a buscar la pieza de tafetán para darle a la señora, mientras Sabina daba un vistazo a los tejidos que se amontonaban en las baldas. Torció el gesto al ver que, del modo en que estaban colocados, apenas podían apreciarse; pensó que, de ser su tienda, los pondría más visibles para que pudieran lucirse mejor. Ese hombre necesitaba orientación lo antes posible.

El pañero estaba midiendo la tela, completamente entregado

al trabajo. De vez en cuando, alzaba la vista y miraba a Sabina para asegurarse de que aún seguía allí. Luego volvía a su tarea, ruborizado como un muchacho imberbe.

Sabina esperó, paciente, a que terminara de atender a la señora, quien, dicho fuera de paso, se marchó encantada con su nueva adquisición.

—Me alegro de veros, señorita —musitó el hombre, cuando se quedaron solos—. He pensado mucho en vos, si me permitís decirlo.

—¿En mí? —preguntó Sabina, interesada.

—Sí, sí, sí. Veréis, yo... Yo estoy muy perdido desde que mi querida madre falleció, Dios la tenga en Su gloria, y... necesito los consejos de alguien que sepa... Que entienda de tejidos...

Sabina esperó impaciente a que el hombre terminara de hablar. Se lo veía tan nervioso que no pudo menos que apiadarse de él. Estando de tan buen humor, no le costó nada hacerlo.

—¿Me estáis pidiendo, por ventura, que os ayude en la tienda?

—Sí, sí, sí. Por supuesto, señorita. Os... os estaría muy agradecido.

Sabina apretó los puños contra la cadera para no saltar de alegría. ¡Lo había conseguido!

—En ese caso, estaré encantada de ser de ayuda —dijo, en cambio, guardando las apariencias.

—¿Cuándo... cuándo podríais empezar? —indagó el pañero, mirándola con ojos extasiados.

—Cuando vos queráis. Ahora mismo, si lo deseáis —se apresuró a proponer, incapaz de seguir manteniéndose imperturbable.

—Sí, sí, sí.

Acordaron un salario muy generoso. Sabina imaginó que el pobre hombre no se había atrevido a ofrecerle menos por timidez y ella... ¿Qué había de malo en aceptar tan generosa oferta?

—Antes de nada, me gustaría aconsejaros sobre un punto.

—Decidme, señorita... —Frunció el entrecejo, pensativo—. ¿Cuál es vuestro nombre?

—Sabina.

—¡Ah!, señorita Sabina. —Pareció paladear el nombre y, al darse cuenta de lo que estaba haciendo, se puso del color de las amapolas—. Bien, yo... soy Benito de Ibarra, para serviros a vos.

—Gracias, don Benito.

—No, no, no. Con señor Benito es suficiente.

—Bien, en ese caso, señor Benito. —Sonrió, y tuvo el placer de ver al pobre hombre ruborizarse aún más—. Os aconsejo que pongáis algunas telas de manera que se vean nada más entrar. Así, mientras esperan a ser atendidas, las clientas podrían admirarlas y... estoy segura de que muchas terminarán comprándolas.

—No lo había pensado —declaró, cabeceando satisfecho—. Me alegro de que hayáis aceptado, señorita Sabina.

Ella asintió con un movimiento leve de cabeza y sonrió por dentro. Sin duda, ese vestido le daba suerte.

22

La iglesia estaba tan concurrida como siempre. Entre esos muros, el calor exterior era más llevadero. Pese a haber cruzado ampliamente el ecuador del mes, el día se había levantado tan bochornoso que la hacía sudar a mares. María tenía la camisola pegada al cuerpo, como una segunda piel. Sentía resbalar una gota de sudor desde el cuello, por la base de su espalda, entre los muslos, hasta empapar el doblez de la media sujeta con una liga por encima de las rodillas.

Miró discretamente a los bancos de su izquierda, donde estaban Samuel y su familia. Él, sentado con elegancia, parecía seguir con atención el sermón del párroco. Su casaca, del mismo color que la cáscara del cacao, se amoldaba a sus hombros y resaltaba la anchura de su espalda. María se preguntó cómo lograba mantenerse en forma con su trabajo de contable. Claro que también pudiera ser que se hiciera rellenar los hombros con postizos; había oído que muchos sastres lo hacían para favorecer las siluetas de sus clientes. ¿Sería él de esos lechuguinos presumidos? Antes no lo era, desde luego, y tampoco necesitaba rellenos de ningún tipo.

«¿Qué te importa si lleva rellenos o no?», se reprochó, avergonzada.

El párroco les ordenó sentarse; ella tragó un suspiro de alivio. Volvió a mirar a Samuel, recordando las palabras que su tía Henriette le había dicho el día anterior. Por culpa de la francesa, esa noche no había podido dormir. No dejaba de pensar en ello;

como tampoco recordar algunos momentos con Samuel, antes de que él se fuera a Caracas.

El calor la invadió como si hubieran puesto un brasero bajo sus pies. Pero no era por el bochorno reinante, sino más bien por ciertas vivencias que era mejor no rememorar. Y menos en la iglesia.

Carraspeó para apartar de su mente esas escandalosas escenas y volvió a mirar al púlpito, tratando de entender algo del sermón.

La imagen de Samuel, la primera vez que se habían tocado bajo la ropa, se coló en su cabeza como una marejada.

Tenía dieciséis años y ella, uno menos. Habían ido a por castañas para maese Sebastián. Buscando un rato para ellos, llenaron las cestas lo más rápido posible. En los últimos días, el deseo de abrazarse o besarse era tan agudo que no veían la hora de dar rienda suelta a sus ganas. Como estaban muy cerca de la cabaña que consideraban suya desde niños, corrieron a ella como si tuvieran alas en los pies. Las hojas secas del camino crujían a cada paso. Cerraron la puerta nada más entrar y, tras dejar las cestas en el suelo, se abrazaron ansiosos, besándose como si, de no hacerlo, pudieran perecer.

Samuel olía a bosque y a cacao; sabía a felicidad. Le quitó el sombrero y lo dejó caer al suelo; resiguió con suavidad la línea de sus oscuras cejas, los pómulos, hasta las bocas unidas, hambrientas. Él le soltó la trenza y la peinó con suavidad, separando cada mechón con los dedos. Le encantaba peinarla.

Después sintió la mano de Samuel en el pecho, tanteándolo con delicadeza, por encima de la ropa. ¡Cómo deseaba ser más atrevida y dejarse acariciar directamente en la piel! Hasta ese momento se habían tocado por encima de la ropa, algo que, a aquellas alturas, les dejaba frustrados y con ganas de más.

Como si él hubiera escuchado sus más íntimos deseos, se atrevió por primera vez a soltar el lazo que le cerraba el corpiño. Anhelaba tanto tocar su piel que los dedos, siempre tan diestros, le temblaban de anticipación.

María no le había detenido, como en otras ocasiones; no habría podido hacerlo: lo deseaba tanto como él. Así que, no solo no lo detuvo, sino que aventuró la mano bajo la casaca de Samuel y desató el cordón que le cerraba la camisa, como tantas veces había soñado con hacer.

Lo sintió temblar bajo los dedos; o quizás eran sus dedos los que tiritaban. En cualquier caso, sentir la piel caliente del torso de Samuel fue tan hermoso que se le nublaron los ojos. Y en ese instante percibió la leve y dubitativa caricia en su propio pecho; la sensación le hizo olvidar todo, salvo que no quería que parase... nunca.

Samuel, sin dejar de besarla, se quitó la casaca; se separaron el tiempo justo para que él se sacara la camisa por la cabeza. María luchó para no mirar alelada su torso desnudo, pero al final venció su curiosidad. Él había crecido mucho en el último año. Ya era más alto que ella y su cuerpo había cambiado ostensiblemente. Los hombros eran muy anchos en comparación con la estrechez de su cadera. No tenía vello en el pecho, tan solo unos cuantos pelos alrededor de las tetillas.

—Puedes mirarme, si quieres —le había dicho Samuel, al pillarla con la vista clavada en él—. No me importa. Yo... yo también quisiera... ¿Puedo mirarte yo?

—¿Es-esto es pecado?

—¿Cómo puede ser pecado el amor?

—Pero no estamos casados...

—Para mí eres mi esposa, María. No necesito que me lo diga el párroco —le había contestado con fiereza—. Eres mi mujer y te quiero.

María aún recordaba el latido frenético de su corazón cuando sintió los ojos de él fijos en su figura, con el corpiño desatado, colgando de los hombros en precario equilibrio y el escote de su camisola más abierto de lo habitual. Había deseado taparse, pero la mirada tierna de Samuel le hizo cambiar de opinión y descruzó los brazos sin apartar la vista de los ojos oscuros de su amado. Perdida en sus profundidades.

No sabía cuál de los dos había alargado el brazo primero para acariciar al otro, solo que sentía los dedos de Samuel sobre el cuello, resbalando por el escote hasta el borde de la camisola. A la vez, ella seguía el mismo movimiento sobre la piel de él, titubeante, sin saber si continuar o escapar corriendo. Ahora que estaba medio desnudo a su lado, le daba más vergüenza que un instante antes.

Samuel tomó uno de los extremos del lazo de su camisola y ella, nerviosa, dio un paso atrás; el lazo se desató con el movimiento y la prenda resbaló por un hombro, exponiendo uno de los redondos pechos a la mirada ardiente del joven.

—¡Por las llagas de Cristo! —había exclamado él con un gallo, mientras su dedo se acercaba a la rígida punta rosada expuesta. Su nuez de Adán subió y bajó convulsivamente.

Esa vez había sido como si la alcanzara un rayo.

Una inspiración brusca la devolvió a la realidad. Notó que la tiraban de la mano, al mirar descubrió la mirada angustiada de Paula; entonces comprendió que ella había emitido ese jadeo y enrojeció furiosamente, sin atreverse a mirar alrededor por si alguien se había dado cuenta.

«¡Santa Madre de Dios! —gritó en silencio, avergonzada—. ¿Qué crees que estás haciendo al pensar en esas cosas aquí? ¡Estás en una iglesia!»

El resto del oficio lo pasó rezando para que acabara de una vez. Al finalizar, cuando el cura volvió a leer las amonestaciones por la boda de Samuel y Rosa Blanca, sintió las palabras de tía Henriette reverberando en su cabeza como un molesto eco y supo que debía hacer algo.

Rosa Blanca salió de la iglesia parpadeando por el cambio de luz. Era un día radiante, que le recordaba demasiado a su país. La añoranza dolía y asustaba. Pronto los días serían más cortos, lluviosos y tristes. Isabel le había explicado cómo eran los otoños en San Sebastián y, aunque le había asegurado que en muchas ocasiones llegaban con buen tiempo hasta noviembre, solo de imaginar el frío y la lluvia venideros se echaba a temblar.

Quedaban tres semanas para la boda y únicamente pensaba en echar a correr y no parar. Huir de esa responsabilidad que su padre había puesto en sus hombros.

Había visitado las dos casas de empeño que había en la plaza para localizar el colgante de Isabel, pero sin resultado.

Lo vio salir de la iglesia tan emperifollado como siempre. Sus ropas eran las que más destacaban entre los allí reunidos. La casaca gris perla, con los calzones a juego y la chupa dorada eran todo un tributo a la moda. Se había fijado en las miradas de admiración que muchas mujeres disimulaban tras sus abanicos. Sería fabuloso que su padre volviera a casarse.

El día anterior, mientras estaban en la biblioteca los dos solos, le había preguntado a bocajarro si él había cogido el colgante de Isabel; por supuesto, él lo negó.

—¿Acaso me crees un ladrón? —había indagado, ofendido—. Debes tener más respeto por tu padre, muchacha desagradecida. Empiezo a creer que esas monjas no hicieron bien su trabajo. No sabes respetar ni obedecer a tus mayores.

—Os respeto y obedezco, padre. ¿Acaso no acepté casarme con Samuel, como queríais? Hace unos días me pedisteis más dinero y hasta insinuasteis que aún me quedaban algunas de las joyas de mi madre —le recordó, enfadada—. ¿Qué otra cosa podía pensar cuando desapareció la joya?

—Desde luego, que esa chiquilla tonta la ha perdido, no que yo se la he robado.

—¿Lo habéis hecho? —volvió a insistir.

Su padre se había negado a contestar antes de marcharse, sin despedirse, dejándola angustiada.

Ahora, a la puerta de la iglesia, le vio saludar a varios hombres y a sus esposas, con ese aire altanero que le caracterizaba. Seguía creyéndose por encima de todos, cuando dependían de la caridad de la familia Boudreaux.

—Queridas, hace demasiado calor para estar en la calle —anunció doña Camila.

—Sí... —murmuró, pensando, en realidad, que era una temperatura estupenda.

El señor Armand, que había estado hablando con unos familiares, se acercó a su esposa con una sonrisa y le besó galantemente el dorso de la mano. Envidiaba esas muestras de cariño, pese a que, si su prometido lo hubiera hecho, se habría sentido incómoda.

Al volverse para no ser testigo de esas muestras de afecto, descubrió los ojillos sapientes de tía Henriette clavados en ella. Esa mujer la ponía nerviosa. Cuando miraba era como si pudiera leer los pensamientos de cualquiera. Trató de sonreírle para paliar la desazón que le provocaba; la francesa le devolvió la sonrisa, pero Rosa Blanca tuvo la sensación de que estaba tratando de adivinar qué le ocurría.

—Vamos, querida niña. Será mejor que regresemos a casa antes de que la piel se nos ponga del color del cuero —advirtió la mujer, tomándola del codo. Los pendientes de rubíes captaron la luz del sol y brillaron como la sangre fresca. Rosa Blanca se reprochó ser tan fantasiosa—. Podremos hablar mientras caminamos. Debo decir que en todo este tiempo no hemos cruzado más de dos o tres palabras.

Rosa Blanca reprimió un escalofrío de aprensión. Esa mujer era demasiado directa. No estaba acostumbrada a esa forma de hablar, tan franca, y menos al modo en que parecía estar al tanto de todo.

¿Sospecharía el vicio que tenía su padre?

Era evidente que a la francesa no le agradaba don Eladio. A decir verdad, el desagrado era mutuo. Su padre pensaba que una mujer decente no podía ser así de liberal ni vestir con colores tan vivos como los que lucía la viuda. Lo había pillado mirándola, pero no pudo discernir si su mirada era de reproche o no. Tampoco le importaba; ella tenía otras cosas de qué preocuparse.

—Y bien, muchacha, ¿tenéis muchas ganas de que se celebre la boda? —investigó la mujer, mientras caminaban.

—Sí —contestó de manera escueta.

—Hummm... —fue el único sonido que emitió, al tiempo que cabeceaba como si estuviera respondiéndose a una pregunta que solo ella conocía—. Recuerdo que, cuando me casé con mi querido primer marido, me pasé las últimas semanas caminando un palmo por encima del suelo. ¿Os sentís caminando de ese modo?

—Pues... pues... no —contestó, sincera.

«¿Caminar un palmo por encima del suelo? ¿Esa mujer ha perdido la cabeza?», pensó, extrañada.

—Claro, querida niña. Cuando estás enamorada te sientes tan bien que pareces flotar, igual que las semillas del diente de león. Pero eso ya lo sabéis, ¿no?

No podía contestar a eso. Bueno, sí que podía contestar; durante unas semanas se había sentido así. Durante unos días creyó que... pero eso no pudo ser. Su padre lo había cortado por lo sano, encerrándola en la casa para que no pudiera volver a encontrarse con Álvaro. Él jamás permitiría un enlace con alguien que no fuera de su gusto y estaba obsesionado con emparentar con una familia de abolengo. El día en que escuchó el apellido de Samuel, los ojos le habían brillado codiciosos.

Aun ahora, sin demostrar que el señor Armand perteneciera a la influyente familia Boudreaux de Louisiana, seguía entusiasmado, convencido de que iba a emparentar con ellos.

Isabel caminaba delante de ellas, parloteando con su amiga Jacinta. Doña Camila y el señor Armand encabezaban la marcha. Ella iba sujeta al codo de su esposo, que había inclinado la cabeza para oír mejor lo que fuera que ella le estaba contando. Debía de ser muy divertido, puesto que los dos soltaban risitas de vez en cuando.

—Se aman —comentó la francesa, mirando a su sobrino y a doña Camila—. Muchos dicen que en el matrimonio no es necesario el amor; tienen razón, pero no hay duda de que, cuando existe, la vida en pareja es... sublime. ¿Os escandalizo, querida? —preguntó al ver que la joven estaba sonrojada—. Ruego que me perdonéis. A veces digo las cosas que me pasan por la cabeza y...

—No... no os preocupéis, señora... —articuló, nerviosa.

—He tenido cuatro maridos, pero solo he amado a dos —siguió contando la mujer—. A mi primer esposo y al último. Esos han sido los matrimonios más felices que he tenido. No es que los otros dos fueran un infierno. Nada de eso. Es solamente que... eran... —Meditó, buscando la palabra—. Eran aburridos. Tediosos, más bien.

Rosa Blanca guardó silencio, sin saber qué decir. ¿Qué pretendía aquella mujer al contarle esas cosas?

«No pienses en eso; seguro que no pretende nada», se dijo en silencio, aunque no consiguió apartar de su mente esa sensación.

—¡Oh! Nos hemos olvidado de Samuel. ¿Sabéis dónde está? —preguntó tía Henriette, deteniéndose para mirar atrás.

—No. No me he fijado —contestó la joven.

—Hummm...

—Pues en ese caso, pasaré más tarde para llevarle los libros y a recoger las nuevas facturas, señor. Que tenga un buen día. —Samuel se despidió del comerciante con una inclinación de cabeza; se volvió para dirigirse a su casa.

A la puerta de la iglesia apenas quedaban parroquianos. El sol era inclemente y la humedad hacía desagradable el calor.

María estaba sola, quieta como una estatua vestida de negro, a la sombra del pórtico de la iglesia. Unos pasos más allá, Paula jugaba con *Bruma*, ajenas al sol y al calor reinante.

Samuel se acercó a la madre de la niña. Se dijo que solo era para preguntarle si tenía datos nuevos para anotar en los libros, pero en realidad era porque quería verla; más bien, lo necesitaba. Desde la tarde en que había ido a por las bolas de chocolate, no había vuelto a estar con ella. Se había obligado a no ir por la tienda para no verla, pese a que una parte de él lo deseaba con ímpetu y más de una vez se vio caminando en esa dirección, como si una fuerza le impeliera a acercarse a María. En el último momento había conseguido combatir ese deseo, pero no había sido fácil. Nada fácil.

—Buen día —saludó al llegar a la altura de María—. Quería preguntaros si tenéis más datos para anotar...

—Sí —aseguró, con voz algo chillona; luego carraspeó, ruborizada—. Quiero decir que seguramente habrá algunas cosas. Hace días que no pasáis y...

Estaba parloteando. ¿Era posible que estuviera tan nerviosa como él?

—Puedo acompañaros y, si antes pasamos por mi casa, os enseñaré los libros...

—¡Oh! No hace falta —le cortó, agitando la mano, claramente alterada—. Prefiero que vayamos directamente a la confitería... así os daré... os daré las facturas —terminó, mirando a todos los lados, menos a él.

—En ese caso, será mejor que nos vayamos antes de que el sol nos derrita como a la nieve.

—¡Paula! —llamó María, y se frotó los brazos como si tuviera frío, antes de comenzar a andar—. Nos vamos.

—Señor Samuel, ¿venís con nosotras? —indagó la niña, esperanzada, trotando hacia ellos con la perrita a la zaga. Al ver que él asentía, continuó—: Ayer encontré un gorrión. Se había caído del nido y no sabía volar. La señora francesa me dijo que debía dejarlo en su sitio y no tocarlo, pero yo quería cuidarlo...

—¿Se refiere a tía Henriette? —preguntó a María.

—Sí. Vuestra tía estuvo ayer en la tienda —afirmó, caminando con prisas.

—¿Qué ha sido del pajarito? —curioseó Samuel.

—¡Oh! Se ha *morido* —aclaró la niña, frunciendo el entrecejo—. Está con mi padre.

—Se ha muerto —corrigió Samuel, con una sonrisa—. Seguro que sí, Pequeño Confite.

—¿Por qué se ha muerto? —indagó, con el dedo en la boca.

—Porque era muy pequeño para sobrevivir sin su madre.

—¿Por qué? —insistió.

—Porque necesita sus cuidados. Que le dé la comida...

—Yo le di comida. Le di gusanos, hormigas, moscas...

—Seguro, Confite, pero los pajaritos necesitan cuidados especiales que solo su madre puede darles —intentó explicarle a la pequeña.

—No sé, a lo mejor es que estaba triste porque no estaba con ella —concluyó la niña, con un gesto de aceptación. Luego, como si tal cosa, continuó jugando con *Bruma* de camino a la tienda.

Samuel esbozó una sonrisa. Esa chiquilla era adorable; por enésima vez se recordó que podría haber sido suya de no haberse marchado. Sacudió la cabeza para alejar de su mente esos pensamientos, que a nada conducían.

María andaba rápido, como si tuviera alguna urgencia. Su ceño manifestaba preocupación por algo. ¿Estaría pensando en qué responderle a maese Germán?

Solo de imaginar cuál podría ser la respuesta más adecuada se le tensaban todos los músculos del cuerpo.

«No tiene otra opción», se recordó, buscando una manera de aplacar sus celos.

«No estoy celoso.

»¿Ah, no?

»No. Solo me preocupa que tome una decisión equivocada.

»¿Y cuál podría ser esa?

»A ti no te importa.»

Antes de que siguiera torturándose a sí mismo, llegaron a la confitería. Estaba vacía. Ese día maese Germán no trabajaba. El lugar estaba silencioso, cosa extraña. Se percibía el olor dulce de las confituras, envolviéndolos con su calidez.

«Debo hacer el dulce de higo antes de que se estropee la fruta», se recordó. Por primera vez se dio cuenta de que, verdaderamente, deseaba elaborar la confitura. Era más: estaba deseando poner manos a la obra.

Paula se dirigió al patio, seguida de la perrita, que no se separaba de ella, como si de su sombra se tratase. María fue a buscar el delantal y se lo puso con torpeza, mascullando por lo bajo.

Samuel esperó a que ella terminase, sin decidirse a pedirle las facturas; así seguía teniendo una excusa para permanecer allí un poco más. La luz del sol, que entraba por la puerta abierta, iluminaba el cabello de María; brillaba como miel derretida y oro líquido. Sintió el irrefrenable deseo de acariciarlo, de soltar su trenza como tantas veces había hecho en el pasado. De peinar cada uno de los mechones hasta que parecieran hilos dorados. Se contuvo, molesto: aquello no podía ser. Y él era un ser vil por desear hacer algo con otra mujer que no era su prometida.

Su prometida. Apenas se acordaba de ella y eso no estaba bien.

Había escuchado las amonestaciones por su próximo matrimonio como si hablaran de otras personas. De alguien ajeno a él. ¡Eso no era normal!

—Bien, yo... quería hablar con vos.

La voz de María le sacó de sus reflexiones. Parpadeó varias veces para aclarar su mente y prestó toda la atención a su antigua novia.

—Necesito hablar con vos —repitió ella, enderezando los hombros—. Sin duda sabéis que me encuentro en una situación... en una situación un tanto peculiar, donde se hace esencial tomar una decisión.

—Lo sé. Es lo habitual en casos así —corroboró Samuel, sin saber qué quería contarle ella. ¿Querría decirle que maese Germán le había propuesto matrimonio? Otra vez los celos hicieron mella en su corazón.

—Bien... —comenzó, jugueteando con los lazos del delantal—. He pensado que... ¡Virgen Santa! ¡Qué difícil es esto! —exclamó, mirando al techo—. He pensado —repitió, bajando la mirada hasta el suelo—. Me pregunto si vos estaríais dispuesto... acasarosconmigo.

—¡¿Qué?! —graznó Samuel, incapaz de creer que ella le hubiera preguntado eso. Un golpe en la cabeza no le habría dejado más confundido. Carraspeó para encontrar la voz—. ¿Me estáis pidiendo que me case con vos?

—Creo que lo he dicho muy claro —respondió, y alzó la barbilla. Si no hubiera sido por el temblor de sus labios, habría creído que ella estaba tan serena como quería aparentar su postura—. He pensado que... ¡Basta! —Suspiró antes de seguir—. Tú eres maestro confitero; si te casaras conmigo serías el dueño de la tienda y... y yo no tendría que hacerlo con...

Lo estaba mirando con aquellos preciosos ojos avellanados. Se mordía los labios, intranquila, las manos enlazadas en la cintura, los nudillos blancos. ¿Lo estaba diciendo en serio? ¿De verdad deseaba casarse con él?

—¿Por qué yo?

—Por tres razones —dijo con rapidez—. Necesito hacerlo con un maestro, como bien sabes; tú lo eres. Por otro lado creo que a Sebastián le hubiera gustado que tú te quedaras con la tienda.

—¿Y la tercera? —indagó Samuel, con la mente a toda velocidad.

—Esa... esa te la diré si aceptas mi proposición —aseguró ella, apartando la mirada.

—Estoy a punto de casarme con otra mujer... —empezó, sin saber qué decir. Se llevó la mano a la frente, como si de ese modo pudiera aclarar sus ideas—. No sé si sentirme halagado u ofendido por tu ofrecimiento. No puedo olvidar que...

—¡Por el amor de Nuestra Señora! —Volvió a suspirar, molesta, mirándole de soslayo—. No quiero suplicarte. Hace unos días maese Germán me pidió matrimonio. Si tú no quieres, aceptaré su propuesta. Es solo que me gustaría que esta vez fuera distinto.

—¿Distinto? —se atrevió a preguntar. Ya en otra ocasión había insinuado algo parecido.

María se limitó a negar con la cabeza antes de clavar los ojos en él. Tenía los ojos brillantes, como dos piedras preciosas, la barbilla temblorosa y un aire entre asustado y resuelto. Tan hermosa como siempre. E infinitamente deseable.

—Te amo —soltó, sonrojada; empezó a juguetear con el extremo de su trenza—. Te he amado siempre. Incluso, para mi eterna vergüenza, mientras estuve casada. Sé que ya no me quieres, pero intuyo que aún me deseas. Comprendo que no es una base muy buena para formar un matrimonio, pero muchos empiezan con menos. ¿No podríamos casarnos?

«¡Por los clavos de Cristo!», blasfemó en silencio al imaginarse casado con ella. Lo estaba deseando. ¡Señor!

«Te amo», le había dicho. ¿Sería verdad? ¿Le estaría mintiendo? Si le había amado siempre, como decía, ¿por qué, en nombre de Dios, se casó con maese Sebastián? No lograba entenderlo. La rabia le calentó la sangre. La rabia y el dolor.

—¿Por qué no me esperaste? —preguntó, con las manos en la cadera y la mirada fiera—. ¿Por qué corriste a casarte en cuanto me marché?

—Creí que ya no me amabas. Yo no quería que te fueras... ¡Te lo supliqué! —gritó, molesta—. Estabas obnubilado con la idea de ir al Nuevo Mundo y no hubo manera de hacerte cambiar de opinión. Y luego... no supimos de ti. Cuando llegó el correo y no había nada tuyo... pensé que...

—¿Creíste que no te quería y corriste a casarte con maese Sebastián? ¿Acaso tú me querías más? Ni siquiera esperaste nada... ¿Cuánto tardaste, dos meses, tres meses? —escupió, dolorido. No podía estar hablándole de amor cuando ella había faltado a su promesa de esperarle. Todo el rencor acumulado en aquellos años volvió con fuerza—. ¿Dónde estaba tu amor entonces?

—¡Te quería! —espetó, con los ojos llameantes, luego tragó un suspiro—. Aún te quiero, pedazo de necio —musitó, como sin fuerzas—. Todavía te amo.

—Ahora dices que me amas. Ahora que necesitas un marido. Si me hubieras esperado... si hubieras sido fiel a la promesa, ahora estaríamos casados. Tu hija sería mi hija... Estaríamos juntos. Como siempre soñamos. Como tantas veces imaginamos.

—No pude —negó, cabizbaja—. No pude. —Levantó la cabeza, con los labios apretados y se echó la trenza a la espalda con un movimiento resuelto.

—¿No pudiste o no quisiste? ¿Para qué esperar a un maestro confitero sin tienda, cuando tenías otro al lado en muy buena posición económica? —escupió, rabioso.

Le costaba creer que esa conversación con ella tuviera lugar. No después de tantos años. La miró con todo el desprecio que guardaba dentro, con todo el rencor. ¡Virgen Santa! Le temblaba el cuerpo por la furia que bullía dentro.

Ella mantenía la cabeza firme, aguantando la cólera que él vertía, sin apartar la mirada. Le estaba haciendo daño, lo sabía y ese conocimiento lo dividía en dos. Por un lado quería seguir echándole en cara todo su resentimiento, pero por otro deseaba abrazarla y decir que sí, que se casaría con ella. Que él tampoco había conseguido apartarla de su mente. Que mientras leían las amonestaciones, él pensaba en ella. Solo en ella. Siempre en ella.

En su corazón se libraba una lucha entre el odio y el amor. Entre el pasado y el presente. Entre el rencor y el perdón. Apartarla de su vida o fundirse con ella. ¿Quién saldría victorioso?

—¿Te casarás conmigo? —preguntó María con voz temblorosa y los ojos sospechosamente brillantes de lágrimas contenidas.

23

María esperó la respuesta de Samuel, con el corazón martilleándole en el pecho. ¿Por qué tardaba tanto en responder?

Notaba las piernas temblorosas y se mantenía de pie a fuerza de voluntad. Estaba abochornada por su descaro al pedirle matrimonio. Eso no lo hacía una mujer; desde luego, no una virtuosa y educada. Pero sus circunstancias no permitían andarse con convencionalismos de ningún tipo. Y el tiempo se le echaba encima; de lo contrario jamás se habría atrevido a proponérselo. La boda de Samuel y su prometida era inminente. A menos que...

—¿Tan difícil te resulta contestar? ¿Es tan grande tu rencor que no puedes perdonarme? —preguntó, desilusionada. Él no iba a casarse con ella, después de todo.

«¿Qué esperabas? Puede que aún te desee, pero no para que seas su esposa», se recordó, abatida.

—Aún estoy digiriendo tu propuesta. No me la esperaba —respondió él. Parecía sincero. Dio unos pasos, alejándose de ella. La mano izquierda en la espalda, la derecha tocándose la nuca. La casaca del color de la piel del cacao, se abrió con el movimiento, mostrando la chupa marrón—. Me parece tan extraño que ahora me pidas esto...

—No es extraño. Te he dicho que te quiero; ¿no es suficiente? ¿No me crees?

—No lo sé —murmuró. Se llevó las manos a la cadera, la cabeza gacha. Luego volvió a pasarse la mano por detrás del cuello antes de mirarla—. Me gustaría creerte, pero ya en otra ocasión me demostraste lo volubles que son tus sentimientos. —¿Era tristeza lo que se leía en sus ojos? María no supo discernirlo.

—No son volubles. Nunca lo han sido, pese a que tú consideres lo contrario.

—¿Qué otra cosa podía pensar? ¿Te imaginas lo que fue recibir la carta de mi madre y leer que te habías casado? —La mirada torturada de Samuel era como una daga en ella. Le vio acercarse unos pasos—. ¿Tienes acaso una ligera idea de cómo me sentí?

—Supongo que como yo cada vez que escucho las amonestaciones —confesó, cabizbaja—. Cuando te veo con tu prometida o imagino que, en unas semanas, estaréis juntos para siempre. —Se abrazó para darse fuerzas y no sucumbir a la pena—. He dicho que no quería suplicarte, pero si es lo que quieres, estoy dispuesta a...

—¡No deseo que te rebajes! —barbotó; los ojos, encendidos, y la sujetó por la parte superior de los brazos.

—En ese caso; ¿te casarás conmigo? —volvió a preguntar en un susurro.

—No... —Inspiró con fuerza antes de soltarla y bajar los brazos—. ¡Santo Dios! ¿A quién quiero engañar? ¡Sí! Me casaré contigo y que los Santos me protejan.

María soltó el aire que retenía sin saberlo y lo miró sin decidirse qué hacer a continuación. ¿Lo abrazaba? ¿La abrazaría él?

Se agarró a los bordes del delantal para no tocarlo. Si antes el corazón martilleaba, ahora golpeaba como el martillo de un herrero. ¡Le había dicho que sí! ¡Accedía! La felicidad la embargaba igual que el aire en una pompa de jabón, llenándola por dentro y haciéndola sentir como a punto de estallar. ¿Se sentiría él igual? ¿Percibiría la sangre fluyendo por sus venas, el latido desbocado de su corazón o las ganas inmensas de tocarse?

La repentina timidez la mantuvo quieta, sin hacer nada, esperando; anhelando.

Siguieron así, uno frente al otro, sin tocarse. Con los ojos clavados en el otro, casi sin parpadear. Acariciándose con la mirada. El aire, tan denso como el mejor almíbar.

—Bien...

—Yo...

—Habla tú —concedió Samuel.

—Solo quería darte las gracias por...

—¿Crees que tienes que darme las gracias por casarme contigo? —preguntó, furioso, y volvió a sujetarla por los hombros—. ¿En tan poco te valoras? ¡Por Dios, mujer!

—No es eso. Es... bueno, no confiaba en que accedieses a hacerlo —confesó, sonrojada, estremeciéndose por su contacto—. Te lo agradezco porque... —Bajó la mirada al suelo. Se pasó la trenza por el hombro y empezó a juguetear con el extremo para calmar el nerviosismo—. Me siento feliz por ser tu esposa.

—Entonces... ¿Es cierto que aún me amas? —Su sorpresa era evidente.

—Por supuesto que sí. Ya te lo he dicho. Si no hubiera sido por... —Calló, sin saber como contárselo.

—Si no hubiera sido por... ¿Por qué? —Sin soltarla aún, acarició con el pulgar la tela que cubría sus brazos; instándola a seguir hablando.

Paula entró corriendo en la tienda, seguida de la perrita, que movía el rabo de un lado a otro, contenta. María se separó de Samuel como pinchada por un aguijón.

—¡Hay otro pajarito en el suelo! —gritó la niña, excitada—. ¡Se acaba de caer del nido! ¿Se va a morir también? ¡No quiero que se muera! —añadió, repentinamente entristecida.

—Tranquila, cielo. Vamos fuera y veré qué puedo hacer. —Samuel trató de calmarla mientras la seguía al patio, tras lanzar a María una mirada que ella no supo interpretar.

Intrigada, fue tras ellos. Al lado de la hiedra que cubría una de las paredes, un gorrión, con las plumas demasiado cortas, piaba a los pies de Samuel, que miraba a lo alto para ubicar el nido. Lo localizó entre las ramas más altas de la hiedra, pero se podría llegar con una escalera de mano.

—¡No lo toquéis! La señora francesa dijo que luego su madre no lo querría —aseguró la niña, aguantando las ganas de llorar.

—Ya verás lo que voy a hacer, Confite. Lo voy a devolver a su nido —anunció él, antes de ir a por la escalera que descansaba en la pared del otro lado—. Pero de tal modo que la madre no se dará cuenta de que lo he tocado.

La niña siguió sus movimientos con los ojos abiertos y empañados de lágrimas, sin dejar de sujetar a *Bruma* para que no se acercase a olisquear al gorrión.

Samuel apoyó la escalera en el lugar más apropiado y cortó un par de hojas de la hiedra, de las más grandes. Con ellas sujetó al pajarillo, que no dejaba de piar, desesperado.

—Calla, tonto; vas a alertar a tu madre y no queremos que ella se entere —susurró él, subiendo por las escaleras ante la atenta mirada de Paula—. Ya estás en casa, pequeño —dijo, al depositarlo con sumo cuidado en el nido. Luego bajó con rapidez antes de que la señora pájara regresara—. Hay otro pajarito.

—¿Estáis seguro de que su madre le seguirá queriendo? —indagó Paula con el dedo en la boca; las mejillas, empapadas por el llanto—. ¿Le querrá todavía?

—No lo sé, pero lo averiguaremos en unos días —precisó Samuel, en cuclillas, acariciando los rizos dorados de la niña—. Ahora será mejor que regrese a mi casa. Pronto será hora de comer. —Se volvió a María antes de levantarse—. Tenemos que hablar.

Ella se limitó a asentir con la cabeza, conmovida por el trato dispensado a su hija. Sí, tenían que hablar. Había muchas cosas que contarse; muchas que explicar.

—¿Hablarás con tu prometida?

—Sí. Lo haré en cuanto pueda.

Paula los miró con el entrecejo levemente fruncido. Notaba un cambio entre ellos y estaba intrigada. María tendría que explicarle la nueva situación. Esperaba que la pequeña lo comprendiera, aunque no podría decirle que Samuel era su verdadero padre. Al menos, todavía no; tal vez cuando fuera más mayor. Quizá nunca.

Volvieron a mirarse, indecisos. Samuel alzó la mano, como si fuera a acariciarle la cara, pero la dejó caer a mitad de camino, mirando a Paula, que los observaba con los ojos abiertos de par en par.

—Será mejor que me vaya —consideró él; tras una última mirada llena de preguntas, salió del patio.

María lo siguió, apresurada, y antes de que llegara a la puerta de la tienda, le tomó de la mano. Él se detuvo, sorprendido, con la vista en las manos unidas. Ella se las llevó hasta la boca; le besó la palma con toda la ternura y todo el amor que albergaba en su interior. Al sentirlo temblar, sus ojos se llenaron de lágrimas. ¡Cómo lo amaba!

Notó que la sujetaba por la nuca y levantó la mirada. Los ojos de Samuel estaban más oscuros que nunca; dos pozos negros. Fue como retroceder en el tiempo y volver a sentir su mirada repleta de amor. Como si todos esos años no hubieran pasado y aún fueran aquellos chiquillos enamorados.

Se acercaron hasta mezclar sus alientos, hasta respirar el uno del otro; hasta que el deseo fue tan intenso que parecía trepidar entre ellos.

Los labios de Samuel, tan dolorosamente tiernos cuando tocaron los suyos. Suaves como alas de mariposa. Sintió sabor a sal y comprendió que estaba llorando.

—No llores, amor mío. Siento haber sido tan rudo contigo —se disculpó Samuel; secándole las lágrimas con sus besos y abrazándola como si no quisiera soltarla nunca—. No llores...

—Lo siento... no sé qué me pasa —susurró, pegada a su cuerpo. Inhalando su aroma, sintiendo su calor.

Cómo había añorado esa sensación; sentirse cobijada, protegida. Deseó alargar el momento hasta el infinito, pero no podía ser. Se hacía tarde.

—Será mejor que te marches. Te estarán esperando.

Samuel, con los ojos cerrados, apoyó un instante la frente en la de María. Luego, tan renuente como ella, se separó.

—Tenemos que hablar —recordó a modo de despedida, antes de salir de la tienda y cerrar la puerta tras de sí.

María se apoyó en la pared, repentinamente agotada por los acontecimientos. Se tocó los labios y cerró los párpados; la imagen de los ojos de Samuel, mirándola con adoración, flotaba en su mente y se atrevió a sonreír esperanzada. ¡Se iban a casar!

Henriette se paseaba cerca de la entrada de la casa. Había visto que Samuel se quedaba a la puerta de la iglesia, junto a María y la niña. Quería saber si la muchacha había hecho algo al respecto; la incertidumbre la estaba matando.

«¡Estos jóvenes de hoy en día necesitan un empujón de vez

en cuando! —pensó, chascando la lengua, contrariada—. Cuando lleguen a mi edad, se darán cuenta de que no se puede esperar a que las cosas sucedan. ¡Hay que provocar que sucedan!»

Golpeó con fuerza la punta del bastón contra el suelo de piedra y continuó caminando.

—Mi querida tía; ¿qué haces aquí? —preguntó Armand, que llegaba de la cuadra—. ¿Te encuentras mal?

—No, nada de eso. Solo paseo —contestó, sin faltar a la verdad.

—¿Paseas por aquí? ¿Seguro que no estás esperando a alguien? —indagó su sobrino con una sonrisa pícara. ¡Ah! Había olvidado lo perceptivo que podía ser.

—No seas impertinente. ¿A quién esperaría?

—Pues si no me equivoco, a Samuel; es el único que aún no ha llegado —detalló Armand, solícito.

—Imaginaciones tuyas. A mi edad es necesario dar un paseo de vez en cuando para que los huesos no se deterioren —aseguró, muy digna.

—¿A tu edad? Querida tía, solo eres cuatro años mayor que yo y, ciertamente, no siento que mis huesos estén tan mal —declaró, con un deje de burla.

—¿Te he dicho alguna vez lo fastidioso que te estás haciendo con la edad? Anda, marcha y deja que siga haciendo mis ejercicios.

—Me preocupas, tía Henriette; ¿no estarás empezando a chochear?

—¿Chochear yo? Estoy en la flor de la vida, muchacho. Mi cabeza funciona perfectamente. Deja de importunar y vete.

Armand se despidió con una venia y subió por las escaleras, silbando alegremente.

«¡*Porca miseria*! —pensó ella, utilizando una de las pintorescas expresiones de su querido Fabrizzio—. Te estás haciendo vieja y ya no sabes disimular tan bien como antes», se recriminó, molesta por ese fallo.

Por fortuna, la puerta de entrada se abrió un instante después y no tuvo que seguir reprochándose nada más.

—Buen día, muchacho. Has estado un tanto entretenido —espetó la francesa, con un golpe de bastón—. ¿Qué te ha demorado tanto?

—Buen día, tía Henriette. ¿Qué hacéis al lado de la puerta?

—Hummm... No cambies de tema, jovencito, y contesta a mi pregunta —barbotó, clavando los ojos en él—. ¿Estabas con María?

—¿Qué os hace pensar eso? —preguntó, sonrojado.

—Mira, joven, no tengo ganas de andarme por las ramas. Sé que has estado con ella. Os he visto juntos a la puerta de la iglesia y ahora tienes una mirada extrañamente exultante. ¿Me equivoco al pensar que esa muchacha ha hablado contigo?

—¿Qué sabéis vos de...?

—Hummm... Eso quiere decir que sí ha hablado. ¡Bien por ella! —continuó, sin hacer caso a la pregunta de Samuel—. ¿Y qué has respondido?

—¡Santo Dios!

—No jures y contesta —protestó, contenta.

—¡Que sí! ¿Satisface esa respuesta a vuestra curiosidad? —inquirió con una mezcla de enfado y regocijo.

—Así me gusta, muchacho. —Se dio una palmada en la cadera—. Ahora tendrás que hablar con tu prometida. Cuanto antes lo hagas mejor. Creo que está en la biblioteca —anunció, conspiradora—. No pierdas el tiempo.

—¿Os he dicho alguna vez que sois una entrometida? —curioseó en broma.

—No, querido, y espero que no se te ocurra decir algo semejante. Debes respetar a tus mayores —masculló, con la dignidad de una reina—. Anda, ve. Aún queda un buen rato hasta que nos llamen para comer.

Henriette esperó a que Samuel subiera a la biblioteca, antes de esbozar una sonrisa de oreja a oreja.

«¡Qué bien se siente una cuando hace algo hermoso!», suspiró, satisfecha; y se encaminó a su dormitorio para refrescarse antes de la comida.

«Estos jóvenes aún tienen mucho que aprender.»

—Te veo muy contenta esta mañana —observó Germán, recostándose en la silla—. Entonces, ¿te fue bien en la pañería?

—Sí. Mejor de lo que esperaba. El señor Benito no tiene mucha idea de llevar ese tipo de negocio, pero se deja aconsejar y ayer accedió a hacer los cambios que le propuse.

—Me alegro, Sabina. Parece que has encontrado tu sitio.

Sí, ella también lo creía así. El día anterior había disfrutado organizando la tienda para hacerla más agradable a la clientela. En los estantes había descubierto tejidos preciosos, que aguardaban, medio escondidos, donde nadie podía verlos.

El señor Benito y ella se dedicaron a hacer un inventario de todo lo que había allí.

Aún quedaba tiempo para ofrecer sedas, linos y gasas, así que las había puesto en un estante aparte, desenrollándolas un poco, para que se apreciara mejor su caída. Junto a la ventana, que daba luz a la tienda, colocó una mesa donde expuso unas varas de tafetán y de brocado, artísticamente colocadas.

No tardaron en agruparse las mujeres al otro lado del cristal para ver qué estaba sucediendo en la pañería. El brillo del tafetán las condujo al interior y, ante el asombro del señor Benito, ella vendió todo el que tenían. No solo del azul: el verde aguamarina siguió el mismo camino.

Sí, estaba contenta; más bien, satisfecha. Deseaba que llegase el día siguiente para seguir disfrutando en la pañería.

El dueño también había sido una sorpresa. Conocía la calidad de las telas, sus características, el entramado, para qué eran más adecuadas..., por lo que había ido comprando una mercancía nada mediocre. Su única pega era la falta de aptitudes para la venta. El pobre hombre se atoraba al hablar, y su escasa seguridad en sí mismo le impedía sacar provecho de sus conocimientos.

Sabina se encontraba muy a gusto escuchándole hablar sobre tipos de urdimbre, de telares o de grosor de hilos. Quería aprender todo lo que pudiera sobre ese negocio y había descubierto un magnífico maestro.

Con los conocimientos del señor Benito, unidos a la destreza de Sabina para la venta, iban a convertir la pañería en un próspero negocio. Ya lo estaba imaginando.

Esbozó una sonrisa satisfecha. Por primera vez desde que la señora María regresó a la confitería, se sentía feliz.

Ya habían terminado de comer, pero siguieron sentados a la mesa, sin prisas por levantarse.

Su hermano parecía pensativo. Seguramente, la señora María aún no le había dado una respuesta a la propuesta de matrimonio. La viuda no iba a rechazarlo, estaba convencida. ¿Quién mejor que su hermano para llevar la tienda?

Con sorpresa, se dio cuenta de que, por una vez, no le preocupaba tanto la situación en la que estaban. Las cosas iban a mejorar. Ya había empezado el cambio.

Bernarda terminó de servir el postre —unas natillas exquisitas— y durante un rato nadie dijo nada. Samuel no comió con el deleite de otras veces; estaba preocupado. No había podido hablar con Rosa Blanca; su esclava le había dicho que descansaba y que prefería no ser molestada.

Había aprovechado ese rato para preparar el dulce de higos. Primero les había dado quince hervores para que se ablandasen; después al enfriar, los refrescó con agua.

Mientras escurrían en el cedazo, preparó el azúcar *a la perla*. Una vez conseguido el punto, añadió los higos según la proporción, para volver a hervirlos con la cazuela tapada. Aún seguían sobre la estufa para que terminaran de hacerse. Al día siguiente debería sacar los higos del almíbar y darle otros diez hervores, antes de verterlo sobre la fruta, colocada en tarros de cristal para su conservación.

Se había divertido haciendo el dulce. Tenía que admitirlo. Sonrió al pensar que pronto debería dedicarse a los menesteres propios de un maestro confitero y cerero. ¡Tenía tantas ganas! ¿Cómo había podido pasar tanto tiempo sin batallar entre dulces y cacao?

Miró a la joven criolla. Ella comía el postre con parsimonia, pero desganada. ¿Cómo se tomaría la proposición que le iba a hacer? ¿Aceptaría romper el compromiso?

Estaba seguro de que no le amaba. en todo el tiempo que llevaba en San Sebastián no había dado muestras de quererle. Apenas se tocaban, más allá de sujetar su mano para ayudarla a ascender o descender de la calesa. Y tampoco la había besado. A decir verdad, no tenía el deseo de hacerlo. No como a María, desde luego.

En realidad, la joven criolla no le aceleraba el corazón como su antigua prometida.

«¡Mi nueva prometida!—se corrigió en silencio, con la vista puesta en el mantel—. Mi futura esposa.»

Aún no podía creer que ella le hubiera propuesto eso. Sonrió al recordar su mirada, entre orgullosa e inquieta. ¡Virgen Santa! Nunca había podido olvidarla, pese a su traición, no había logrado arrancarla de su mente ni de su corazón.

¿Cómo había podido creerse capaz de casarse con otra mujer?

Volvió a mirar a Rosa Blanca por un instante. Estaba convencido de que ella se sentiría tan aliviada como él mismo al anular la boda. Debía buscar el momento propicio para hablarle. Cuanto antes anunciaran el cambio, antes podría empezar a hacer planes con María.

Sería toda una conmoción para los habitantes de la ciudad, pero nada que no hubieran admitido seis años antes. Todo el mundo estaba convencido de que ellos terminarían casados. El señor Rodrigo, el padre de María, les había dado su consentimiento en el lecho de muerte. Él sabía del extraordinario amor que se tenían. Allá en el Cielo, donde estuviera, se habría quedado sorprendido por el cambio ocurrido seis años atrás.

Rebulló en el asiento, esperando a que todos terminaran el postre para poder salir de allí. Se contuvo para no tabletear con los dedos en la mesa.

Notó la mirada rapaz de tía Henriette y se volvió para verla. La mujer le hizo un gesto que a él se le antojó una pregunta clara: quería saber si había hablado con Rosa Blanca.

Samuel negó con la cabeza imperceptiblemente. La francesa arrugó el entrecejo; molesta, frunció la boca como si pensara y alzó la cabeza, dispuesta a todo.

—Hummm... querida... —Miró a Rosa Blanca, que depositó la cuchara sobre la mesa, con dedos temblorosos. ¿Estaría preocupada por algo?—. Me gustaría enseñaros un libro. Creo que os podría interesar.

«¡Santo Dios! —masculló Samuel en silencio—. ¿Qué va a hacer ahora?»

—¿A mí? —preguntó la criolla, sorprendida—. Quiero decir... estaría encantada, señora.

—Bien, en ese caso; ¿podríais acompañarme a la biblioteca? —Se volvió a mirar al resto de comensales—. Si me disculpáis...

Los hombres se levantaron al unísono al ver que la mujer se incorporaba, seguida de la joven. Samuel detectó la leve señal que le hizo tía Henriette antes de salir. ¡Lo había organizado para él! Aquella mujer era increíble. Debía darle las gracias en cuanto tuviera ocasión.

—Yo también tengo que hacer infinidad de cosas. Pediré a Bernarda que sirva el coñac —anunció Camila, levantándose—. Isabel, acompáñame a la cocina.

Cuando las dos mujeres abandonaron el comedor, los hombres volvieron a sentarse. Todos, menos Samuel, que se disculpó para salir de allí.

La puerta de la biblioteca estaba entornada. No se oía nada. ¿No estarían dentro?

Dio unos golpecitos a la puerta y entró. La mujer, apoyada en el bastón, le miró risueña.

—Me alegra que te dieras cuenta, muchacho.

—Estaba pendiente de vuestros movimientos, tía Henriette.

—Estupendo; en ese caso, os dejo solos —anunció antes de salir de la biblioteca, golpeando el suelo con el bastón.

24

Rosa Blanca, con una mezcla de alivio y miedo, vio a la francesa salir de la biblioteca. La consideraba demasiado perceptiva. Temía el momento en que descubriera el vicio de su padre.

«Deja de ser tan melodramática —se reprochó, acercándose a la ventana—. Si sigues pensando en ello te volverás loca.»

Cuando un rato antes le había dicho que tenía un libro para ella, había imaginado... En realidad, no sabía qué le había pasado por la cabeza, pero pensó en su padre y en el colgante de Isabel, que aún no había aparecido. Ver salir a tía Henriette era un alivio.

El miedo venía por otro lado. Samuel llevaba unos días un tanto extraño. A veces se le veía distraído, casi ceñudo, para sonreír al instante siguiente, como si en sus manos tuviera un fabuloso secreto; después, volvía a estar ensimismado.

Desde la semana anterior no habían vuelto a pasear. No es que le importara mucho, en realidad, pero tenía la sensación de que él había perdido todo el interés por la boda. Eso sí era preocupante.

Con las manos unidas a la altura de la cintura, esperó a que Samuel iniciara la conversación.

—Mi tía... mi tía nos ha preparado este encuentro —empezó él, con voz no demasiado firme—. Si no os importa tomar asiento, me gustaría hablar con vos.

Rosa Blanca fue a sentarse en el sofá más cercano; se tomó un tiempo en colocar las faldas. ¿Qué querría decirle? La mente le iba a toda velocidad, intentando encontrar la respuesta. ¿Iba a poner fin al noviazgo? ¿Era esa su intención?

—Dentro de unas semanas nos casaremos —recordó Samuel, tomando asiento cerca de ella. El hecho de que no la mirara la llenó de temor—. Desde hace unos días no dejo de pensar en ello.

«¡Santa Madre del Señor! —pensó, con el corazón en un puño—. ¡Quiere abandonarme!»

—¿Estáis contenta con este enlace? ¿Os satisface la idea de casaros conmigo?

—No... no sé qué queréis decir con eso, señor... —atinó a murmurar, con una sensación harto negativa para pasarla por alto—. Ya se han leído las amonestaciones. La boda está en marcha...

—Se puede parar si así se desea —aclaró Samuel, con rapidez. Se pasó la mano por el pelo—. ¿Qué esperáis de este enlace? —indagó, interesado.

—¿Esperar? No os entiendo, Samuel. En un matrimonio dos personas se unen... —Notó que se sonrojaba hasta las orejas, pero inspiró para continuar hablando—. Forman una familia.

—¿Y el amor? —preguntó él, deslizándose hasta el borde del sofá, como dispuesto a saltar sobre ella en cualquier momento—. ¿Habéis pensado en el amor?

—Yo... yo... creo que es algo que está sobrevalorado. No considero que sea un requisito indispensable que dos personas se... se amen para...

—Entiendo, entonces, que no me amáis —la cortó, levantándose con presteza para caminar hasta la ventana con pasos largos—. Vos no estáis enamorada de mí.

—Pues... pues... no creo que esa sea una pregunta adecuada para... —objetó con remilgo, la mirada puesta en las manos que apretaba sobre el regazo. Necesitaba pensar qué decirle para intentar que no siguiera por ahí—. La madre superiora nos enseñó que había temas que no eran indicados para los oídos de una joven soltera.

Los dos guardaron silencio durante tanto rato que ella terminó buscándole con la mirada. Seguía en la misma posición frente a la ventana; las manos unidas en la base de la espalda y la cabeza inclinada hacia atrás, como si buscase respuestas en el techo. La tela de la casaca, tensa sobre los hombros.

—Pese a todo, es conveniente conocer los sentimientos de la persona con la que compartirás el resto de tu vida. —Samuel tomó aire y se volvió para clavar en ella sus ojos, oscuros como la obsidiana—. Quiero ser franco con vos; creo que es lo mejor para todos.

Ella quería que dejase de hablar. Tenía miedo, un miedo atroz a escuchar lo que él tuviera que decirle. Obviamente él quería que ella rompiera el compromiso. Samuel no podía hacerlo; un hombre jamás faltaba a una promesa; de hacerlo dejaría a la joven en una situación deshonrosa. Era prerrogativa de las mujeres poner fin a un noviazgo sin mayores consecuencias. Se aferró a esa idea para tranquilizarse.

Él caminó hasta pararse junto a ella. Tenso como la cuerda de un arco; serio como un juez.

—No sé cómo deciros esto. Me resulta vergonzoso admitir que mis sentimientos están puestos en otra persona y que la boda con vos... me resulta... —Enmudeció, buscando mejores palabras—. No me parece... adecuada —terminó él, abochornado; y apoyó una rodilla en el suelo, frente a ella—. Lo que deseo pediros os puede resultar atroz. Algo innoble y vergonzoso por mi parte. Estoy dispuesto a compensaros por todos los inconvenientes que os he causado —continuó, con la cabeza gacha; las manos, temblorosas—. Por eso os ruego... os suplico que me concedáis libertad para poder casarme con ella.

«¡No! No puedo hacer eso —gritó en su cabeza—. No puedo consentirlo.»

—Lo siento mucho, pero me es imposible romper el compromiso —masculló, destrozándose los dedos de tanto apretarlos. Sentía que la rabia le burbujeaba en la sangre—. He recorrido muchas millas para llegar hasta aquí. He dejado mi casa, mis amistades, ¡todo! —Siseó la última palabra, casi incapaz de guardar el resentimiento—. He venido a casarme. No podéis pedirme que renuncie a ello. Que renuncie a vos...

Se atrevió a mirarlo y le vio parpadear como si tratara de despejar la mente, como si no creyera lo que acababa de oír. ¿Qué esperaba?

—¿No habéis escuchado lo que os he dicho? ¡Estoy enamorado de otra mujer! —Alzó la voz al tiempo que se levantaba del suelo y se llevaba una mano a la frente.

—Os he oído con claridad, pero no puedo hacer lo que me pedís. ¿Habéis oído vos lo que yo he dicho? ¡Lo he abandonado todo por venir aquí!

—¡Por Cristo! Lo comprendo, y creedme cuando os digo que me siento avergonzado por lo sucedido; pero ¿estáis dispuesta a contraer matrimonio con un hombre que admite amar a otra mujer? —preguntó, consternado.

Sí. No le quedaba más remedio que hacerlo. Su padre no le había dejado otra opción. Ya no le quedaba nada con que vivir; para colmo ¡a saber cuánto dinero adeudaba por el juego! No; no le quedaban más opciones que casarse con Samuel, aun sabiendo el daño que le estaba causando. El suyo propio era mayor y más importante. Tenía que salir de la tutela de su padre lo antes posible.

—Estoy segura de que formaremos una buena familia —anunció con aplomo—. Y con el tiempo vos llegaréis a...

—No lo digáis —la cortó, furioso, la mandíbula apretada como una tenaza.

—... a tomarme cariño —terminó como si él no hubiera dicho nada.

—Puedo compensaros por...

—Yo... yo os amo, señor —le cortó, y bajó la cara, tan roja como las amapolas, rezando para que él no siguiera insistiendo en eso. El dinero no la libraría de su padre. Sería aun peor. Él lo dilapidaría en poco tiempo y volvería a estar tan mal como en ese momento. Debían casarse. Era la única salida.

—Rosa Blanca, ¿estáis diciendo que me queréis? —inquirió él, dejándose caer en el sofá, sin fuerzas, pálido como un muerto.

Ella se limitó a asentir, sin levantar la vista de las manos. No quería mentir, pero no le quedaba otro remedio, dada su precaria situación. Esperaba con toda el alma ser capaz de amarlo y de que él la quisiera... Al menos que no la odiara.

—Salvo aceptar la proposición de matrimonio, nunca habéis hecho nada que hiciera pensar...

—Debéis comprender, señor: no está bien visto que una mujer demuestre sus sentimientos —se excusó, agarrándose a un clavo ardiendo—. Eso no significa que esos... esos sentimientos no existan.

«¡Madre amantísima, haced que me crea! —rogó en silencio; la vista, clavada en su regazo, por temor a que él leyera la mentira en sus ojos—. Sor Josefina no aprobaría todas estas mentiras —se recordó—. Ella no está en mi situación.»

María limpió la tienda, buscando el modo de mantener la mente ocupada y no pensar en Samuel. En lo que habían hablado esa mañana. En lo lento que pasaba el tiempo. En las ganas de saber que él era libre para casarse con ella.

Terminaría loca si seguía así.

La puerta de la tienda se abrió, dando paso a su hermano con Martintxo en los brazos. Matilde entraba detrás.

—Buen día, hermana. Hemos venido para llevarte a dar un paseo por la playa —anunció Martín, con una sonrisa.

—Hemos imaginado que estaríais solas y... —continuó su cuñada.

—Es una idea estupenda, Matilde. Ya me he cansado de limpiar —admitió, aliviada de encontrar algo que la distrajera—. Llamaré a Paula. Anda vigilando el nido que hay entre la hiedra.

—Tranquila, ya la llamaré yo. Tú ve a prepararte —ordenó su cuñada, moviendo las manos como si la apartara—. Vamos, vamos, hace un día estupendo para disfrutarlo.

María subió a la casa corriendo, se cambió de falda y se puso unos zapatos más adecuados. Tras pasarse la mano por la cabeza para alisar el pelo, se la cubrió con un pañuelo y dejó que la trenza colgara libremente por la espalda.

No tardó nada en estar otra vez abajo. Matilde había peinado a Paula, que jugaba con su primo, encantada con la salida.

—¿Has tomado ya una decisión respecto a la propuesta de maese Germán? —indagó su hermano, cuando abandonaron las murallas—. Creo que es un buen hombre para ti y para Paula.

María se pasó la mano por la frente, pensando en qué contar a Martín y a su cuñada. ¿Qué pensarían de ella si les hablaba sobre su proposición a Samuel?

—No. Quiero decir que le diré que no.

—¿Lo has pensado bien? Sabes que maese Germán puede casarse con otra y tú... —le recordó su hermano, preocupado—. No es que me moleste que os vengáis a vivir con nosotros, pero creo que...

—Tranquilo, Martín. He pensado en casarme con Samuel.

Ya estaba; lo había dicho. La reacción de su hermano y su cuñada no tardó en producirse.

—¡¿Qué?! —preguntaron casi al unísono. Los ojos, abiertos de par en par.

—Le he propuesto matrimonio...

—¿Que le has propuesto qué? —barbotó Martín, asombrado—. ¿Has perdido la cabeza? Una mujer...

—Lo sé. —Contestó, con desgana—. Una mujer no hace esas cosas; aunque convendrás conmigo en que mi situación es decididamente inusual.

—Por supuesto, pero de ahí a... No puedo creerlo. Siempre fuiste un tanto osada, pero jamás pensé que te atrevieras a tanto. —Sacudió la cabeza, consternado—. ¿Y él qué ha dicho?

—Ha aceptado.

—¡Por las barbas de san Pedro! —exclamó su hermano, las manos en la cadera y la vista perdida en las olas que lamían la orilla—. No puedo creerlo. ¡Está a punto de casarse con otra! Esta mañana han vuelto a leer las amonestaciones.

—Hoy iba a hablar con ella. —«Y no veo el momento de saber su respuesta», pensó María con temor.

—Debo confesar que no me esperaba esto —afirmó Martín; sus ojos, tan parecidos a los de su padre, la miraban con dulzura—. Me gustaría que encontrases la felicidad. Y si es al lado de Samuel, pues que así sea.

—Gracias, hermano —musitó, agradecida por el cariño que expresaba su mirada—. Lo seré.

—Siempre pensé que acabaríais juntos; por eso... no entendí que te casaras con maese Sebastián...

María se desentendió de la pregunta velada, mirando al mar. No podía explicarle la razón que la había llevado a tomar esa decisión. Antes debería hablarlo con Samuel. Se lo debía.

—¿Recuerdas cuando veníamos a jugar con Samuel por la

playa? —preguntó Martín, contemplando con aire soñador a un grupo de niños que correteaban por la arena—. Nadie sabía lanzar las piedras mejor que él.

—Yo aprendí a lanzarlas mejor que tú —lo pinchó María.

—Te dejaba ganar... —empezó su hermano, pero luego pareció pensarlo mejor—. ¿A quién quiero engañar? Siempre tuviste mejor puntería que yo. Una cosa rara en una «niña». —Pronunció la palabra fingiendo desprecio.

—Nunca soportaste que yo te ganara —recordó con cariño.

—Y Samuel se esforzaba por tranquilizar mi orgullo herido. ¡Qué tiempos aquellos! Aún recuerdo que los dos parecíais un alma en pena cuando nuestro padre se iba a casar con doña Camila. No queríais ser hermanastros porque... ¡no os podríais casar!

—Yo os veía jugar, pero no me atreví a juntarme con vosotros —confesó Matilde, sonrojada—. Nunca os fijasteis en mí.

—Bueno... yo...

—No seas mentiroso, Martín. ¡Odiabas a las niñas! —indicó su esposa, entre risas.

—Bueno, sí, pero solo fue hasta que me fijé en ellas de verdad —aclaró, rascándose la frente.

El mar brillaba bajo los rayos de sol como recubierto de miles de diamantes y espejitos que flotasen en él. A lo lejos, los pequeños veleros se mecían suavemente, sobrevolados por grupos de gaviotas a la espera de robar el pescado, que los pacientes pescadores se afanaban en recoger.

Samuel no apreciaba nada de eso. Nada más cruzar la puerta de Tierra, espoleó al caballo para que se pusiera al trote y al llegar a la arena lo instó al galope, deseando olvidar el último rato junto a su prometida. *Bruma* lo seguía con la lengua fuera, feliz de corretear a sus anchas. Ajena al sufrimiento de su dueño; ignorante del tremendo dolor que le aquejaba.

Hubiera jurado que Rosa Blanca no sentía por él ni el más leve cariño, pero ahora ella le aseguraba que le quería. Pese a que comprendía que a las jóvenes se les educaba para que no mostraran sus sentimientos en público, esperaba haber sido capaz de detectar ese cariño.

—¡Maldita sea! —gritó a pleno pulmón, dejando que el viento azotase su cara.

Estaba en un buen lío. ¿Qué iba a hacer ahora? No podía obligar a Rosa Blanca a romper el compromiso; no ahora, sabiendo que ella guardaba esos sentimientos por él. Había cruzado el océano por seguir a su prometido. Meses de travesía a merced de las inclemencias. Ella tenía razón: lo que le pedía era un despropósito. No deseaba herirla de ningún modo; no se lo merecía. Una muchacha que había actuado de buena fe, recorriendo una enorme distancia para casarse, no merecía ser tratada de ese modo. ¿Cómo había podido pensar que ella aceptaría esa locura? ¿Que le liberaría del compromiso?

Tendría que hablar con María y contarle...

«¿Por qué tiene que suceder esto? —pensó con rabia—. ¿Por qué?»

No podía creer que pudiera pasar algo así. Durante tantos años había maldecido a María por lo que había hecho y ahora, cuando por fin parecía que las cosas retornaban a su cauce...

Ella le había dicho que le amaba. Lo había visto en sus preciosos ojos avellanados; lo había sentido en sus gestos, en su mirada. La creía. ¡Por Dios que la creía! Aunque ya no podría ser.

Unas horas antes había alcanzado el Cielo. Ahora descendía a los Infiernos; tan desdichado como el más infeliz de los mortales. ¿Por qué? Hubiera preferido no saber que María le amaba; seguir odiándola por lo que ocurrió seis años antes. Ampararse en aquel amargo recuerdo para no dejarse llevar por los verdaderos sentimientos. ¿Cómo vivir sin volver a sentir sus labios? ¿Verla, otra vez, casada con otro? ¿Imaginar...?

La perrita adelantó a la montura y salió como una flecha hacia unos niños que jugaban a la orilla, a la vista de dos mujeres y un hombre, que reían junto a ellos. Le bastó ver los rizos del color de la miel para saber que se trataba de Paula. El animal saltaba para lamerle la cara; la cola, oscilando como un péndulo loco.

María le miró; a esa distancia Samuel pudo ver la sonrisa tan dulce que le dedicaba. Se le partió el corazón al comprender el daño que estaba a punto de infligirle. Del dolor que le causaría con la noticia. El mismo dolor que él ya sentía en su pecho como una losa.

Odiaba la situación. ¿No habían sufrido suficiente?

Samuel refrenó al caballo para darse tiempo y disfrutar un instante más del amor expresado en su semblante; de la dulce sensación de sentir otra vez su cariño; de saber que ella le amaba. Soñar un momento más que podían ser una familia. Miró a la niña, que ya sentía como suya, y apretó los labios por la desazón.

Algo debió ver ella en su cara, porque dejó de sonreír y parpadeó, antes de arrugar la frente en una muda pregunta.

Él quiso dar marcha atrás al tiempo. No a unas horas antes, cuando había aceptado su propuesta, sino a seis años atrás, cuando, pese a sus súplicas, se embarcó rumbo a Venezuela. ¡Qué estúpido había sido! Tendría que pagar toda una vida por su necedad. Ambos tendrían que hacerlo.

Al llegar hasta el grupo, desmontó del caballo sin saber qué decir.

—Buen día. —Trató de sonreír como si no pasara nada, como si no estuviera muriendo por dentro.

—¡Buen día, señor Samuel! —gritó Paula, acariciando la cabeza de la excitada *Bruma*—. ¿Puedo montar en el caballo? ¿Y mi primo?

—Bien, sí, claro. Por supuesto —contestó; contento de poder hacer algo para no mirar a María y que ella no leyera el dolor que lo minaba.

Tomó a la niña, a esa preciosa niña que, por unas horas, había considerado hija, y la sentó en la silla, luego puso al pequeño delante de ella.

—Debéis agarraos con fuerza. Martintxo, a las crines. Y tú, pequeña, sujeta a tu primo —ordenó, antes de exhortar al caballo para que anduviese despacio.

Las risas cristalinas de los niños se elevaron hasta el cielo, inocentes y felices. La perrita daba saltos como si quisiera encaramarse al lomo junto a los pequeños.

—Tened cuidado, niños —recordó Matilde, mirando con preocupación a los flamantes jinetes—. No os caigáis.

—Creo que debo felicitarte —aseguró Martín, palmeando la

espalda de Samuel—. Parece que, después de todo, serás mi cuñado.

Si la tierra se hubiera abierto en ese momento y se lo hubiera tragado, habría sido feliz de que sucediera. Las palabras de su amigo le sabían a hiel. Cerró los ojos con fuerza y se apretó el tabique nasal como si quisiera arrancarlo.

No podía demorar más el momento y saberlo le destrozaba el alma. Miró a María, tratando de fingir para que no viera todo el dolor que soportaba. La vio tragar en seco. No la había engañado.

—Me gustaría hablar contigo un momento —atinó a decir él. Detuvo el paseo. El caballo le tocó el hombro, como si quisiera continuar.

—Bien... yo...

Las risas de los niños se mezclaban con los ladridos excitados de *Bruma*, los chillidos de las gaviotas y el sonido cadencioso de las olas que rompían en la orilla. Podría haber estallado una tormenta de rayos y truenos que ellos dos, absortos como estaban el uno en el otro, no se hubieran enterado.

—¡Más! —gritó Paula al pararse el caballo.

—¡*Maz, maz!* —secundó Martintxo, agitando las piernas.

—Ven aquí, muchacho, antes de que espantes al animal y tengamos un disgusto —murmuró Martín, desmontando a su hijo. Luego hizo lo mismo con su sobrina, que miraba a Samuel con una mezcla de extrañeza y desilusión. A él le apenó defraudarla.

—Ve, María; nosotros nos encargaremos de Paula —musitó Matilde, con cara angustiada. El aspecto de los dos era suficiente explícito para que se imaginara las malas noticias.

«¡Cómo me gustaría poder cambiar las cosas!», anheló Samuel, apretando las riendas como si quiera exprimirlas.

—Gracias —murmuró, en cambio, antes de empezar a caminar por la arena, tirando de las riendas.

María lo siguió con docilidad y aquello, por extraño que pareciera, acrecentó su tormento.

25

Rosa Blanca paseaba, sin parar, por la biblioteca. No sabía cuánto tiempo llevaba allí, furiosa e inquieta.

Con el corazón atenazado por el temor y la pena, había visto partir a Samuel. Le estaba haciendo mucho daño; lo vio en sus ojos, en su semblante. Él, muy caballeroso, no la había increpado ni obligado a renunciar a la boda; simplemente se fue, con los hombros caídos, casi arrastrando los pies, la imagen clara de la desdicha. ¡Él se lo había buscado!

¿Cómo había sido capaz de pedirle eso? No podía esperar que ella aceptase esa nueva disposición: ¡era un sinsentido!

De no ser por el vicio de su padre, tal vez hubiera podido aceptar una compensación, regresar a Venezuela e inventarse un motivo por el cual la boda no se había celebrado. Pero sin hacienda y con un tahúr al lado, eso era imposible. ¿De qué viviría ella? No le quedaba más remedio que casarse con Samuel. Esa boda la liberaría de una vez por todas. Ya no volvería a temer lo que, en definitiva, había sucedido: quedarse en la ruina.

Al final terminó por salir de la biblioteca para subir a su dormitorio, donde nadie la vería y donde no tendría que dar explicaciones por su nerviosismo.

Se dejó caer al borde de la cama, agotada por la tensión. Sin ganas de hacer nada. Deseando que sucediera algo que beneficiara a todos.

«Deja de soñar despierta; no hay más opción que casarse con Samuel», pensó, llevándose el puño a la boca.

Llamaron a la puerta antes de abrirla. Salomé entró con varias prendas dobladas entre los brazos.

—¿Qué le pasa a *m'hijita*? —preguntó al verla tan abatida—. ¿Qué le ha *sucedío* a mi ama?

—¡Ay, Salomé! —Sollozó como una niña pequeña, incapaz de aguantar por más tiempo.

La negra, tras dejar las prendas sobre el arcón, se acercó con presteza, pese a lo voluminoso de su cuerpo. Rosa Blanca, abrazándola por la cadera, lloró contra su vientre.

—Quiere... quiere que rompa el... compromiso —anunció entre gemidos.

—¡Ave María Purísima! Esto se veía venir, palomita mía. Los hombres necesitan que se les haga sentir importantes. No saben lo que quieren; si la mujer se muestra *asesible* no les gusta *ná*, pero si se muestra distante, pierden interés. ¿Quién les entiende?

—Dice que... que ama a... otra... ¿Qué... voy a hacer?

—Obligarle a cumplir. Si mi palomita quiere casarse con él, deberá mostrar más ganas. No queda mucho *pa'* la boda. —Acarició el pelo de la joven con cariño maternal—. Un paseo, preguntar por sus aficiones... He visto en la cocina un dulce de higo que huele talmente como los ángeles —se relamió Salomé—. Un hombre que es capaz de hacer esas cosas con una fruta, solo *pue'* ser un buen hombre. *M'hijita* no debe llorar. Se le pondrán los ojos como pulpa de tomate.

—¿Qué... voy a hacer? —repitió, asustada.

—No dejarse vencer por el desaliento. Una mujer no debe confiarse hasta tener el *sertificao* de boda en la mano. Los hombres son volubles por naturaleza. —Se separó de Rosa Blanca para mirarla a los ojos—. Lavarse la cara, poner la mejor sonrisa y hacerle sentir como el hombre más importante del mundo, suele dar buen resultado.

—¿Cómo... es que sabes tanto? —indagó, un poco más calmada.

—Las hembras nacemos con esa sabiduría —contestó Salomé, mostrando unos dientes blanquísimos—. Eso nos ayuda a sobrevivir en este mundo de machos.

Rosa Blanca se levantó para refrescarse la cara en el palanganero. La negra tenía razón: debía mostrar más interés por las cosas que hacía su futuro esposo. Algo que había descuidado vergonzosamente. No le convenía un marido reacio. Debía seducirle.

—Ayúdame a cambiarme de vestido. Quiero ponerme uno más atrevido para la cena.

—El azul celeste le sienta muy bien a mi ama —sentenció la esclava con una sonrisa satisfecha—. Ese hombre quiso casarse con mi palomita y tendrá que hacerlo.

Eso era cierto; si él no le hubiera pedido matrimonio nada de esto habría pasado. Su padre no habría apostado la hacienda ni ella, viajado tantas millas para nada.

«Sí, me casaré con él y no pensaré en el daño que pueda estar causándole —pensó, enfurruñada—. Todo es culpa suya. Fue él quien me pidió matrimonio.»

Más tranquila, después de haber desechado cualquier tipo de responsabilidad en el asunto, se dispuso a prepararse tal y como le recomendaba Salomé.

La arena húmeda se pegaba a la piel de las botas, formando dibujos extraños. María la limpió con los dedos y se bajó el ruedo de la falda para taparlas.

Estaban sentados de cara al mar sobre una enorme piedra. El caballo, con las riendas sueltas, permanecía quieto junto a ellos. No habían hablado desde que se separaran de su hermano y de su cuñada. Ellos seguían donde les habían dejado, jugando con los niños y con la perrita, que saltaba entre ellos, ladrando divertida.

María se abrazó, temerosa de lo que estaba por venir. El semblante de Samuel no auguraba nada bueno y eso la estremecía por dentro. Lo miró discretamente; él contemplaba el mar, pero estaba segura de que en realidad no lo veía. Un pie apoyado en la piedra, la rodilla alzada sujetando el antebrazo; el otro pie, hundido en la arena.

—¿Has cambiado de opinión? —preguntó, incapaz de esperar a que él se decidiera a hablar.

—¡No! ¡Por supuesto que no! —exclamó Samuel, mirándola con angustia—. No es eso. Rosa Blanca me ha dicho que me ama y no... no quiere romper el compromiso —comunicó, abatido.

María gimió; los ojos, cerrados. Lo había temido; lo contrario hubiera sido demasiado fácil. ¿Y desde cuándo la vida era fácil? Una lágrima solitaria rodó por la mejilla; ella la apartó presurosa, no deseaba que nadie la viera llorar.

—Lo siento mucho, María —entonó sin mirarla; había tristeza en su voz—. En las últimas horas me había hecho a la idea de casarme contigo y... ¡Demonios! Me sentía dichoso. Durante años me había jurado no amarte, pero no ha podido ser. Te quiero desde que era un niño y no he dejado de hacerlo pese a... —Guardó silencio un instante. Ella le miró, animándole a seguir hablando—. Regresé a San Sebastián convencido de que mis sentimientos hacia ti habían desaparecido. ¡Pobre iluso! Siguen ahí, siempre han estado ahí. —Se pasó una mano por la cara. Luego clavó aquella mirada oscura que la había fascinado desde el momento en que lo conoció—. Te amo, María. Te he querido toda mi vida; aun en los momentos en los que creía odiarte, te amaba. Estoy seguro de que te amaré siempre, pero... pero no puedo casarme contigo —terminó. Tenía los ojos enrojecidos y brillantes por las lágrimas no derramadas—. Por desgracia, no puedo.

María se abrazó aún más, repentinamente helada. No había nada que hacer. Samuel era demasiado noble y no rompería una promesa. Alzó los pies para ponerlos sobre la roca, tras abrazarse a las rodillas, apoyó la frente sobre ellas. Le hubiera gustado fundirse y desaparecer, como los castillos de arena arrastrados por la marea. La brisa trajo la risa de Paula, que jugaba con su primo, y se dio cuenta de que no estaba sola; de que debía luchar por su hija, por la hija de ambos; una niña que jamás sabría que él era su verdadero padre.

Pensó en confesarle a Samuel lo ocurrido; en decirle la verdadera razón por la que se había casado con tantas prisas. Él no podría pasar por alto eso y obligaría a su prometida a romper el compromiso. ¡Ella tenía más derecho a casarse con Samuel que aquella joven!

«No pienses tonterías. Eso sería innoble de tu parte», se recriminó, avergonzada.

—¿No dices nada? —preguntó él, en un susurro; la voz, rota.

—No hay nada que decir. Debí pensar antes en tu... tu prometida... —La palabra la rasgó por dentro. Ella debería haber sido su prometida. Habían planificado tantas veces su vida en común—. Si ella te quiere, no debes hacerla sufrir. Ya te dije que... que maese Germán... me había pedido matrimonio.

—¡Por los clavos de Cristo! —Samuel se levantó de la roca, espantando al caballo, que no se esperaba esa reacción. Un tirón de las riendas evitó que el animal saliera huyendo—. El solo imaginar que... que te casarás con él me mata de celos. Sé que no tengo ningún derecho sobre ti. Únicamente el Señor sabe lo mucho que me gustaría cambiar las cosas. Desde que he hablado con Rosa Blanca no dejo de reprocharme mi estupidez de hace seis años. ¡Jamás debí marchar! —bramó; su precioso y amado rostro, transfigurado por la furia—. Fui un tonto inconsciente de sus actos. ¡Un estúpido! Debí escucharte, hacerte caso...

—Lo hecho, hecho está. Nada puede cambiarlo —musitó, sacando fuerzas para no derrumbarse; para no gritar de sufrimiento—. No hay razón por la que no puedas ser feliz con... con ella.

«¿Qué voy a hacer sin ti? —sollozó por dentro—. Te pierdo por segunda vez. Y esta vez, para siempre.»

—No la amo. Creí que llegaría a hacerlo... algún día. Mientras estuve en Caracas, me pareció una idea... me pareció bien casarme con ella. Era tan distinta a ti... ¡He sido un mentecato!

—Seguro que llegarás a... —María calló, incapaz de pronunciar esas palabras. Imaginarlo con su esposa era demasiado doloroso, demasiado demoledor para decirlo en voz alta. ¿Por qué había tenido que regresar? Si no lo hubiera hecho, ella se habría casado con maese Germán. Se habría casado con el maestro confitero sin habérselo propuesto a Samuel, sin haber tenido ni siquiera un instante para soñar con una vida en común—. Será mejor que volvamos —sugirió, antes de bajar de la roca.

Samuel la sujetó por los brazos para evitar que se levantara.

—Daría lo que fuera por regresar al pasado. Por haberte hecho caso y no haber zarpado en aquel barco —susurró él; los ojos enrojecidos, sumidos en la tristeza—. Comprendo que te sintieras abandonada y... creo que puedo entender que te casaras con maese Sebastián... por despecho. Fui tan egoísta... —Agachó la cabeza y se pasó la mano por el pelo—. ¿Podrás perdonarme?

«¡Díselo!», se dijo, esperanzada.

«No puedes hacer eso.

»Tiene derecho a saber la verdadera razón por la que me casé.

»Si lo haces, él romperá con su prometida.

»Y yo sería feliz. Los dos seríamos felices.

»¿Eso es lo que crees? Te remordería la conciencia por hacer sufrir a Rosa Blanca. Ella no tiene la culpa.»

—Hace tiempo que te perdoné —precisó, satisfecha por no haber sucumbido a ese momento de debilidad. Pero dolía, ¡Virgen Santa! Cómo dolía.

—Eres una mujer extraordinaria, María —pronunció, antes de ayudarla a levantarse—. He sido un necio al soñar con... al pensar que podríamos estar juntos. Por un instante creí alcanzar el Paraíso. ¡Dios mío! Te quiero tanto... No sé cómo podré seguir viviendo sin ti. Verte de lejos, sin caricias, sin besos; no poder amarte... me va a matar por dentro. —Se separó unos pasos, como si quisiera poner distancia entre ellos—. Ahora mismo es una tortura no rodearte con mis brazos y sentir tu corazón junto al mío, como tantas veces en el pasado.

La voz rota de su amado, se le clavó en el alma.

—Por favor, Samuel, no sigas diciendo esas cosas —gimió, y las lágrimas que con tanto ahínco había evitado derramar brotaron sin trabas—. No debemos recordar lo que hubo entre nosotros. Ya no puede ser. Nos vamos a casar con otras personas y... no estaría bien recordar... —Él la miraba con anhelo—. No me mires así, lo haces aún más difícil.

«Tenemos una hija. Una preciosa niña», pensó ella, deseando decirlo en voz alta. Batallando por guardar silencio. ¡Qué arduo era ser noble! Qué terriblemente angustioso.

—No llores, por favor, no llores. Me parte el corazón verte llorar; saber que es por mi culpa. —Samuel se acercó; usó los dedos para limpiarle las lágrimas, con tal suavidad que María lloró aún más—. ¡No sabes cuánto deseo abrazarte! ¡Malditos convencionalismos que me impiden hacerlo! —Volvió a separar-

se, esta vez con fiereza—. Creo que será mejor que vuelva a Venezuela. A Rosa Blanca no le agrada mucho esta tierra y yo...
—Bajó la mirada a la arena—. Yo pienso que no podré vivir teniéndote tan cerca —confesó, con los párpados apretados—. Eso sería la mayor de las torturas. Y yo no soy un santo ni un mártir.

«¡Oh, Samuel! Yo tampoco podré vivir contigo aquí —pensó, con el alma deshecha—. Si cuando regresaste fue muy duro, ahora que sé que me amas será el infierno.»

Las risas de Martintxo y de Paula revoloteaban en el aire. ¿Cuánto hacía que ella no reía con esa felicidad? ¿Cuándo había sido la última vez? Miró hacia donde estaba su hija y su familia; Jacinta e Isabel se habían unido al grupo y charlaban con ellos.

—Será mejor que regresemos con Martín y Matilde; estarán preocupados por nosotros —entonó María, casi sin fuerzas. Se secó los ojos y trató de sonreír para que no se notara su tormento. Para no demostrar que, por segunda vez en su vida, tenía el corazón destrozado.

Al contrario que en noches anteriores, la cena estaba resultando un tanto extraña. Henriette observó a todos los comensales. Samuel había regresado con el ánimo sombrío. Era evidente que las cosas no habían salido como ella esperaba. En cuanto tuviera la ocasión se lo preguntaría. Seguro que el muchacho necesitaba un poco de consuelo.

Rosa Blanca estaba silenciosa, pero eso no era extraño en ella. Aún se preguntaba qué le había encontrado su sobrino para comprometerse con ella; no podían ser más distintos. La había visto observar a Samuel cuando creía que nadie la estaba viendo y por su rictus era fácil adivinar que estaba asustada. Con seguridad temía que la boda no se celebrase. Pero ¿por qué seguía con esa intención, si era evidente que no le amaba? A menos que fuera una excelente actriz y supiera fingir desinterés. No, no lo creía.

Isabel también los miraba y fruncía el entrecejo con preocupación. ¿Qué sabría esa muchacha? Tendría que buscar un momento para hablar con ella.

Armand y Camila se comunicaban con los ojos, pero a juzgar

por cómo miraban a Samuel, no era complicado intuir qué les preocupaba.

Don Eladio era el único que no daba muestras de notar la tensión que flotaba en el ambiente. La estaba observando a ella detenidamente y, cuando sus miradas se cruzaron, él bajó la vista al plato. ¿Por qué la miraba? Seguro que buscaba algo en su atuendo que le desagradara. Por lo visto, a ese hombre le gustaría que las viudas se recogieran en casa esperando la muerte. ¡Idiota!

Ella siguió comiendo, evitando cruzarse con los ojos del canario; algo difícil, ya que estaban uno enfrente del otro.

—Querido —Henriette se dirigió a Samuel—, no he podido evitar probar un poco del dulce de higo que has hecho. ¡Está divino! Creo que me llevaré algún tarro cuando me marche.

Samuel se limitó a cabecear con aprobación, sin decir ni una palabra. Tenía los ojos enrojecidos y apenas había cenado. Se limitaba a mover los alimentos de un lado al otro del plato. Sin duda, las cosas no habían salido como esperaba. ¡Qué contrariedad!

—Y... decidme, señora, ¿tenéis pensado marcharos pronto? —indagó don Eladio, moviendo el vino de su copa con aire de entendido.

—¿Acaso tenéis ganas de que me marche? —preguntó a su vez, con sorna, molesta por la falta de tacto del canario.

—Yo no he dicho nada de eso, si se me permite aclarar —contestó, muy serio—. Solo os preguntaba si vuestra partida sería inminente o, por el contrario, os demoraríais más por aquí. Reconozco que no es de mi incumbencia.

—Hummm... entonces no os importará que no os conteste, señor —murmuró ella, dejando la cuchara en el plato. ¡Era el colmo!

—Realmente, no, señora. Solo intentaba ser amable —masculló con sequedad. Su cara, lívida.

No le gustó nada la mirada torva del canario; por un instante se preguntó si había sido demasiado grosera con él. Luego, tras pensarlo mejor, decidió que ese hombre era harto engreído y necesitaba que alguien le parase los pies.

Los ojos azules de su sobrino se clavaron en los suyos, instándola a guardar silencio. Ella obedeció de mala gana; él tenía razón: no era educado ser grosera.

—¿Qué os parece este vino, don Eladio? —terció Armand, al parecer dispuesto a distraer a su invitado y evitar una discusión.

—Excelente, señor —contestó el hombre, suavizando sus modales—. Debo decir que tenéis un gusto exquisito para elegir vinos.

La cena se alargó un poco más, pero la conversación siguió siendo escasa, como si nadie tuviera muchas ganas de hablar. Camila, todo había que decirlo, se esforzó por romper el silencio, aunque con escaso éxito.

En cuanto pudieron levantarse, Isabel se marchó y Henriette decidió seguirla. Tenía muchas ganas de saber qué pasaba por la cabeza de la joven y alejarse de aquella tristeza que invadía la mesa.

La encontró en el dormitorio que compartían. Estaba mirando bajo la cama.

—¿Has perdido algo, querida?

Se oyó un golpe en el travesaño de la cama.

—¡Ay! —gimió Isabel—. Tía, me habéis asustado.

—Vaya, lo siento, jovencita —se disculpó; entró en la habitación tras cerrar la puerta—. Y bien, ¿qué buscas con tanto ahínco?

—Mi colgante. El que me regaló mi padre —confesó Isabel, dejándose caer en su cama—. Hace más de una semana que no lo encuentro.

—Imagino que habrás buscado en el joyero... —dijo, golpeándose la barbilla con un dedo, mientras miraba alrededor, apoyada en el bastón—. ¿En el arcón?

—He buscado por todos los sitios y ¡nada! —estalló, con tristeza—. Me da mucha pena.

—¿Recuerdas cuándo fue la última vez que te lo pusiste?

—A decir verdad, no lo recuerdo. No me lo pongo mucho por miedo a... perderlo.

Pobre niña, se la veía tan desdichada buscando su colgante...

—Si te sientes mejor, podríamos ir al orfebre para que te hiciera otro igual —sugirió—. Yo correría con todos los gastos.

—¡No! No podría, tía Henriette, cada vez que me lo pusiera y mi padre me viera, yo sabría que le estaba mintiendo. No puedo hacer eso —confesó con franqueza—. De todos modos, muchas gracias.

—Veo que mi sobrino y Camila te han inculcado su honorabilidad. Eso está bien, querida —aprobó, muy satisfecha—. Hummm... habrá que pensar en otra cosa.

Isabel se levantó para continuar buscando. Su tristeza era patente en todos sus movimientos. Henriette se sentó en su cama sin dejar de observar a la joven.

—¿Te preocupa solo eso? Te he visto distraída durante la cena.

—Bueno, no. Es por mi hermano —musitó Isabel antes de sentarse en la otra cama, frente a su tía—. Esta tarde... No sé si debería contaros esto. —La miró con las cejas unidas.

—Por supuesto, querida niña. Soy de la familia y también estoy preocupada por tu hermano.

—Me hizo mucha ilusión cuando llegó Rosa Blanca —empezó, suspirando—. Me alegraba que fuera mi hermana, pero... Crecí creyendo que lo sería otra. Luego mi hermano se marchó y María... María se casó con maese Sebastián. Al principio Jacinta y yo discutimos por eso. Después volvimos a ser amigas. —Sonrió, alzando los hombros—. Esta tarde hemos ido a la playa. Allí estaban el señor Martín, la señora Matilde y los niños. Mi hermano y la señora María estaban un poco alejados; hablaban, pero se les notaba muy tristes. Cuando se han acercado... estaba claro que ella había llorado y Samuel tenía los ojos como si estuviera a punto de hacerlo. Luego se ha marchado sin decir nada. Ya sabéis que es muy introvertido.

La jovencita calló durante tanto tiempo que Henriette empezó a impacientarse por saber el resto de la historia.

«Estos jóvenes, para unas cosas tanta prisa y para otras, actúan como si tuvieran todo el tiempo del mundo», pensó la francesa y golpeó el suelo con el bastón.

—¿Eso es todo? Habla, muchacha, ¿o esperas que lo adivine? —fingió enfado.

—No, tía Henriette —aseguró Isabel, parpadeando como si saliera de un trance—. El señor Martín le ha preguntado a su hermana si la boda seguía en pie. La señora María ha negado con la cabeza y ha dicho que... Eso es lo raro.

—¿Raro?

—Sí, ella ha dicho: «Debe casarse con su prometida.» ¿Qué ha querido decir? ¿Acaso ya no iba a casarse con ella?

—Creo, mi querida Isabel, que había cambiado de parecer y se iba a casar con María, pero si debe continuar con la primera intención, es que las cosas no han salido como él quería.

—No sé, pienso que mi hermano ama a María, si no, no estaría tan triste, ¿no creéis? Me da pena por Rosa Blanca; es una buena muchacha, pero... ¿Soy mala persona por desear que Samuel se case con su prometida de toda la vida?

—No, jovencita, no lo eres. Pese a todo, son ellos los que deben decidir lo mejor —aseguró, acariciando las mejillas de la muchacha.

—¿Aunque eso les haga desdichados? No habéis visto la cara que traían los dos cuando se han reunido con nosotros. Partía el corazón ver tanta tristeza.

—Lo imagino, mi niña. Habrá que esperar a ver qué sucede.

—¿Un milagro? ¡No existen! —masculló Isabel con furia; apoyó los codos en las rodillas y se sujetó la cabeza.

—No seas tan descreída, pequeña. A veces suceden cosas que no tienen explicación. Ten fe —ordenó, acariciando el pelo de Isabel con cariño—. La vida está llena de milagros, aunque no lo creas.

—Pues ya puede darse prisa el Señor en crear uno; de lo contrario mi hermano estará casado con la mujer equivocada.

Henriette pensó en reprenderla por blasfemar, pero ¡qué demonios, tenía razón!

26

Maese Germán continuó removiendo el azúcar del caldero de cobre hasta lograr el punto deseado; sin dejar de controlar las brasas del fuego bajo, para que no se apagaran, volvió a observar a la señora María.

Estaba preocupado por ella. En los últimos cuatro días se la veía distraída y taciturna, casi como tras la muerte de su esposo. Comprendía que lo recordara y lo añorara. Se decía en la taberna que habían sido un matrimonio ejemplar; era lógico que lo echara en falta, pero no le gustaba ese retroceso.

No habían vuelto a hablar desde que se ofreciera a casarse con ella, salvo para temas relacionados con la confitería. Tenía ganas de saber qué había pensado al respecto, mas no se atrevía a preguntarle, menos aun con la tristeza que destilaba cada uno de sus movimientos. No, tendría que esperar a una ocasión mejor.

Accionó el fuelle para avivar las brasas y volvió a mirarla. La señora María continuaba cortando pabilos para los velones que él tenía pensado hacer al día siguiente. Medía y cortaba, medía y cortaba, sin levantar la vista de lo que estaba haciendo, aunque Germán estaba seguro de que ella se movía como un cuerpo sin alma, sin prestar atención a la tarea.

Las ganas de acercarse y preguntar qué le sucedía eran tan grandes que agarró el palo del cucharón, para obligarse a permanecer en su puesto sin descuidar el azúcar.

Notó la mirada de la niña, que, a diferencia de la semana anterior, permanecía junto a su madre sin separarse ni un instante, como si temiera dejarla sola. Nunca había hablado con Paula; no se le daban bien los niños. No sabía cómo tratarlos.

El sonido de la campanilla de la puerta pareció sacar a la señora María de su letargo; dejó la tijera y el rollo de cordón de algodón en la mesa y se limpió las manos en el delantal, antes de salir a la tienda para atender. Su hija la siguió, pegada a su falda como una rémora.

Volvió a preguntarse si esos episodios de tristeza eran normales en la dueña de la confitería o, por el contrario, consecuencia de la muerte de su marido. Las gentes con la que había hablado desde su llegada a la ciudad opinaban, sin disenso, que ella era una mujer alegre y conversadora; por lo tanto, quizás era de temer que ella hubiera cambiado, convirtiéndose en la persona triste y apagada con la que había compartido espacio en los últimos cuatro días.

—Maese Germán, ya tengo limpio el anís —anunció Julio, el aprendiz, en un susurro. También el joven parecía contagiado por esa melancolía que impregnaba el aire de la trastienda y hacía que el olor del azúcar caliente resultara empalagoso—. Lo he descascarillado.

—Bien, entonces empezaremos a preparar los confites —murmuró, pensando en cómo abordar a la señora María.

Las voces de la dueña de la tienda y de su hermana Jacinta se colaron por la cortina.

Isabel y Jacinta salieron por la puerta de Tierra y bajaron a la playa. Habían decidido llevar a Martintxo y a Paula con ellas. Aunque al principio la niña no había querido acompañarlas, pues prefería quedarse con su madre, al final había dejado que la sonrisa de su primo la persuadiera.

Descalzos, se acercaron a la orilla; el agua les acariciaba los pies y borraba las huellas dejadas en la arena. Jacinta se levantó el ruedo de la falda y lo amparó en la cinturilla, para que no se mojara. Puso al niño en el suelo, sujetándole por las manitas. Martintxo reía, tratando de escapar de las olas, alzando los pies y bajándolos, según la cadencia del mar. Paula le seguía, sin los ánimos para corretear de otras veces; la mirada, triste.

Isabel también se recogió el ruedo antes de internarse hasta que el mar le cubrió los tobillos. Era agradable sentir el golpeteo del agua, el frescor que enrojecía los pies.

—Te lo digo en serio, Isabel: tu hermano debería casarse con mi hermana. Ha vuelto a romperle el corazón —apuntó Jacinta, caminando con el niño por la orilla. Se la notaba enfurruñada.

Desde que la había ido a buscar un rato antes, no dejaba de recordarle lo mal que lo estaba pasando su hermana María.

—Y yo te repito que Samuel está tan mal como ella. También sufre —defendió Isabel, molesta de que su amiga dudase de los sentimientos de su hermano.

—Pues si tanto la quiere, ¿por qué no se casa con ella?

—Ya te lo he dicho mil veces, Jacinta: su prometida no quiere romper el compromiso —contestó Isabel, cansada de seguir dando vueltas a ese asunto sin encontrarle solución.

—Pues que sea él quien lo rompa.

—¿Te has vuelto loca? ¡No puede hacer eso! —gritó Isabel.

—Eso es una tontería. Si ella se marcha de aquí, ¿quién sabrá si fue ella o tu hermano quien rompió el compromiso? —preguntó Jacinta, proyectando el labio inferior hacia fuera con terquedad—. ¡Nadie!

—Es igual. No estaría bien. Mi hermano es un caballero y no puede hacer eso.

—Tu hermano, perdona que te diga, es un idiota y un memo.

—¡No te atrevas a insultar a mi hermano! —exclamó Isabel, los brazos en jarras—. ¿Acaso tu hermana esperó a que Samuel regresara? ¡No! Se casó apenas tres meses más tarde. Es por su culpa que ahora estén así —precisó, furiosa.

—Si tu hermano no se hubiera ido...

—¿Le estás echando la culpa?

—¡Sí! —contestó Jacinta.

Isabel abrió la boca, pero no pudo decir nada. Se sentía dolida por las palabras de su amiga. No tenía derecho a criticar de ese modo a Samuel. No, su hermano estaba sufriendo; desde el domingo parecía un alma en pena. Hasta *Bruma* estaba triste.

La tía Henriette había dicho que podía ocurrir un milagro, pero ella pensaba que era imposible. Había que hacer algo en vez de quedarse de brazos cruzados, esperando una quimera.

—¿No dices nada? Claro, porque sabes que tengo razón —declaró Jacinta, muy ufana. Alzó a su sobrino para que saltara sobre una ola particularmente alta.

—No, no digo nada porque no sé qué decir. No creo que tengas razón —aclaró, con desánimo—. Deberíamos hacer algo para ayudarles. Que nos peleemos no lleva a nada.

Jacinta agachó la cabeza y apretó los labios, pensando; luego, como si hubiera llegado a una conclusión, levantó la mirada y la clavó en los ojos ambarinos de su amiga.

—Lo siento, Isabel. Tienes razón: no debemos pelearnos.

—¡Oh, Jacinta!, yo tampoco quiero que nos peleemos —musitó, antes de acercarse para abrazar a su amiga—. Tenemos que pensar en algo. Debemos ayudarles.

Jacinta se dejó abrazar, sujetando a Martintxo, que pugnaba por soltarse de las manos, deseoso de chapotear en el mar.

Paula las miró sin decir nada; sus grandes y verdes ojos, expectantes; el dedo en la boca. A sus pies, la arena absorbía el agua, emitiendo un ruido de succión característico.

Mientras la última clienta se marchaba con la compra en su cesta, Sabina sonrió, satisfecha por la venta que acababa de hacer. Cada día estaba más contenta con su trabajo en la tienda. Cada jornada aprendía algo nuevo sobre el negocio y se convencía de que ese era el lugar adecuado para ella.

Al mirar alrededor suspiró, orgullosa del trabajo realizado en la pañería. La nueva disposición de los tejidos los hacía más tentadores; hasta se había notado en la recaudación, al final del día. El señor Benito estaba tan contento que no dejaba de ensalzarla por su buen hacer.

Eso la hacía sentir dichosa; hasta ese momento muy pocas personas habían alabado algo que ella hiciera.

Guardó las telas que la anterior clienta había rechazado tras mirarlas un buen rato; seguro que, al cabo de unos días, volvería a por alguna de ellas. Sabina sabía que le habían gustado mucho.

—¿Qué os parece si traemos más paño? Dentro de poco empezará a refrescar por las noches... —comentó el dueño, saliendo de la trastienda.

«Si traemos…», había dicho, como si el negocio también fuera de ella. Sabina sintió un calorcillo que se extendía por todo el cuerpo; le sorprendió darse cuenta de que no era por la posibilidad de que esa fuera su tienda, sino porque él contase con ella.

¿Cuándo habían cambiado tanto sus intereses? ¿Cuándo había dejado de importarle la posibilidad de ser la dueña de algo? No lo sabía, pero podía afirmar que ahora su prioridad no era esa. Tampoco es que tuviera alguna; simplemente, la llenaba de gozo ser digna de consideración, haber dejado de ser una carga, como siempre se había sentido para su hermano, por mucho que él nunca se lo hubiera dicho. Saber que otra persona contaba con ella, con su opinión y la valoraba.

Tal vez habían sido las formas tan humildes del señor Benito, su falta de pretensiones, los grandes conocimientos que ocultaba tras su timidez; lo desconocía, pero ella era otra persona y se sentía mucho mejor. Casi feliz.

—¿Qué me decís? ¿Es demasiado pronto? —indagó el señor Benito, mirándola con atención, esperando su respuesta.

—No. Creo que ya va siendo hora. Hay que estar preparados.

—Sí, sí, sí. Bien, eso mismo pensaba yo —declaró con una sonrisa, encantado.

¡Virgen Santa! No se había dado cuenta de lo bonita que era su sonrisa, pensó, confundida por la variedad de sentimientos que se agolpaban en su corazón.

Aturdida, tomó un trapo y comenzó a limpiar el polvo inexistente, para ocuparse en algo y no mirar embobada al dueño de la tienda. ¿Qué le estaba ocurriendo?

María vio marchar a la mujer, contenta de que se hubiera ido. No le apetecía atender a nadie; no tenía ánimo para ello. Tampoco quería volver a la trastienda y notar la mirada preocupada de maese Germán. Sabía que pronto tendría que darle una respuesta. Decirle que sí, que se casaría con él. Aunque no podía hacerlo; aún no.

Su parte práctica la empujaba a contestarle de una vez; al fin y al cabo, no tenía otra opción que casarse con él. A menos que no le importara, a la larga, perder el negocio.

La otra, su parte sentimental, la retenía para que no hiciera nada; para que aguardara.

«¿A qué?», se preguntó, abatida, antes de volver a pasar el paño por el mostrador.

Paula se había marchado con Jacinta y su primo. Dios sabía que la chiquilla necesitaba distraerse y jugar como antes. Reconocía que su tristeza empezaba a hacer mella en la niña, pero no lograba quitarse de encima esa melancolía que la aplastaba.

Era tiempo de cambiar; debía hacerlo por el bien de su hija. Solo rogaba tener la fuerza necesaria para lograrlo. Guardó el paño y miró alrededor, buscando algo que la mantuviera ocupada fuera de la trastienda. No deseaba enfrentarse a la mirada de maese Germán y a su pregunta muda.

El sonido de la campanilla la salvó de seguir especulando sobre qué hacer. Agradeció su sonido hasta que miró a la puerta.

Samuel estaba allí, bajo el dintel, con *Bruma* pegada a sus talones. La perrita entró en la tienda y husmeó buscando a Paula; al notar que no estaba, regresó junto a su dueño; dio un par de vueltas antes de sentarse sobre sus patas traseras y emitir un gemido lastimero.

A él se le veía tan triste como ella misma. Agobiado por la responsabilidad y por las promesas hechas. Tenía los ojos enrojecidos, con ojeras oscuras; era evidente que tampoco dormía bien.

Si las circunstancias hubieran sido otras, en ese momento ella habría bordeado el mostrador para cruzar la tienda corriendo y lanzarse a sus brazos, consolar su tristeza. Recordaba cómo era sentirse abrazada por él; conocía su tacto y su olor, tan bien como el de ella misma.

Sus miradas se cruzaron; oscura la de él, avellanada la de ella. Y se dijeron con los ojos lo que nunca podrían expresar sus labios.

«Lo siento. Te amo tanto que no sé si podré vivir sin ti.»

«Te quiero. Nunca he dejado de hacerlo.»

El silencio se prolongó hasta que empezó a ser opresivo.

—Buen día, señora María —empezó él, volviendo al tratamiento formal. Aquel detalle, pese a saber que era lo correcto, fue para ella como una daga en el corazón. Cerró los ojos, pesarosa. Se había acabado la camaradería. Otra pérdida más en su vida.

—Buen día, maese Samuel —contestó, recurriendo a su antiguo título para molestarle.

Pudo ver el gesto de dolor en el semblante abatido de Samuel y se arrepintió de haberle llamado así. Antes de que pudiera pedirle disculpas, él entró en la tienda, puso el morral de cuero encima del mostrador y sacó los libros de cuentas, sin mirarla.

—Os he traído esto. No sé si tendréis alguna factura más que añadir...

—Hay alguna en el cajón —anunció ella, alargando la mano para tocar los libros.

Sus dedos se rozaron y fue como tocar una brasa ardiendo. Los dos apartaron las manos con rapidez, observándose aturdidos. El amor que se tenían se reflejaba en sus miradas.

—Esto... esto es muy difícil —confesó Samuel, los ojos clavados en ella. Sus puños se abrían y cerraban junto a la cadera—. Es como esperar la muerte, sin poder hacer nada para evitarla. He sido un estúpido al pensar que... En cuanto pase la... boda —farfulló como si le costase formar la palabra—, nos marcharemos. Aún saldrá un barco para Venezuela, antes de que cesen las partidas hasta la primavera. Nos iremos en él. Quedarme aquí es... es imposible —terminó; los ojos, tristes, de un alma en pena—. Tendréis que buscar otro contable.

María se limitó a mirarle; no podía hablar, le era imposible decir nada. Sentía la garganta aprisionada por una mano invisible, que apenas le dejaba espacio para seguir respirando.

—Será mejor que entréis y cojáis los recibos —musitó en un susurro agónico.

Samuel asintió con desgana, sin dejar de mirarla; luego cruzó la cortina con el aire de quien está sentenciado y no le queda nada por lo que luchar.

María bebió su imagen amada; los nudillos, blancos por la fuerza con que se aferraba al borde del mostrador. Temía caer en cualquier momento. Se sentía débil; exhausta. El alma rota.

Se alegró de que Paula no estuviera allí, para que no la viera en ese estado. La niña no necesitaba más angustias en su vida. Su pobre hija, que tanto había sufrido en las últimas semanas.

Bruma, aún quieta al lado de la puerta, la miraba con sus ojos dulces, la cabeza un poco ladeada. Emitió un gemido e inclinó la cabeza para el otro lado; parecía tan perdida como ella.

María suspiró, compungida por la pena, imaginando cómo sería su vida una vez que Samuel se casara y partiera hacia Venezuela. Se llevó la mano al pecho, como si de ese modo pudiera sosegar su dolorido corazón; los ojos, cerrados con fuerza; la cabeza, gacha.

Le oyó hablar con maese Germán. No quería que él la viera cuando volviera a salir. Ni ella quería verlo cuando se marchara. Era demasiado doloroso. Con intención de evitarlo, salió al patio. Se dejó caer en el suelo, junto a la pared; abrazada a las rodillas, apoyó la frente en ellas, agotada.

La perrita salió detrás y le lamió las manos, como si quisiera consolarla de la única forma que sabía. María, con la mejilla apoyada en la rodilla, le acarició la cabeza, mientras el animal con sus ojos, del color de la tierra mojada, la animaba. La perrita se enroscó a su lado y dejó que le siguiera pasando la mano por el lomo, sin apartar la mirada de su rostro.

Escuchaba a maese Germán sin prestar mucha atención. Más bien, ninguna. Fingiendo que todo estaba bien.

Su mente se obstinaba en pensar en la mujer que estaba al otro lado de la cortina. La mujer por la que había suspirado la mayor parte de su vida; la mujer que había poblado sus sueños desde niño. Con la que había aprendido a besar, a amar. A la que había entregado todo su ser.

La mujer a la que durante los últimos seis años había odiado, amado o añorado. A la que se prometió no volver a querer, sin saber que nunca había dejado de hacerlo.

«¿Por qué la vida es tan cruel? —pensó, mirando los utensilios de confitero que se había negado a usar y que ahora sus dedos deseaban acariciar de nuevo—. ¿Por qué se obstina en negarme la felicidad?»

Se conformó con pasar la mano por la mesa donde maese Sebastián había intentado llevar los libros de cuentas. Sus dedos resiguieron con nostalgia las vetas de la madera. Añoraba a su mentor. Las lágrimas le quemaron la garganta. Le hubiera gustado tanto charlar con él...

—Me han dicho que conocíais muy bien a la señora María —dijo maese Germán, envolviendo los anises con la mezcla del azúcar clarificado preparado *a la pluma*.

¿Por qué añoraba eso, cuando durante los últimos años se había negado a realizar ninguna tarea propia de su profesión? ¿Por qué la idea de meter la mano en el perol y hacer él mismo los confites le era tan atractiva, tan deseable?

La respuesta era clara: había dejado de odiar a María y, así como reconocía que aún la amaba, que siempre la amaría, aceptaba que su destino era ser confitero.

—Sí. Éramos amigos desde niños —contestó, recordando de pronto que el maestro estaba esperando su respuesta—. ¿Por qué lo preguntáis?

—Es que está demasiado triste y distraída. Me pregunto si siempre ha sido así o por el contrario...

—Hace mes y medio que murió su esposo —respondió, sin faltar a la verdad—. Aún está de duelo.

—Sí, claro; por supuesto —murmuró el confitero, con las mejillas sonrojadas—. ¡Qué falta de tacto por mi parte!

—Debéis darle un poco de tiempo para que se acostumbre a su nueva situación —añadió con sequedad.

Los celos nublaron su sentido común, envenenándole la sangre. Intuía cuál era la preocupación de ese hombre: la respuesta que María le debía.

Saber que tarde o temprano terminarían casados lo abrasó por dentro. Imaginar que, dentro de un tiempo, el confitero tendría derecho a acariciarla, a besarla... era más de lo que su torturada mente podía aguantar.

Quiso gritar que nunca consentiría tal cosa, que jamás permitiría esa boda.

Pobre tonto, él no era nadie para prohibir nada. No tenía ningún derecho sobre María.

—Apuntaré estas nuevas entradas —anunció, para evitar seguir torturándose con lo que no estaba en su mano impedir—. Ya le he dicho a la señora María que deberá buscar otro contable. Me iré una vez celebrada la boda.

—Siento mucho oíros decir eso. Mis conocimientos de cálculo no son nada extraordinarios —le confió maese Germán, continuando con el baño del anís—. Espero que no tardemos mucho en encontrar quien os sustituya.

«Tardemos...» la palabra le trepanó el cerebro como una saeta. El hombre ya consideraba ese negocio como suyo.

«Pues claro, tarde o temprano lo será», pensó, afligido, deseando que las circunstancias fueran otras.

Se despidió sin mucha ceremonia. La tienda estaba vacía. Salió al patio. María, sentada en el suelo, con *Bruma* pegada a ella, lloraba en silencio, con la cabeza apoyada en las rodillas. No lo había oído salir.

Se arrodilló junto a ella y le pasó la mano por la cabeza. No estaba bien que se tomara esas libertades, pero tampoco podía evitarlas. La amaba demasiado para verla sufrir. Se moría de ganas de tocarla, de sentirla cerca.

—Me mata verte así. Es como arrancarme la piel —susurró, retirándole el pañuelo que le cubría el pelo. Su hermoso y brillante cabello.

Ella levantó la mirada; los ojos, resplandecientes como gemas, le atraían igual que canto de sirenas. Sus labios, rojos y trémulos, le llamaban. No podía resistirse. ¡No quería hacerlo!

Con delicadeza, le tomó la cara entre las manos y la besó, primero en la frente, después en una mejilla, en la punta de la nariz, en sus labios... salados por las lágrimas. Se deleitó con su textura hasta que fue insuficiente para los dos. ¿Cuándo un beso había sido suficiente?

Los brazos de ella le rodearon los hombros. Con un gemido abrieron las bocas casi a la vez y dejaron que sus lenguas se abrazaran, danzando en una coreografía mil veces ensayada. Un baile que habían descubierto juntos y habían perfeccionado hasta lo sublime.

Samuel sintió el deseo fluir por todo su cuerpo; ríos de lava por sus venas, calentando su sangre. Necesitaba sentirla aún más cerca, fundirse en ella. La abrazó, instándola a levantarse pegada a él, sin dejar de besarse. La mente, cerrada a todo lo que no fuera esa pasión que los consumía.

Las exquisitas curvas de María contra su cuerpo le torturaban con su roce. El batir de su corazón junto al suyo, latiendo al unísono. Su respiración entrecortada. La alzó contra la pared hasta acomodar la unión de sus muslos contra la dureza de su miembro. ¡Cómo ansiaba estar dentro de ella, sentirse apresado por su calor!

María intentó rodearle la cadera con las piernas, pero el vuelo de la falda no le daba mucho margen, así que se conformó con aferrarse a las rodillas. No importaba: aun en esa posición, la fricción era como alcanzar la gloria. La oía respirar con la misma agitación que él; con esos suspiros que le enardecían el alma y lo volvían loco de deseo.

Durante un momento solo fueron ellos dos, como antes de marcharse a Venezuela. Dos corazones unidos por un mismo sentimiento, un mismo deseo. Disfrutaron de su sabor, de su calor; se deleitaron hasta que casi perdieron la noción de todo. Hasta que necesitaron más.

Cuando estaba por alzarle las faldas y buscar el alivio mutuo a esa pasión desatada, la realidad le dio de lleno y, con una maldición entre dientes, se separó de ella. Aquello no era correcto, no estaba bien.

—Lo siento —susurró, con la frente pegada a la de ella—. No... sé qué me ha pasado.

—No eres el único al... que le ha pasado; yo también estoy... aquí —aseguró María con un hilo de voz. Los labios rojos e hinchados, aún más apetecibles y seductores.

—Esto no debería volver a pasar, pero ¡maldito, si eso es lo que deseo! —masculló, separándose de ella. Y apoyando las manos contra la pared, dejó caer la cabeza, abatido. Respiraba como un fuelle viejo—. Nunca he deseado a ninguna mujer como te deseo a ti. Me nublas la razón y el entendimiento. Ahora, aun sabiendo que no es honorable y que rompería mi código moral y ético, solo deseo perderme dentro de ti. Volver a sentirnos unidos, como un solo ser. Y al diablo con todo lo demás.

—Y yo te acogería gustosa. ¿En qué clase de mujer me convierte eso? —musitó, avergonzada, mirando al frente. Abrazada a sí misma—. Me alegro de que te marches. Es un riesgo que nos veamos a solas. Un riesgo y una imprudencia.

—Lo sé, pero saberlo no disminuye la pretensión ni las ganas de estar contigo —aseguró, pasándole los nudillos por la piel sedosa de la mejilla—. Qué Dios me perdone, pero solo tú eres mi mujer, mi esposa. Y maldeciré el día que me separé de ti hasta el fin de mi vida —añadió con fervor.

—Vete; te lo ruego... —El sollozo le impidió decir nada más; cuando quiso abrazarla, ella le empujó para que se fuera—. Vete.

Bruma les miró, sin decidir con quién de los dos se quedaba. Primero se acercó a ella y le lamió una mano; luego, con el rabo entre las piernas, siguió a Samuel.

Dejar a María allí fue desgarrador, pero quedándose no haría sino prolongar la agonía. Entró en la tienda. Con tristeza, cogió los tomos que aún estaban en el mostrador y salió a la calle, sintiendo que su alma pesaba un quintal.

27

Septiembre había llegado con agua, como si quisiera dar aviso de que el otoño estaba a las puertas. Una suave lluvia mojaba los adoquines de la plaza Nueva, brillantes como plata bruñida, mientras los transeúntes y las caseras con su mercadería se cobijaban bajo los soportales.

Rosa Blanca, con el ánimo tan gris como el tiempo, caminaba del brazo de la taciturna Isabel. Su relación con ella había cambiado drásticamente. Ahora la jovencita ya no ponía ningún interés en salir a comprar los últimos accesorios para la boda, como si el enlace no le agradara tanto como al principio.

Tía Henriette las precedía, conversando animadamente con doña Camila. Cerraban la comitiva Salomé y la criada de la francesa. Paseaban bajo los soportales, recorriendo todo el perímetro de la plaza, al igual que otras tantas personas. Aquí y allá se formaban corrillos; se oían risas que reverberaban entre los arcos.

Ella estaba demasiado incómoda para caminar sin otro motivo o razón que la de no estar quieta. Aún faltaban trece días para el enlace. Trece largos días con sus noches, más largas aún. Quería que llegara esa fecha y que acabase lo más rápido posible. Con cada día que pasaba, el temor de que Samuel decidiera anular la boda era más terrorífico. ¿Qué haría ella, entonces?

—¿Amas a mi hermano? —La pregunta de Isabel rompió el silencio instaurado entre ellas—. ¿Le quieres?

Rosa Blanca siguió con la vista al frente. Le daba mucha lástima mentirle, no quería hacerlo; por eso prefería callar y mirar para otro lado.

—Contesta —ordenó Isabel, soltándose del brazo para ponerse delante de ella. Su mirada ambarina era fría y cortante.

—Creo que estás siendo grosera —murmuró, evitando responder—. Harás que nos miren.

—Es mi hermano y lo quiero mucho. Solo deseo saber si tú le quieres —murmuró para no llamar la atención, los ojos clavados en ella—. Samuel merece una mujer que sepa amarlo.

—Me voy a casar con él. Pienso que es suficiente respuesta. —Alzó la barbilla.

—Eso no responde a lo que te he preguntado, y tú lo sabes. Cuando llegaste pensé que lo amabas, pero ahora creo que no es así. —Al ver que su madre y su tía se volvían para saber qué las había detenido, reanudó la marcha—. Si no lo quieres, no te cases con él. Lo harás desdichado.

Ella también lo imaginaba, pero no podía hacer nada para evitarlo. Era imposible. Y por otro lado, él se lo había buscado al pedirle matrimonio. Si no lo hubiera hecho, ella aún estaría en Venezuela y su padre... su padre no habría perdido la hacienda.

«Eso no lo sabes con certeza —se recordó—. ¡Es igual! No he recorrido medio mundo para que me dejen plantada en el altar.»

—No creo que esta conversación sea procedente. Tu hermano es mayor y sabe lo que quiere hacer —contestó, altiva.

—Sí, sabe que debe honrar una promesa. Una promesa que lo ata a la mujer equivocada —soltó Isabel con enfado.

—¿Acaso no me consideras digna de él? —indagó, iracunda. Las palabras de su futura cuñada empezaban a irritarla. No iba a ceder. Su tranquilidad dependía de esa boda.

—No, si no le amas —sentenció, con la mirada triste—. Entiéndeme, Rosa Blanca, no tengo nada contra ti, pero temo que si seguís con eso, sufriréis.

—¿Quién dice que vayamos a sufrir?

—La falta de cariño —suspiró—. Mis padres son dichosos. Se les ve el amor que se tienen. No deseo nada menos para mi hermano. Tiene derecho a ser feliz. Todos lo tenemos.

Pese a que, en el fondo, Isabel tenía razón, Rosa Blanca no podía acceder a lo que ella esperaba. No podía liberar a Samuel del compromiso, cuando hacerlo equivalía a quedarse en la calle, a merced de un padre jugador; sin más posesiones que la ropa que llevaba puesta. Ella ya había perdido mucho, más de lo que hubiera deseado, y no deseaba perder aún más.

Por enésima vez volvió a maldecir el día en que aceptó ese matrimonio. Si no lo hubiera hecho, su padre no habría apostado tan alegremente *Las orquídeas*.

«Ya lo había hecho en otras ocasiones, solo que antes la cosa salió bien», volvió a recordarse.

—Seremos felices —aseguró, más para convencerse ella misma que a la joven.

María sintió los ojos de Martín pendientes de sus movimientos. Sabía que estaba preocupado por ella. Su presencia en la confitería, cuando debería estar atendiendo su propio negocio, lo dejaba claro. Estaban solos en la tienda; maese Germán y Julio ya se habían marchado. Paula estaba arriba; quería mirar si desde la ventana se veían los pajaritos en el nido.

—Aún no le he contestado. No sé por qué lo estoy demorando tanto —dijo para tranquilizarlo. Colocó la última vela en el estante—. No creo que tarde en responderle.

—¿Con un sí? —preguntó él, las manos en la cadera—. ¿Lo has pensado bien? —Se rascó el mentón, como siempre que le preocupaba algo—. Sé que no te gustaría perder este negocio, pero...

—¿Crees que maese Germán no es buena persona?

—No, no es eso. Lo que comentan por ahí son cosas buenas; parece que la gente le tiene aprecio. Solo quiero estar seguro de que deseas eso. El matrimonio es algo más que recitar una fórmula en el altar de una iglesia, ya lo sabes.

—No te preocupes, Martín. —No añadió más. No era capaz de asegurar que estaría bien, como su hermano pretendía. ¿Quién podía saberlo? Debía arriesgarse por el bien de su hija. Para no depender de la caridad, bienintencionada, de su hermano y su cuñada. Una mujer lo tenía muy complicado para llevar un negocio. Sí, podía contratar a un maestro confitero, pero lo más seguro era que se le marchase en cuanto pudiera poner su propio negocio. Casarse con maese Germán solucionaría la situación. Ya no tendría que preocuparse por si él tomaba la decisión de montar una confitería; ya la tendría.

En las semanas que el maestro llevaba trabajando allí, no le había dado motivos para sospechar que su carácter no fuera todo lo amable que aparentaba. No tenía sentido desconfiar de él. Parecía un buen hombre. Exhaló, cansada de darle vueltas al tema.

—No puedo olvidar el semblante que teníais el otro día en la playa. Un reo camino del cadalso no habría tenido un aspecto más hundido que el de Samuel. Y tú... Se te veía tan contenta cuando nos dijiste que te ibas a casar con él... —Opinó, cabizbajo; los brazos en jarras, abatido—. Pero cuando volviste, después de hablar con él, parecías una sombra, una cáscara vacía y hueca.

María se volvió para que su hermano no viera el dolor que la atravesaba por dentro. ¿Cómo explicarle que había estado a punto de tocar el Cielo con las manos? Había vuelto a sentir esa felicidad que siempre la embargaba cuando estaba con Samuel. Por unas horas había sido dichosa.

Luego, con la misma rapidez, todo había cambiado. Ahora las tinieblas campaban en su mente y en su interior.

Sintió las manos de su hermano en los hombros; el calor que desprendían casi la hizo llorar, pero no podía hacerlo. No delante de Martín. No quería preocuparlo aún más. Cerró los ojos e inspiró para aguantar sin desmoronarse. ¡Qué terriblemente difícil!

—Si no supiera que el comportamiento de Samuel es absolutamente caballeroso, le daría una paliza por el daño que te está haciendo. Él también sufre, lo sé. No había más que verlo el otro día... ¡Por las barbas de san Pedro! ¡Qué contrariedad! —se quejó, antes de volverla y abrazarla con fuerza—. Lo siento mucho, hermana —añadió con la voz rota—. Quisiera poder cambiar las cosas; devolverte la felicidad.

Toda su pretensión de no llorar se desvaneció al escucharle. Las lágrimas, saladas y dolorosas, brotaron sin restricciones, entre gemidos que la doblaban en dos, intensos y punzantes.

Paula volvió a subir los escalones, tan sigilosa como había bajado. Las lágrimas no le dejaban ver y varias veces estuvo a punto de tropezar. Puso más cuidado para no hacer ruido. No deseaba que su madre descubriera que les había estado espiando. Desde que escuchara la discusión entre su tía Jacinta y la señorita Isabel no dejaba de pensar en ello y se había propuesto enterarse de lo que estaba sucediendo.

Su madre estaba cada vez más triste. Peor que cuando murió su padre. Temía que volviera a meterse en la cama y no quisiera comer ni levantarse. Le aterrorizaba que ella también muriera.

¿Qué estaba pasando? ¿Por qué no le contaban nada?

Se sentó en lo alto de la escalera y se abrazó las rodillas, llorando en silencio. Le hubiera gustado que estuviera su padre. Añoraba sus abrazos, su olor a cacao, su risa...

El señor Samuel tampoco iba por la tienda; no había vuelto a enseñarle a hacer cuentas. Ni había ido a comprobar si el pajarito seguía en el nido y su madre le daba de comer.

No lo veía desde aquel día de la playa, cuando les montó a Martintxo y a ella en su caballo. Ni a él ni a *Bruma*. Además, se había marchado tan triste después de hablar con su madre, que no sabía qué pensar. ¿Se habría enfadado con ella por pedirle que les montara en el caballo?

No lo creía.

Redobló el silencioso llanto al recordar las palabras de su tío Martín: su madre iba a casarse con maese Germán. ¿Por qué? ¿Y por qué su tía Jacinta le había dicho a la señorita Isabel que el señor Samuel no quería casarse con su madre?

No entendía nada y no tenía a quién preguntar. Estaba asustada y solo quería que las cosas volvieran a ser como antes. Con su padre trajinando en la trastienda, preparando bolados y confites y mirándola como si ella fuera lo más importante en su vida.

Si el señor Samuel hubiera vuelto por allí, se lo habría preguntado. Él siempre contestaba todas las preguntas que le hacía. También lo echaba de menos, admitió, sin cesar el llanto.

La lluvia seguía sin visos de amainar. A través de la puerta del taller parecía un tul grisáceo, meciéndose al capricho del aire.

Samuel dejó la lija y pasó la mano sobre la superficie del cabecero para comprobar si estaba lo suficientemente suave. Tenía las manos cubiertas de polvo de serrín e imaginó que su cara y pelo estarían igual.

El taller olía a una mezcla de madera de roble y resina de pino;

el suelo, cubierto de virutas que crujían con cada movimiento.

Bruma, sentada a la puerta como una estatua de porcelana, lo miraba con ojos bondadosos; emitió un gemido al ver que él la observaba. Seguro que echaba de menos a Paula. En el fondo, él también extrañaba a la niña, pero no podía ir por allí. Ya no.

—Hijo... —Oyó a su padre y se volvió para mirarlo—. Llevo días luchando para no meterme en tus asuntos y dejar que soluciones tus cosas, pero no puedo aguantar más. —Sus ojos azules expresaban tanta angustia como sus palabras—. He hablado con tu madre: ella también está muy preocupada por ti.

—Lo siento, padre. —Bajó la cabeza y se apoyó en el cabecero que había estado lijando—. No quiero que sufráis por mi causa.

—Eres nuestro hijo, es normal que nos preocupemos por ti —aseguró, dejando las herramientas sobre la pieza que estaba preparando para acercarse a él—. Nos parece extraño, y nada alentador, que en vísperas de tu boda te muestres tan amargado. —Le sujetó por los hombros para mirarle a los ojos—. Nos recuerda demasiado a nuestra propia boda como para dejarlo pasar. Recuerdas que tu madre y el señor Rodrigo, el padre de María, estuvieron a punto de casarse, ¿no?

—Cómo no iba a acordarme; fueron unos días muy tristes para María y para mí. Sabíamos que los hermanastros no pueden casarse... —Negó con la cabeza y soltó un bufido de desesperación—. *Merde!*

—Si no hubiera sido por mi buen amigo, el capitán Gastón Bonnet, no sé qué habría pasado. Tu madre, pese a amarme y saber que yo estaba loco por ella, seguía dispuesta a casarse con el viudo de su amiga, por una promesa hecha a esta en su lecho de muerte. —Miró las vigas del techo antes de volver a clavar sus ojos azules en Samuel y sonrió—. Tu madre puede ser muy terca cuando se lo propone. Presiento que a ti te sucede algo parecido. ¿Te sientes obligado a casarte con Rosa Blanca?

Samuel asintió en silencio, demasiado angustiado para expresarlo en voz alta. Recordaba bien los días que precedieron al anuncio de la boda de sus padres adoptivos; la tristeza de todos; su deseo de que su padre fuera el entonces capitán Boudreaux. Ahora la historia volvía a repetirse, pero al contrario que aquella, esta no tendría un final feliz.

—¿Has hablado con ella? ¿Le has contado lo que sientes?

—No ha servido de nada, padre; ella dice que me ama y yo... yo debo honrar mi promesa. ¿Cómo podría mirarme al espejo, si no?

—Comprendo tu dilema, hijo. Y me duele no saber cómo ayudarte. Anular la boda, para el hombre, es muy complicado. Yo diría que casi imposible.

—Lo sé, padre. Lo he pensado mucho y no encuentro ninguna solución para arreglar esto. Solo Rosa Blanca puede deshacer este compromiso. Ella no quiere. Por lo tanto, no queda más remedio que continuar. Me avergüenza haberle propuesto anular el enlace. Sería muy egoísta por mi parte, hacer que viniera hasta aquí para dejarla plantada antes de la boda.

Una ráfaga de aire arrastró un puñado de virutas hacia el interior del local, dejando a la vista una porción de suelo empedrado. Las gotas de lluvia enseguida se encargaron de motearlo, ante la curiosa mirada de *Bruma*. La perrita no tardó en perder interés y volvió a prestar atención a los hombres.

Durante un buen rato, en la carpintería no se oyó nada más que el siseo de la lija sobre la madera o los golpes ocasionales para ensamblar las piezas. Padre e hijo, en silencio, se limitaban a continuar con el trabajo.

Samuel hubiera deseado encontrar la manera de poner fin a ese sufrimiento; de convencer a Rosa Blanca de la inconveniencia de ese enlace entre ambos, pero la solución era esquiva y el destino, caprichoso.

—Me gustaría poder decirte que todo se arreglará... —murmuró Armand, frotándose la frente—. ¿Quieres que tu madre hable con tu prometida?

—No serviría de nada y Rosa Blanca podría sentirse ofendida.

El francés asintió con la cabeza y continuó uniendo las piezas, pensativo.

—Os digo que ella no le ama —aseguró Isabel con terquedad. Se levantó del sillón.

Estaba en la biblioteca con su madre y tía Henriette. Al regresar del paseo Rosa Blanca se había ido a su habitación. Isabel estaba convencida de que lo había hecho para evitar más enfrentamientos con ella.

Se sentía dolida por la actitud de la criolla. En todas esas semanas no había notado que sintiera algo por su hermano. Hasta parecía que al principio trataba de evitarlo; ¿por qué seguía queriendo casarse con él?

—Es una joven muy bien educada y, como tal, no puede ir pregonando sus sentimientos a los cuatro vientos —recordó Camila, sentada en el sofá con el bastidor entre las manos.

—Madre, se supone que seré su cuñada en unos días. Decidme si ama a mi hermano no es pregonarlo a los cuatro vientos —protestó, enfurruñada, y se paseó por la estancia—. Lo que pasa es que no le quiere.

—Le quiera o no, la boda se celebrará en unos días —anunció su madre—. No camines tan desgarbada, hija.

Isabel bufó y trató de dar pasos más cortos y elegantes.

—¿Cómo podéis preocuparos por mi forma de caminar, sabiendo que Samuel está a punto de cometer un error?

—Tu hermano debe lidiar con sus acciones. —Isabel miró a su madre con horror—. No me mires así, hija. Mi mayor interés es que sea feliz. Pero debes entender, querida: nadie lo obligó a solicitar la mano de Rosa Blanca.

—Bien, pues ahora ha cambiado de idea. Tía Henriette, vos también pensáis que no le ama, ¿verdad? —preguntó con ansiedad; buscaba una aliada.

—Mi querida niña, Rosa Blanca no me ha dado motivos para creer lo contrario —empezó la francesa, sentada al lado de Camila, con las manos apoyadas en el puño del bastón—. Estoy convencida de que su interés por el enlace se debe a otra razón que la del cariño.

—¿Veis, madre? —se encaró, las manos en la cadera.

—El que lo crea no significa que sea cierto, querida sobrina. Sería interesante saber la verdadera razón de que ella quiera casarse.

—Deberíamos preguntárselo —sugirió Isabel con el entrecejo fruncido—. Tal vez eso nos ayude a entender sus razones y... ¿Quizá podamos ayudarla?

—¿Buscándole otro prometido? —se mofó tía Henriette—. Ay, las cosas no son tan fáciles, querida niña. Deja de pasear como un gato asustado y siéntate a mi lado. Me pones nerviosa.

Isabel obedeció de mala gana y se sentó de cualquier manera. Una mirada de reproche de su madre la obligó a sentarse como correspondía a una jovencita de buena cuna.

Lo sentía por su hermano y por María; parecían tan desdichados que partía el corazón. Estaba empezando a descubrir que la vida era un tanto complicada y la asustaba pensar que a ella pudiera sucederle lo mismo.

«¡No! Yo no me casaré a menos que encuentre a alguien a quien amar y que me ame como mi padre quiere a mi madre —se prometió en silencio—. No aceptaré menos.»

—No es verdad, padre —musitó Rosa Blanca—. Decidme que no es cierto.

—No cuestiones lo que digo, niña —ordenó don Eladio, enfadado. Las manos unidas a la espalda—. Hoy mismo me han reclamado la deuda y no puedo seguir demorando el pago.

—Pero... pero ¿no pueden esperar hasta después de la boda?

—Eso mismo les he pedido y no han aceptado. Necesito el dinero, ya.

Rosa Blanca se dejó caer al borde de la cama, rota por la desdicha. El agotamiento empezaba a pasarle factura. Necesitaba una salida y no las trabas que se cruzaban en su camino. Deseaba ver la solución al lío en el que estaba metida, pero a cada instante las cosas se complicaban más y más.

No podía pedirle a Samuel dinero para cubrir las deudas de su padre. Eso era impensable. Más ahora que él quería romper el compromiso. ¿Quién sabía si aquello podía ser la excusa perfecta para acabar con el enlace? No podía arriesgarse; descubrirlo equivalía a perderlo todo.

—Os dije que dejarais de jugar. Me prometisteis no volver a hacerlo. Habéis faltado a vuestra palabra, padre —le acusó, dolida—. Con vuestra mala cabeza me habéis dejado sin más opciones que casarme con alguien a quien no amo.

—¡Amor! —barbotó don Eladio, colérico. Para enfatizar sus

palabras, golpeó varias veces el puño contra la palma de la otra mano—. Eso no es más que una tontería, fruto de mentes ociosas. Los matrimonios se forjan por algo más importante que el amor. Se fundamentan en intereses mutuos.

—¿Qué interés puede tener Samuel en casarse conmigo? No soy nadie, no tengo nada —susurró, con la cabeza ligeramente inclinada.

—Tú serás la madre de sus hijos. Desciendes de un buen linaje; tienes una buena educación. La esposa perfecta para cualquier marido.

—No creo que él esté de acuerdo con vos, padre. Me ha pedido anular el compromiso —soltó, al tiempo que una lágrima le resbalaba por la mejilla.

—¿Qué le has dicho? ¿No habrás consentido en anularlo? —inquirió, entre furioso y preocupado, zarandeándola.

—No, padre. Le he dicho que le amaba y que no podía romperlo.

—Buena chica. Debes casarte con él; de lo contrario nos quedaremos en la calle. —Le dio unas palmaditas en la mejilla, distraído.

—¿Y de quién será la culpa? —chilló, asustada por las circunstancias. Se levantó y empezó a pasear por la estancia—. ¿Quién nos ha llevado a esta situación?

—No seas impertinente, Rosa Blanca. Sabes que no puedo evitar jugar unas partidas. No siempre he perdido y tú lo sabes.

—Pero ahora lo habéis perdido todo. —Se paró de golpe—. Estamos arruinados y dependemos de la caridad de las buenas personas. ¿Qué creéis que pensará Samuel cuando se entere de nuestra posición económica? ¿No creéis que se sentirá estafado? Y si, después de todo, decide anular el matrimonio, ¿qué será de mí? —Dio unos pasos por la habitación—. No lo entiendo, padre: ¿por qué ese afán por el juego? ¿Por qué empezasteis a jugar de ese modo?

—Hay cosas que tú no entiendes.

—En ese caso, explicádmelas, por favor. —Le rogó con la mirada.

—Soy tu padre y haré lo que me dé la gana. Te saqué de ese convento para casarte con un buen partido. Lo he encontrado, así que consigue que esa boda se celebre y deja de ocupar tu mente con otros menesteres —ordenó antes de salir, airado. El portazo resonó en toda la casa.

La puerta de la confitería estaba abierta y *Bruma* se coló por ella antes de que Samuel pudiera impedirlo. A juzgar por los ladridos de felicidad, había encontrado a Paula.

Él entró sin saber qué hacía allí. En realidad lo sabía: necesitaba ver a María. Así de sencillo; así de espinoso.

Vivía en una lucha constante con su mente y su corazón. No estaba bien que la viera por otro motivo que no fuera el laboral. Un hombre no visitaba a una mujer que no fuera de la familia o su prometida, a menos que fuera una meretriz.

María no era ninguna de esas cosas, pero lo era todo para él. Sabía que visitarla era una locura; peligroso para ambos, no solo por las habladurías que generaría si lo descubrían, sino por el dolor que se iban a causar, pues cada vez que se vieran sería como abrir una herida y no dejar que cicatrizara.

Aun sabiéndolo, no podía evitarlo. Era algo más fuerte que su voluntad. Un deseo que le impelía a estar junto a ella aunque, en el fondo, supiera que estaba mal. Que no beneficiaría a nadie.

—Buen día, señor Samuel —musitó la niña, con los ojos enrojecidos. La perrita le lamía las lágrimas, emitiendo gemidos lastimeros.

—Buen día, Pequeño Confite, ¿qué te sucede? ¿Por qué estás triste?

—No lo sé... Quiero a mi padre... —confesó entre lágrimas. Luego corrió a abrazarle las piernas.

Samuel, destrozado por la pena, la alzó en los brazos y apoyó su cabecita en el hombro. *Bruma* se alzó sobre las patas traseras para seguir rozando a Paula con el morro.

—No llores, mi niña. ¿Estás sola? ¿Dónde está tu madre? —Le extrañaba que María no estuviera por allí.

—Ha... ha salido a llevar una cesta... con bolados... a una señora... —musitó entre llantos—. Ella... está muy triste... ¿Se... se puede morir... como mi padre?

—No. Por supuesto que no, Confite. Ella te quiere mucho y

estará contigo siempre. Ya lo verás. —La besó en la cabeza. Aspiró con los ojos cerrados. Si la inocencia tenía un olor, sin duda era el de esa chiquilla—. No llores, tesoro.

—Dice el tío Martín... que no tiene que casarse... con maese Germán —anunció entre hipidos—. Y mi tía Jacinta dice... que vos no queréis... casaros con mi madre...

—No debes escuchar las conversaciones de los mayores; no está bien —le recordó, sin saber qué otra cosa decirle.

La pobre niña estaba asustada y nadie le explicaba nada. Mas ¿qué se le podía contar a una niña de poco más de cinco años? ¿Qué era capaz de comprender una criatura de esa edad?

—¿Qué ha sucedido? —preguntó María al entrar en la tienda.

—Está triste —contestó, empapándose con su imagen. Deseaba atesorarla para los días venideros, para las semanas, meses, años, que tendría que vivir sin ella.

La vio quitarse el mantón y sacudirlo para quitar las gotas de lluvia que habían quedado adheridas, como el rocío de la mañana. Lo puso en la cesta antes de acercarse, apresurada, para comprobar cómo estaba su hija.

—Tesoro mío, ¿qué te ocurre? —preguntó, tan cerca que él pudo oler su perfume de vainilla y ver las motitas oscuras, como semillas de amapola, que poblaban sus iris avellanados—. No llores, mi amor.

La niña la abrazó sin soltar a Samuel, de modo que quedaron los dos unidos por aquella chiquilla.

«Una familia —pensó él, con un nudo en el pecho—. La familia que podría haber sido.»

María cogió en brazos a su hija y él se sintió perdido sin su contacto. Las quería a las dos.

—¿Ves? Ya está tu madre —atinó a decir, mientras se separaba, demasiado asustado por el impulso de cometer la locura que le provocaba aquellos pensamientos.

Tenía que salir de allí. Debía alejarse.

Destrozado, miró a María por última vez y salió de la tienda, dispuesto a no visitarla de nuevo. A mantenerse apartado de ella. De las dos.

Rezó para ser firme y no sucumbir al deseo desgarrador de verlas una vez más.

28

El azul del cielo asomaba tímidamente a través del encaje blanco que formaban las nubes. Ya no llovía, sin duda algo de agradecer, tras pasar el día anterior sin parar ni un solo momento. El viento seguía soplando de popa y les empujaba con suavidad a la dársena del puerto de San Sebastián.

Álvaro Ortega, de rodillas, continuó frotando el suelo de la cubierta con el cepillo, mientras a su alrededor los marineros se afanaban en cumplir las órdenes del contramaestre a la mayor brevedad. Con un gemido de cordajes, el bergantín viró, situándose en la mejor posición para entrar en el puerto. Las velas flamearon al cambiar el viento, pero enseguida volvieron a hincharse hasta tensar la lona con un chasquido.

Desde su posición no podía ver la ciudad, pero sonrió contento: pese a las muchas trabas surgidas desde que partió de Venezuela, había conseguido arribar. Solo esperaba no haber llegado demasiado tarde y que Rosa Blanca no se hubiera casado aún.

«¡No! Aún tengo tiempo», pensó, frotando el suelo con fuerza, a la vez que rezaba para estar en lo cierto.

Desde que Rosa Blanca partiera, Álvaro había intentado convencer a su padre de que le permitiera seguirla, utilizando la excusa de cobrar a don Eladio lo que dejara a deber, pero él, en las pocas veces en que estuvo sobrio, se había mostrado terco e intransigente. Incluso le prohibió embarcarse.

El destino terminó jugando a favor de Álvaro, que dos semanas después pudo organizarlo todo para seguir a su amada. Claro que ese mismo destino caprichoso quiso jugar con él y con su paciencia, sometiéndole a múltiples retrasos en la singladura.

Un golpe en el costado del barco indicó que ya habían atracado. Llenaron el lugar las pisadas rápidas y las voces de los marineros encargados de amarrar el bergantín en los noráis del puerto.

Siguió restregando el suelo hasta que, a través de su pardo flequillo, vio unas botas, con el cuero desgastado y blanquecino por la sal, que se acercaban a él.

—Bueno, señor Ortega, ya podéis dejar ese cubo —dijo el dueño de las botas, de pie a su lado.

Álvaro levantó la vista al tiempo que se retiraba el pelo de la cara, para encontrarse con la mirada socarrona del contramaestre. Metió el cepillo en el cubo y se levantó con cuidado. Tenía las rodillas despellejadas, por las muchas horas pasadas a gatas sobre el entramado de la cubierta, y las yemas de los dedos, arrugadas como pasas.

—No hemos podido hacer de vos un marinero de provecho, pero al menos hemos conseguido una cubierta reluciente. Id a descargar la mercancía. Ya nos hemos retrasado mucho y no quiero añadir más tiempo —mandó el contramaestre, antes de darse la vuelta para seguir impartiendo órdenes al resto de la marinería.

Álvaro corrió a vaciar el cubo y, tras guardarlo en el sitio correspondiente, bajó a la bodega para echar una mano a sus compañeros. Cuanto antes descargaran, antes podría salir a buscar a Rosa Blanca.

«Que no se haya casado, que no se haya casado, que no se haya casado. Por favor, Señor...»

—¡Ha llegado un barco! —gritó Jacinta al entrar en la confitería—. Lo acabo de ver.

María terminó de colocar los velones en la balda y se volvió, desganada, para mirar a su hermana. No quería hablar con nadie. Las clientas que habían pasado por allí se habían dado cuenta y, al contrario que la mayoría de las veces, una vez servidas no demoraron su marcha. Nunca había sido tan cortante; se sentía culpable por ello, pero le costaba remediarlo.

—¡Ya era hora! Hace semanas que debería haber estado aquí —barbotó con sequedad—. Casi no quedaba cacao.

—Estaban descargando muchos sacos, así que no tendrás problema en abastecer la tienda —aseguró su hermana, sin tomar en cuenta el temperamento borrascoso de María—. ¿Has hablado con maese...?

—¡No! —pronunció entre dientes, y miró hacia la cortina, por si el maestro confitero la hubiera oído—. Aún no lo he hecho. —Bajó la voz a un siseo—. ¿Vais a preguntarme todos los días por el tema? Ayer fue Martín, ahora tú... Empiezo a cansarme.

—No te pongas así, María, solo te estaba preguntando. Pareces una gata escaldada —recriminó Jacinta, moviendo la cabeza con reproche—. Como sigas así, vamos a necesitar armadura para hablar contigo.

Su hermana tenía razón, reconoció con desagrado. Debía ser más amable; los demás no tenían la culpa de su desesperación.

—Lo siento, Jacinta. Últimamente no parezco yo; perdóname —se disculpó, avergonzada, volviendo a su tono de voz normal—. Me siento perdida y... ¡No sé qué hacer!

La joven se acercó para abrazarla y María estuvo a punto de echarse a llorar, desconsolada. Se estaba comportando de manera odiosa con todo el mundo.

Paula parecía perdida; no se alejaba mucho de ella. Sabía que la niña estaba preocupada por sus cambios de humor y, pese a que deseaba consolarla, era incapaz de hacerlo. No quería hacerla sufrir, pero eso es lo que estaba haciendo. Si continuaba así, su familia terminaría por darle la espalda.

Se le escaparon las lágrimas que trataba de retener.

—Creía que... por un momento llegué a pensar que Samuel y yo... —musitó entre sollozos—. ¿Por qué es tan dura la vida?

—Tal vez lo mejor sería que hablaras con maese Germán y aceptases su ofrecimiento. No parece mal hombre...

—Lo sé, pero... esta vez quería casarme por amor... deseaba casarme con el amor de mi... —Enmudeció abruptamente al darse cuenta de lo que estaba diciendo, aunque ya era demasiado tarde.

—¿Quieres decir que no amabas a maese Sebastián? —preguntó Jacinta, separándose de ella para verle la cara. La retenía por los hombros.

—Esto... sí, claro... por supuesto... —balbuceó, la mirada clavada en las piedras del suelo. Cerró los ojos y se amonestó por su torpeza. ¿En qué estaba pensando? Se secó las lágrimas de un manotazo, tratando de serenarse.

—No me lo creo. Yo era pequeña entonces y no me daba cuenta de muchas cosas. Ahora puedo comprenderlas mejor y me sorprende la rapidez con la que te casaste con maese Sebastián. Siempre creí que era porque lo amabas... ¿Acaso no era así?

—Le quería —contestó, sin entrar en más detalles, esperando que su hermana se conformara con esa respuesta.

—¿Por qué te casaste con tanta premura? —insistió con terquedad, sacudiéndola por los hombros.

—Te lo he contado: le quería.

—Y también que Samuel era el amor de tu vida.

—Yo no he dicho eso —protestó María, cada vez más arrepentida de su desliz. Su corazón latía desbocado por el miedo a la repercusión que esas palabras pudieran tener.

—Casi lo has dicho; te has parado, pero casi lo has dicho y no puedo olvidarlo.

—Pues será mejor que lo hagas, Jacinta —ordenó, seca; luego se separó de ella para salir al patio.

Necesitaba aire para aclarar sus ideas. Quería que el tiempo pasara lo más rápido posible. Que Samuel se fuera de la ciudad para no tener que verle cada día, sabiendo que nunca podría estar con él. El día anterior, al verlo con la niña en brazos... Por un instante había imaginado mil cosas. Que su prometida había roto el compromiso, que estaba allí para quedarse con ellas, que... Luego, con el alma desgarrada por la pena, le vio marchar y, en ese momento, tuvo la sensación de que aquella sería la última vez que le vería. Que él había decidido no seguir jugando con fuego.

Eso era bueno. Era lo correcto. Entonces, ¿por qué se sentía morir por dentro?

En el otro extremo del patio, Paula jugaba con el hormiguero.

Observaba absorta a las diligentes hormigas, sin percatarse de que su madre había salido. María la dejó continuar sin decirle nada.

—¿Lo hiciste por despecho? —Su hermana la había seguido hasta el patio—. ¿Fue esa la razón?

—No quiero seguir hablando de eso, Jacinta —murmuró en voz baja—. Espero que respetes mi decisión.

—Solo quiero saber por qué lo hiciste —susurró Jacinta, mirando a su sobrina, que seguía pendiente de los insectos.

—Eso es algo que a ti no te incumbe.

—¿Te das cuenta de que cuanto más te niegas, más sospechas despiertas? —Las palabras sensatas de su hermana pequeña se le clavaron en el corazón—. Nunca imaginé que fueras capaz de casarte de ese modo.

Deseaba decir la verdad. Contar la razón por la que tuvo que tomar una decisión tan desesperada. Borrar de la cara de su hermana ese semblante de decepción, como si le hubiera fallado. Era imposible. Una noticia así, tarde o temprano llegaría a oídos de Samuel. Él jamás debía enterarse. No ahora que su boda con Rosa Blanca estaba tan cerca.

—Tengo muchas cosas que hacer; será mejor que me ponga a ellas antes de que se haga más tarde —anunció, regresando a la tienda para no ver la mirada de reproche de Jacinta.

Rosa Blanca parpadeó al salir de la iglesia. El sol se colaba por entre las nubes y deslumbraba con sus rayos. La tía Henriette salió tras ella, golpeando el suelo con su bastón. Doña Camila iba a su lado, seguida de Isabel.

Cada vez que miraba a su futura cuñada, Rosa Blanca temía que en cualquier momento tachara a su padre de ladrón. Sabía que, aún no había encontrado la joya, pese a haberla buscado en todos los lados. Por mucho que su padre se hubiera ofendido por la sugerencia, cada vez estaba más convencida de que él la había robado. ¿Quién otro podría haberlo hecho? Y si nadie la había sustraído, ¿dónde estaba?

El enigma la estaba volviendo loca; la asustaba cada vez más. ¿Qué pasaría si Samuel llegaba a enterarse? Tembló ante esa posibilidad y se arropó mejor con el chal.

—¿Os apetece dar una vuelta por el muelle? Dicen que ha llegado un barco de Venezuela y siempre es todo un acontecimiento verlo descargar —sugirió Samuel, poniéndose a su lado.

Ella lo miró sin saber qué contestar. Estaba tan nerviosa que dudaba de su capacidad para llevar una conversación. La tía Henriette la miró con aquellos ojos azules suyos tan perspicaces y Rosa Blanca, temerosa de que la dama dijera algo que la pusiera en un aprieto, asintió con premura.

—En ese caso... —Le mostró el hueco del codo para que ella pusiera la mano— . Será mejor que vayamos a observar el proceso antes de que terminen —aconsejó Samuel, con un tono de resignación que ella trató de pasar por alto.

Doña Camila se unió a la comitiva con la francesa, mientras que Isabel prefirió regresar a la casa. Rosa Blanca sospechaba que era para seguir buscando el colgante. El vestido que se iba a poner en la boda era del color amarillento de los topacios y resultaría chocante que no se lo pusiera ese día.

—Es extraño: creo que este barco debería haber arribado hace un mes, por lo menos. Habrán tenido dificultades —anunció Samuel, emprendiendo el paseo; la perrita saltaba de un lado para otro—. Imagino que no tardará en partir a La Guaira. Dentro de poco los vientos no serán favorables. —Se notaba que, pese a la situación, trataba de ser amable—. ¿Qué os parecería regresar a Caracas? Me doy cuenta de que este clima no os agrada. Tal vez en vuestra tierra encontráramos el lugar más adecuado para hacer que nuestro matrimonio funcionase. ¿Qué os parece? —La miró esperando obtener alguna contestación. Al no recibir respuesta, terminó—: Hablaré con el capitán para reservar los billetes.

El corazón de Rosa Blanca dio un latido más fuerte ante la perspectiva de regresar a su país. Quizás allí pudiera encontrar la felicidad que en San Sebastián le era tan esquiva. Claro que antes tendría que anunciarle a Samuel que la hacienda ya no les pertenecía. Que el tahúr de su padre la había perdido en una partida de naipes y que deberían encontrar otro lugar para vivir. Hasta imaginar la escena la llenaba de temor.

¿Y qué pasaría cuando viera a Álvaro? ¿Cuando se lo cruzara por la calle o fuera a la pañería de su padre?

«Olvídate de eso —se ordenó—. Has tomado una decisión y debes atenerte a ella.»

Pero era tan difícil olvidar...

Las últimas noches se había dormido pensando en él, en los días que compartieron en Caracas, cuando preparaba su ajuar de novia.

Aquella había sido la primera vez que iba a esa pañería; hasta entonces habían comprado en otra más importante, pero en esta ocasión su padre se obcecó en que fuera en esa donde se surtieran de los tejidos para su vestuario. A pesar de que a ella no le había hecho mucha gracia, pues era sobradamente conocida la fama de borracho del dueño, su padre se mostró inflexible en tal decisión.

El primer día conoció a Álvaro, el hijo del pañero, y se sintió atraída por aquel joven, no mucho mayor que ella. Salomé se dio cuenta enseguida de las miradas que se dedicaban y quiso prevenirla del problema que eso podría generar, pero ella no le hizo caso y siguió fomentando la amistad que había surgido entre Álvaro y ella.

Demoró la elección de las telas todo lo que pudo, visitando la pañería a diario y hasta varias veces al día con alguna excusa; para entonces había descubierto que estaba enamorada de aquel joven tan simpático y amable. Cuando, uno de aquellos días, Álvaro le declaró su amor, creyó estallar de felicidad. Estaba tan dichosa y alegre, que era imposible pensar en nada que pudiera enturbiar aquel estado.

Ya había elegido los tejidos y la modista estaba confeccionando los vestidos, pero ella seguía visitando aquella tienda como si aún le quedasen paños que comprar. Y cada una de aquellas veces, Álvaro aprovechaba para tratar de convencerla de que rompiera el compromiso con Samuel y se casara con él.

Buscaban los momentos en los que no había nadie para intercambiar palabras de amor, besos y alguna que otra tímida y casta caricia en la trastienda, mientras Salomé esperaba, bufando de reprobación, en la tienda.

Resultó una conmoción descubrir la profundidad de los sentimientos de ambos. ¡Estaba prometida a otro hombre y en pocas semanas debería zarpar para su boda! ¡Tenía pensamientos pecaminosos! Sor Josefina le había prevenido sobre ellos en muchas ocasiones. Decía que eran obra del diablo.

Álvaro le pidió que se escapara con él. Desgraciadamente, las enseñanzas de sor Josefina estaban demasiado grabadas en su mente, como para obviarlas. Una joven no escapaba a menos que fuera una perdida.

Quiso hablar con su padre, pero este se negó a escuchar nada que tuviera que ver con romper el compromiso. Fue una tonta: su padre adivinó qué estaba pasando y la encerró en casa durante la última semana. Solo salió para ir al barco que la llevaría a encontrarse con su prometido. No pudo despedirse de Álvaro ni volver a verlo.

—Está media ciudad observando la descarga del bergantín. —Las palabras de Samuel la devolvieron al puerto guipuzcoano.

Miró alrededor; en efecto, parecía que media ciudad estaba allí, contemplando a los marineros que se afanaban en sacar de las entrañas del buque todos los sacos, cajas, tinajas, fardos y demás. Un empleado de La Real Compañía Guipuzcoana de Caracas iba anotando en un libro las cantidades que depositaban casi a sus pies, ajeno a la expectación que lo rodeaba.

Uno de los marineros tropezó en la planchada y a punto estuvo de caer al agua con el saco que llevaba al hombro. Por fortuna se enderezó a tiempo y siguió descendiendo por la planchada, para no estorbar a sus compañeros que venían detrás.

Rosa Blanca se llevó la mano al corazón, repentinamente excitado. Si no supiera que aquello era imposible, hubiera pensado que aquel marinero era Álvaro.

«Debes dejar de soñar despierta y prestar atención a Samuel», se recordó molesta por su alocada imaginación.

Sabina enrolló la tela y la colocó en su lugar del estante. La mañana había sido muy provechosa y el cajón pesaba, cargado de monedas. No podía estar más contenta con su situación. Sonrió sin darse cuenta.

A través del vidrio del escaparate podía observar a los transeúntes que se encaminaban al puerto. Una clienta había pasado para anunciarles la arribada de un barco de Venezuela. Le hubiera gustado verlo, pero su lugar estaba allí y por nada del mundo iba a abandonar su puesto.

—Señorita Sabina, si os apetece ir al puerto... podéis ir... —anunció el dueño de la pañería, mirándola con timidez.

—Muchas gracias, señor Benito, pero prefiero quedarme aquí —dijo, sincera—. Nunca se sabe cuándo vendrá algún cliente.

—Sí, sí, sí... sin duda tenéis razón, aunque no me gustaría que os quedaseis con las ganas de ver la descarga —aseguró el hombre, con toda franqueza.

Antes de que ella pudiera contestar, sonó la campanilla de la puerta: tenían clientes.

—Buen día, señora. En qué puedo serviros —entonó Sabina, con una sonrisa amable.

—Buen día. Busco brocado azul. Quiero hacerme un vestido para el tiempo que se avecina —anunció la mujer, muy segura.

El señor Benito se precipitó a buscar tejidos del tipo y del color requeridos. Los fue colocando sobre el mostrador.

—Como veis, tenemos varios tonos diferentes de azul —empezó a explicar Sabina, con su habitual soltura, tocando delicadamente los tejidos—. Depende de la hechura que queráis dar al vestido. ¿Os lo haréis vos?

—¡Oh, no! Quería algo más complicado de lo que estoy habituada a hacer...

—Tenemos una modista que cose para la tienda y que es muy competente. Si no tenéis quién os lo haga...

La mujer sonrió, encantada ante la perspectiva de que le hicieran el vestido, y Sabina se felicitó por haber convencido al señor Benito de la utilidad de tener una o dos modistas que cosieran principalmente para ellos. A decir verdad, no le había costado mucho persuadirlo; el dueño de la pañería estaba dispuesto a hacer funcionar su negocio y, por alguna extraña razón, confiaba en el criterio de Sabina.

—En ese caso, si me dais vuestra dirección, la modista os visitará para tomaros las medidas y acordar el modelo —explicó Sabina, minuciosa, y procedió a anotar los datos en el libro que habían encuadernado para tal fin—. ¿Esta tarde es demasiado pronto?

—No, me parece perfecto; ahora que me he decidido lo quiero tener cuanto antes —declaró la mujer, satisfecha, antes de marcharse.

El dueño la acompañó hasta la puerta con suma caballerosidad.

—¡Dios mío! Señorita Sabina, sois una joya... —declaró el señor Benito, tras cerrar la puerta—. Yo jamás me hubiera atrevido a... Bueno, yo jamás me atrevo y punto —susurró, desolado.

La joven sintió una repentina rabia por la poca estima en que se tenía ese hombre. En las dos semanas que llevaba trabajando allí había descubierto que, tras la fachada de despiste y pusilanimidad, se ocultaba un hombre sabio, atento y educado, que sabía lo que quería, aunque no se atreviese a expresarlo.

—¡No debéis decir eso! ¡No es cierto! —espetó ella, molesta, al tiempo que se acercaba a él con las manos en la cadera—. Os atrevisteis a contratarme aunque no sabíais nada sobre mí. Os atrevéis a escucharme y a tomar en cuenta mis opiniones, aunque distan mucho de la política con que vuestra madre llevaba este negocio. Permitidme deciros, señor Benito, que os atrevéis a mucho. ¿Acaso no estáis intentando sacar esta tienda adelante, pese a esa timidez que os paraliza? —concluyó. Y tomó conciencia de que había acabado con la nariz casi pegada a la del dueño. Se sonrojó violentamente e intentó dar varios pasos atrás para separarse. Se lo impidieron las manos del hombre, que resbalaron por los codos hasta asirle las manos con delicadeza, no exenta de sujeción—. Yo... yo... lo siento, señor Benito... Me he dejado llevar por mi... impetuosidad y...

—¡No!

El grito les sorprendió a los dos; se miraron de hito en hito, sin decir nada más. Los verdes ojos de él se apartaron un instante de su mirada atónita y se clavaron en los labios entreabiertos de Sabina, para regresar luego a sus ojos.

Creyó que la iba a besar, y lejos de producirle rechazo, tuvo ganas de que sucediera. Pero el momento pasó y el señor Benito le soltó las manos, avergonzado.

—Será... será mejor que recoja... estas telas antes de que entre alguien más —musitó, rodeándola para ir al mostrador.

—Disculpad, señor, pero ese es mi trabajo. —Sabina corrió a

enrollar las telas, sin atreverse a mirarlo. Demasiado atontada por lo que había estado a punto de suceder.

«No seas tonta. Solo han sido imaginaciones tuyas —se reprochó—. Te comportas como una solterona.»

—Cuando vaya a mi casa, pasaré por la de la modista para avisarla —anunció, tratando de volver a ser tan eficiente como un rato antes, pero sin mucho éxito, a juzgar por las arrugas que había formado en la tela.

Nunca se había sentido tan torpe. Y que lo hubiera conseguido una persona tan poco autoritaria o dominante como el pañero, era de lo más sorprendente.

Él también parecía afectado; claro que a veces era tan retraído que no podía estar segura.

No le gustaba esa situación. No le gustaba esa emoción tan confusa, no sentirse segura.

—Creo... creo que es mejor que vaya a avisar a la modista antes de que se haga más tarde... Le llevaré el rollo de tela para que... —Calló al darse cuenta de que estaba parloteando como una tonta—. Será mejor que me vaya.

Sin esperar ninguna respuesta del dueño, tomó la tela y salió de la tienda como una galerna.

29

María se detuvo ante la cortina que separaba la tienda del taller, sin decidirse a cruzarla. Tenía que hacerlo; debía terminar con esa incertidumbre. Ya había tomado la decisión; era hora de llevarla a la práctica.

Llevaba un rato, desde que su hermana se había marchado, paseando por la tienda sin atreverse a cruzar esa liviana barrera. Lo que estaba a punto de hacer era demasiado importante, en su vida y en la de su hija, como para tomarlo a la ligera. Una vez hecho, no habría vuelta atrás. Volvería a estar atada a un hombre por el que no sentía nada más que... ¿Qué sentía por maese Germán?

«Nada —se contestó, desmoralizada. Apoyó una mano en el mostrador y se llevó la otra a la frente—. Ni siquiera la amistad que me unía a Sebastián.»

Era cierto. A su esposo lo conocía desde niña y, desde que Samuel empezara de aprendiz con él, había pasado muchos ratos en la tienda, cuando le esperaba a la salida. Después comenzó a trabajar de dependienta y poco a poco se estableció entre ellos una sólida amistad, que se convirtió en cariño tras la boda.

A maese Germán no le conocía tanto y, aunque llevaban trabajando juntos casi dos meses, no podía decirse que fueran amigos.

Podía esperar un poco más. Al fin y al cabo no le habían puesto una fecha límite para contraer matrimonio, pero ¿de qué servía prolongar lo inevitable? ¿Para qué esperar, si tarde o temprano debería casarse?

Por otro lado, estaba la posibilidad de que el confitero se cansase de esperar y montase su propia confitería en otro sitio. En ese caso, ella debería contratar a otro maestro confitero; nada le aseguraba que fuera a sentirse cómoda con el nuevo, ni que él se quedara mucho tiempo en la tienda... a menos que se casara con él. Sin un hijo varón que aprendiera el oficio y que heredara el negocio, lo tenía muy complicado para seguir. O se casaba con maese Germán o, tarde o temprano, terminaría perdiendo la tienda. Entonces, se vería obligada a vivir de la caridad de su hermano. Y eso... eso no podía ser. No quería ser una carga.

Se enderezó, inspirando con fuerza, y cruzó el umbral. El olor de la cera caliente impregnaba el recinto; ese aroma tan conocido le dio fuerzas para continuar.

Maese Germán estaba terminando de colocar los utensilios en su sitio. Todo parecía ordenado y limpio. Era evidente su meticulosidad en el trabajo. Una buena cualidad para un artesano. ¿Y para un marido?

«Deja de darle vueltas a todo —se ordenó, parándose frente al hombre—. Di lo que tengas que decir antes de que te acobardes.»

—Veo que ya habéis terminado por hoy. —Se abrazó a sí misma, como si tuviera frío.

—Sí. Mañana será otro día —contestó él, colgando un cucharón de madera del gancho correspondiente—. Ha llegado un barco; ¿es el que esperábamos desde hace un mes?

Le vio quitarse el mandilón; no tardaría en marcharse. ¡Tenía que decidirse de una vez! ¿A qué estaba esperando?

—¡Sí! —graznó. Intentó tranquilizarse antes de volver a hablar. Le molestaba hablar de cosas tan mundanas, cuando había algo tan trascendente en su vida, algo que requería de toda su fuerza de voluntad para llevarlo a cabo, pero se obligó a responder—. Mañana iré a comprar más cacao. Creo que este es el último barco hasta la primavera. Tendré que hacer acopio para el invierno. Bien... —Carraspeó varias veces, como una vieja acatarrada—. Bien... he estado pensando en lo que hablamos hace unos días... y... y he decidido aceptar vuestra proposición.

¡Ya estaba! Lo había dicho. Dejó caer los brazos a los costados, agotada.

—¿Me estáis diciendo que queréis ser mi esposa? —La miró con sorpresa; el mandilón aún colgaba de sus manos, olvidado.

—Sí. —Creía haberlo dicho muy claro; no quería volver a repetirlo. No era capaz.

—Pensaba que... creía que no os agradaba la idea. Habéis estado tan triste estos días, que... —Colgó la prenda y se acercó a ella con una sonrisa tierna—. Quisiera convenceros de que seré un buen marido, pero no sé cómo. Comprendo lo mucho que os habrá costado decidiros y solo deseo tranquilizaros al respecto. —La tomó de las manos y se las llevó a los labios para besarlas con ternura.

María se estremeció, pero le dejó hacer sin oponer resistencia. Tendría que acostumbrarse a que él la tocara, a la intimidad, a...

Asustada, respirando con dificultad, se apartó para darle la espalda.

«¡No podré, no podré!», se repitió. Volvió a abrazarse para aquietar sus temblores. Debía serenarse.

—Siento haberos importunado. Comprendo que es demasiado pronto para... —se disculpó él, sin acercarse—. No tenemos que casarnos enseguida. Basta con que lo anunciemos. Eso tranquilizará al gremio. Y a nosotros nos dará tiempo para conocernos mejor. —Ella se limitó a asentir con la cabeza, sin mirarle—. ¿Cuento con tu permiso para decírselo a mi hermana? —La tuteó por primera vez y esperó a que ella asintiera—. En ese caso, me iré. Hasta mañana, María.

María esperó a escuchar sus pasos alejándose y, después, la campanilla de la puerta, para dejarse caer al suelo, desmadejada. La falda negra del vestido, alrededor de ella, como un capullo protector.

¡Lo había hecho! Había asegurado la continuidad de la confitería, pero ¿por qué se sentía tan desgraciada? ¿Por qué consideraba que iba a pagar un precio muy alto?

Se aguantó las ganas de llorar. Tendría que hablar con su familia antes de que se enterasen por otros medios. Debía decírselo a Paula; cuanto antes, mejor. La niña tendría que hacerse a la idea y aceptar la nueva situación.

Con esa idea en la mente, se levantó con torpeza y salió al patio. La pequeña seguía jugando con las pobres hormigas que, desorientadas, pululaban entre sus pies. Quiso guardarse la noticia un poco más. Dejar que la chiquilla siguiese ajena a los cambios que se avecinaban. ¿De qué serviría? No, mejor decírselo ya.

—Paula, tesoro, tengo que decirte algo muy importante. —Esperó a que la niña se incorporase y le prestara toda su atención—. Maese Germán me ha pedido que me case con él. Le he dicho que sí.

—¿Por qué tenéis que casaros con él? —La mirada confundida.

—Son cosas de mayores... —contestó, sin entrar en más detalles.

—¿Por qué?

Casi sonrió: Paula nunca dejaba las cosas a medias.

—Tesoro mío, para seguir viviendo aquí —le acarició la cara con ternura—, tengo que casarme con un maestro confitero.

—¿Por eso estáis tan triste? ¿No queréis casaros con él?

—Es complicado, cariño. Lo comprenderás cuando seas mayor.

—¿Por qué el señor Samuel no quiere casarse con vos?

—¿Quién te ha dicho eso? —Estaba sorprendida por las cosas que sabía su hija—. Maese Samuel está prometido a Rosa Blanca. No puede casarse conmigo.

—¿*Maese* Samuel? ¿Es maestro como padre? —preguntó, parpadeando como un búho.

—Sí, lo es, tesoro mío, pero no trabaja en eso.

Paula se quedó pensativa un rato y luego se abrazó a María. Olía a tierra húmeda y al dulzor propio de los bebés. Se le saltaron las lágrimas. Gruesas y calientes, resbalaron por su cara. Las sintió caer en la mano con la que acariciaba la cabeza de su hija. Se llevó la otra a los ojos y las secó rápidamente. No quería que su hija la viera llorar. No deseaba que sufriera más.

—Madre; ¿maese Germán será mi padre cuando os caséis con él? —la preocupación era patente en su voz.

—Será tu padrastro, cielo —aclaró, sin dar más detalles para no abrumarla.

—¿Tendré hermanos?

—No lo sé; es posible —contestó, tratando de apartar de su

mente la imagen del confitero y ella en la cama. ¡Virgen Santa, había muchas cosas a las que debería acostumbrarse! Mejor no pensar en ello.

La niña pareció quedar satisfecha con la respuesta y mantuvo los bracitos alrededor de su cuello, como si temiera dejar de abrazarla.

Samuel miró por la ventana sin ver realmente el exterior. Su pensamiento estaba a mucha distancia de allí. Soñando con otros momentos, con otras vidas, con la felicidad.

La vista del barco le había recordado el día en que partiera, lleno de esperanza por las aventuras que viviría a bordo y por lo mucho que aprendería en el Nuevo Mundo.

¡Qué tonto había sido! ¡Cuánto tendría que pagar por un estúpido capricho!

Ni siquiera había aprendido nada más sobre el cacao, salvo a marcar la cantidad en los libros de la Compañía. ¡Vaya logro! ¡Qué pérdida de tiempo!

Nunca había sido tan consciente de aquella equivocación como en ese momento. Jamás había deseado tanto volver atrás como en aquel instante.

Apoyó las manos a ambos lados de la ventana y dejó caer la cabeza entre los brazos, desalentado. ¿Qué vida le esperaría a partir de su enlace?

No odiaba a Rosa Blanca; ¿cómo habría podido? Ella no tenía la culpa de que él le hubiera pedido matrimonio. Decía que le amaba y él no podía romperle el corazón, por mucho que el suyo estuviera destrozado.

—Buen día, hijo.

La voz de su madre le sobresaltó; se enderezó con presteza.

—No os he oído entrar, madre —confesó, las manos a la espalda.

—Lo comprendo; se te notaba muy lejos de aquí —aseguró, acercándose despacio. Estaba hermosa con su vestido azul noche—. ¿Qué te atormenta tanto?

—No es nada. Los nervios previos a la boda —mintió con remordimientos. Su madre le puso la mano en el brazo.

Samuel cerró los ojos ante la sensación de bienestar que le proporcionó el contacto. Una paz increíble pareció inundarle por dentro, alejándole del dolor, de la angustia y la pena. Su querida madre estaba utilizando el don con él. Siempre tan preocupada por los demás.

Mantuvo los ojos cerrados para no mirarla, para no ver en los ambarinos de ella la comprensión de su tormento. Se sintió avergonzado por haber tratado de engañarla y bajó la cabeza, hasta sentir que ella retiraba la mano. La abrazó con todo el cariño y la delicadeza de que fue capaz.

—Lo siento, madre. No quería mentiros, pero tampoco deseaba que os preocuparais por mí —confesó, dispuesto a compensarla por esa falta.

—No me has mentido, hijo. En ningún momento he creído lo que estabas diciendo. En todo caso, te mentías a ti mismo.

La dulzura de su madre lo desarmó hasta dejarlo en carne viva. Sin soltarla más que lo imprescindible, la acompañó al sofá para que se sentara. Luego se arrodilló a sus pies.

—¿Habéis sido feliz? —preguntó, apoyando la cabeza en el regazo de ella, como cuando era niño—. ¿Os habéis arrepentido alguna vez de haberos casado con mi padre?

Ella le peinaba con los dedos, como tantas veces.

—Sigues teniendo el pelo renegrido y tan suave... igual que cuando te conocí —empezó ella—. Sí, hijo, lo he sido; lo soy. Nunca me he arrepentido de casarme con tu padre. Él es un buen hombre, el mejor marido que pudiera haber elegido. Me llena de alegría verle cada mañana; me hace sentir como una chiquilla cuando me abraza. —Enmudeció. Samuel se atrevió a mirarla. Su madre había cerrado los ojos y sonreía, completamente sonrojada—. Jamás podré arrepentirme de estar con él —declaró un momento después—. Armand es la otra parte de mí que necesito para estar completa.

¡Eso mismo era lo que él anhelaba! ¿Por qué le estaba vedado?

—Siempre pensé que me casaría con María. Ella misma lo anunció el día que nos conocimos, ¿os acordáis?

—¿Cómo olvidarlo? Lo profetizó con la prestancia de una sacerdotisa antigua. Habíamos ido a llevar flores a la iglesia y nos encontramos a la puerta con el señor Rodrigo y sus hijos. Enseguida quisieron que les enseñases a lanzar piedras. Y luego María, muy seria, anunció que os casaríais. —Rio ante el recuerdo, sin dejar de pasarle la mano por el pelo—. No me acuerdo de las palabras exactas...

—«Cuando sea mayor me casaré contigo» —recordó, sonriendo también—. Martín lo puso en duda y ella, enfadada, repitió: «Cuando yo sea mayor nos casaremos. Seré tan hermosa que no podrá resistirse.» —Suspiró con pesar—. En una cosa ha acertado: es tan hermosa que nunca he podido resistirme a ella.

«Y creo que jamás lo lograré», pensó, desmoralizado, antes de incorporarse.

—Lo siento mucho, hijo. Me gustaría que las cosas fueran de otro modo.

—No os aflijáis, madre. Solo yo tengo la culpa. No debí embarcarme. Si no lo hubiera hecho, ella nunca se habría casado con maese Sebastián.

—No, no habría tenido necesidad.

—¿Necesidad?

—La cena ya está lista, madre —anunció Isabel, entrando en la biblioteca tan rápido que Samuel no tuvo tiempo de levantarse—. Os están esperando en la mesa.

—¡Ah! Se me ha pasado el tiempo sin darme cuenta. Será mejor que vayamos.

—Por supuesto —convino Samuel. Ayudó a su madre a ponerse de pie. Ella le puso la mano en el codo; luego salieron de la biblioteca antes de que se hiciera más tarde—. Puedes precedernos, hermanita.

En cuanto tuviera un momento le preguntaría a su madre qué había querido decir con «necesidad».

La luz de los candelabros proyectaba sombras cambiantes sobre las caras de los comensales. La criada ya había retirado los platos de los postres y estaba sirviendo chocolate o infusión, según las preferencias.

Rosa Blanca había cenado poco y rechazado el postre. Iba a tomar una infusión para ver si eso la tranquilizaba y así dejaba de sentirse como una pulga a punto de saltar.

Seguramente, si lo comentaba pensarían que estaba loca, pero... ¡lo había visto!

Estaba convencida de que era él; era Álvaro. No podía imaginar qué hacía en San Sebastián; aunque, en el fondo de su corazón, soñaba que había ido a por ella.

«O a cobrar lo que mi padre dejó a deber en la pañería —se recordó, avergonzada—. ¡No! Nadie estaría tan loco para hacer un viaje tan largo solo por cobrar eso.»

—Estás muy distraída esta noche, querida. —Las palabras de tía Henriette la sobresaltaron—. Pareces totalmente ausente.

—Recordaba la descarga del barco de hoy —contestó, sin faltar a la verdad.

Aquella mujer era una entrometida y no le gustaba su mirada tan perspicaz. Cuando la observaba tenía la sensación de que podía penetrar en su mente y leer sus pensamientos más íntimos.

Lo peor de todo era que su padre parecía pendiente de ella, a juzgar por el modo en que la miraba, cuando creía que nadie le estaba observando. Si no hubiera sabido que eso era imposible, habría pensado que estaba más que interesado en la francesa. O quizás eran las brillantes joyas las que le tentaban. Sin duda la mujer tenía una colección digna de una reina.

—Hummm... ¿Y has visto algo sugestivo en ello? —preguntó tía Henriette. Por un momento, hasta recordar que hablaban del barco, no lo entendió.

—Nunca había visto descargar ninguno. Parece agotador.

—Sin duda lo es, pero también es sorpresivo.

—¿Sorpresivo? —inquirió Isabel, curiosa, al otro lado de la mesa.

—Sí, claro, querida sobrina. No se sabe qué será lo próximo que desembarquen.

—¡Ah, claro! No lo había pensado. Ahora siento habérmelo perdido —declaró, contrita.

A juzgar por la preocupación que seguía envolviendo a la muchacha, aún no había localizado el colgante desaparecido. Y la boda sería dos domingos después.

Rosa Blanca miró a su padre, que paladeaba el chocolate como si no tuviera más preocupación que la de apreciar la temperatura de la bebida. ¿Cómo podía ser así? ¿Acaso no veía la angustia de Isabel? ¿No se daba cuenta de su preocupación? ¿Tan mezquino era?

Estaba desolada. Su padre siempre había sido jugador; si bien con el tiempo se había vuelto más temerario —la pérdida de la hacienda era un claro ejemplo de ello— nunca había pensado que pudiera llegar a robar de ese modo.

«Tampoco pensaste que pudiera marcharse de Caracas sin abonar las cuentas pendientes con los comerciantes —pensó, abochornada—. Tendré que decírselo a Samuel para que se paguen esas deudas.»

Eso era otro problema. No solo debía confesar a su prometido que lo habían perdido todo, que únicamente poseía unas cuantas joyas heredadas de su madre, sino que además debía el ajuar adquirido antes de partir de Venezuela.

No se lo podía decir antes de la boda. Correría el riesgo de que él la anulase. Ya había querido que ella lo hiciera. Solo al mentirle, declarándole su amor, pudo disuadirlo, pero ¿por cuánto tiempo? ¿Saber que ya no tenía dote podría inclinar la balanza a favor de él? ¿Considerarían ese engaño motivo suficiente para anular el enlace, incluso una vez casados?

Lo poco que había cenado se convirtió en una piedra en el estómago; la infusión que estaba tomando, en hiel. Quería huir de allí; empezaba a sentirse enferma.

Sin duda, tendría que dar alguna explicación para salir del comedor. ¿Qué podría inventar? Decidió quedarse. No estaba en condiciones de explicar nada y pensar en inventar algo la revolvía por dentro.

—Mañana iré a hablar con el capitán del barco para ver si aceptan pasajeros en el viaje de vuelta. ¿Querréis acompañarme? —le preguntó Samuel.

Pese a que por un momento no supo qué contestar, la imagen del marinero que había visto la decidió totalmente.

—Sí, por supuesto, os acompañaré encantada.

—En ese caso, iremos tras los oficios de la mañana —anunció Samuel, escueto.

Había cambiado. No es que fuera desagradable, no era eso. Su prometido era demasiado caballeroso y educado para serlo, pero la cordialidad que demostraba antes había desaparecido; en su lugar había una especie de educada indiferencia.

No podía culparlo. Si amaba a otra, como le había confesado, debía resultarle muy duro continuar con algo que ya no deseaba. Con gusto le hubiera liberado de su promesa, pero... no podía ser. No podía permitirse ser magnánima; no ahora que estaba arruinada. Rezó para lograr un matrimonio agradable, pese a todas las cosas en contra.

—Isabel y yo os acompañaremos, querido —declaró tía Henriette; luego dejó la taza en el platillo con sumo cuidado—. A tu hermana le encantará ver el bergantín. ¿No es así, *ma chérie*?

—Sí. Nunca he estado en uno —corroboró Isabel, repentinamente más animada.

—Bien, espero que te guste la experiencia —manifestó Samuel. En su mirada se apreció una chispa de su antigua alegría.

30

Pese al calor, que a esas horas de la mañana ya empezaba a apretar con furia, Germán caminó hasta la confitería con aire resuelto. Se sentía satisfecho por su situación. Esa noche, la idea de ser el propietario del negocio casi no le había dejado dormir. La excitación le había mantenido despierto. No podía creer en su buena suerte.

Ya había ideado nuevas cosas para mejorar el negocio. No es que fuera mal, tal y como iba, pero siempre había cosas que podrían hacerlo aún más fructífero. Se las expondría a María más adelante. No deseaba abrumarla con su entusiasmo; ya habría tiempo. Lo principal era convencerla de que su decisión era acertada y de que podía confiar en él. Al besarla en las manos había vislumbrado su angustia: no estaba preparada para intimar. Mejor ir despacio. Una mujer como ella merecía ser conquistada.

La noche anterior, al llegar a la posada, le había contado la noticia a Sabina.

—¡Enhorabuena, hermanito! —había gritado ella, lanzándose a sus brazos—. No sabes cuánto me alegro. Te lo mereces.

—Gracias —contestó, sorprendido por la efusividad de su hermana y por la dulzura que destilaban sus palabras.

Sin duda Sabina estaba cambiando. Desde que trabajaba en la tienda de tejidos parecía otra. Era mucho más amable y cordial que en los últimos años. Como si ese trabajo la hubiera suavizado, limando las aristas que mostraba desde que muriera su padre.

Todos los días regresaba contenta a la pensión; le relataba lo que habían hecho en la tienda. Todo ello aderezado por la fórmula: «El señor Benito dice que...»

Si no hubiera conocido a su hermana, habría pensado que estaba enamorándose de ese hombre. ¿Podría ser cierto? ¿Sabina, enamorada?

Frunció el entrecejo al pensar en esa posibilidad. Quería conocer al *señor Benito* en persona. Había descuidado ese deber. Como hermano habría debido informarse sobre ese hombre. Sin dudar ni un instante, giró para dirigirse a la pañería.

La puerta del comercio estaba abierta y al acercarse pudo oír la risa de su hermana con total nitidez.

«¿Qué demonios...?», se preguntó, completamente confundido.

—Buen día —saludó al entrar. Se fijó en la cara sonrojada de Sabina y en los ojos brillantes del hombre que estaba con ella.

—Buen día, Germán. No te esperaba por aquí —musitó ella; los ojos, abiertos con sorpresa. Al instante se recuperó lo suficiente para dirigirse a su jefe—. Señor Benito, permitidme que os presente a maese Germán, mi hermano.

Los dos hombres se saludaron con una inclinación de cabeza.

—Sí, sí, sí... Es un placer conoceros, maese Germán. Vuestra hermana me ha hablado mucho de vos. Asegura... asegura que sois un excelente confitero —comentó el hombre un tanto nervioso.

—Sin duda, mi hermana me mira con buenos ojos.

—Quiero expresarle mi más sincero agradecimiento por haber dejado que la señorita Sabina trabaje aquí. Su presencia en esta tienda es... —El señor Benito guardó silencio un momento y le miró con timidez, antes de volver a fijar la vista en las solapas de la casaca de Germán—. Su presencia en esta tienda es de gran ayuda y yo le estoy sumamente agradecido —terminó, mirando de soslayo a Sabina.

«Vaya; con que así están las cosas —pensó, satisfecho—. Mi hermana tiene un ferviente admirador.»

—¿Ha ocurrido algo? —preguntó Sabina, extrañada por la visita.

—No, tranquila. Solo he querido pasar a saludarte y ver dónde trabajabas. Debería haberlo hecho hace días, pero...

—Sí, sí, sí... Eso es algo encomiable, maestro —barbotó el señor Benito—. Como podéis ver, se la tiene en gran estima.

Germán asintió con la cabeza. A Sabina, claramente sonrojada, le brillaban los ojos como cristales pulidos. Estaba radiante.

—Bien, será mejor que vaya a cumplir con mis obligaciones. Buen día.

—Con Dios —contestaron su hermana y el pañero casi al unísono.

Con una sonrisa de oreja a oreja, retomó el camino a la confitería, más feliz que en mucho tiempo. Nunca hubiera imaginado que el señor Benito fuera el tipo de hombre capaz de encandilar a su hermana; estaba claro que sentía algo por él. De lo contrario se hubiera mostrado más abierta y no se habría sonrojado como una chiquilla. Esa noche se lo preguntaría.

María estaba a la puerta, vestida de calle. En cuanto le vio llegar salió a su encuentro.

—¡Ah! Me alegro de que hayáis llegado, maestro. Debo ir a comprar cacao al comerciante, antes de que se quede sin provisiones. No tardaré en regresar. ¿Os hace falta alguna otra cosa? —preguntó, sin mirarle.

—Canela. Aunque todavía hay, prefiero tener de sobra para no quedarnos sin ella —recordó, fijándose en las oscuras ojeras: ella tampoco había dormido bien—. ¿Qué tal estás?

—¡Oh! Bien. Gracias —contestó con presteza. La mirada, fija en la cesta que llevaba en las manos—. Creo que es mejor que me vaya...

La vio marchar; caminaba presurosa, la cabeza un poco inclinada hacia delante, como si tuviera una misión que cumplir y no quisiera entretenerse en nada.

La había visto nerviosa, pero al menos no estaba tan triste como en días anteriores. Eso era una buena noticia.

Satisfecho y esperanzado con el nuevo día, entró en la tienda dispuesto a trabajar duro para mejorar el negocio. ¡Su futuro negocio!

Álvaro Ortega, con las manos en la cadera, se detuvo en uno de los cruces entre calles. No sabía para qué lado dirigirse. No se había atrevido a preguntar a nadie sobre Rosa Blanca. Le daba apuro ponerla en un compromiso y no recordaba el nombre de su prometido.

Se quitó el sombrero para pasarse la mano por el pelo y acomodárselo mejor. Tendría que haber asistido a la misa de la mañana; seguro que allí la habría visto, pero no había podido ser. El capitán le había retenido demasiado. Era un buen hombre; lo había aceptado como parte de la tripulación para ahorrarle el precio del pasaje. Fue una lástima que los primeros días Álvaro los pasase vomitando sobre la borda o que trepar por los obenques le pusiera los pelos de punta y le provocase más arcadas. Por fin, el capitán y el contramaestre, convencidos de que nunca sería un buen marinero, le buscaron trabajos que no implicaran subir a los mástiles.

La reparación del velamen supuso un alivio para su conciencia, dado que para ese trabajo había resultado estar sobradamente preparado. Para eso y para baldear la cubierta.

Deseaba con toda el alma que Rosa Blanca no se hubiera casado aún. Estaba tan seguro de que, esta vez, podría convencerla de que se marchara con él, que le había pedido al capitán que les admitiera en el viaje de regreso. Esta vez, pagando los pasajes.

Por eso el capitán lo había entretenido más. Quería conocer toda la historia, así que no le había quedado más remedio que contársela desde el principio.

—Estoy seguro de que ella no ama a ese hombre —le había dicho, estrujando su sombrero entre las manos—. Si hubiéramos tenido más tiempo podría haberla convencido de romper ese compromiso. Si su padre no la hubiera encerrado, nos habríamos escapado.

—Es posible que ahora ya esté casada. —El capitán, sentado a su escritorio, con un tobillo sobre el otro y las manos entrelazadas en su prominente barriga, lo miró con piedad—. En ese caso, vuestro esfuerzo habrá sido en vano.

—He rezado durante todo el viaje para que eso no sea así —articuló, furioso. Sacudió el sombrero para devolverle la forma y se contuvo para no seguir estrujándolo. No quería destrozarlo por completo.

—En ese caso, confiemos en la providencia. Marchad, muchacho, id a buscar a esa muchacha —lo había despedido el capitán, antes de incorporarse y abrir el cuaderno de bitácora.

Y allí estaba, sin saber muy bien qué camino tomar y sin atreverse a preguntar a nadie.

Al salir del almacén del comerciante el calor la golpeó con fuerza. La temperatura había ido subiendo y en ese momento el calor era asfixiante, debido a la humedad. Con un suspiro comenzó a caminar hacia la confitería buscando, el lado en sombra de la calle. Notaba las gotas de sudor que bajaban por el centro de la espalda y empapaban la cintura de la enagua. El vestido negro incrementaba la sensación de calor. Aquel iba a ser uno de esos días infernales en los que el bochorno resultaba demoledor. Seguramente por la tarde se levantaría galerna y el viento fresco del oeste aliviaría la temperatura, pero hasta entonces tendría que aguantar la solana.

Para María, el consuelo de la sombra se terminó al doblar a la izquierda en la siguiente esquina. El sol de la mañana la cegó por un instante y chocó con otras personas que venían en dirección contraria.

—Perdonad —se excusó al instante, poniéndose de perfil al sol para ver con quién había topado. Quedó consternada al descubrir que era Samuel. Casi gimió por dentro—. Os pido disculpas, no os vi llegar —añadió sin mirarle; el corazón le latía como el tañido de una campana que anunciara fuego.

Le acompañaban su prometida, tía Henriette e Isabel. La perrita comenzó a olisquear el bajo de su falda y a su alrededor, buscando a Paula. Al no encontrarla, gimoteó. María le acarició la cabeza, distraída.

—Es el sol. Da de lleno en la cara e impide ver las cosas con claridad —comentó la francesa. María no supo decir si solo se refería al sol o había algo más. Con aquella mujer nunca se estaba segura.

—Hace mucho calor. Estoy deseando llegar a casa —murmuró, nerviosa, clavando la mirada en un punto por detrás de sus cabezas.

—Deberíais haberos puesto un sombrero, señora —sugirió Samuel, hablando por primera vez—. El sol calienta demasiado.

María sintió ganas de llorar por aquellas palabras. ¿Cuántas veces le había dicho eso mismo? ¿Cuántas veces le había recordado que llevara sombrero para que el sol no le quemase la piel?

—Se me ha olvidado. Tenía prisa por visitar al comerciante —musitó con presteza, al darse cuenta de que todos esperaban una respuesta.

—Hummm... Muchacha, el rostro se te cubrirá de pecas como un huevo de gaviota y en poco tiempo tendrás el aspecto de una uva pasa —vaticinó tía Henriette, mirándola con ojos sapientes—. Mi sobrino tiene razón.

María no pudo resistirlo y miró a Samuel. El rápido vistazo le mostró su imagen desmejorada. Las arrugas que, como un campo recién arado, cruzaban su frente. Sus ojos, tristes y enrojecidos, la miraban con tanto anhelo que rompía el corazón. Él también sufría. Sufrían los dos. Agarró el asa de la cesta como si le fuera la vida en ello. Necesitaba algo a lo que asirse para no tocarlo. Se llevó una mano a la cintura, buscando aliviar el dolor allí instaurado.

—Entonces, será mejor que me vaya. Que tengáis un buen día —consiguió decir, sin ponerse en evidencia.

Se despidieron con una inclinación de cabeza y María echó a andar más rápido de lo recomendable para esas bochornosas temperaturas, deseando llegar a la tienda lo antes posible. Deseando esconderse para siempre. Aguantando las ganas de volverse y mirar, una vez más, a quien amaba con locura.

Samuel apretó el puño derecho contra el muslo, tratando de serenarse. Intentando que sus locos pensamientos volvieran a ese lugar de su cerebro de donde nunca debieron salir. Confinados para siempre.

Notaba que estaba respirando más fuerte de lo necesario y que su corazón bombeaba como si hubiera estado cabalgando sin parar. Se concentró en aquietarlo, pero sin mucho éxito. La imagen de María lo estaba volviendo loco. Verla y no poder tocarla, no poder eliminar con una caricia, con un beso esa tristeza que la acompañaba. No poder verse reflejado en sus ojos avellanados, igual que en un espejo. No tener derecho a acariciar ese glorioso cabello del color de la miel derretida. No sentir su cuerpo pegado al suyo, como si fueran un solo ser. Las dos mitades de un todo.

Apretó aún más el puño hasta que sintió que las uñas le traspasaban la piel de la palma. Quería gritar de frustración, de dolor, de rabia. Deseaba ser capaz de obviar su caballerosidad y buscar el modo de ser feliz, sin importarle nada más.

«No seas necio —se dijo, malhumorado. Nunca sería capaz de romper una promesa, sabiendo que con ello podía herir a otra persona—. ¡Estúpido sentido del decoro!»

La transpiración le había empapado la camisa y la chupa se le pegaba a la espalda como una segunda piel. Al cruzar la puerta de Mar y ver el brillo diamantino del agua, deseó volver a ser aquel niño que, en los días calurosos, se bañaba en el agua del puerto. Como si quisieran recordarle lo que había dejado atrás, un grupo de niños bulliciosos, con la piel brillante por el agua, jugaban a zambullirse desde el muro de la dársena, con sonoros chapuzones y mucha salpicadura.

Reprimió un lamento de envidia y continuó el camino hasta la planchada del *Santa Clara*.

—¡Es hermoso! —exclamó Isabel, admirando el bergantín—. ¡Qué delicia surcar el mar!

—No lo es tanto cuando estás en medio de una tormenta —recordó Samuel con sequedad; pero al ver la mirada sorprendida de su hermana, rectificó—. Aunque sí, tienes razón. Es maravilloso.

Pero no para él.

En unas pocas semanas estaría a bordo de ese barco, camino de Venezuela, casado y a punto de empezar una nueva vida, a muchas millas de la mujer que amaba.

Observó a Rosa Blanca y, por primera vez, se dio cuenta de que ella le estaba aferrando el codo con fuerza, mientras miraba a todos lados como si buscara algo o a alguien. Se preguntó qué le pasaría, pero a la vez no tenía mucho interés en saberlo.

—¿Qué deseáis? —les increpó un marinero desde la cubierta, antes de que llegaran a pisar la planchada.

—Queremos hablar con el capitán.

—Esperad, que ahora mismo le aviso —declaró el marinero. Y se apartó de la borda.

Regresó un instante después, acompañado por un hombre que rondaba la cincuentena; el pelo canoso, atado en una coleta, y la piel de la cara tan curtida como el mejor de los cueros.

—Soy el capitán Cortés. He oído que deseáis verme —dijo el recién llegado a modo de saludo—. Podéis subir a bordo.

Una a una, Samuel ayudó a las mujeres a subir por la planchada y se las fue presentando al capitán, conforme llegaban.

—Condesa viuda de Siena, señorita Vélez, señorita Boudreaux, es un placer recibiros a bordo de mi humilde barco.

—Soy maese Samuel Boudreaux, maestro confitero y cerero, para serviros. —Hasta que se oyó a sí mismo, no se dio cuenta de que había utilizado un título que llevaba años sin usar. Le agradó escucharse—. Desearía saber si tenéis pensado regresar a Venezuela.

—Sí; no creo que nos demoremos más de tres semanas. Debemos aprovechar los vientos alisios —aseguró el capitán Cortés—. ¿Queréis viajar allá?

—En efecto, capitán. Viajaremos mi prometida, para entonces esposa, su padre y yo. Necesitaríamos dos camarotes.

—Me temo que no tendré camarotes suficientes...

—Estoy dispuesto a pagarlos bien —le cortó Samuel, molesto por el regateo.

—No es cuestión de dinero, maese Samuel —aclaró el capitán, muy digno.

—En ese caso, os pido perdón, capitán —se disculpó, avergonzado por haber pensado mal del marino—. He malinterpretado vuestras palabras.

—Disculpado quedáis, maestro. Este no es un navío de viajeros y únicamente dispongo de un par de camarotes, además del mío. Desafortunadamente, ya he apalabrado uno.

Eso quería decir que solo disponían de uno para los tres. La idea de compartir un diminuto camarote con su esposa y su suegro durante toda la travesía le resultó desmoralizador. Había imaginado que, en semanas de singladura podrían encontrar un punto desde el que asentar su matrimonio. Con don Eladio en el camarote, difícilmente llegarían a tener el grado de intimidad necesario. Se frotó la frente, buscando una salida a ese contratiempo.

Esperar al siguiente navío equivalía a pasar el invierno en San Sebastián. Unos meses en los que tendría que ver a María. Tiempo en el que quizás ella terminaría casada con maese Germán.

¡No!, pensó angustiado; ya era muy difícil así; sabiéndola con otro, sería demoledor. No, era del todo impensable quedarse.

—Siento mucho este contratiempo, maese Samuel.

—Lo comprendo, capitán. Os agradecería que me reservaseis el otro camarote.

Tal vez su suegro estuviera dispuesto a esperar al siguiente navío.

—No os preocupéis; contad con él.

—¿Podríamos ver el barco, capitán? Nunca he estado en uno —solicitó Isabel, repentinamente animada.

—Por supuesto, señorita Boudreaux. Yo mismo os acompañaré —se brindó el marino; le ofreció el codo a tía Henriette—. Si me permitís escoltaros, condesa...

—Será un placer, capitán.

—Si no os importa, Samuel, yo preferiría quedarme en cubierta —murmuró Rosa Blanca—. Ya he visto el interior de un barco y...

La miró un tanto extrañado por aquella petición; aun así, agobiado como estaba por todas las trabas que se iban interponiendo en su camino, aceptó la petición sin reservas.

—No tardaremos mucho en regresar —articuló, casi sin mirarla.

Luego ofreció el brazo a su hermana y los dos siguieron al capitán y a tía Henriette en el recorrido.

Cualquier cosa que sirviera para distraerlo de sus negros pensamientos, era bienvenida.

El calor, dentro del taller, era bochornoso. Normalmente el fuego bajo mantenía caldeada la estancia, pero ese día había entrado la calina exterior hasta convertirla en un horno.

Como la cera vertida en los velones no se secaba con la suficiente rapidez, se veían obligados a ir más despacio, por lo que deberían permanecer más tiempo del que hubieran querido junto al fuego bajo y el enorme caldero que contenía la cera derretida.

El buen humor con que había comenzado el día ya no era tan bueno; a Germán empezaban a molestarle hasta las cosas más nimias. Le ponía de mal talante que Julio titubeara o que no se secara el sudor de la frente lo bastante a menudo como para que no le entrara en los ojos.

María había regresado de tratar con el comerciante tan alterada como un ratón entre gatos. Se limitó a decirle que ya estaban encargados los sacos de cacao y la canela, y que con ello tendrían suficiente para pasar el invierno, hasta el próximo barco. Después se quedó en la tienda, ordenando lo ya ordenado y limpiando lo ya limpio. La había estado evitando descaradamente.

Ahora estaba en la casa. Le había oído subir por las escaleras, atravesar la vivienda por el pasillo y luego, nada. ¿Qué estaría haciendo?

Era una mujer un tanto extraña. Con unos cambios de humor bastante notables. Nunca sabía a qué atenerse con ella y eso lo desconcertaba. No deseaba a una mujer problemática e irritante como lo había sido su herma...

La quemazón cortó de raíz sus pensamientos. La cera derretida le había caído en los dedos.

—¡Me cago en la leche! —blasfemó, sacudiendo la mano para aliviar el intenso escozor.

—Mi madre dice que no hay que decir esas cosas —entonó la niña, observándole con sus ojos de gato.

—Seguramente, si ella se hubiera quemado soltaría lo mismo que yo —contestó de malos modos. Tiró el cazo a un lado para retirar la cera de los dedos cuanto antes—. Si no quieres oírme, no estés aquí.

La pequeña dio un paso atrás sin dejar de mirarlo y, al tropezar con uno de los sacos, derramó parte de su contenido al suelo. El sonido seco de las habas del cacao sobre el empedrado fue más de lo que él podía soportar.

—¡Haz el favor de largarte de aquí!

—Lo... lo siento, maese... Germán... Ahora lo recojo —musitó la niña, asustada. Se agachó y, con torpeza, intentó volver a meter las habas en el saco, pero sus manos eran tan pequeñas que solamente podía meter dos o tres de cada vez.

—Vete. Ya lo haré yo. ¡No quiero que vuelvas a entrar aquí! —graznó. Las quemaduras le escocían intensamente. Tenía los dedos al rojo vivo. Tenía ganas de gritar.

—Esta... esta es la tienda de mi padre... —informó ella, valiente; el labio inferior hacia fuera.

¡Era una descarada! No iba a consentir que esa chiquilla le hablara así. ¿Dónde estaba el respeto a los mayores?

—Era la tienda de tu padre, mocosa. Y dentro de poco será mi tienda y deberás obedecerme. Así que márchate de una vez y no me hagas enfadar más —amenazó, mientras caminaba hasta el saco.

Los ojos verdes se llenaron de lágrimas; lo miró consternada y salió corriendo de allí.

A Germán le remordió la conciencia por haberla hecho llorar. Él no solía perder el control de esa manera. Aunque debía admitir que la presencia de la niña en la trastienda lo ponía nervioso. No quería que se hiciera daño.

«Aun y todo, no debería haberle hablado de ese modo. Es pequeña. ¿Qué clase de hombre soy?», se censuró, avergonzado. Empezó a recoger las habas con la mano sana, intentando olvidar el dolor de la otra.

Julio le estaba observando sin decir nada, aunque sus ojos expresaban desagrado. Se miró los dedos; debería untarse ungüento antes de que se le ampollaran.

—Lo siento, no debí hablarle así —proclamó Germán, irritado consigo mismo.

—Si me lo permitís, maese Germán, no es conmigo con quien debéis disculparos —masculló el jovenzuelo, sin dejar de verter la cera.

Germán, abochornado, regresó a su puesto en la rueda de las velas. Odiaba ese calor. Las yemas quemadas le latían dolorosamente y no tenía tiempo ni ganas de aplicarse el remedio.

«¿Estás haciendo penitencia por tus malos modos?», se reprochó, con mal humor. No supo definir si era por el escozor de las quemaduras o por lo vergonzoso de su comportamiento.

31

Álvaro regresó al *Santa Clara* con las manos vacías. ¿Cómo era posible que, en una ciudad tan pequeña, no la hubiera visto? Había recorrido las calles de norte a sur y de este a oeste, pero sin resultado.

El calor era asfixiante. Ni siquiera en Caracas hacía tanto bochorno, pensó, secándose el sudor de la frente con un pañuelo. Tal vez, los últimos diez días navegando por el norte de España le habían acostumbrado mal y ya no aguantaba ese calor pegajoso.

Frustrado por el poco éxito que había tenido en su búsqueda, subió la planchada.

—Buen día, señor Ortega —saludó el capitán, apoyado contra la borda con aire indolente—. Por el semblante que traéis, no es difícil adivinar que venís sin nada. ¿No habéis encontrado a vuestra futura esposa?

—No —contestó, escueto.

—En todo caso, tendréis vecinos durante el regreso. He apalabrado el camarote contiguo. Es para una pareja de recién casados y el padre de ella. Deberán ir un poco apretados, pero tienen intención de ir a Venezuela, así que... —Hizo un gesto con la mano, como quitándole importancia—. Tendrán que posponer los juegos amorosos hasta que estén en su casa.

Álvaro, absorto como estaba en su problema, dejó de prestar atención al de los demás. Tenía tantas ganas de ver a Rosa Blanca que dolía. Lo más sensato habría sido preguntar. Quizá convendría volver a tierra para indagar en los comercios. Debería haberlo hecho ya. ¿Por qué diablos no había preguntado? A veces se comportaba como un tonto.

—No parecían unos futuros esposos —siguió diciendo el capitán Cortés—. Maese Samuel tenía tanta alegría como un reo y a la señorita Vélez tampoco se la veía como unas castañuelas, que digamos.

—¿La señorita Vélez? —graznó, repentinamente interesado por el comentario.

—Sí. Ha venido maese Samuel con su familia y su prometida —concluyó, mirándole con curiosidad—. ¿Les conocéis?

—Ella... ¡Ella es mi Rosa Blanca! —indicó Álvaro, sin poder creer que ella hubiera estado en el barco mientras él la buscaba por toda la ciudad—. ¡No se han casado! ¡No se han casado! —Se llevó las manos a la cabeza y giró sobre sí mismo varias veces, como una peonza loca.

—Pues parece que no, muchacho, pero no tardarán en hacerlo. Cuando zarpemos ya serán marido y mujer.

—No, si puedo evitarlo, capitán —proclamó, antes de volver a bajar por la planchada cual siroco africano—. No, si puedo evitarlo.

Varias gaviotas que se habían posado en el empedrado levantaron el vuelo, asustadas.

En la playa, Samuel dejó que el caballo marcara su propio ritmo y se dejó mecer por su paso tranquilo. Al cabo de unas semanas pasaría varios meses confinado en un barco, sin poder cabalgar. Deseaba disfrutar de esos últimos momentos. Convivir en un espacio tan reducido como el del camarote resultaría complicado. Ya se imaginaba durmiendo en la cubierta, cuando el tiempo lo permitiera, como la mayoría de los marineros.

«¡Vaya comienzo más prometedor para un matrimonio!», pensó, abatido.

Como no quería amargarse con eso, trató de quitarlo de su mente con la visión del paisaje.

Aprovechando la bajamar, había algún que otro mariscador rastrillando la arena. Varios niños jugaban a salpicarse con las olas o a lanzar palos a empapados chuchos, que ladraban contentos.

Bruma les miró un instante, pero siguió corriendo al lado del caballo, como si no la tentara nada más.

Mar adentro el cielo presentaba una tonalidad amarillenta y se estaban formando nubes en el horizonte. Tenía pinta de ser el preludio de una galerna.

Como si quisiera confirmar sus sospechas, empezó a soplar una brisa ligera y refrescante. Samuel soltó las riendas para quitarse el sombrero, abrir los brazos en cruz y dejar que el aire penetrara por su casaca desabrochada. Disfrutando del ansiado frescor, continuó su paseo sin rumbo fijo.

Después de visitar el *Santa Clara* había acompañado a las mujeres a la casa, con la idea de salir a cabalgar para dejar la mente tranquila. Cosa imposible, pues desde que había pisado la arena, no dejaba de pensar en María y en que la iba a perder para siempre. Había descubierto que sus pensamientos eran como una rueda de molino: siempre girando sobre el mismo eje, sin parar.

Le había recordado a María que debía llevar sombrero para que el sol no le quemase la piel, pero en realidad, un poco de sol no le habría sentado mal. Estaba pálida y con ojeras. No tenía buen aspecto, más bien, deplorable.

Bajó los brazos y volvió a sujetar las riendas, con rabia. Detestaba verla sufrir. Y era evidente que estaba penando tanto como él. ¡Cómo le hubiera gustado poder aliviar su tristeza! Habría dado cualquier cosa por tener la oportunidad de compartir su vida con ella.

Había sido mejor cuando creía odiarla; cuando sus sentimientos por ella estaban ocultos en un rincón de su corazón; cuando les separaban más de mil leguas de distancia.

—¡Por todos los demonios del infierno! —gritó, antes de guiar al caballo fuera de la playa, hacia el robredal que empezaba a su izquierda.

«Quizás el cabalgar entre los árboles obligue a mi mente a mantenerse alerta y le haga abandonar el recuerdo de María —pensó, irritado—. Sí, y quizá mañana el sol amanezca por poniente...»

La sombra de los robles le cubrió como un sudario moteado; el cambio de temperatura le hizo transpirar aún más. Los pájaros silenciaron sus trinos al notar al intruso, pero al momento retomaron sus cantos, como si aceptaran su presencia. La perrita empezó a olisquear todo lo que encontraba a su paso; cuando descubría algún rastro apetecible, corría en pos de él; luego volvía con la lengua fuera y el lomo cubierto de hojas doradas.

Se dio cuenta de que los árboles ya habían empezado a mudar sus tonalidades verdes por una suerte de tonos terrosos, dorados y rojizos. El sendero, parcialmente cubierto de hojas secas, presentaba esos mismos colores de alfombra otoñal. Lo habría disfrutado más, de no ser por el dolor que sentía dentro; de no ser por la tristeza, que lo envolvía como una mortaja.

Pese a estar a muy poca distancia, allí apenas se oía el susurro del mar. El propio sonido del bosque solapaba el resto.

Un gorrión muy joven pasó volando tan cerca de él que, de haber levantado la mano, podría haberlo hecho preso. Sonrió al recordar a Paula. ¿Habría seguido vigilando el nido en la hiedra de su patio? El día anterior no se lo había preguntado.

¡Señor!, la echaba en falta. Añoraba sus clases de cálculo, sus interminables preguntas y su risa cristalina. En las pocas horas pasadas desde que María, valientemente, le propusiera matrimonio, hasta que Rosa Blanca echó por tierra esa posibilidad, se había visto formando parte de la vida y la educación de esa niña. Casi se la había imaginado como propia, como si fuera en verdad su hija. Ante la certeza de que nunca podría hacerse realidad, había descubierto, tristemente, que la perspectiva le atraía más de lo que jamás hubiera pensado.

Recordó aquella Nochebuena, cuando solo tenía ocho años y suplicó al capitán Boudreaux que fuera su padre. ¿Paula habría deseado que él lo fuera? ¿Prefería a maese Germán?

Con el pecho oprimido por la pena, comprendió que renunciar a la hija le resultaría tan difícil como perder a la madre.

Si continuaba sin prestar la debida atención al bordado, terminaría por destrozar la labor. Rosa Blanca lo sabía, pero era incapaz de dedicarle más interés. Sor Josefina se hubiera muerto del disgusto de haber visto las puntadas tan desparejas que había estado haciendo.

La biblioteca era un lugar bastante fresco; empero, sin un soplo de aire que aligerara el calor reinante, resultaba tan opresivo como el resto de las habitaciones de la casa.

Doña Camila, con una serenidad envidiable, se dedicaba a remendar varias camisas de su esposo. ¿Dentro de unos años haría ella lo mismo? ¿Remendaría las camisas de Samuel con esa tranquilidad?

Como su vocecita interior le decía que no, optó por no hacerle caso. No necesitaba que le recordaran el paso, tan poco deseado, que iba a dar.

Tía Henriette, sentada en un sillón, con los pies cómodamente posados sobre un escabel, leía el periódico y bufaba ante las noticias. Era muy diferente de la dueña de la casa, aunque la francesa también parecía satisfecha con la vida. Las envidiaba. Aquellas mujeres tenían lo que querían y disfrutaban de ello.

Isabel, a su lado, intentaba bordar, pero con idéntico resultado: la joven tampoco prestaba atención a lo que estaba haciendo. Rosa Blanca supuso que su mente estaría centrada en el colgante desaparecido.

Volvió a fijarse en doña Camila; ese día la dueña de la casa no parecía encontrarse bien. Sobre una mesita de té reposaba la taza de la infusión, que ella había tomado a sorbitos. La vio dejar la labor sobre sus rodillas y cerrar los ojos con un suspiro, antes de llevarse la mano al vientre, como si le doliera. ¡Qué extraño! Doña Camila siempre parecía rebosar de salud, pero en ese momento tenía mala cara. Debió de darse cuenta de que la estaba mirando, pues levantó la vista y le sonrió, aunque fue una sonrisa forzada y un tanto dolorida.

—Madre, ¿os sentís mal? —preguntó Isabel, dejando a un lado su labor.

—No es nada...

—¿Un mal presentimiento, tal vez? —sugirió la francesa, y dobló el periódico.

—Es posible, pero no me hagáis caso, queridas —suspiró la mujer; luego bajó la vista a la camisa que remendaba.

—¿Un mal presentimiento? —indagó, Rosa Blanca, intrigada.

—A veces mi sobrina presagia alguna desgracia —puntualizó la francesa, como si fuera algo habitual.

—¿Sois una hechicera?

—¡No, claro que no! —corrigió doña Camila, sonriendo con indulgencia—. Es un don que ha pasado de generación en generación por la familia De Gamboa. Mi padre podía curar y aliviar el dolor. Yo puedo hacerlo en menor medida, pero por contra, a veces tengo premoniciones.

—¿No tendrás miedo de esas cosas? —preguntó la tía Henriette con los párpados entrecerrados clavados en Rosa Blanca.

—No, claro que no. Pero me sorprende que una dama sea capaz de esas cosas. Me enseñaron que eran habilidades de esclavos e indios; gentes paganas —explicó, sorprendida—. ¿Y podéis «ver» qué va a suceder?

—No, querida. Solo he tenido una sensación de fatalidad. Desgraciadamente, no sé qué va a suceder.

Las cuatro quedaron en silencio. Isabel intentó volver a su labor, pero pronto se levantó para salir de la biblioteca, dando una excusa.

Harta de verla sufrir, dejó el bastidor a un lado para ir a hablar con su padre. Le sacaría, de una vez por todas, dónde tenía ese colgante; no iba a conformarse con otra de sus mentiras.

La llamada a la puerta y la entrada de Bernarda la pillaron a medio incorporar, así que volvió a sentarse en el sofá.

—Doña Camila, el señor Álvaro Ortega pregunta por la señorita Vélez —anunció la criada.

La dueña de la casa se volvió a mirarla.

—Querida, ¿tienes idea de quién puede ser?

—Yo... Sí... —Era incapaz de hilar dos palabras seguidas sin balbucear—. Sí; le conozco —consiguió murmurar—. Es un compatriota. El hijo de un pañero de Caracas. Es amigo de la familia —mintió. Decir que en realidad era *su* amigo estaba totalmente descartado.

—En ese caso, hazlo pasar, Bernarda —ordenó doña Camila—. No haremos esperar al visitante.

«¡Madre mía! —pensó en silencio—. Es el marinero de ayer.»

Esa mañana no lo había visto en el *Santa Clara*. Había permanecido en la cubierta, pese al aplastante calor, por si lo veía.

No obstante, cuando Samuel y las otras mujeres salieron de las entrañas del barco, ella seguía sin saber nada de Álvaro. Se había sentido como una tonta, con la tela del vestido pegada a la espalda, esperando a un fantasma.

—Buen día, señoras —saludó el recién llegado, quitándose el tricornio con una reverencia.

—Buen... buen día, señor... Ortega —musitó Rosa Blanca, levantándose como si hubiera brasas en el sillón—. ¡Qué sorpresa veros por estos lares! Permitidme que os presente... —Lo condujo hasta tía Henriette, que lo observaba con apreciación—. Él es el señor Álvaro Ortega, de Caracas. La condesa viuda de Siena, tía-abuela de mi... prometido.

—A vuestro servicio —añadió él, con una inclinación de cabeza a modo de saludo. La francesa le devolvió el mismo gesto.

—Doña Camila, la dueña de la casa y la madre de mi... —No podía repetirlo. No delante de él.

—Es un honor, doña Camila... —pronunció Álvaro. Y enseguida volvió a clavar su mirada azul en Rosa Blanca.

—Bienvenido, señor Ortega; tomad asiento. —Doña Camila esperó a que el recién llegado obedeciera para seguir hablando—. Así que acabáis de llegar; presumo que en el *Santa Clara*, ¿no es así?

Estaba nervioso y más moreno que nunca. Las puntas del pelo se le habían aclarado hasta tener la tonalidad de la arena húmeda de la playa. Se lo veía tan apuesto que Rosa Blanca sintió ganas de llorar por lo que había perdido. Regresó a su sillón y se miró el regazo, para no ponerse en un compromiso al observarlo con tanto detenimiento.

—En efecto, doña Camila —contestó Álvaro, frotándose las manos en las rodillas con nerviosismo. Una mirada de la dueña de la casa, bastó para que cesara.

—¿Sois marino?

—¡Oh, no, doña Camila! Soy pañero. Mi padre tenía una pañería...

—¿Tenía? —inquirió Rosa Blanca, levantando la mirada; ansiosa por saber.

—Siento tener que daros esta noticia: mi padre falleció una semana después de que vos partierais.

—Qué repentino —susurró tía Henriette.

—Se cayó del caballo una noche, mientras regresaba de una... fiesta —aclaró el joven, sin quitar la vista de su compatriota.

«Sin duda, borracho como una cuba», pensó la criolla. El viejo pañero era tan tahúr como su padre y sus problemas con la bebida eran de sobra conocidos.

—Lo siento —musitó. Al momento imaginó que él, sin duda, estaría en la ciudad para cobrar la deuda dejada en su tienda. Debería pedirle que esperara hasta regresar a Caracas, pensó, entristecida. Había creído...

«Eres una ingenua al pensar que siente algo por ti», se reprochó, la mirada baja.

—Supongo que, ahora que estáis aquí, Rosa Blanca querrá invitaros a su boda —sugirió tía Henriette con una ligera sonrisa; sus ojillos sapientes, clavados en el joven—. Es una buena noticia que un amigo la acompañe en ese feliz día; ¿no lo creéis, señor Ortega?

El joven tenía la mandíbula tan apretada, que los huesos se le marcaban en la piel como cincelados en granito. Rosa Blanca, al cruzar su mirada con él, sintió que su corazón redoblaba los latidos, esperanzado. Volvió a bajar la vista; el rubor cubría su rostro.

—Si... si me lo permitís, doña Camila, condesa... Quisiera... quisiera hablar con la señorita Vélez de un... asunto de suma importancia —articuló entre dientes.

—Señor Ortega... —empezó doña Camila.

—Estaremos encantadas de dejarle un momento a solas con nuestra querida muchacha —cortó la francesa, poniéndose de pie con una agilidad insospechada—. Vamos, querida —dijo a su sorprendida sobrina, golpeando el suelo con el bastón—. Dejemos que este joven diga lo que tenga que decir.

—Pero, tía... No estaría bien que... —protestó doña Camila, ante aquella falta de decoro. Sus ojos ambarinos parpadeaban con desconcierto.

—Dejaremos la puerta abierta, querida. Y estaremos en la habitación de al lado. Joven, imagino que os daréis cuenta de esta gran concesión y actuaréis en consecuencia.

—Yo... —Se lo veía entre asombrado y agradecido; luego se

enderezó como un soldado antes de añadir—: Lo tendré en cuenta, condesa.

Tía Henriette tomó a su remisa sobrina del codo y la sacó de la biblioteca.

—Vamos, querida. A veces es bueno saltarse las normas. —Su voz se fue perdiendo, a medida que se alejaban por el pasillo.

32

El viento movía la puerta de la tienda. María decidió cerrarla para evitar la corriente que empezaba a formarse. Estaba molesta consigo misma por sentirse incómoda en su propio negocio. Ahora que había aceptado la propuesta del confitero, le desazonaba compartir el mismo lugar. Era algo que debía solventar lo antes posible; en poco tiempo harían algo más que compartir negocio.

Desde que había visto a Samuel, aquella mañana, no podía dejar de pensar en él. Tampoco es que le hiciera falta verle para tenerlo en la mente. Él ya estaba allí, en su interior, grabado a fuego.

La felicidad que había tenido al alcance de las manos le había durado tanto como agua en un cesto. ¿Por qué tenía que ser así? ¿Por qué no podían casarse? Habría sido tan hermoso poder criar a Paula juntos, verla crecer... La hija de ambos. Una niña nacida del inmenso amor que se tenían; un amor que aún se profesaban, pese a estar condenado al fracaso.

Apoyó la frente en el marco de la puerta y cerró los ojos, enfadada con el destino. Tragándose las lágrimas, amargas como la hiel, acarició la madera. Las rugosidades, los nudos, las huellas dejadas por la azuela del carpintero le dieron un poco de serenidad. Sintió el embate del viento al golpear desde la calle. Sin duda, la galerna estaba empezando.

Se enderezó, buscando fuerza, y salió al patio para decir a Paula que ya era hora de entrar. Hacía un buen rato que no la veía ni la oía; la niña era capaz de pasar mucho tiempo entretenida con las hormigas u observando el nido de la hiedra.

En el patio, las hojas de la enredadera susurraban, sacudidas por el viento que se arremolinaba en los rincones y parecía sisear.

No había nadie.

María frunció el entrecejo, extrañada. Habría jurado que su hija estaba allí. Intranquila, abandonó el lugar para ir a la trastienda.

Maese Germán y Julio tanteaban las velas que pendían de la rueda; querían comprobar si la cera había endurecido lo suficiente para descolgarlas. Por sus gestos, imaginó que aún estaba tierna y era mejor dejarlas allí. No había sido la jornada más adecuada para prepararlas: había hecho demasiado calor. La estancia aún guardaba ese bochorno entre las paredes.

—Buen día —saludó al entrar, mirando alrededor.

Su corazón redobló los latidos; Paula tampoco se encontraba allí.

—Buen día, señora —murmuraron los dos hombres casi al unísono.

—No encuentro a Paula; ¿la habéis visto por aquí? —preguntó, empezando a angustiarse. Nunca había perdido de vista a su hija por tanto tiempo—. No la encuentro por ningún lado.

—Estuvo aquí, pero... —comenzó maese Germán, con las mejillas rojas—. Creo que la asusté.

—¿Que la asustasteis? ¿Qué queréis decir? —Se llevó la mano al pecho, atónita; sus dedos se aferraron a la tela del vestido, con vida propia. La aspereza del lino le dio sosiego.

—Veréis... estaba cansado, preocupado y... y le hablé de malos modos. —Miraba a todos los lados, pero sin fijar la vista en ninguno demasiado tiempo—. Por lo visto la asusté y, al dar un paso atrás, tropezó con uno de los sacos; el del cacao. Derramó parte del contenido en el suelo y yo... ¡Jesús! Yo le grité que se fuera de aquí —terminó, pasándose la mano por el pelo.

—¡¿Que hicisteis qué?! ¿Cómo os habéis atrevido a gritar a mi hija? —Estaba enfadada. Más que eso: se sentía dolida y asustada. Sobre todo, asustada. El confitero no tenía ningún derecho a tratar mal a la niña.

—Lo siento. No quería hacerlo, pero... acababa de quemarme con la cera y... —Bajó la cabeza, avergonzado.

—Creo que... si me lo permitís, señora. Creo que habrá que buscarla —propuso Julio con serenidad.

—¡Virgen Santa! ¡Tenemos galerna!

María subió a la casa, tropezando con los peldaños por las prisas y casi chocó con Renata.

—¿Qué sucede, señora?

—Paula, ¿la has visto?

La criada negó con la cabeza.

—Estará en casa de vuestro hermano, señora.

—No sé. Me lo habría dicho.

—Yo puedo ir a preguntar, si lo deseáis —se ofreció Julio, desde el escalón inferior.

—Sí, por favor, ve. Gracias, Julio —musitó María; se restregó la frente, pensando en dónde podría estar su hija. No tenía muy claro que la casa de Martín fuera ese lugar.

—¿No habrá ido a visitar al señor Samuel? Le gusta mucho jugar con esa perrita que tiene... —sugirió Renata.

«¡Sí!», pensó María. Y se volvió para volver a bajar las escaleras.

—Esperad, señora. Ha bajado la temperatura; será mejor que llevéis un chal para la niña —aconsejó Renata, mientras entraba en el cuarto de Paula para cogerlo.

María esperó, impaciente; no veía la hora de salir en su busca. En cuanto tuvo en las manos la prenda que le tendía la criada, se apresuró a salir a la calle.

—¡Señora! —llamó el confitero cuando ya abría la puerta—. No deberíais salir sola. Dejad que vaya yo a buscarla.

—No, maestro. Si mi hija se ha marchado por vuestra culpa, no creo que quiera regresar con vos. Iré yo misma. Después de todo, estará en casa de doña Camila o en casa de mi hermano —aseguró, más para convencerse a sí misma que al hombre.

—Lo siento mucho, señora —musitó él, al tiempo que ella cerraba tras de sí.

Fuera, miles de granos de arena la golpearon. El viento, que había recrudecido y ululaba por entre las calles, arrastraba hojas y ramitas, hacía que las contraventanas golpeasen con estruendo y las macetas cayeran de los alféizares, con el consiguiente peligro.

Sobre su cabeza, mujeres y hombres se afanaban en retirar los objetos susceptibles de ser arrastrados por la galerna y en atrancar puertas y ventanas para que el aire no las arrancase de sus goznes.

María corrió con dificultad; las faldas se le arremolinaban entre las piernas. Varios mechones escaparon de la trenza y la cegaron por un momento. Irritada, se los apartó para que no la estorbasen. Una camisa, hinchada como una vejiga, pasó a su lado cual fantasma loco. Al doblar a la derecha, el viento la empujó por la espalda y casi la llevó en volandas hasta la casa de doña Camila.

Llamó a la puerta con urgencia.

La abrió la dueña de la casa; al verla se llevó la mano al vientre.

—¿Qué sucede, querida? —preguntó, preocupada.

—¡Es mi hija! ¿Está aquí?

—No. No la he visto. Pasa y...

Bruma pasó trotando desde la cuadra; tras olisquearla, gimió al no encontrar a la niña.

«¡Virgen Santa! No estaba con ellos.»

Samuel, alertado por las voces, caminaba por el pasillo a grandes pasos.

—¡¿Y mi hija?! —gritó, mirándolo aterrorizada; se le doblaron las rodillas de temor. Él corrió a sujetarla y ella se dejó abrazar un instante; lo suficiente para retomar fuerzas y volver a insistir—. ¿La has visto?

—¿A Paula? No; no la he visto. Acabo de llegar —aseguró él, sin soltarla—. ¿No sabes dónde está?

—No... no la encuentro por ningún lado. —María le abrazó, aferrándolo por los hombros, las manos crispadas. Un miedo cerval le recorría la columna con sus dedos fríos. No podía perder a su hija. Era lo único que tenía. Lo más importante. Debería haberle prestado más atención.

«Déjate de reproches. No es el momento», se ordenó ella, con el corazón en un puño.

Bernarda llegó de la cocina, secándose las manos con un trapo.

—Vino hace un buen rato, señora. Buscaba al señor Samuel

—musitó la criada, ante la mirada inquisitiva del resto de los presentes—. Le dije que os habíais ido a cabalgar... ¡Dios bendito! ¿No habrá ido...? —Dejó la pregunta sin terminar para llevarse las manos al pecho, angustiada—. No pensé que... Debéis creerme, señora —susurró, sin dirigirse a nadie en particular—. Yo...

—Tranquila, Bernarda. No andará muy lejos —aseguró Samuel, pero María, aún abrazada a él, pudo notar que el corazón le latía a toda velocidad. Estaba tan preocupado como ella y no apartaba los ojos de su madre.

Doña Camila tenía la mirada ausente. De pronto, María recordó que la había visto llevarse la mano al vientre, pálida. Aquello solo podía significar una cosa... ¡Santa Madre de Dios!

—Doña Camila; ¿qué veis? —la interrogó, soltándose de Samuel y encarándose a la dueña de la casa—. ¡Por todos los santos! ¡Decídmelo! ¡Por piedad!

Se volvería loca si no la encontraba pronto. Su niña, su pequeño tesoro.

«¡Virgen amantísima! No dejéis que le ocurra nada malo», suplicó en silencio.

—Lo siento, querida. No veo nada concreto —susurró doña Camila, con tristeza—. Seguro que está bien.

Un gemido se escapó de la garganta de María. Se dobló en dos, agotada. Empezó a llorar. Las lágrimas le corrían por las mejillas como ríos salados.

—La encontraré, María —aseguró Samuel, sujetándola por los brazos. Sus ojos brillaban, intranquilos—. Encontraré a tu hija. Seguro que no la han dejado salir de la muralla. La encontraré.

—¡Prométemelo! —Le clavó los dedos en los hombros como garras. El llanto no le dejaba ver con claridad, pero podía intuir la angustia que embargaba a Samuel; notaba la tensión que agarrotaba sus músculos. Y eso que él desconocía lo más importante—. Por favor...

—Te lo prometo, María. —Le tomó las manos con delicadeza. Cuando se las llevó a los labios y se las besó, a Samuel le temblaban igual que a ella. ¡Cómo la amaba!—. Juro que te la traeré. No pararé hasta dar con tu hija.

«Mi niña, ¿dónde estás?», se preguntó por enésima vez.

No solía andar por ahí sola; siempre iba con alguien mayor. Confiaba en que no se hubiera perdido intramuros; claro que si lo hubiera hecho, cualquier persona que la reconociera la llevaría a la confitería. ¿Y si había logrado salir de la ciudad? Sintió miles de agujas de hielo que se le clavaban a la vez en la columna, al imaginar todas las atrocidades que podrían sucederle en medio de una galerna.

¡Estaban perdiendo el tiempo! ¿Por qué Samuel seguía allí, sujetándole las manos, cuando su hija estaba en peligro?, pensó María, en medio de su desazón.

Le faltaba el aire. Se iba a desmayar. Miles de puntitos negros bailotearon frente a sus ojos.

Una mano fresca le tocó la frente. Poco a poco su respiración retomó un ritmo más pausado.

—¡¿Qué... qué haces ahí parado?! ¡Por el amor de Dios, ve a buscarla! ¡Es tu hija! —gritó fuera de sí, en cuanto pudo hablar. Doña Camila mantuvo la mano un instante más en su frente y luego la retiró. En ese momento, María tomó conciencia de lo que había confesado y quiso retirar las palabras. Era demasiado tarde.

Samuel le soltó las manos tal que si quemara. Trastabilló hacia atrás, pálido como un muerto. Se llevó la mano a la cabeza. Ahora era él quien parecía a punto de desmayarse de un momento a otro. La miró con los ojos redondos, del tamaño de doblones, parpadeando como un búho.

—¿Mi hija? —dijo en un hilo de voz. Luego el color volvió a sus mejillas—. ¡Mi hija! —gritó—. ¡Por todos los diablos! ¿Cuándo pensabas decírmelo? —preguntó. Su rostro transfigurado por la furia, el dolor, la incredulidad, la determinación—. No puedo creerlo. Paula es mi hija y me lo has ocultado.

—Lo siento...

—Reza para que la encuentre —siseó, apuntándola con el dedo índice; los ojos convertidos en dos rendijas oscuras. El semblante, pétreo. Se dio la vuelta y regresó a la cuadra como una exhalación

Le había enfurecido. Pero ¿qué esperaba? Le había ocultado que tenía una hija durante demasiado tiempo.

—¡Espera! Lleva el chal...

—Será mejor que se lo lleve yo, querida. Ahora no te escuchará. —Doña Camila tomó la prenda de sus manos y salió corriendo tras su hijo.

«Por favor, Señor Misericordioso, que encuentre a mi niña sana y salva», rogó, dejándose caer de rodillas en la entrada. No lloraba. El miedo le había secado las lágrimas.

Paula siguió caminando, pese al viento que levantaba sus faldas y la hacía caer. Estaba asustada y perdida.

Cuando Bernarda le dijo que maese Samuel había ido a cabalgar, ella imaginó que sería por la playa. Lo había visto allí en varias ocasiones. Claro que también lo vio donde las higueras...

Por si acaso, había ido a la playa. Después de cruzar la puerta de Tierra con un grupo de mujeres y sus hijos, bajó a los arenales y ¡las había visto!

Las huellas de los cascos y las de *Bruma* estaban marcadas en la arena húmeda. Las siguió, contenta y segura de que pronto podría estar con maese Samuel y podría contarle lo que había pasado.

¡Él la escucharía!

La otra tarde, al encontrarla llorando, la había consolado. Y lo había visto mirar a su madre de una manera... casi como lo hiciera su padre, tantas veces.

Sí; le pediría que se casase con su madre. Ella no quería a maese Germán. No le gustaba; le había gritado.

«No quiero que sea mi pa... pa.... ¡Lo que sea!», pensó, mirando al cielo.

Parecía de noche. Las nubes negras habían cubierto todo y el viento soplaba muy fuerte. Trozos de ramitas rebotaron en su cabeza.

Tenía miedo. Mucho miedo.

Las huellas entraban en aquel bosque, estaba segura, pero luego habían desaparecido en el suelo cubierto de hojas secas. Para cuando quiso darse cuenta de eso, ya estaba perdida y no podía ver la salida.

Notó que la sacudían y gritó, aterrorizada, sin atreverse a

mirar atrás. Corriendo, sin ver por dónde iba, se adentró más en el bosque.

Las ramas se movían como si quisieran atraparla; corrió para escapar de ellas. Tratando de no escuchar los gritos del viento: uuuuhhhh, uuuuuuuhhh, uuuuuuuuuuhhhhhhhhh... Él se reía de su miedo y gritaba más fuerte. Los árboles crujían, amenazadores; sacudían sus hojas y las hacían flotar a su alrededor.

Varias ramitas cayeron a su lado. Después, una más grande se resquebrajó y casi la aplasta contra el suelo. Gritó llorando o lloró gritando; no lo sabía y tampoco le importaba mucho; solo quería salir de allí. ¡Escapar!

Estaba muy cansada, pero seguía corriendo para que no la apresaran. Le escocían los ojos de llorar. Se le habían deshecho las trenzas; las ramas le tiraban de los mechones sueltos. Una de ellas la enganchó de la manga. Asustada, tiró y tiró hasta desgarrar la tela. Chilló, aterrorizada.

Quería estar en su casa; necesitaba a su madre.

—¡Madre! ¡Maaaaaadreeeeee! —gritó, entre llantos.

El viento sopló más fuerte, queriendo tapar sus palabras. Él no quería que la encontraran. Era malo.

¡Se la querría comer!

Había oído que las galernas hundían a los barcos.

Corrió, corrió sin parar hasta que tropezó con una piedra y cayó al suelo.

33

Una vez fuera de la protección de las murallas, el viento estuvo a punto de tirarlo del caballo. El animal se encabritó, asustado por el silbido y la fuerza de la galerna. A duras penas pudo contenerlo, pues, sin el apoyo de la silla y los estribos, era bastante complicado.

En la cuadra no se había molestado en ensillarlo; solo le había vuelto a colocar la cabezada, para salir trotando de allí lo más rápido posible. No tenía tiempo que perder. Su madre había llegado a tiempo de entregarle el chal de la pequeña, antes de que él partiera. Ahora lo guardaba dentro de la casaca.

Varios remolinos de arena danzaron furiosos sobre la playa. Un grupo de gaviotas pasó gritando por encima de su cabeza, zarandeadas por el viento. Las olas rompían con fuerza contra la muralla y levantaban chorros de espuma blanca, mientras los barcos, al abrigo del puerto, se mecían como corchos en un barreño.

Bruma retrocedió, buscando la protección del parapeto; temblaba de miedo. No podía culparla: el gemido del viento helaba la sangre; los granos de arena se metían por todos lados y producían escozor al clavarse en la piel expuesta. Samuel instó al caballo a trotar hasta la playa y silbó a la perra para que lo siguiera. La necesitaba para rastrear a Paula; de lo contrario la hubiera dejado en casa.

¡Su hija!, resonó en su mente; sin embargo, no quería pensar en ello. Todavía no. Se enfurecía cada vez que lo pensaba. ¿Cómo, en nombre de Dios, María había podido ocultarle algo tan importante? ¡Tan crucial!

Le había dicho que lo amaba y, pese a todo, le había ocultado su paternidad. ¿Por qué?

«¡Olvida eso! Lo importante es encontrar a Paula», se recordó.

Miró a su espalda. La perrita gemía, sin decidirse a salir del abrigo, girando sobre sí misma, el rabo entre las piernas y el lomo arqueado, encogida.

Detuvo al caballo y volvió a silbarle; esta vez, ella obedeció y le alcanzó con rapidez.

—¡Busca a Paula, bonita! —gritó por encima del fragor de la galerna. Igual que al salir de casa, volvió a mostrarle el chal para que lo oliera—. ¡Búscala!

Como si entendiera aquella orden, *Bruma* olisqueó la prenda y gimió. Sus orejas se bamboleaban de un lado a otro con el viento. Volvió a oler el chal y salió corriendo cerca del agua.

Samuel no se demoró más y espoleó al caballo. El flequillo le fustigaba la frente; se llevó el antebrazo a la cara para proteger los ojos de la arena. La marea había subido desde que pasara por allí unas horas antes, pero la perrita no parecía tener ningún problema en seguir la misma dirección que habían tomado esa mañana.

¿Estaría siguiendo el rastro o simplemente recordaba por dónde habían ido?

Por el bien de la pequeña, suplicaba que fuera lo primero. Ahora que estaban fuera de la protección de las murallas, el peligro que pudiera correr era mayor.

¡Tenía una hija!, volvió a recordar, incapaz de apartar ese hecho de su mente.

Esa niña, que a veces había mirado anhelando que fuera suya, en verdad lo era. Rememoró la sensación que tenía cada vez que miraba sus ojos y lo entendió.

¡Eran los ojos de su madre! De la prostituta del puerto que lo trajo al mundo y que había muerto cuando él era muy pequeño. Ella los tenía verdes; era el único rasgo que recordaba. ¿Cómo no se había dado cuenta antes? No lo entendía.

Por eso le había resultado familiar cuando la vio por primera vez. No obstante, al creer que era por su enorme parecido a María, dejó de pensar en ello.

¡Santo Dios! Era su hija.

El corazón le iba a toda velocidad, amenazando con salirse del pecho. ¡Era padre!

Tendría que hablar con Rosa Blanca. Ya no podía casarse con ella. Eso era imposible. Ella lo comprendería. ¡Debía comprenderlo!

«Señor, haced que Rosa Blanca entienda la situación —rogó. Luego, como si percibiera que eso tampoco era lo más importante, rezó—: ¡Por favor, mostradme el camino para encontrar a Paula! Os lo ruego, Señor.»

A la vez, miles de pensamientos y recuerdos se agolparon en su mente. Fue incapaz de apartarlos.

«¿Dejarás que otro eduque a tu...?» La pregunta de maese Sebastián en su lecho de muerte, reverberó en su cabeza.

«¿Dejarás que otro eduque a tu *hija*?», se dijo, completando aquella pregunta que su antiguo maestro no terminó de formular, pues la propia Paula había entrado en el dormitorio, interrumpiéndolo. «¡No! ¡Jamás!»

Ahora comprendía la insistencia del difunto confitero para que se casara con ella. Él siempre supo que aquella niña no era hija suya; sin embargo, le había visto tratarla con tanto cariño como si lo hubiera sido de verdad. Aquel hombre, del que él se sintiera tan celoso, se había casado con María para evitarle la deshonra de traer al mundo un bebé bastardo.

¡Por los clavos de Cristo!

No es que María se hubiera casado por despecho o porque no le amara. ¡Estaba embarazada! ¿Cómo no lo había pensado antes? ¡Estúpido! ¡Necio! ¿Acaso no había considerado que hacer el amor tenía consecuencias?

«Pensé que ella me lo habría dicho —se justificó—. De estar embarazada me hubiera avisado.»

«¿Cuándo, si te habías ido?

»Podría haber esperado.

»¿A qué? Cuando te avisara, habría sido demasiado tarde: ya lo sabría todo el mundo», se rebatió, avergonzado de lo poco consciente de sus actos que había sido.

Él se marchó; la había abandonado embarazada y a ella no le quedó más remedio que buscar una salida para ocultar aquel desliz.

«La amo. Siempre la he querido. Desde el día en que comenzó a trabajar conmigo. Se lo confesé cuando le pedí matrimonio. Nunca antes se lo había dicho. No habría servido de nada. Para ella no había nadie más que tú», había sido la respuesta categórica de maese Sebastián al porqué se había casado con ella. ¿Cómo no se había dado cuenta entonces? María no le había esperado porque le había resultado imposible. ¿Cómo, después de ver a Paula, no había sospechado que ella pudiera ser el detonante de una decisión tan drástica?

«No hay mayor ciego que el que no quiere ver», se recordó, turbado.

Aguantando las ganas de llorar, dio las gracias a aquel hombre bueno y leal. Y se preguntó si él le había pedido que fuera su contable porque barruntaba su precipitado final.

—Dondequiera que estéis, maese Sebastián, ¡muchas gracias! —musitó, sin apartar los ojos de la perrita, que se había adentrado en el robledal.

Tenía que encontrar a su hija. Debía centrarse en eso, en lugar de hacer conjeturas sobre otras cosas que en ese momento no tenían ninguna importancia. Su mente, anárquica, seguía oscilando entre la preocupación y la euforia, sin concentrarse en ninguna de las dos opciones.

Germán, con la conciencia aguijoneada por los remordimientos, esperaba a la señora María. Julio había regresado para decir que la niña no se encontraba en casa de su tío, el señor Martín. Al ver que María no estaba, se había marchado a casa de doña Camila para informarla. No había vuelto.

En el fondo deseaba quedarse solo. Se sentía tan avergonzado por su salida de tono con aquella niña inocente, que le resultaba aún más amargo saberse observado.

Ya hacía mucho rato que María se había marchado. ¿Por qué tardaba tanto en regresar?

El tañido insistente de las campanas le llamó la atención y

salió a la puerta. Varias personas corrían hacia la iglesia. Decidió seguirlas. Tal vez necesitasen su ayuda.

—¡Hay que encontrarla antes de que se haga más tarde! —gritó alguien en un corrillo.

Supo que se trataba de Paula antes de que se lo dijeran y sintió que su conciencia lo golpeaba con saña.

«¡Dios mío! ¿Qué he hecho?», pensó, asustado, acercándose al hombre que había hablado antes. Las campanas seguían repiqueteando sin cesar.

—¿Qué puedo hacer?

—Vamos a buscarla por la playa, el camino de Hernani y al otro lado del río. Es la hija de la señora María, la viuda de maese Sebastián —le aclaró el hombre, sin reconocerlo.

—Lo sé.

No esperó más indicaciones y corrió hasta la puerta de Tierra. El enorme delantal le golpeaba las rodillas y dificultaba la carrera, pero no se paró a quitárselo. No disponía de tiempo para eso.

—¡Germán! ¿Qué ha ocurrido?

Se volvió para ver quién lo llamaba. Su hermana le hacía señas para que se acercase.

—¡Paula! —gritó sin detenerse.

Vio que le seguía, pero como no podía detenerse a esperarla, apretó el paso para salir de entre los muros lo antes posible.

Unas cuantas personas ya habían bajado a la playa y se tambaleaban por la fuerza del viento, mientras se protegían de la arena con el antebrazo, las manos o el sombrero.

Nubes negras y densas cubrían el cielo. Sobre el mar, oscuro y embravecido, se veían cortinas de lluvia. Era el peor día para que una niña tan pequeña se perdiera por ahí. Era el peor día para estar fuera de las casas.

Si a la pequeña le pasaba algo, jamás se lo perdonaría.

Rosa Blanca esperaba junto a la puerta de Tierra, abrigada con un chal. A su lado, doña Camila intentaba ver más allá de la playa, por entre los árboles del bosque. La angustia y el desasosiego eran patentes en sus ojos y en cada uno de sus movimientos. Quería consolarla, pero no sabía cómo, por lo que permaneció a su lado sin decir nada.

Su mente voló a las últimas horas, cuando Álvaro había ido a visitarla. Aún le parecía mentira que él estuviese allí. Que hubiera ido a buscarla.

Le temblaba todo el cuerpo, aunque no era de miedo o frío, sino por la felicidad que burbujeaba en su sangre. Era tan feliz que debía hacer verdaderos esfuerzos para que la sonrisa no escapara a sus labios. Para no gritarlo a los cuatro vientos.

Se sintió desleal, mala persona, por sentirse así cuando había una niña perdida en medio de aquel tiempo infernal.

Volvió a otear por encima de las cabezas de varias mujeres, que rezaban sin dejar de mirar ora a la playa, ora al otro lado del río...

Se estremeció al pensar en las aguas del Urumea. Si se había caído allí...

—He avisado a los marineros del *Santa Clara*. Buscarán por el puerto —anunció Álvaro al llegar hasta ellas. Había ido al barco para avisar a sus compañeros—. ¿Sabéis algo, doña Camila?

—Nada, señor Ortega. —Le miró con los ojos ambarinos enrojecidos—. Aún nada. Gracias por vuestro interés, señor.

—Si puedo hacer algo más, señora...

Doña Camila se limitó a negar con la cabeza y volvió a mirar fuera de las murallas.

Rosa Blanca sintió los dedos de Álvaro entre su mano, cálidos y fuertes. Se aferró a ellos, en busca de apoyo, para asegurarse que era real, de que él estaba verdaderamente allí. Después lo soltó, temerosa de que alguien pudiera verlos. Lo miró, aún aturdida por las palabras susurradas en la biblioteca, cuando sorpresivamente les habían dejado solos.

—He venido por ti, Rosa Blanca —le había dicho, tomando su mano—. Sé que aún estás a tiempo de casarte conmigo.

Sus ojos, tan azules como el cielo en verano, la habían mirado con tanto amor que había creído morir de felicidad, si es que tal cosa era posible.

—He rezado cada día para que me diera tiempo a llegar —continuó, hablando atropelladamente, como si cada instante que perdiera fuera terrible—. Con cada traba en el camino sentía una angustia indescriptible. Sin embargo, seguía rezando y suplicándole a Dios y a todos los santos que aún no te hubieras casado. ¡Me han escuchado, amor mío!

—Ya no soy la que tú creías...

—¿Qué quieres decir con eso? ¿Acaso ya no me amas? —inquirió, espantado—. ¿Te has olvidado de lo que sentías por mí?

—¡No! No es eso. Ya no soy la heredera que tú conociste en Caracas —había confesado, con la mirada clavada en el suelo. Cuando él lo supiera ya no querría casarse con ella, pero debía ser honesta y decírselo antes—. Mi padre perdió *Las orquídeas*...

—Lo sé.

—¿Lo sabes? —Levantó la cabeza, anonadada.

—Mi padre se la ganó, unos días después, al que se la había ganado al tuyo. Murió antes de que a su vez pudiera apostarla. Ahora es mía, Rosa Blanca —había confesado, con una sonrisa entre avergonzada y satisfecha—. Y cuando nos casemos volverá a ser tuya.

La sorpresa la había dejado clavada en el sillón, boqueando como un pez fuera del agua.

¡Él lo sabía y, pese a ello, seguía queriendo casarse con ella! No podía creerlo. Era demasiado hermoso para ser verdad.

—Sé que yo no poseo tantas riquezas como parece tener la familia de tu prometido —aseguró, mirando los adornos y los libros de la biblioteca—, pero te prometo que te cuidaré y trataré de hacer de la pañería un negocio respetable. Por favor, di que sí. Acéptame como esposo.

—¿Cómo podría negarme? No anhelo riquezas. Tan solo vivir sin temor a no tener nada. Con la incertidumbre de que los acreedores vengan a arrebatármelo todo.

—Conozco la debilidad de tu padre. Sabes que mi padre era igual. Pagaré sus deudas, pero será la primera y última vez que lo haga —había prometido Álvaro, con tanta seguridad que la había dejado con la boca abierta. Parecía haber madurado más en aquellos meses.

En ese momento se oyeron las voces en la entrada; salieron a tiempo de ver a Samuel correr hacia la cuadra y a doña Camila seguirle. Después todo se había precipitado.

—Va a llover de un momento a otro —musitó doña Camila, y se arrebujó en el chal.

—Aparecerá —aseguró Rosa Blanca, rezando para que así fuera.

Las primeras gotas cayeron cuando entró en el robledal. Gotas gordas que golpeaban con fuerza y hacían crujir la hojarasca del suelo. Por fortuna, los árboles hacían de parapeto y paraban una gran parte, protegiéndoles.

Bruma olisqueaba el suelo sin cesar, avanzando por entre los troncos, ajena a la lluvia.

—¡Paula! —gritó Samuel, mirando alrededor; esperó un instante, escuchando por si la oía—. ¡Paula!

El bosque le abrumó con sus sonidos, pero ninguno era humano.

La perra echó a correr. Samuel tuvo miedo de perderla de vista entre tantos árboles y con la lluvia emborronando los contornos. Azuzó al caballo para seguirla.

Demasiado tarde: ya la había perdido.

Silbó sin el menor resultado y continuó cabalgando, atento a cualquier sonido que le pusiera en la pista. La perrita podría haberse dirigido a cualquier lugar; no había nada que indicase el camino escogido. Las hojas que tapizaban el suelo no mostraban ningún indicio y el sonido insistente de la lluvia apagaba al resto.

Frenó al caballo y aguzó el oído. Era imposible oír nada que no fuera el fragor del viento entre las ramas y la lluvia golpeando las hojas. Había olvidado el sombrero en casa y ahora el agua le corría por la cara, tapándole la visión. Se frotó los ojos y escudriñó a su alrededor. Nada.

No quería recordar el aspecto de su madre cuando la había dejado en casa. No podía pensar en que esa premonición se hiciera realidad. El temor le roía por dentro.

Las galernas eran peligrosas. Si la fuerza del viento podía arrancar árboles centenarios, ¿qué no haría con una niña tan menuda? ¿Y si el mar la había arrastrado?

«¡No! La perrita ha entrado en el bosque muy segura. Está

por aquí; está aquí —se repitió—. Dios mío, dejadme encontrarla bien», suplicó, el alma desgarrada.

Bruma apareció a su izquierda, moviendo la cola y ladrando contenta. En cuanto le avistó, regresó por donde había venido, volviéndose de vez en cuando para asegurarse de que la seguía.

De no ser por la perra, jamás la habría visto.

Estaba aovillada junto a una hondonada; la hojarasca la había cubierto casi por completo. Con el corazón en un puño, desmontó de un salto para arrodillarse al lado de la niña.

Asustado y temiendo lo peor, le quitó con mucho cuidado las hojas y las ramitas adheridas en la ropa y en su cabello. Necesitaba tocarla, pero a la vez temía sentir la frialdad de la muerte en su tierna piel.

Tenía la cara manchada de tierra, las pestañas apelmazadas por las lágrimas y la boca fruncida, como si aun en sueños siguiera llorando.

¡Dormía! Pese a los lametones con los que la agasajaba la perrita, dormía. Probablemente agotada por los acontecimientos vividos.

«¡Gracias, Señor! —gimió y, por fin, se permitió llorar—. ¡Gracias, gracias, gracias...!»

Le acarició las mejillas, enrojecidas por los lametones, con toda la ternura que fue capaz. Era igual a María. Su hija. La hija de ambos.

—Paula, tesoro mío —susurró, mientras la abrazaba para incorporarla. Ella empezó a golpearle con los puñitos—. Tranquila, Confite. Soy yo, Samuel.

—¡Noooooo!

—Shhhh... Soy yo, Samuel —repitió, rozando su cara crispada por el llanto con las yemas de los dedos.

Poco a poco, la niña abrió los ojos y lo miró como si no supiera si se trataba de un sueño o de la realidad. Parpadeó varias veces y luego le abrazó el cuello, sacudiéndose en llantos.

Samuel, arrodillado, la acunó amorosamente. Las lágrimas de ambos se confundían entre el agua de lluvia que les resbalaba desde el pelo, por las mejillas, y les empapaba la ropa.

¡Su hija! ¡Su valiente e intrépida hija!

Siguió abrazándola un poco más. Reacio a soltarla. Sintiendo su cuerpecito estremecido por los sollozos. Saboreando unos momentos que se le habían negado durante muchos años. La perra saltaba alrededor, lamiendo las lágrimas de Paula.

La realidad se interpuso. Debía anunciar que ya la había encontrado. Había oído que las campanas tocaban a rebato. Sin duda la estarían buscando y...

¡María!

Ella estaría loca de preocupación.

Se levantó con presteza del suelo, sin soltar a la pequeña, que seguía aferrada a su cuello como un pequeño mono. La cubrió con el chal para que no se enfriase.

El caballo había permanecido quieto, esperando. No podía montar a pelo con la niña en brazos, por lo que le tomó de las riendas y dejó que le siguiera, mientras caminaba hacia la salida.

Ya no llovía, pero dentro del bosque las hojas goteaban su lluvia particular con sonido, rítmico y cantarín. Por encima de las copas de los robles, entre los huecos de las nubes, se mostraban retazos de cielo azul. Los rayos de sol, como dedos luminosos, penetraban hasta el suelo, creando diamantes con las gotas. Y potenciando, con su calor, el olor denso y picante a tierra mojada y hojas descompuestas.

Antes de llegar a la linde del bosque se encontraron con los primeros hombres. Cuando vieron la sonrisa de Samuel, que abrazaba a la pequeña, estallaron en gritos de alegría. Varios cebaron las pistolas y dispararon al aire para avisar de la buena nueva.

¡La habían encontrado, sana y salva!

Bruma, con el rabo entre las patas, se pegó a las piernas de su amo, temblando de miedo.

—Tranquila, muchacha. Nadie te hará daño. Eres la heroína de esta historia.

La perrita no estaba muy convencida, pues le siguió sin apenas separarse de él.

34

Bajo la atenta mirada de tía Henriette, María paseaba arriba y abajo por la tienda. Puesto que media ciudad estaba buscando a Paula, la francesa la había convencido de quedarse en la tienda, por si la niña regresaba.

Por mucho que se negara a quedarse de brazos cruzados cuando su hija estaba quién sabía dónde, no le habían dado más opción, aunque le resultara una tortura. Para una madre, esperar sin hacer nada mientras otros buscaban a su hija era un suplicio.

Le dolían los dedos de tanto retorcérselos. Si seguía apretando los dientes terminaría por destrozarlos, pero no podía parar. Era imposible. Hacía un buen rato que las campanas habían dejado de repicar. El sonido casi la había vuelto loca; sin embargo, el silencio era aun peor.

—La encontrarán —aseguró la francesa por enésima vez—. Esa perrita le tiene afecto. Sabrá buscarla.

María no dijo nada. No podía decir nada. Temía abrir la boca, por si solo salieran gritos agónicos. Le dolía el alma. Sentía el estómago como una piedra enorme y pesada. La mente le iba a toda velocidad, con miles de pensamientos e imágenes atroces. ¡Paula era tan pequeña!

«¡No puedo perderla, Virgen Santa! —rogó, sin dejar su errático andar, arriba y abajo, la base de las manos apoyadas en las sienes—. ¡No puedo perderla!»

Las campanas comenzaron a sonar.

María se quedó quieta, escuchando. Era el volteo alegre de los días de celebración. No se atrevía a moverse por si cesaba el sonido. Por si lo estaba imaginando. Miró a tía Henriette y la vio sonreír.

¡La habían encontrado!

¡La habían encontrado y estaba bien!

¿Por qué sino voltearían las campanas de ese modo?

El alivio la dejó laxa; sus rodillas cedieron y se dejó caer al suelo, rompiendo a llorar con sollozos que la convulsionaban entera. No podía evitarlo. Era como si su corazón necesitara desahogar toda la pena y la angustia pasada en las últimas horas.

Tía Henriette se arrodilló a su lado. Las articulaciones de sus rodillas protestaron lastimeramente. La abrazó para tranquilizarla. Su fragancia a lavanda la envolvió como un halo protector.

—Vamos, vamos, querida, será mejor que te refresques esa cara. No querrás que tu hija te vea en ese estado —observó la francesa, instándola a levantarse. Su sentido práctico era como un bálsamo—. Ya ha pasado todo y ella necesitará saberte entera.

Sin duda aquella mujer tenía razón. Con un nuevo ímpetu, se levantó del suelo y le dio un último abrazo antes de ir a lavarse la cara, tal y como le había aconsejado.

Aún no podía evitar que las lágrimas manaran, pero ya era un llanto silencioso, mezcla de alivio y felicidad, de agradecimiento. ¡Cuántas ganas tenía de ver a su niña!

¿Quién la habría encontrado? ¿Estaría bien? ¿Se habría hecho daño? ¿Estaría herida?

—Muchacha, casi puedo oír tus pensamientos. Deja de torturarte. No tardarás en tenerla en brazos —aseguró la mujer, levantándose con cierta dificultad—. Ay, ya no estoy para tener que arrodillarme —protestó al terminar de erguirse, siempre apoyada en el bastón—. Anda, ve, querida. No tardarán en llegar.

Los grupos que habían salido en busca de Paula regresaban a la ciudad, con el ánimo exaltado por el éxito de la empresa. Encabezando la comitiva marchaba Samuel, con la niña en brazos. Seguía colgada de su cuello y parecía reacia a soltarle. Él tampoco quería separarse de ella; por eso se había negado a dejarla en otros brazos.

Era su pequeña, y ahora que la había encontrado, no solo en

el bosque, sino en su vida, no la abandonaría. Estaba decidido a hacer todo lo que fuera para no separarse de ella.

Nada más cruzar la puerta de Tierra se encontró con su madre, que les esperaba con los brazos abiertos y los ojos arrasados de lágrimas. Se dejó abrazar, contento de que todo hubiera salido bien.

—Gracias por devolverme a mi nieta, querido —le susurró al oído, antes de separarse de él—. Espero que ahora hagas bien las cosas.

Samuel, excesivamente emocionado para decir nada, se limitó a asentir con la cabeza y le entregó las riendas del caballo. Tomó conciencia, entonces, de la presencia de Rosa Blanca, unos pasos por detrás de su madre. Su ánimo rozó el empedrado del suelo. Tenía que hablar con ella y hacerle comprender...

Dejó de pensar al fijarse en el rostro sonrojado de su prometida y el nerviosismo que demostraba en sus gestos. La vio mirar de soslayo a un joven que permanecía a su lado.

—Soy Álvaro Ortega, de Caracas. —El joven, muy serio, se adelantó un paso para acercarse a Samuel—. Si me permitís el atrevimiento, quisiera hablar con vos de algo de suma importancia. —Le molestó la falta de formalidad del criollo; sin embargo, la mirada suplicante de Rosa Blanca le hizo obviarla—. Estoy seguro de que os agradará lo que tengo que deciros —terminó el señor Ortega, desviando los ojos a la joven. Por un momento el semblante de los dos paisanos se dulcificó; luego bajaron las miradas, abochornados.

Una llama de esperanza, al igual que un trago del mejor coñac de su padre, calentó a Samuel por dentro.

—Señor Ortega, si os parece bien, podemos vernos en mi casa dentro de una hora —sugirió; el corazón golpeando con fuerza. Necesitaba saber, pero aquellos no eran el lugar ni el momento apropiados.

—María os espera en su casa, hijo —le recordó su madre—. Ve con ella; sin duda estará deseando ver a la niña.

Con una inclinación de cabeza a modo de despedida, continuó su camino hasta la confitería. Al cruzar la plaza Vieja aceleró el paso. Varias personas se acercaron para informarse de lo sucedido; todos querían saber, pero él no quería pararse con nadie. Deseaba llegar lo antes posible.

Al girar por la calle Mayor Paula levantó la cabeza y, sin dejar de abrazarle, dejó que la llevara a su casa.

María venía corriendo. El cabello al viento como un glorioso estandarte, las faldas recogidas hasta las rodillas y las mejillas arreboladas. Estaba tan hermosa como vaticinara aquel lejano día, cuando se conocieron.

No la dejaría escapar. Ya no.

En cuanto estuvo a su alcance abrió un brazo para abarcarla. El impulso les hizo girar como en un baile. Ella les abrazó a ambos. Llorando y riendo, todo en uno. Sin importar que les viera nadie.

—¡Virgen Santa! Estaba tan preocupada... He rezado y suplicado que la encontraras —musitó entre lágrimas—. Tesoro mío, ¿por qué te has marchado? —preguntó a la niña—. He sufrido tanto...

—Lo... siento, madre —musitó Paula con el dedo en la boca; los ojos, dos estanques verdes, la miraban, llorosos—. Yo... yo quería buscar a maese Samuel... No quiero que os caséis con... maese Germán. ¡No quiero! —Hizo un puchero capaz de derretir al guerrero más curtido. Era una pequeña hechicera—. No me gusta. Quiero que maese Samuel sea mi... mi pa... padras... ¡como se diga!

Samuel no sabía si llorar o reír ante las palabras de la niña. Su corazón estaba tan henchido de orgullo que podía explotar de un momento a otro. Se vio a sí mismo, tantos años atrás, suplicando al capitán Boudreaux que se casara con su madre.

—No debiste hacerlo —la riñó María, pero sin excesiva fuerza. Seguramente, al igual que él, estaba demasiado emocionada por lo dicho por su hija para hacer otra cosa.

Bruma, inquieta por el comportamiento de los humanos, no sabía si saltar, ladrar o simplemente dar vueltas alrededor de ellos; hizo un poco de todo, lamiéndoles las manos en cuanto se ponían a tiro.

—Hummm, creo que ya va siendo hora de que entréis en la casa —sugirió tía Henriette, acercándose hasta ellos. Con desgana, deshicieron el abrazo que los mantenía unidos—. Esa niña necesita un buen baño caliente y un buen chocolate.

—Tenéis razón, tía Henriette. Yo mismo se lo prepararé —se ofreció Samuel. No podía alejarse de ellas.

Renuente, dejó a Paula en los brazos de su madre. Tomaron conciencia de que era la primera vez que compartían a la niña, sabiendo que era hija de ambos. Lo especial del momento les dejó aturdidos; continuaron un instante más con la pequeña entre ellos, perdidos cada uno en la mirada del otro.

Germán regresó a la tienda con paso cansino. Debía disculparse con María y con la pequeña. Por su culpa podría haber ocurrido una desgracia. No dejaba de recordárselo. Que todo hubiera terminado bien no era suficiente para perdonarse.

La confitería estaba vacía. En la trastienda todo estaba tal y como él lo había dejado, horas antes, al salir de allí. Oyó pasos sobre su cabeza. Nunca había subido a la casa; siempre se limitaba a la parte baja. Tragó saliva y subió las escaleras.

—Señora María —llamó, al llegar al piso de arriba. A un lado y al fondo se abrían varias puertas. Por una de ellas salió Renata; llevaba un cucharón en la mano.

—Buen día, maese Germán —le saludó—. Si buscáis a la señora, está acostando a Paula. ¡Gracias a Dios que la han encontrado!

Germán asintió, al tiempo que veía salir a María de una de las habitaciones.

—¿Qué tal está? —se apresuró a preguntar, preocupado.

—Bien. Cansada. Ahora duerme. ¿Queríais verme?

—Sí. Me gustaría hablar con vos... —No se atrevió a tutearla.

María, tras abrir una de las puertas, le invitó a entrar. Era un saloncito de recibir, con varios sillones alrededor de una mesa de café. Le ofreció uno de ellos y se sentó enfrente.

—¿Queréis tomar un chocolate?

—No, gracias, señora. —Se la veía serena, pero fría. No supo si aquello era bueno o malo. Antes de que pudiera decidirlo, Renata regresó a sus quehaceres y les dejó solos.

—Yo... Quería... quería disculparme por mi deplorable comportamiento con Paula —comenzó Germán, sentado en el borde del sillón, con los codos sobre las rodillas y las manos fuertemente enlazadas—. No debí gritarle de ese modo.

—Desde luego que no, pero ya está todo bien. No debéis torturaros por ello.

—Sois demasiado indulgente, demasiado comprensiva, señora. Sé que habéis sufrido mucho durante su ausencia...

—No lo imagináis bien, maese Germán. Ese tiempo me ha parecido eterno, y la angustia de no saber dónde ni cómo estaba mi hija no se la deseo a nadie. Sin embargo, dada la resolución de lo sucedido, no me resulta difícil ser indulgente. Si la búsqueda de mi hija hubiera terminado de otro modo... Creedme, no lo habría sido. Por lo tanto, mi supuesta indulgencia y comprensión solo obedece al feliz desenlace.

—En cualquier caso, os estoy agradecido —aseguró, poniéndose en pie. Tenía el perdón de María; era hora de que se fuera a su casa—. Si me disculpáis, debo bajar a ordenar el taller antes de marcharme. Es tarde para empezar cualquier tarea.

—Muy bien, maese Germán. Nos veremos mañana.

Algo en la serenidad de aquella mujer le indicó que las cosas habían cambiado entre ellos; ya no era la mujer triste y apática que conociera en los primeros días. Ni la huidiza de los últimos.

Se despidieron y Germán regresó a la trastienda, sin saber cómo tomarse ese cambio.

—Y bien, ¿qué es lo que queríais decirme? —indagó Samuel, con la vista clavada en el señor Ortega.

Estaban en la biblioteca. Había advertido a su familia de la llegada de ese joven, para que les dejaran hablar a solas.

Pese a la indolencia con que se apoyaba en la repisa de la chimenea, no estaba nada tranquilo. A decir verdad, agotadas ya las frases de cortesía de rigor, deseaba que su invitado hablara sin más dilación.

—Me resulta embarazoso pedíroslo —empezó el joven, observando el líquido ambarino de su copa. Parecía buscar las palabras en el coñac—. Me consta que es algo que deseáis... Ella me lo ha contado.

Samuel rechinó los dientes, deseando que no se anduviera con rodeos. No podía soportar durante más tiempo la incertidumbre. Sin decidirse entre albergar esperanzas o esperar lo peor.

—A riesgo de ser un maleducado, señor Ortega, os ruego que digáis a qué habéis venido. A poder ser, sin circunloquios.

—Bien, señor Boudreaux —dijo. Luego, clavó los ojos en él—. Estoy enamorado de vuestra prometida —barbotó, antes de dar un sorbo al coñac—. Le he pedido matrimonio.

Samuel se apoyó aun más en la repisa. Ahí estaba la solución por la que tanto había rezado. Sus dedos se cerraron en uno de los mangos del fuelle.

—¿Qué os ha contestado? —articuló; todo el cuerpo en tensión.

«Que haya dicho que sí. Que haya dicho que sí. Que haya dicho que sí», suplicó en silencio. Los nudillos blancos contrastaban con la madera oscura de la empuñadura.

—Espera que vos le dejéis romper el compromiso para aceptar mi proposición —aclaró el joven, rebosante de orgullo.

Samuel sintió flojas las rodillas. El fuelle golpeó la superficie de la repisa con un ruido sordo. El alivio le había dejado laxo. Había soportado un peso enorme y ahora se veía libre de él. Libre para hacer lo que deseaba. Para casarse con quien anhelaba. Con su verdadero amor. ¡No podía creerlo!

—Nunca en mi vida he sentido tanto miedo. Solo rezaba para que la pequeña no hubiera ido por allí —confesó Armand, afectado. Él había sido uno de los muchos hombres que la buscaran por las orillas del río—. La marea estaba subiendo y las olas eran demasiado peligrosas. No encontramos huellas, pero el agua podría haberlas borrado...

—Ya está, querido. La niña está en su casa y se encuentra bien —recalcó Camila, con una sonrisa cómplice.

Samuel imaginó que su madre ya le habría contado a Armand que tenía una nieta. Les vio sonreírse y supo que estaban encantados.

Se fijó en Rosa Blanca; la joven mantenía la cabeza baja, pero se la veía intranquila. No podía demorar por más tiempo una charla con ella.

De cualquier modo, aquella cena le estaba resultando interminable. No veía el momento de que acabara; así podría hablar con Rosa Blanca en privado. Después, la visita a María; ya era hora de aclararlo todo.

Tía Henriette, siempre atenta, debió de notar su impaciencia, pues dejó la servilleta sobre la mesa e hizo ademán de incorporarse. Los hombres se levantaron con presteza. Armand, solícito, se acercó para ayudar a su tía.

—Los acontecimientos del día me han dejado exhausta creo que me iré a descansar —anunció mientras se ponía en pie, apoyada en el brazo de su sobrino—. Gracias, querido. Si me disculpáis...

—Con vuestro permiso, padre, yo también me voy. —Isabel retiró la silla y se levantó casi de un salto. Al parecer, tan impaciente por salir de allí como él mismo.

Su madre siguió el mismo ejemplo y Rosa Blanca la secundó.

—Saldré a pasear un rato —anunció Samuel, ante la sorpresa de todos. Solo su padre pareció comprender las verdaderas intenciones, pues le pidió prudencia con la mirada. Salió tras las mujeres; su padre se quedó entreteniendo a don Eladio.

Alcanzó a Rosa Blanca en el pasillo. Sospechaba que se había retrasado a propósito para encontrarse con él.

—Quisiera hablar un momento con vos —solicitó Samuel en voz baja, aunque ya no había nadie en el pasillo que pudiera oírles—. He hablado con el señor Orte...

—Permitidme que os lo explique —le cortó ella, retorciéndose las manos; la mirada, baja—. Le conocí en la pañería de su padre, cuando preparaba mi ajuar de novia.

Samuel esperó a que continuara, sin decir nada, pero impaciente por saberlo todo. Entrelazó con fuerza las manos a la espalda, buscando contenerse. Esperando.

—He vivido la mayor parte de mi vida entre los muros del convento. El único varón con el que hablaba era el padre Cándido, mi confesor. Yo... no sabía lo que era el amor hasta que conocí a Álvaro —confesó ella, levantando la cabeza para mirarle con ojos avergonzados—. Le dije que estaba prometida y él propuso que nos escapáramos. Mi padre descubrió que me había encontrado con él y me prohibió salir de casa.

—Entiendo —murmuró, sorprendido por lo mucho que había ignorado de su prometida. ¡Qué ciego había estado!—. ¿Os habríais escapado con él? —La vio inspirar y esperó la respuesta.

—Las monjas me enseñaron a ser sumisa y a obedecer. Estaba atada a una promesa.

—Si le amabais, ¿por qué no me lo dijisteis al llegar?

—Estaba prometida. Había cruzado todo el océano para casarme. Creí que al volver a veros... le olvidaría.

—Pero no fue así, ¿no es cierto?

—No.

—En ese caso, ¿por qué, en nombre del Señor, seguisteis con la boda? Y luego, ¿por qué no me dejasteis romper el compromiso? —Apretó los puños contra los muslos—. Y lo que es peor, ¿por qué me hicisteis creer que me amabais si no era cierto?

En los candelabros de las paredes del pasillo, las llamas de las velas parpadearon como si fueran a apagarse. Después de humear un poco, continuaron ardiendo.

Samuel comprendió que era una tontería seguir indagando sobre las razones de Rosa Blanca para mentirle. Ya no le importaba. Solo deseaba salir de allí e ir a casa de María.

—¡Por favor! Os suplico que me perdonéis...

—Estáis perdonada —aseguró él. Los ojos de la joven expresaban toda la confusión que sentía—. No tenéis que darme más explicaciones. El señor Ortega me ha dicho que os ha pedido matrimonio.

—Sí; me ha pedido que me case con él —susurró—. Os ruego que me concedáis la libertad de romper nuestro compromiso.

Pese a saberlo de antemano, la dicha volvió a embargarle. ¡Era libre! ¡Por todos los santos, era libre!

Necesitaba oírlo de nuevo.

—¿Vais a casaros con él? —Ella asintió con la cabeza, esbozando una tímida sonrisa—. En ese caso, habrá que anunciar a nuestros padres que ya no se celebrará nuestra boda —informó, impaciente por salir de allí.

—Sí. Creo que mañana puede ser un buen día para hacerlo —aseguró ella, con más confianza de la que demostraba momentos antes—. Siento mucho haberos causado tanto desasosiego. Creedme si os digo que, de no haberme visto en esa tesitura, al final os habría liberado de vuestra promesa.

—Lo comprendo —aseguró con sinceridad, aunque no estaba muy seguro de que ella hubiera roto el compromiso—. Os felicito, Rosa Blanca; os deseo la mayor de las dichas. Y ahora, si me lo permitís, iré a dar un paseo. Necesito despejarme un poco.

35

Casi corrió la distancia que lo separaba de la confitería, bajo la luz mortecina de los faroles que alumbraban la calle desierta. Esperaba que María aún estuviera despierta. Si debía esperar hasta el día siguiente para hablar con ella, sería una noche demasiado larga.

Llamó con suavidad a la puerta.

—Buenas noches —susurró al abrirle ella, un instante después. El resplandor del candil iluminaba su rostro amado. Por lo visto, estaba esperándole. Saberlo aligeró su alma y le dio alas.

—Buenas noches, pasa. Te esperaba —confirmó, haciéndose a un lado para dejarle pasar a la tienda. Cerró la puerta. Dentro estaba oscuro. No había ninguna vela ni farolillo encendido. Tan solo la tenue luz del candil iluminaba unos pasos a su alrededor, dejando el resto de la estancia sumida en la negrura.

—¿Qué tal está Paula? —preguntó, nada más entrar—. ¿Se le ha pasado el susto?

—Sí. Está dormida con *Bruma* pegada a ella. No han querido separarse la una de la otra. Gracias por haber permitido que se quedara.

—No habría podido impedirlo. Es una perrita muy lista.

Estaban allí, de pie, hablando de nimiedades y los dos lo sabían. Se quedaron mirándose como si no pudieran dejar de hacerlo. Como si les fuera necesario para sostenerse.

Fue María la primera en romper el contacto visual.

—Será mejor que hablemos... Si no te importa, prefiero que

sea en la trastienda. Renata aún está levantada y no quiero que...
—Guardó silencio, sonrojada. Se llevó la mano a la trenza, como
siempre que se ponía nerviosa.

«¡Lo había olvidado!», pensó Samuel. Luego recordó las
veces que él mismo se la había rehecho. Las veces que había peinado con sus dedos cada uno de sus sedosos mechones. ¡Cuánto
le gustaba acariciarle el pelo!

—En la trastienda me parece bien —aseguró, tratando de no
pensar en ello. Retiró la cortina para que le precediera con la
luz—. Tenemos mucho de qué hablar.

María colgó el candil de un gancho antes de sentarse en un
tonel pequeño; para él dejó el mismo taburete donde se sentaba
cada vez que iba a trabajar en los libros de cuentas.

—Supongo que te habrá sorprendido saber lo de Paula —empezó ella—. Esa era la tercera razón por la que quería casarme
contigo. La que, en aquel momento, no te quise decir.

—¿Fue ese el motivo por el que te casaste con maese Sebastián? —Necesitaba saberlo, aunque ya lo imaginaba.

—Sí. Descubrí que estaba embarazada poco después de que
te embarcaras. —Se frotó los brazos como si tuviera frío—. No
me habías escrito. Esperaba que cuando arribases a Tenerife para
cargar el agua, dejaras una carta para mí. Necesitaba saber que
aún me querías. Mi abuela siempre decía que los hombres nunca
se comprometían con las mujeres una vez que... —Su tez alcanzó
el color de las amapolas.

—Hicimos el amor muchas veces, María. Y yo siempre pensé
en casarme contigo. Me duele que dudases de mis sentimientos.

—¿Qué otra cosa podía pensar? Si me hubieras escrito, tal
vez habría esperado a la primavera; me habría ido en el primer
navío que partiera hacia Venezuela, sin importarme que toda la
ciudad se enterase de que estaba embarazada. Esperé una carta,
pero no llegó nada y... estaba tan asustada. —Su mirada, llena de
congoja, clavada en él—. Tenía tanto miedo... Supuse que no me
querías. Nos habíamos separado enfadados...

—¡Por los clavos de Cristo! —Samuel se levantó de un salto
y se paseó con las manos en la cadera—. ¡Claro que escribí! La
maldita carta se perdería. ¡Dios Santo! Todo este embrollo por
una carta.

¡Era de locos! Aquella carta había supuesto aquel descalabro en su vida. Se pasó la mano por la nuca, tratando de entender como algo tan nimio podría haber tenido tanta importancia.

—Sebastián adivinó enseguida lo que me pasaba y me pidió matrimonio —retomó ella el relato—. Nos fuimos a París nada más casarnos y allá nació Paula. Cuando regresamos nadie dudó de su paternidad. Nadie lo sospechó nunca, salvo tu madre; aunque jamás me lo preguntó directamente, estoy convencida de que ella sabía la verdad. Tu tía Henriette lo adivinó cuando vino a visitarme. De hecho, fue ella la que me animó a que te pidiera matrimonio.

—Tía Henriette es una mujer formidable —convino con una sonrisa, antes de volver a sentarse para tratar de asimilar toda esa información—. Creo que maese Sebastián estuvo a punto de confesarme la verdad, poco antes de su muerte. Él deseaba que me casara contigo, pero yo aún estaba muy confundido; mis sentimientos oscilaban demasiado entre el amor y el odio como para complacerle —bufó con sarcasmo.

—No lo sabía —negó con la cabeza—. La primera vez que os vimos juntos a Paula y a ti, me pidió que te contara la verdad. —Lo miró con tanto amor que él se sintió perdido en las profundidades de sus ojos avellanados—. Tiene tu sonrisa; es sorprendente que no se hayan dado cuenta.

Samuel sintió un inmenso orgullo al saber que su hija se parecía a él. Y por primera vez comprendió que, desde el momento en que Camila y Armand lo adoptaron, siempre quiso parecerse a ellos. Buscaba parecidos, sin encontrarlos. Nunca lo había pensado conscientemente, pero así como Isabel tenía los ojos de su madre, él habría querido tener algo de ellos. Incluso de niño había imitado gestos para parecerse más.

Ahora se enorgullecía de que su hija evidenciara su parentesco. Tenía una parte de él. El vínculo de la sangre.

—Creo que se quedó mucho más tranquilo cuando le aseguré que no te lo diría —precisó María, continuando con los recuerdos—. En el fondo, tenía miedo de que quisieras quitársela. La quería con locura. Era la niña de sus ojos. Su querida y adorada hija.

¿Se la habría quitado?, se preguntó Samuel. No podía contestarse y no quería pensar en ello. Ya no había necesidad de elucubrar lo que podría o no haber hecho.

—Mi madre, en una de las primeras cartas que me llegaron, me contó que te habías casado. No podía creerlo. Era una traición a nuestros sentimientos; te odié. Creí que lo habías hecho porque él tenía un negocio y yo no; porque le querías y a mí no. Pensé muchas cosas y cada una de ellas me hacía odiarte aún más —confesó, dolorido. Mientras él la había creído un ser aprovechado y egoísta, ella había intentado ocultar a los ojos del mundo que estaba embarazada, para evitar la vergüenza y la marginación social.

Su hija podría haber sido una bastarda, como él lo había sido los ocho primeros años de su vida. De no haberlo adoptado Camila, lo hubiera seguido siendo hasta su muerte. Si maese Sebastián no le hubiera dado su apellido, Paula habría sufrido el mismo estigma.

—Te odiaba con la misma intensidad con que te amaba —confesó—. Porque te amaba; nunca he dejado de hacerlo, ni siquiera cuando regresé y te vi con la niña y deseé que hubiera sido mía. —El recuerdo lo abrumó—. Fue Paula la que me hizo pensar en lo que hubiera pasado de no haberme obcecado en viajar hasta Venezuela. ¡No sabes cuánto me arrepiento de haberlo hecho! —declaró, compungido. El aire parecía crepitar entre ellos—. Intenté olvidarte. ¡Dios sabe cuánto!

—Samuel... —susurró ella, los ojos velados por el llanto, clavados en los oscuros de él.

No supieron quién de los dos fue el primero en dar el paso, pero de pronto estaban abrazados. Podían sentir, bombeando con fuerza, como uno solo, el latido de sus corazones. El aroma conocido y añorado del otro. La plenitud de saberse junto a la persona amada.

—He luchado y he perdido —susurró junto al oído de María. La necesidad de volcar todos los sentimientos guardados era imparable. Quería que ella lo supiera. Ya lo había ocultado demasiado tiempo—. He procurado, sin éxito, arrancarte de mis pensamientos y de mi corazón. —María se separó un palmo para mirarle a los ojos—. No me queda sino admitir que estoy condenado a amarte el resto de mi vida. Una vida que deseo compartir contigo, con nuestra hija y con los hijos que el Señor tenga a bien concedernos. —Se dejó atrapar por aquellos pozos avellanados, que le mostraban el interior de ella—. Te amo, María. Por favor, cásate conmigo.

Isabel, sentada en la cama con los codos apoyados en las rodillas levantadas, seguía meditando cómo decirle a su padre que había perdido el colgante de topacios. No podía dejarlo pasar más tiempo, pero la idea de confesarlo...

—No los encuentro —musitó tía Henriette, registrando un cofrecito—. Juraría que los había metido aquí.

—¿Os falta algo, *tante*? —Se levantó de la cama para acercarse a su tía—. ¿Qué no encontráis?

—Los pendientes de esmeraldas, querida —indicó, sin dejar de revolver entre las joyas del cofre—. Fue un regalo de mi segundo marido. Había pensado ponérmelos mañana...

—Qué extraño... —musitó Isabel.

Llamaron a la puerta. Era la criada de tía Henriette, que subía un vestido de brocado verde recién planchado.

—Odette, ¿has visto mis pendientes de esmeraldas? —interrogó la mujer, apoyada en el bastón.

—Están en el cofre, junto a los otros —aseguró la criada. Y procedió a colgar el vestido de un gancho para que no se arrugara—. Hace mucho tiempo que no os los poníais, *madame*.

—No están, Odette. ¿Dónde crees que puedan estar?

—No lo sé, señora. Siempre se han guardado ahí... —declaró, visiblemente preocupada.

—Está bien, Odette, puedes ir a descansar. Seguro que mañana aparecen —murmuró tía Henriette. Esperó a que la criada se marchase para fruncir el ceño—. Iré a hablar con tu padre, querida. Creo que es mucha casualidad que desaparezcan dos joyas en esta casa.

—¿Creéis que las han robado? —No podía creer que hubiera un ladrón en su hogar.

—No solo lo creo, pequeña. Estoy totalmente convencida —alegó antes de salir de la habitación, golpeando el suelo con su sempiterno bastón.

Isabel pareció salir de su letargo y corrió tras ella. Quería estar presente cuando se lo dijera a su padre.

Lo encontraron en la biblioteca; aún estaba hablando con don Eladio, que se apresuró a marcharse cuando ellas entraron.

—¿Qué os trae por aquí? Pensaba que estabais cansadas... —apuntó Armand con una sonrisa, pero esta se atenuó al ver el semblante de su tía—. ¿Sucede algo, tía?

—Me temo que sí, querido. Han desaparecido unos pendientes de esmeraldas de mi joyero —anunció la mujer con aplomo—. Sé que pensarás que los he perdido y ese podría ser el caso, de no faltar también el colgante de topacios de Isabel.

—¿Es cierto eso, *ma chérie*?

—Sí, padre. Hace varias semanas que lo eché en falta. —Isabel bajó la cabeza avergonzada por no haberlo contado antes.

El rictus de su padre cambió drásticamente. Volvía a ser el capitán Boudreaux del que tanto le había contado su madre.

—Será mejor que avise a Camila —pronunció, muy serio. Luego salió de la biblioteca con paso enérgico.

—Toma asiento, querida —ordenó tía Henriette, sentándose en uno de los sillones—. No tardará en regresar.

En efecto, momentos después Armand y Camila entraban en la biblioteca. Por lo visto, su padre ya le había contado lo principal a su madre, pues su expresión era tan grave como la de su marido.

—No puedo creer que tengamos un ladrón en casa. ¿Odette y Bernarda saben algo? —apuntó Camila, con las manos entrelazadas en la cintura. Tía Henriette asintió con la cabeza—. Bien, en ese caso... Me duele decirlo, pero las únicas personas ajenas a la familia son don Eladio, Rosa Blanca y Salomé.

—¿Creéis que ellos...? —barbotó Isabel con los ojos abiertos como hogazas. No podía ser que...

—No creo nada, querida, pero habrá que preguntarles de la mejor manera.

—¿Acaso piensas que hay una manera discreta de preguntar algo así? —masculló Armand; su porte militar imponía.

—Querido, será mejor que me dejes a mí —sugirió su madre. Se volvió para mirar a Isabel—. Por favor, ¿puedes pedir a Rosa Blanca que baje?

Salió de la biblioteca y corrió a llamar a la puerta de Rosa Blanca. No podía imaginar que ella hubiera robado las joyas; desde el principio sabía de la pérdida de su colgante. ¿La habría engañado todo ese tiempo? No, no lo creía.

La criolla en persona abrió la puerta.

—Mi madre os solicita que bajéis a la biblioteca —anunció a la sorprendida Rosa Blanca.

La joven se limitó a cabecear y la siguió escaleras abajo.

En la biblioteca, sus padres esperaban de pie, mientras tía Henriette continuaba sentada, con las manos apoyadas en la empuñadura de su bastón.

—Pasad, queridas. Rosa Blanca, siento tener que preguntaros esto, pero es de vital importancia —empezó Camila; les indicó el sofá para que tomaran asiento—. ¿Habéis echado en falta alguna joya?

Si hasta ese momento no había dudado de la honradez de la joven, la palidez con la que asimiló la pregunta fue del todo elocuente. Isabel se sintió estafada. Engañada.

—Rosa Blanca, ¿qué sabéis de esto? —La voz de su padre era fría y autoritaria. Isabel nunca le había oído hablar así. Imaginó que esa era su voz de capitán—. No podéis fingir que os ha sorprendido.

—No... Isabel me dijo hace tiempo que había desaparecido su colgante —aclaró, con una valentía no exenta de nerviosismo. Retorcía las manos en el regazo.

—No solo es el colgante, querida. Mi tía también echa en falta unos pendientes de esmeraldas —enumeró su madre, serena—. Os sugiero que si sabéis algo de eso, no os guardéis de decirlo.

—No sé nada...

—¡Maldición, jovencita! —gritó Armand. Las dos jóvenes saltaron del sofá, asustadas—. Debéis contar lo que sabéis.

—¡Yo no he sido! —gritó Rosa Blanca, con el rostro transfigurado—. Debéis creerme, yo no he robado nada.

—Pero sabes quién ha sido, ¿no es cierto? —Tía Henriette golpeó el suelo con su bastón—. ¿A quién proteges?

—Yo... yo... creo que ha sido mi padre —musitó con la cabeza baja. Lloraba, las lágrimas motearon la tela del vestido en su regazo—. Debe... debe... mucho dinero. Él juega... y... ha perdido todo... hasta la... hacienda... —El llanto impidió que pudiera seguir hablando.

—*Sacré Dieu!* —blasfemó Armand—. Voy a buscarlo. —Sin esperar nada más, salió de la estancia.

—No... no está... en la casa... Salió hace... un rato...

—Tranquila, querida; todo se arreglará —entonó Camila, sentándose junto a la joven, que seguía llorando con desazón—. Todo se arreglará.

Isabel no estaba tan segura. Si don Eladio era un ladrón, su padre lo denunciaría a las autoridades. Debía pagar por lo que había hecho.

—Yo... yo no... soy una ladrona —aseguró Rosa Blanca, mientras se limpiaba la cara con un pañuelo—. Si... te sirve... de consuelo, Isabel... Ya no me voy a casar... con tu hermano. Hace un rato hemos... roto el compromiso. El señor Ortega, me ha pedido... matrimonio, aunque... cuando sepa esto... —Volvió a llorar con más fuerza que antes.

—Seguro que no le importará. Tú no tienes la culpa —aseguró.

No quería reír, pero se sentía feliz por su hermano. Al final, algo había salido bien. Miró a su madre y a su tía; las dos tenían los ojos brillantes por la buena noticia. Ellas también se alegraban por Samuel.

36

—Sí —musitó María. Luego acercó los labios a los de Samuel y se detuvo antes de llegar a tocarlos—. ¡Virgen Santa! ¡Sí!

Lo besó.

Lo besó como anhelaba hacerlo desde que volviera a verlo. Con todo el sentimiento que la embargaba por dentro. Con todo el amor que había mantenido oculto los seis últimos años. Lo besó sin rencores, sin remordimientos.

Sintió sus labios, tan conocidos y tan extraños a la vez, en los suyos. Después del beso de seis días atrás, había deseado tanto volver a besarlo, sentirse en sus brazos y acariciarlo, que se sentía torpe. El corazón le dio un vuelco cuando él abrió la boca y la acarició con la lengua. Una sensación por largo tiempo olvidada se apoderó de ella. Separó los labios y dejó que sus lenguas se encontraran, entregándose entera, como siempre había hecho.

Samuel había confesado que la quería, que nunca había dejado de hacerlo. Palabras que la dejaron embriagada, llena de dicha. Por supuesto, ella también lo amaba. Lo amaba desde el día que se conocieron, aunque en aquel entonces había sido un amor infantil. Sin embargo, ese amor había ido evolucionando al tiempo que crecían, convirtiéndose en un amor apasionado, lleno de matices y deseos, que los había inutilizado para amar de ese modo a nadie más.

Se apartó, respirando con dificultad. La luz del candil iluminaba los ojos oscuros de Samuel, que brillaban como brasas. Tan hermosos, tan queridos, tan añorados...

—Recé para que aparecieras antes de que me casara con Sebastián. Y cuando no lo hiciste, te odié por haberme abandonado.

—Fui un estúpido... —susurró, antes de que ella le hiciera callar, poniéndole un dedo en aquellos labios que acababa de besar.

—Después, empecé a temer el día que, a tu regreso, vieras que me había casado. Cuando fueron pasando los años sin que vinieras... me tranquilicé.

María, con dedos trémulos, recorrió la forma de sus cejas, negras y rectas, mucho más pobladas que cuando se fue. Era evidente que había cambiado; ya no era el chiquillo de poco más de diecinueve años que salió de allí, queriendo recorrer mundo. Ahora era un hombre. Reconocerlo no hizo sino acrecentar el deseo de ver qué otros cambios se habían producido.

Metió las manos bajo las solapas de la casaca de Samuel; el interior de la prenda emanaba calor; le dieron ganas de taparse con ella. Empezó a retirársela por los hombros.

—¿Crees que es prudente? Alguien puede bajar... —protestó él, apresando sus manos con delicadeza. Pese a sus palabras contenidas, su mirada expresaba tanto deseo que habría podido quemar.

—Paula está dormida y Renata se iba a la cama cuando he bajado —aseguró ella, sin rendirse.

Se desasió y continuó bajándole la casaca por los brazos, disfrutando de la sensación de desnudarle. Al terminar, se la llevó a la nariz y aspiró aquel aroma tan conocido y tan suyo; sonriendo, la dejó sobre el escritorio para empezar a desabrocharle la chupa.

—Veo que no te vas a detener. Y a este juego podemos jugar dos —barbotó Samuel, con voz temblorosa. Luego llevó las manos a la pechera del vestido de María y comenzó a soltar los botones uno a uno, con una morosidad exasperante—. Yo también quiero verte. Deseo sentir tu piel junto a la mía y volver a descubrirte, igual que de chiquillos.

María recordó la iniciación de ambos en el amor. Habían aprendido cómo darse placer el uno al otro. Habían recorrido el mapa de sus cuerpos, descubriendo paisajes, colinas y valles, en cada rincón. El recuerdo le arrancó una sonrisa agridulce por el tiempo perdido, por lo inocentes que habían sido al creer que nada ni nadie les separaría.

—Estamos juntos, amor —susurró Samuel, como si hubiera adivinado sus pensamientos—. Ahora... siempre... ¡Y por Dios que no te dejaré escapar!

Volvió a besarla con tanta pasión que María creyó que podría licuarse hasta formar un charco en el suelo. Había añorado tanto sus besos... ¿Se podía morir de amor?

El vestido resbaló por su cuerpo, con el roce susurrante del lino, y quedó alrededor de sus pies, como una masa informe y negra. Se sintió expuesta, vestida únicamente con la nívea camisola, y tuvo miedo del momento en que Samuel viera los cambios sufridos en su cuerpo tras el parto. Habían pasado algunos años y ya no era la jovencita núbil con la que retozara en la cabaña del bosque.

«No pienses en esas cosas, ahora», se ordenó.

Sin dejar de besarlo, le quitó la chupa para ganar tiempo hasta que su camisola hiciera compañía al vestido en el suelo. Desanudó el lazo que le cerraba la camisa. Samuel se separó un poco para quitársela de un tirón, tan deseoso como ella de quitar trabas, barreras que les impedía sentir sus pieles unidas.

A la luz dorada del candil, el torso de Samuel era muy diferente del que ella recordaba. Era más amplio y musculoso; el de un hombre hecho y derecho. El vello oscuro le cubría el pecho y se estrechaba como una flecha por debajo de la cinturilla de los pantalones. Cuando pasó la mano para acariciarlo le hizo cosquillas en la palma. Le satisfizo notar el leve temblor de Samuel y el modo en que sus músculos ondulaban con cada caricia, como si tuvieran vida propia. Tenía un cuerpo precioso; siempre lo había tenido. Las horas pasadas ayudando en la carpintería de su padre, en la confitería y las clases de esgrima, le habían moldeado antes de irse al Nuevo Mundo. ¿Cómo había conseguido mantenerlo y mejorarlo trabajando de contable?

La mano de Samuel sobre uno de sus pechos puso fin a todo pensamiento. Se limitó a sentir. Por fin, la camisola le resbaló perezosamente por la piel, provocándole escalofríos de placer a su paso.

Los ojos de él estaban clavados en el borde de la prenda, extasiados ante la piel que iba dejando expuesta. La miraba tal como si ella fuera el dulce más apetitoso y él, un hombre largamente privado de comida. Con un deseo tan abrasador como lo fueron sus labios sobre el pezón. Ahogando un gemido, María dejó caer la cabeza hacia atrás.

Empezaba a sentirse mareada ante las sensaciones que la asaltaban: unas, tan nuevas, igual que las primeras nieves del invierno; otras, tan antiguas que ya las creía olvidadas. Pero todas tan placenteras que convertían su cuerpo en una masa trémula, anhelante de caricias. Las rodillas ya no estaban tan firmes y amenazaban con doblarse en cualquier momento. De no haber sido por la fuerza con la que Samuel la abrazaba, mientras besaba sus pechos, habría caído al suelo como una marioneta con los hilos rotos.

Su amante debió notar su debilidad, pues la dejó junto al escritorio para buscar un sitio donde tumbarse. Le pareció que un montón de sacos de cacao vacíos podría cumplir el propósito. María le vio colocarlos en forma de jergón y poner su casaca encima. Después regresó a su lado con andar felino. La osadía en la mirada oscura de Samuel, le hizo temblar de anticipación. El tacto de sus manos encendió su piel. El beso la dejó incapaz de pensar con coherencia.

Cuando la recostó, la casaca evitó que los sacos de arpillera le rasparan la piel de la espalda. No le hubiera importado notar esa rugosidad; solo quería sentir el cuerpo de Samuel junto al suyo. ¿Qué importancia tenía que no fuera sobre un colchón y finas sábanas? Ya tendrían tiempo para eso.

María bajó las manos hasta los botones de la bragueta y los fue soltando con repentina prisa.

El jergón improvisado quedaba en el límite del halo del candil, que los envolvía con su luz ambarina. El resto de la estancia permanecía en sombras, dormida. El aroma amargo del cacao en los sacos se hizo más intenso con el calor de sus cuerpos y les impregnó por completo.

Ya fuera por ese olor, por el deseo largo tiempo contenido o por la necesidad que tenían el uno del otro, no esperaron más tiempo y actuaron con apremio, fruto de la excitación más desesperada. Volaron el resto de prendas y el calzado, hasta que no quedó sobre ellos nada que los cubriera. Nada que separase el contacto de sus pieles.

Volver a sentirlo dentro de ella, después de tantos años, casi la llevó al orgasmo. Se le saltaron las lágrimas por aquella sensación tan dulce y tantas veces evocada. Las sintió resbalar calientes por las sienes hasta perderse en las orejas. Samuel intentó secarle cada reguero con tiernos besos, pero aquel simple movimiento les impidió seguir quietos, disfrutando de la conexión de sus cuerpos. Cuando él empujó su pelvis, ella salió a su encuentro con un deseo tan descarnado y ardiente como la última vez que hicieron el amor, antes de que él embarcara. Posiblemente, la tarde en que concibieron a Paula.

Le mordió el hombro y arañó su espalda, incapaz de resistir las sensaciones que le recorrían todo el cuerpo. Quería gritar, pero temía que Renata o la niña la oyeran y bajaran a ver qué sucedía, así que apagó los gritos contra la piel húmeda y febril de Samuel.

Abrió los ojos. Necesitaba mirarlo. Cerciorarse de que realmente era él y no su imaginación que le jugaba malas pasadas, como algunas veces en el pasado, cuando hacía el amor con su marido.

Samuel estaba sobre ella; su pelo oscuro casi le tapaba la cara; los ojos, brillantes como piedras preciosas, la miraban con tanto amor y tanto deseo que abrasaban como ascuas. Al ver que lo miraba, la besó con fiereza. Luego, se dio la vuelta para invertir las posiciones y colocarla encima.

—¡Dios Santo! ¡Eres tan bella que me robas el aliento! —musitó, acariciándola con la mirada y adorándola con las manos morenas—. No me canso de mirarte.

María se sintió hermosa; era difícil no hacerlo bajo aquella mirada. Se movió sobre él, buscando la liberación de los dos, dejándose llevar por el éxtasis del momento. Absorbió cada sensación, los sonidos que escapaban de sus bocas entreabiertas y de sus cuerpos unidos, hasta que no pudo más y sus movimientos, ayudados por las manos de Samuel en su cadera, se hicieron frenéticos y descoordinados.

La liberación la traspasó como un rayo. No gritó. No le quedaban fuerzas para hacerlo; simplemente, se dejó caer sobre él y permitió que la abrazara como si temiera que fuese a desaparecer. Con los dos corazones martilleando, dichosos.

—¿No lo negó? —preguntó Henriette a su sobrino, unas horas más tarde, cuando él regresó de buscar a don Eladio. Ella se había negado a acostarse sin saber cómo se resolvía todo ese oscuro asunto—. *Porca miseria!*, que diría mi querido Fabrizzio.

—Era imposible, querida tía. Llevaba los pendientes en el bolsillo. Al parecer, iba a jugárselos esta noche —informó Armand, malhumorado.

—No debes culparte por ello. No podías saber que su vicio al juego le llevaría por tan mal camino. —Camila acarició la cara a su marido, mientras él daba un sorbo al coñac que se había preparado—. Samuel quedará asombrado cuando se entere.

—Ha huido, *ma chérie*. Al parecer debe cifras astronómicas a un par de hombres de la ciudad. Ha estado jugando con pagarés avalados por la boda. Nadie puso en duda que, una vez casado, Samuel se haría cargo de esas deudas.

—¡No puedo creer tanta inconsciencia! —exclamó Henriette—. Y luego se permitía el lujo de mirarme con desagrado por no ser una viuda convencional. ¡Estúpido! Le estaría bien empleado que le encerraran y luego tirasen la llave —remachó con un golpe de bastón.

—Rosa Blanca nos ha contado que también ha dejado deudas en Caracas —explicó Camila—. El nuevo prometido...

—¿Nuevo prometido? —preguntó Armand, con la copa de coñac a medio camino de su boca—. ¿Me he perdido algo?

—El señor Ortega le ha pedido matrimonio. Por lo visto se enamoraron después de que Samuel embarcara —aclaró Camila—. Aún no es oficial, pero creo que nuestro hijo y ella han roto el compromiso.

—*Sacré Dieu!* ¡Vaya día! —musitó el galo, antes de beberse de un trago lo que tenía en la copa.

—El señor Ortega ha accedido a pagar las deudas de Caracas, pero será la última vez que lo haga. Tal vez se comprometa a saldar estas también —sugirió Camila, no muy convencida.

—Es posible, pero no será necesario.

—¿Qué quieres decir, querido? —inquirió Henriette.

—Yo cubriré esas deudas. No deseo que se sepa que hemos albergado a un hombre tan poco caballero: ladrón, tahúr y timador —masculló Armand, con desprecio—. Mañana visitaré a esos hombres y les diré que don Eladio ha tenido que salir urgentemente. Les haré creer que el dinero es de él —detalló, muy serio—. Lo que sea de don Eladio después, no será asunto nuestro.

—Eres demasiado bueno, querido sobrino. No creo que él lo merezca —añadió Henriette.

—No, no creo que lo merezca, tía; ha abusado de nuestra confianza. Sé que tarde o temprano volverá a estar en la misma situación. Para él, lo más importante es el juego. La diferencia es que no tendrá a nadie que le cubra la espalda y estará a merced de usureros y de caballeros que no serán tan magnánimos como yo —describió Armand con cansancio—. Es tarde, queridas. Será mejor que nos acostemos. Ha sido un día muy largo.

—¡Es tan pequeña! —susurró Samuel, sentado al borde de la cama, observando a su hija, que dormía plácidamente.

Acarició detrás de las orejas a *Bruma* para que siguiera en la cama, velando el sueño de la niña, como había hecho hasta ese momento.

—Hoy he pasado mucho miedo... —musitó María, de pie a su lado.

Samuel la abrazó y apoyó la cabeza bajo su pecho. Rebosaba felicidad, pero temía la llegada de un revés que le arrebatara ese momento.

Habían dejado el candil en el pasillo, para no despertar a la pequeña con su resplandor. Y sus sombras unidas se proyectaban, temblorosas, sobre la ropa de cama.

Aún no podía creer que, unas horas antes, hubiera hecho el amor con María sobre unos sacos vacíos, en el taller donde había aprendido el arte de la confitería. En el lugar donde fantaseaba cuando era aprendiz y soñaba despierto con acariciarla.

La fantasía se había hecho realidad, pero mucho mejor de lo que nunca se atreviera a soñar. Infinitamente mejor.

—No me mires —le había pedido María, un rato antes, mientras se vestían—. Me da vergüenza; ya no soy como antes...

—¿De qué te abochornas? ¿Te preocupan esas marcas blancas de tus pechos o de tu cadera? —le había preguntado él, sorprendido.

—Son horribles.

—Cada una de esas marcas me recuerdan que durante nueve meses has tenido a mi hija dentro de ti. ¿Cómo voy a considerarlas horribles? ¿Cómo puedes hacerlo tú? —Había impedido que se pusiera la camisola para reseguir con los dedos cada una de esas cicatrices nacaradas. Las había besado una a una, aprendiéndolas de memoria—. Hemos visto cómo iban cambiando nuestros cuerpos, conforme crecíamos. Nunca sentimos vergüenza por ello. Me da mucha pena no haber sido testigo de tu embarazo. No haber visto cómo tu vientre se iba dilatando para albergar a nuestra hija. Quiero verte envejecer a mi lado, amor mío —había confesado con toda sinceridad.

—Será mejor que salgamos antes de que la despertemos. —El susurro de María le despertó del recuerdo.

Tras besar a su hija en la frente, se levantó de la cama y, con el brazo enlazado en la cintura de la mujer que amaba, se dejó conducir fuera de la habitación. Tratando de hacer el menor ruido posible, bajaron por las escaleras hasta la tienda.

—Tengo que marcharme. No quiero, pero he de hacerlo —confesó Samuel, antes de besarla—. Mañana Rosa Blanca y yo anunciaremos el final del compromiso. Se va a casar con el señor Ortega, un joven que ha llegado en el *Santa Clara*.

Los ojos de María se abrieron, asombrados por esa revelación. Entonces Samuel, al comprender que ella aún no sabía nada de esa historia, le contó lo sucedido. Ella le escuchó, sin decir nada. Demasiado fascinada por el giro que había dado todo.

—Imagino que para don Eladio será una conmoción —continuó Samuel—. Mis padres y mi tía, creo que sospechan este cambio. —Acarició las mejillas de María, impelido por la necesidad de hacerlo—. Me encantaría contar a todo el mundo que por fin me voy a casar contigo.

—¡No podemos hacerlo! —soltó ella, asustada—. Sería una falta total de decoro. Debemos esperar un tiempo. —Samuel gimió; pese a saber que María estaba en lo cierto, no le gustaba nada tener que demorar esa boda—. Yo hablaré con maese Germán —prosiguió ella, besándole la mano—. Aún no se ha hecho público nuestro compromiso, por tanto no creo que sea ningún problema. Espero que no le cause ningún dolor. Es un buen hombre, aunque esta mañana le gritase a Paula...

—¿Qué quieres decir con que le gritó? —Samuel, obligándose a mantener la calma, dio un paso atrás.

—No te inquietes, ya está todo bien.

—¿Por qué le gritó? —No estaba dispuesto a quedarse sin saber lo ocurrido.

—Maese Germán se había quemado con la cera y Paula le exasperó tanto que terminó gritando que se fuera —relató, restándole importancia.

—¿Cómo se ha atrevido? ¿Qué derecho tenía? —La furia era como piedra pómez por sus venas—. ¿Quién se ha creído que es?

—Lo ha pasado mal. Esta tarde estaba muy arrepentido.

—Quiero que salga de esta tienda mañana mismo. Que recoja sus cosas y se vaya. No quiero volver a verlo —ordenó entre dientes, los puños crispados.

—Deja de comportarte como un tirano, Samuel. —Le abrazó y apoyó la cabeza en su hombro—. No ha sucedido nada, así que deja ese papel de padre agraviado.

Pero es que se sentía como un padre agraviado, ¿acaso no lo entendía? Se separó de ella. Tenía un miedo atroz a lo que le pudiera suceder a aquella niñita. Había tantos peligros; él mejor que nadie, sabía lo que podía sucederle a un niño sin protección. Solo de recordar su vida en el burdel se sintió desfallecer.

Agotado, se dejó caer en uno de los escalones y se llevó las manos a la cabeza. A su hija jamás le sucedería algo así. Él nunca lo permitiría y María tampoco, pero eso no evitaba que su cabeza conjurase imágenes que había enterrado en su mente mucho tiempo atrás.

—No podemos dejarla sola —farfulló, sin levantar la cabeza.

—No está sola, Samuel. Tiene una familia que la quiere —argumentó María, como si adivinara lo que estaba imaginando—. Ella no está sola.

—¿Sabes que tiene los ojos de mi madre? ¿De mi verdadera madre? —aclaró de manera innecesaria.

—Siempre me he preguntado de quién los habría heredado —musitó, sentándose a su lado.

—No dejaré que salga sola, ni que se suba a los árboles, ni que...

—Shhhhhh... —María le puso los dedos sobre los labios para silenciarle—. Estás asustado por esta nueva responsabilidad, pero tranquilízate, tampoco estás solo. Irás aprendiendo poco a poco.

—Nunca lo había pensado, pero tengo miedo. —La miró de soslayo, sin levantar la cabeza—. Temo no saber hacerlo bien. Mis primeros ocho años estuvieron llenos de violencia. Te lo conté el día que nos atrevimos a tocarnos. Aquel día también estaba asustado.

—Lo sé, pero no me hiciste daño. Nunca me has hecho daño en ese aspecto. Sé que tampoco se lo harás a Paula. Precisamente tu pasado te ayudará a ser más paciente con ella, y sé que lo harás bien —aseveró, antes de acariciarle el pelo—. El capitán y doña Camila te dieron una educación muy buena; te enseñaron el valor del amor y del cariño. No tienes nada que temer.

Eso era cierto. Armand y Camila le habían dado tanto amor que habían ido borrando todos los malos recuerdos de su vida en el burdel, de los abusos, de los malos tratos... El nacimiento de Isabel solo acrecentó el sentimiento de familia; nunca le hicieron sentirse excluido.

Le emocionó darse cuenta de la valentía que había demostrado Camila, a pesar de estar viuda por entonces, al acogerle en su casa y educarle ella sola. ¿Se habría sentido tan asustada como lo estaba él al descubrir que tenía una hija? Probablemente sí; sin embargo, lo había adoptado aun antes de casarse con el capitán Boudreaux.

Debería agradecérselo de corazón y, de paso, pedirle algunos consejos.

—Tendrás que tener un poco de paciencia conmigo. Aún no sé qué tengo que hacer.

—Solo querernos, como nosotras a ti.

Epílogo

El *Santa Clara* abandonaba el puerto, ante la atenta mirada de los ciudadanos que habían ido a despedir a los viajeros y a los marineros.

En la cubierta, Rosa Blanca y el señor Ortega agitaban los brazos bajo el sol de finales de septiembre. Por mantener el decoro no se habían casado en San Sebastián. El capitán Cortés celebraría el enlace en alta mar, lejos de miradas escandalizadas. Ella sollozó de agradecimiento al enterarse de que Armand había saldado las deudas contraídas por su padre en la ciudad.

Don Eladio seguía desaparecido. No habían vuelto a saber nada de él en las casi tres semanas transcurridas desde que escapara. Con seguridad en cualquier momento se le acabaría la suerte y los acreedores no serían nada benévolos con él.

Apartando la imagen del canario, Samuel miró a su derecha, buscando a su otra mitad. María estaba entre el gentío, unos pasos alejada de él. Mantenía a Paula de la mano —aún no se atrevía a perderla de vista—, mientras observaban las maniobras del barco. *Bruma*, convertida en la sombra de la pequeña, no había vuelto con Samuel. La echaba de menos.

Tener que aguardar unas semanas más para anunciar su compromiso lo estaba matando. Pese a saber que no estaría bien visto, deseaba casarse cuanto antes. Quería estar junto a ellas, en vez de observarlas a distancia con tanto anhelo. Vivir como una familia.

María lo miró con el mismo deseo reflejado en sus ojos avellanados. La vio llevarse la mano a la trenza y juguetear con el lazo. Se le habían sonrojado las mejillas. Su hermosura lo trastornaba. El deseo le calentó el cuerpo. Apretó los puños contra la cadera, buscando tranquilizarse, pero el recuerdo del tacto, el sabor y el olor de la piel de María casi le volvió loco.

Sin darse cuenta dio un paso en su dirección.

—Ten cuidado, querido. La miras como si quisieras devorarla —le advirtió su madre. Su mano descansaba en la manga de Samuel, como si quisiera detenerle—. No querrás que la gente murmure. Estás trabajando como maestro confitero en su negocio. Debéis guardar las apariencias, por el bien de su virtud.

—Tenéis razón, madre —declaró, avergonzado—. Pero empiezo a estar harto de los convencionalismos.

—Solo serán unos meses. Ella aún está de luto.

—No hace falta que me lo recordéis —habló entre dientes; la desesperación impresa en cada palabra—. No sé cómo aguantaré tanto tiempo.

—Se pasará rápido. Ya lo verás. —Samuel no lo tenía tan claro—. Yo también quiero que Paula me llame abuela, aunque la chiquilla desconozca que lo soy de verdad y no porque su madre se case contigo.

—Madre, ¿vos lo sabíais?

—Sí —confesó ella, sin titubear—. Lo sospeché cuando se marcharon a París con tanta premura.

—¿Tanto tiempo? ¿Y por qué no me lo dijisteis? —preguntó, sorprendido de que ella se lo hubiese ocultado durante años.

—María estaba casada. No había nada que pudieras hacer. Luego decidiste quedarte allá.

—¿Y a mi regreso? ¿Cuando murió maese Sebastián?

—Estabas prometido con otra —le recordó Camila, bajando la voz—. Saberlo únicamente te aportaría sufrimiento. Por otro lado, no me correspondía a mí revelártelo, aunque debo confesar que estuve tentada muchas veces. Solo la esperanza de que todo se arreglaría me ayudó a contenerme —admitió, con los ojos sospechosamente húmedos.

Samuel le tomó de las manos y se las besó con ternura. Entendía las razones de su madre, pese a que le dolía no haber sabido antes que Paula era su hija

—Gracias, madre. —Le soltó las manos—. Iré a saludarla y me comportaré con toda corrección.

—Sé que lo harás. —Su madre le palmeó la mejilla con cariño—. Te quiero mucho, hijo.

Él inclinó la cabeza a modo de despedida; la emoción le impedía decir nada. Caminó hasta ellas, conteniéndose para hacerlo despacio y no corriendo, como en realidad deseaba.

Paula jugaba con *Bruma*, riendo feliz. Cuando la miraba le era imposible no esbozar una sonrisa llena de amor.

—Buen día, señora María.

—Buen día, maese Samuel.

¿Podía un simple saludo calentar la sangre?, gimió él. Era evidente que sí. La suya estaba a punto de ebullición. Sintió que su nuez de Adán subía un poco, para caer en picado. Si no se controlaba, se pondría en evidencia de un momento a otro.

—Buen día, señora María, maese Samuel.

Se volvió para ver quién los estaba saludando y se encontró cara a cara con maese Germán. No lo veía desde que le habían informado que, en adelante, sería Samuel quien llevaría la tienda.

Maese Félix les había dicho, días después, que se había ido a Irún. Había muerto el dueño de una confitería y su viuda necesitaba un maestro confitero.

—Buen día, maese Germán —saludó Samuel, inclinando la cabeza.

—He pasado a visitaros por la confitería y Julio me ha dicho que estabais aquí.

—Hemos venido a despedir al *Santa Clara* —aclaró María—. ¿Qué tal os va en vuestra nueva tienda?

—Bien. Aún tengo que ponerlo todo en orden. El antiguo dueño era un hombre de edad avanzada y había descuidado el taller. Por lo demás, estoy bien.

—¿Es muy mayor, la viuda? —preguntó María. Sin duda, pensó Samuel, estaba pensando en un matrimonio entre esa mujer y maese Germán.

El confitero asintió con la cabeza, mirando al barco que se alejaba del muelle con las velas desplegadas.

—¿Tiene hijos? —siguió indagando ella.

—Tiene tres hijas —confirmó maese Germán, volviendo a mirarles—; las dos mayores están casadas; una con un herrero y la otra con un matarife —aclaró antes de bajar la mirada. Se había sonrojado—. La pequeña tiene diecinueve años...

No hizo falta que dijera nada más: su repentino rubor hablaba bien claro de lo mucho que le agradaba esa joven. Samuel guiñó un ojo a María, por encima de la cabeza gacha de maese Germán. Ella asintió con una sonrisa: también se había dado cuenta.

—Bien, espero que mi hermana no os esté causando ningún problema... —dijo, y alzó la vista para mirar a María.

—Por supuesto que no, maestro. Pero no podía consentir que se quedase sola en la posada. No estaría bien en una joven soltera —aclaró ella—. Invitarla a vivir en mi casa, era lo mínimo que podía hacer. Está muy emocionada con la confección de su vestido de novia. El señor Benito ha conseguido un tafetán realmente hermoso para ello.

—¿Quién iba a pensar que decidiría casarse en tan poco tiempo? —musitó maese Germán, sacudiendo la cabeza, anonadado.

—De no ser por vuestra marcha a Irún, probablemente el pañero hubiera tardado más en atreverse a pedirle matrimonio, pero dadas las circunstancias... Vuestra hermana no deja de hablar de él. Creo que serán muy felices.

—Estoy completamente de acuerdo con vos, señora —opinó maese Germán—. Y ahora, si me lo permitís, iré a visitar a mi hermana.

—Desde luego, maestro. Id con Dios —se despidió Samuel, contento de las oportunidades que se presentaban.

Era sorprendente como cambiaba la vida. En tan solo cuatro meses había pasado de estar comprometido con Rosa Blanca a estar libre para casarse con el amor de su vida. Había descubierto que tenía una hija y ahora era el maestro confitero y cerero del taller donde había aprendido el oficio.

¡Era casi feliz! No anhelaba nada más que acelerar el tiempo para estar casado con María; no necesitaba nada más.

La miró y descubrió en sus ojos la misma felicidad que a él le embargaba. Le hubiera gustado enlazar los dedos con los de ella, pero como eso era imposible, se conformó con rozarlos de manera casual. Esperar sería un tormento.

Juntos contemplaron la popa del *Santa Clara*, que ya había rebasado la bahía y se alejaba a mar abierto.

—Ya no lo veo. Maese Samuel, ¿podríais auparme? —solicitó Paula.

—Por supuesto, Pequeño Confite —declaró, alzándola hasta sentarla sobre los hombros.

—¡Lo veo, lo veo! —gritó la niña.

¿Existía algo más satisfactorio que ver cumplidos los sueños?

Volvió a poner los ojos en María, imaginando el resto de su vida junto a ella y su hija; no pudo encontrar nada que lo llenase más de dicha.

Agradecimientos

Quiero aprovechar este espacio para dar las gracias a las personas que han ayudado a que esta novela viera la luz.

En primer lugar quiero agradecer a Iñaki Gorrotxategi por sus explicaciones de cómo era el trabajo en una confitería en el siglo XVIII y por enseñarme el Museo de la Confitería Gorrotxategi, que su padre abrió en Tolosa hace más de veinte años. Si alguna vez pasáis por la localidad, no dejéis de visitarlo y de tomar un chocolate en su tienda. Sin duda, merece la pena.

También quiero dar las gracias a Edith Zilli, mi segunda madre y la persona que más me ha enseñado en este oficio de escribir. Espero seguir aprendiendo y no defraudarte nunca. Ve preparando otra colección de dibujitos para decorar las próximas correcciones.

A mis amigas: Ana Iturgaiz, Ana Isabel Jaurrieta, Ángeles Ibirika, Hosanna Parra, Laura Fernández Esparza y Zuriñe Iturbe, por sus sabios consejos y por las horas que pasamos colgadas al teléfono. ¡Chicas, sois las mejores!

A Marisa Tonezzer, mi editora, por confiar en mi trabajo. Espero que esté a la altura.

A las lectoras y lectores que han seguido mi obra y me han escrito para comentarme sus impresiones. Espero que la historia de Samuel y María os emocione tanto como las anteriores.

A las foreras y a las páginas web que tanto hacen para difundir las novelas románticas. ¿Para cuándo la siguiente quedada?

Al resto de mis amigas y amigos, por aguantarme cuando

estoy en las nubes. Por su interés en saber cómo va la novela, sus recomendaciones, su ayuda y por estar ahí. ¡Qué honor ser vuestra amiga!

Y por último: a mi familia. En especial, a mi marido y a mis dos hijos. Doy gracias a diario por disfrutar de vuestra compañía. Sois lo mejor que me ha pasado. ¿Ya os he dicho hoy que os quiero?

Muchísimas gracias a todos.